河出文庫

カノン

中原清一郎

kawade bunko

河出書房新社

目次

カノン

かいば【海馬】③（hippocampus）脳の内部にある古い大脳皮質（古皮質）の部分。その形が、ギリシア神話の神ポセイドンが乗る海の怪獣、海馬（ヒポカンポス）の下半身に似ているのでこの名がある。情動の発現およびそれに伴う行動、さらに短期記憶に関係し、種々の感覚入力に応じて時間空間情報を認知し、一種の統合作用を行う。アンモン角。海馬体。（「広辞苑」）

序章　交差する命

1

都心にある京極大附属病院に向かう黒沢健吾《くろさわけんご》の足取りは、いつになく重かった。あの人にとっては、朗報に違いない。しかしその束の間の悦《よろこ》びは、この先、限りのない重石になってあの人に、のしかかるだろう。

地下鉄の駅から続くプラタナスの並木道は、枝先にふくらむ黄緑の芽が温もりに弾《はじ》けて、硬く結んだ掌《てのひら》をおずおずと開こうとしていた。この年の初めから、この道を何度か行き来した。あのころ、寒々とした枝をかざす裸の木々は、避けようもなく老いさらばえていく人々の葬列のように見えた。いまこうして緑が芽吹いたプラタナスは、そうした引き返すことのできない老いの歩みを逆転させ、再び若さを手に入れる希望をともしているかに見えた。

黒沢の脳裏に、「あの人」とは別の、もうひとりの顔が浮かんだ。「その人」は、この報《しら》せをどう受けとめるだろう。その人に、この報せは果てしのない苦しみを与えるだろう。その反面、それは朗報でもある。ちょうど陰陽が逆さであるように、「あの人」と、「その人」の運命は反転し、お互いを補っているようにも見えるのだ。

だが、その報せを二人にもたらす自分とは、いったい何者なのか。朗報と凶報を相《あい》携《たずさ》えた報せをもたらす自分とは。

急に気温が上がり、汗ばむほどの日だったが、黒沢は白い長袖《ながそで》のワイシャツに淡い空色のジャケットを着ていた。まだ三十歳そこそこの年で、ジーンズやジャケットの輪郭に表れた体軀《たいく》の線には、潑剌《はつらつ》とした若さがみなぎっている。ただ、その眼は、若さとは裏腹の沈着で老成した落ち着きに澄んでいて、どこか人知れない遠い場所で、水面に青空をひっそりと映し出す湖のような静けさを感じさせた。

彼のような仕事を続ければ、人はそうなるのかもしれない。会う人ごとに、違った不幸と喜びがある。その釣り合いのとれない幸不幸の全重量を、丸ごと受けとめ、あたたかく包み込む。そうするには、自分という存在を透明にし、曇りのない水鏡のように、相手を映し出すよりほかにないのだ。

黒沢は、ふと歩みをとめ、白いハンカチを取り出して額《ひたい》の汗を拭《ぬぐ》い、歩道の端に身を寄せて焦《こ》げ茶色をした鞣《なめ》し革のバッグから携帯のパッドを取り出した。パッドには、「あの人」に伝えるべき報せの要点と注意事項、その報せを聞いた「あの人」の反応のいくつかの可能性について、昨夜のうちにメモを打ち込んでおいた。だがこの先は、事態がさらに複雑になるだろう。「あの人」が納得したとしても、その妻と、三十歳になる一人娘を説得する必要がある。「その人」のほかの家族や職場の上司にも会って、さらに詳しい情報を集めなくてはならない。

そこまで考えを進めて、黒沢は「説得」という言葉に躓《つまず》き、ひとり微笑《ほほえ》んだ。「説得」など、私が使うべき言葉ではない。決断をするのは彼ら一人ひとりであって、私はその決断に間違いがないよう、あらかじめ将来起きるであろう結果について予測して報せ、彼らが後悔をしないように心配りをするだけだ。

英語ではインポーズとプロポーズという便利な言葉がある。インポーズは相手に義務や罰を負わせることと、プロポーズは提案や求婚をすることをいう。自分のような立場の人間が「説得」することは、インポーズになってしまう。間違っても、彼らに代わって判断し、その結果を押しつけて彼らの心に負荷をかけてはならない。しかしプロポーズすることさえ、藁《わら》にもすがりたい彼らには、水上に舞い落ちて漂う病葉《わくらば》を、心強い救命具に見せかける錯覚を与えるかもしれない。

しかしそれは、コーディネーターという職業につきものの、宿痾《しゅくあ》のようなものなのだろう。結果として、一時は人の心や他人とのつきあいに不協和音を醸《かも》すことになっても、自分には、軋《きし》むその音のざわめきの向こうに、いずれ来る穏やかな沈黙の響きを期待することしかできないのだ。

そう思い直して黒沢は、前に聳《そび》えるガラス面で覆《おお》われた超高層の附属病院を見上げ、再び歩き出した。

受付で用件を伝え、36階の入り口で網膜の生体認証を済ませて特別病棟に入った黒沢は、噴き出る汗をハンカチで拭い、「寒河江北斗《さかえほくと》」という札のかかった病室の前に立った。寒河江は、地名では「さがえ」と読む。しかし彼の姓は「さかえ」と発音する。呼吸をととのえ、ノックしてドアを開けると、窓辺に萌黄色《もえぎいろ》のカーテンをおろした病室のベッドにいた「あの人」が、眼をみひらき、黒沢に向かってかすかに顎《あご》をしゃくって挨《あい》拶《さつ》をした。

「こんにちは」

黒沢はまずそういって、お辞儀をした。挨拶をしながらお辞儀をしてはならない。まず相手の眼を見ながら言葉をはっきり口にし、それからお辞儀をする。コーディネーター講習で真っ先に教えられる作法だ。

「黒沢さん、その後、いかがですか」

そう呟《つぶや》いた寒河江の低い声はしゃがれて、インクが足りずに用紙の上でかすれた万年筆の文字の頼りなさを残す筆跡のようだった。病状が、また一段と重くなっているのだろうか。手術に耐える体力がまだ温存されている段階で、この報せを告げることができるのは、まずは僥倖《ぎょうこう》だったといえるのかもしれない。黒沢はそう思った。

「寒河江さん、朗報です」

そういいかけると、白髪がかすかに残るほとんど禿頭《はげあたま》の寒河江の顔の落ち窪《くぼ》んだ両目が、一瞬、薄闇に輝いた。

「まずは、そこに座って。ゆっくり話を聞かせてください」

寒河江は眼でベッドの脇の椅子に黒沢を促《うなが》した。黒沢は腰を下ろし、寒河江の顔に自分の顔を近づけながら、話を切り出した。

「相手のかたが、見つかりました」

「ほんとうに？　で、おいくつなんですか」

「三十二歳です」

黒沢がそういうと、寒河江の顔の緊張がやわらぎ、帯封が切れて束ねていた繊維がほどけたかのように、頰《ほお》の力が緩《ゆる》んだ。寒河江は、青ざめた顔をくしゃりと歪《ゆが》め、安堵《あんど》の笑みとも、それを軽く自嘲《じちょう》するともつかない表情をつくった。

床に就《つ》きながら瀕死《ひんし》に向かってのろのろと歩んでいた自分が、再び三十二歳の若さに蘇《よみがえ》る？　そんなことがあるのだろうか。そんなことが、許されるのだろうか。

寒河江は一瞬、多くの哲学者や作家が夢見た妄想を頭に思い浮かべた。人は生まれたときから死に向かって歩み始める。若々しい肉体に棲《す》む青春時代には、叡智《えいち》も知識もなく、多くの過《あやま》ちをおかし、その若さを謳歌《おうか》することすらできない。だがようやく分別がつき、さまざまな判断を的確に下し、落ち着いて人生を愉《たの》しむ心のゆとりができたころには、もう若さは失われている。もし人生の歯車が逆にできていて、分別のある老人として生まれ、歳月とともに肉体が次第に若返り、ついには頑是無《がんぜな》い赤ん坊になって昇天するのなら？　そうした妄想を、多くの人々が夢見てきた。だが、そんなことは絵空事にすぎない。こうして今年に入って、見知らぬ黒沢青年が病室を訪ねてくるまでは。

「しかし、相手のかたは、それにご家族は、そんなことを承知するでしょうか。どんなかたなんです？」

そこまでを口にすると、寒河江は、横たわっていながら、眩暈《めまい》のようなものを感じて、軽く眼を瞑《つむ》った。

「そのかたは、ジンガメル症候群という記憶障害の病気にかかっています。直近から過去に向かってだんだんと記憶が薄れ、脳内物質を体に送る機能が衰えていく病です。症状が進むと、加速度的に症状が悪化し、最後は死にいたる。まだ特効薬は見つかっていません」

「記憶が衰えるって？　でも認知力や判断力はあるんでしょう？」

「そう、かんたんにいうと、人の記憶は銘記力と想起力から成り立っています。体にたとえると、血液の動脈と静脈みたいなものでしょう。ジンガメル症候群は、脳で人の記憶を司《つかさど》る海馬という部位に変異が生じて、銘記力が衰えていくのです。想起力はそれほど衰えないので、昔のことや、幼いころの思い出は、時間を遡《さかのぼ》るほど、鮮明に残ります。しかし、すぐ前の記憶は、たちまち揮発してしまう。そう、たとえていえば、鮭《さけ》のように記憶が若いころに向かって遡り、やがて無になっていくプロセスです」

寒河江は、養殖で孵《ふ》化《か》した無数の稚魚が放流され、やがて成魚になって、生まれ落ちた河の上流を目指し、飛沫《しぶき》をあげながら遡上していく故郷の鮭の群れを思い浮かべた。

記憶がゼロ地点に遡るプロセスと、自分が患《わずら》う膵臓《すいぞう》の末期ガンと、どちらがより受け入れやすい病なのだろう。

黒沢は、沈み込んだ目で物思いに耽《ふけ》る寒河江を見つめながら、言葉を継いでいった。

「大脳皮質にはあまり影響がないので、判断力はそのまま残ります。しかし、やがて想起力も細っていくので、その判断力は、燃料が枯渇する車のように、次第に不確かな足取りになっていきます。そう、この表現は正確とはいえない。言い直しましょう。判断力も、だんだん子どもや幼児のようになっていき、最後は赤ちゃんのように、快不快の感情だけが残り、やがてすべてが消え去ってしまいます」

だがそうだとすれば、まだ判断力があるうちに、自分の意識が死に行く体に移植されることを、決断できる人間がいるとは思えない。そんな惨《みじ》めな将来を選び取るような力が、人間にあるとは思えない。

数週間のうちに、思いがけないほど萎《しな》びて干からびた寒河江の顔に浮かぶそんな疑問を察したのか、黒沢は立ち上がって病室を歩きながら、静かに話しかけた。

「寒河江さんがお疑いになるのも当然だと思います。最初から、順を追ってご説明しましょう。脳間海馬移植が最初におこなわれたのは、アメリカのピッツバーグにある財団の附属病院でした。そのことは、寒河江さんもご存じですよね？」

もちろん、寒河江もそのニュースを知っていた。二〇一八年三月、最先端の医療技術を誇る財団の病院で行われたヒトの脳間海馬移植成功の報せは、すぐに世界を駆け巡り、日本でも甲論乙駁《こうろんおつばく》のかまびすしい議論が起きた。もちろん、最先端の医療技術を駆使しても、無数の神経や血管が網の目のように張りめぐらされた脳の全体を移植することは、いまだに遠い夢である。だが、損傷を受けた脳の特定の部位を移植する技術は、その数年前からようやく臨床実験の段階に入っていた。だが、とりわけ海馬の移植となると、それらとは大きく意味が違うため、世界的に大きな反響を呼んだ。

それは、海馬が記憶の中枢にかかわる器官であるためだ。他人の記憶が移植されたときに、移植された人間は、いわばデータを上書きされたようにそれまでの記憶を失い、新たな記憶回路を埋め込まれる。記憶を司る海馬には、神経幹細胞《しんけいかんさいぼう》があり、移植されると新たなニューロンを形成する。記憶が移植されると同時に、それが新たに肉体を統御するようになり、その人はまったく別の人格、人生を歩むことになるというのだった。

夢のような話だったが、問題が起きた。米国での最初の術例は、記憶が失われていく難病の若い男性と、末期ガンの高齢男性との間で、脳の海馬を相互に移植する手術だった。ところが難病の男性の海馬を移植された末期ガンの患者が、手術後間もなく死亡したために、若い男性患者の家族が訴訟を起こし、財団から巨額の賠償金を勝ち取った。死亡原因が手術の失敗にあるのか、それとも自然な病状の悪化にあるのかをめぐって、いまでも議論は続いている。

「脳間海馬移植が引き起こした一番大きな摩擦は、金の問題でした。もし死の病を患った富豪が、金にあかして、若い健全な肉体をもちたいと願ったら、どんなことが起きるでしょう。ちょっと想像してみてください。若い肉体をもってはいるが、どうせ不治の脳の病で命は助からないのだから、と家族や親族、あるいは提供者本人を説得して移植に同意させる。そんなことになれば、富の勝者が人間の肉体を金で買うことにもなりかねない。脳間海馬移植は、ほかの臓器移植と同じで、当然、生きている人を殺してはならない。一方で健全な肉体と健全な海馬が結びつくなら、他方では病んだ肉体と病んだ海馬が結びつく。そうでなければ、医師はいまでも殺人罪に問われます。だから、「脳間」と呼ばれるのです。

でも考えてみてください。手術を受ける条件は、提供者の意思が確認できる場合だけです。つまり、提供者の意識がまだはっきりしているあいだ、その若者は、死にゆく金持ちの朽ち果てる老いた肉体に閉じこめられ、死ぬまで意識は牢獄に閉じこめられてしまうのを覚悟したうえで承諾するということです」

寒河江は大きな溜息《ためいき》をついて、浅黒い精悍《せいかん》な顔に思いつめた表情を浮かべる黒沢を眺めた。黒沢は淡々と、宙に書かれたメモを読み上げるかのように、淀《よど》みない説明を続けた。

「そこで、日本でもその翌年から国会で、脳間海馬移植特別措置《そち》法案を審議することになりました。まず政府の審議委員会が開かれ、宗教者や哲学者、社会学者、歴史学者などとともに、医療技術者、生命倫理学《バイオエシックス》の専門家らが討議を続け、一年をかけて、法案に盛り込むべき四原則を定めました。それがそのまま特措法《とくそほう》に採用され、日本でも三年前に第一例の手術がおこなわれました」

寒河江は四原則について聞いた記憶があるが、いまこうして自分が手術に直面する事態に立ち至るまで、その詳細を忘れていたことに気づいた。ぼんやりとした寒河江の表情をみて、黒沢は「ここがポイントだ。ここで寒河江さんがきちんと理解できるかどうかで、決断の方向は変わるだろう」と感じた。

黒沢は再び椅子に座り、寒河江の顔を凝視した。寒河江は黒沢の眼が、山中にある故郷の湖のように澄んでいる、と思った。しかしその澄明さにはどこか、理想を追い求めて動く人にありがちな熱はなく、すべてを諦《あきら》めきって無一物の人になったような、ひっそりとした冷ややかさがあった。思わず、寒河江は視線をそらした。

「第一原則は、同じ時期に、全当事者が書面で手術に合意することです。ここでいう当事者とは、寒河江さんご本人と二人の患者さんを起点にした二親等の人々です。つまり親子の一親等だけでなく、兄弟や孫、祖父母を含む家族すべてです。ただし、兄弟や孫が未成年の場合は、親が代理人となり、同意か不同意かを代行します。「同じ時期」については、法律の付則で、二週間以内と定められています。寒河江さんの場合、奥様と娘さん、それに故郷におられるご両親ということになります」

ここで寒河江が口をはさんだ。

「ただ、八十六歳の父は認知症でグループホームに入居していますし、自宅にいる八十三歳の母も、認知症が始まって要介護2の認定を受けています」

「そうでしたね。その場合にお父様は、後見人である寒河江さんご自身が判断を代行してかまいません。お母様については、まだ判断力がおありでしたら、ご本人の同意が必要になりますね」

寒河江は故郷の実家にひとり住む母親の千代子《ちよこ》の顔を思い浮かべた。

「おまえが、若者になるだって？　よしておくれ、そんな冗談は。人には定められた寿命ってものがある。わたしだって、延命措置や胃ろうは決してやってくれるなって、あれほど頼んだじゃないか。わたしは、おまえがおまえのまま、天から授かった寿命を全うするほうが、ずっと心が安らぐよ」

きっと、母はそういうに違いない。

寒河江がしばし沈黙したのを見て、黒沢は言葉をいったん区切り、再び口を開いた。

「第二原則は、金銭のやりとりを伴わないという確約を、全当事者が交《か》わすことです。これはこの法律の最も重要な箇所で、当事者がこれを破った場合には、刑事罰則を受けることになります。先ほどあげた金持ちによる臓器の売買や、相手がたの手術への誘導を避けるためで、この原則はすぐに世論から支持されました」

そこで黒沢は話を切り、「お疲れですか？　もしお疲れなら、少し休みましょうか？」と声をかけた。寒河江は黙ったまま首を横に振り、話を続けるよう眼で促した。

「第三と第四の原則は、対になっています。第三原則は、患者さんによる元の家族や親族、同僚らへの再接触の禁止です。これは、いったんアイデンティティを変えた以上は、元の人間関係を再構築させない、そうやって事態の複雑化を防ぐための措置です。そして第四原則は、家族や親族には、提供者のアイデンティティにつながる情報は一切教えない、という原則です。おわかりのように、これも、患者さんのアイデンティティを変える以上、元の関係者が捜したり、人間関係を復活させようとしたりするのを防ぐのが目的です。ただし、一つだけ例外があります」

寒河江の眼が小さく輝いた。かりに生き延びても、もう妻の佐和子《さわこ》や娘のカオル、両親には会えないのか、と諦めかけたからだった。そうまでして生きる意味がどこにあるのだろうか。そう思って閉じかけていた扉が、半ばでとまり、奥から淡い射光が漏《も》れるような気がした。だがその期待を察した黒沢は、あらかじめ期待の限界値を下げるかのように、目の前で手を軽く振って言った。

「いえ、あなたは術後、ご家族にはもう会えません。そうではなく、例外として、海馬が生き残る側の患者さん、つまり寒河江さんには、あらかじめ、相手の患者さんの詳細なアイデンティティと生活に必要な家庭環境、さらに職場の情報が与えられます。それは、寒河江さんには、手術後も、そのアイデンティティのもとに生きることが期待されているからです。結果的に新しい環境に適応できなくても、できる限りはそうしてほしい。それが、相手の患者さん、そしてそのご家族の希望であるからです。ただ、相手のご家族には、当初の原則に戻って、寒河江さんの名前など詳細情報は、一切伝えられないことになっています」

つまり、自分はもう家族とは会えず、相手の家族の一員となって生きる、ということなのか。寒河江はようやく自らの立場を理解した。だが、長い時間をかけて馴染《なじ》んできた人間関係を捨て、他人になりすまし、自分で選んだわけでもない家族や職場環境に適応することなど、できるものだろうか。寒河江は思い切って、さっきから気になっていた黒沢の言葉について、尋《たず》ねてみた。

「黒沢さんは、三年前に一例目の手術がおこなわれたとおっしゃいましたよね。日本ではいままで、どれくらいの数の手術がおこなわれたのですか？」

「もし寒河江さんの条件が整えば、二例目ということになります」

寒河江は、驚いて開けた口のかたちをそのままに、喉仏《のどぼとけ》を上下に動かして唾《つば》を呑《の》み込んだ。

「驚かれるのも無理はありません。ただ、この手術の難しさを知れば、少しは納得されると思います。寒河江さんはヒトゲノムについてお聞きになったことはありますか？」

「ええ、確か、高校生のころに生物の授業で習ったことがあります。人の遺伝子の配列を意味していたと思いますが……」

「そうです。ヒトには全部で三十億以上の塩基対《えんき》があり、そのすべてが二〇〇三年に解読されました。ただ、その並び方は、個人によって差があります。その後、個人の遺伝子配列をデータベース化し、患者さん個人個人に合ったオーダーメード医療ができるようになったのは、寒河江さんもご存じのとおりです。ところで、人によっては、変異によって、ある塩基が別の塩基に置き換えられ、「一塩基多型」と呼ばれる遺伝子をもつことがあります。略称でＳＮＰと呼びます。脳間海馬移植は、患者さんのデータベースを解析し、このＳＮＰが数多く一致する人同士にしか、手術ができないことになっています。そうでないと、後遺症や副作用が強すぎるからです。その一致の許容度合いは、血液型や拒絶反応など、他の適合性を含め、京極大学の生命倫理委員会で判断します。おわかりでしょう？ こうした厳しい条件にかなうケースは、ほんとうに稀《まれ》なんです」

「で、私の場合は？ その、何といえばよいのか、もう一人の彼と私の場合は、もうその委員会にかかったのでしょうか」

「はい。適合審査を踏まえた第一次審査の結果、当事者の意思を確認することになりました。だから、こうしてお邪魔したのです。あとは寒河江さんやご家族、もう一人の相手のかたとそのご家族のご意向次第ということになります。もしくだんの四原則をクリアし、第二次審査を通れば、手術がおこなわれる運びになります」

黒沢が言い終えると、寒河江は肩から力が抜け、また長い溜息をついた。もう準備は進み、決断するかどうかを迫られているのだ。だがほんとうに、そんな決断をしていいものだろうか。もし若くなって生き延びれば、長年一緒に生きてきた佐和子を裏切ることになるのではないか。先に逝《ゆ》くことがわかってから、佐和子は必死になって看病してくれた。最後の瞬間に立場が逆転して、私だけが長く生き残ることなど許されるのだろうか。それに、私はいいとしても、まだ三十二歳の彼の海馬は、この末期ガンに病む五十八歳の寒河江北斗の肉体に閉じこめられ、いずれ死ぬことになる。彼に意識があれば、まるで生きたまま真っ暗な棺《ひつぎ》の中に入れられ、醒《さ》めた恐怖の戦慄《せんりつ》のもとに残された時間を過ごすことになるのではないか。もしそれが自分だったら、決してそんな末期は送りたくない。

寒河江はしばらく目を瞑り、そんなことに思いを廻《めぐ》らせた。黒沢の低い声が、その瞑《めい》想《そう》を破った。

「お辛《つら》い決断と思います。また、寒河江さんが決めても、相手のかたとご家族が同意をなさらなければ、手術はできません。ただ、先ほどお話ししたように、ご決断には期限があります。今日から二週間のうちに、手続きをする必要があるのです」

「しかし、まず双方がそれぞれ準備を進め、合意が整ってから二週間以内に、手続きをすればいいのではないですか」

「ええ、法律の建前ではそれでいいのです。ただ、相手のかたはジンガメル症候群が進み、あと二週間もすれば、正常な判断力を維持できない。つまり、幼稚園児並みの判断力になって、法律が求める「全当事者の合意」という条件を満たすことができなくなってしまうのです。少なくとも、京極大学の生命倫理委員会はそう判断するでしょう」

寒河江は、引導を渡された思いで、黒沢から目をそらした。やはり、ここで決めるしかないのか。寒河江は心に何か指針のようなものを探そうとして、すがるように黒沢に尋ねた。

「ところで、その、一例目になったお二人は、その後どうなったのでしょう」

「すみません、どなたに対しても、患者さんのアイデンティティを明かすことは禁じられています。私自身、詳しくは知らないのです。ただ、一方の若いかたはいまも生きておられ、ふつうに暮らしていらっしゃると聞いています。他方のかたは、いまも病院に臥《ふ》しておられるそうです」

寒河江は、自らへの宣告を聞くような思いで、黒沢の言葉を反芻《はんすう》した。

生きていたい。だがあまりに身辺の霧は濃くなって、その先には明かりが見えない。

つい先刻まで、自分は死ぬ覚悟で、みっしりと埋まった繊細な針を立てるように全身の神経を尖《とが》らせていたが、それでもまだ、気持ちは単純で平明だった。だがこうして黒沢に告げられ、選択肢を突きつけられると、次の一歩をどこに向かって歩き出せばよいのか、いまは途方に暮れるばかりだ。

「わかりました。少し考えさせてください。ひとりになって、先々のことを考えようと思います」

だが、黒沢は立ち上がらなかった。しばらく迷った様子で視線を宙に浮かせ、思い切ったように唇を結び、おもむろに口を開いた。

「寒河江さん、実はもう一つ、大事なことをお伝えしなくてはなりません」

居ずまいを正してそう切り出す黒沢を、身じろぎもせず寒河江は見守った。

「実は、相手のかたは、三十二歳の女性なんです」

2

エッと小さく叫んでのけぞるように天を仰《あお》いだ寒河江は、そのまま言葉を呑みこみ、しばらくは動くことができなかった。なぜだ。なぜこんなことが起きるのだ。はじめは事態を理解できず、細かな塵《ちり》のようなものが無数に大気に浮かんで視界に立ちこめ、それがいくつもの星雲になって部屋に渦《うず》を巻くような気がした。

相手が女性？　ということは、自分は三十二歳の女性になって、これからを生きろというのか。そんな馬鹿な。相手の家族？　ということは、男と夫婦になって暮らせというのか。無理だ。とてもそんなことはできない。いったい妻の佐和子は、娘のカオルは何と言うだろう。それに母親の千代子は？　きっと、あまりに滑稽《こっけい》な空想に、頭から突き抜けるように、けたたましい笑い声をあげるに違いない。

その場面を想像して、寒河江は含み笑いをした。その笑いが、制御できない発作のように次第に大きくなり、自分でも驚くほどの高笑いになっていく。

黒沢は、昨日パッドに書き留めたメモのなかに、「衝撃　笑いの発作　その後、怒りか涙」と寒河江の反応を予測していた。当然、事態を受け入れるには、いくつかの心理プロセスを経《へ》なくてはならない。だれだって、こんな提案をされたら、天地が覆《くつがえ》るほどの驚きに、立ちくらみするのが当然だ。

長い時間をかけて、笑いがおさまるのを見届けた黒沢は、寒河江のすぼんだ肩に手を置き、静かに口を開いた。

「わかります。お気持ちは。あんまりなことをご提案してしまいました」

寒河江の場合、次に来たのは、怒りではなく、涙だった。それは悔しさや辛さからくる涙ではなく、運命の悪戯《いたずら》に翻弄《ほんろう》される、ちっぽけで惨めな自分に対する憐憫《れんびん》の涙だった。寒河江は黒沢の手を感じながら、母親にあやされる幼子のように肩を震《ふる》わせて泣いた。

ようやく泣き終えると、寒河江は黒沢を見上げた。

「性転換って、できるんですよね。黒沢さん、教えてください。いまでは簡単な手術で男になれるんですよね」

すがるように見上げる寒河江の肩を、軽くトントンと手拍子《てびょうし》で打っていた黒沢は、そこで椅子に座り、正面から寒河江の眼を覗《のぞ》き込《こ》んだ。ここが肝心なところだ。

「もうひとつ、大事な話があります」

黒沢は、寒河江の表情にあらわれる感情の起伏が、少しずつ小さくなり、おさまるまで待った。

「先ほど、相手のかたがたは、寒河江さんが、新しいアイデンティティのもとで生きることを望んでいる、と申し上げましたよね。彼女や旦那《だんな》さんは、寒河江さんが、女性として生きることを期待しているんです。そうでなければ、彼女だって、こんな決断はしなかったろうと思います。これから彼女の海馬が寒河江さんの体に入って、この床に臥すことがどんなにお辛いことか、寒河江さん自身がご存じだろうと思うんです」

「でも、そうまでして、なぜ彼女の体は生きていたいのです？　彼女はいずれ、寒河江の体になって死ぬのでしょう。で、私が彼女の肉体を指令することになる。でも記憶や人格がそっくり入れ替わって、見かけは彼女でも、中身は五十八の男ではありませんか。

そんな偽《いつわ》りを、なぜ必要とするんです?」

黒沢は立ち上がり、窓辺に近づいていった。萌黄色のカーテンの端をあけて外を眺めると、強い日差しを弾いて銀色に輝く超高層ビルのスカイラインが眩《まぶ》しかった。振り返って室内に視線を戻すと、強い光の目くらましにあったあとで、寒河江の顔の表情は光《こう》暈《うん》のようにぼやけてみえた。それが、黒沢の望んだことだった。一歩一歩、寒河江の心を追い詰めていくような自分の態度が、辛くなり始めていたのだった。

「実は、ご夫婦には、四歳の男の子がいるんです。彼女は母親として、その子のために、寒河江さんに母親の立場をバトンタッチしてもらうことを望んでいます。旦那さんも、父親としての立場から、あなたが「彼女」として生きるよう、望んでいます。二人は、その思いから、彼女の記憶が寒河江さんの体に入る道を選ぼうとしています」

寒河江は、また滲《にじ》む涙で視界が曇ろうとしていた。今度は自分への憐憫でも、惨めさからでもなかった。決断へと背中を押した、まだ見知らぬ彼女の心の叫びに、ひりひりとした痛みを感じての涙だった。

グレーに淡い青縞《あおしま》の入ったパジャマの袖《そで》で涙を拭うと、寒河江は黒沢に向き合ってその眼を見た。

「教えてください、黒沢さん。もし手術をしたとして、私は寒河江のままなのですか。それとも、彼女はどこかに残っているのですか」

黒沢はしばらく黙っていた。いったい、そうなった状態を、どんな言葉で表現したらいいのか、黒沢にもわからなかった。答える代わりに、黒沢はこう尋ねた。

「寒河江さん、心って、どこにあると思いますか？」

今度は寒河江が面食らって、考え込む番だった。

「心って、いまの科学では、脳にあることがわかったんじゃないのですか？」

ようやく疑問形でそう寒河江が黒沢にいうと、黒沢は小首を傾《かし》げた。

「そうでしょうか。心って、渚《なぎさ》みたいなものではないでしょうか」

「渚？」

寒河江は思わずそう聞き返した。

「そう、渚です。一方には頭があり、他方には体がある。海と陸のように、その二つが出会う波打ち際《ぎわ》です。ふだん私たちは、頭が体を支配していると思い込んでいる。でもそれは、長い時間をかけて、頭と体が馴染むようにしてきたからだと思うんです。もし脳が、別の体と結びついたら、そんな穏やかな静けさは続きません。海は怒り、大きな津波になって岸辺に押し寄せるかもしれない。そうすれば、波打ち際の静けさは打ち破られ、心は掻《か》き乱されることでしょう。でも、もしそこでじっと耐えれば、きっとまた渚に穏やかな平和が訪れる日が、いつか、やってくるんだと思うんです。そのとき、新しい陸と新しい海は、またひとつの静かな凪《なぎ》の風景になるような気がするんです」

寒河江は黙ったまま、黒沢のいう穏やかな渚のイメージを脳裏に思い浮かべた。それは、故郷に近い、あの日本海の夏の日暮れの浜辺の情景のようなものだろうか。だが、そんな平穏な日々が、いつかほんとうにやってくるのだろうか。

「黒沢さん、ありがとう。さっきは混乱して、取り乱してしまいました。あんまり突飛《とっぴ》な話だったものですから。いまのお話を聞いて、少し気持ちが落ち着きました。ひとりになって、じっくり考えてみたいと思います」

黒沢は、はじめてにっこりと笑い、もう一度、寒河江の肩に手を置いた。

「お選びになるのは、寒河江さんとご家族です。ご家族には、相手の性別と年齢、それにお子さんがいることを話してもかまいません。ただ、そこから先に進む場合は、詳しい情報は寒河江さんの胸に秘めていただくことになります。よく話し合われたほうがいいと思いますが、どのくらい、お待ちしましょうか？」

寒河江は頭のなかで家族の顔を思い浮かべた。妻の佐和子に半日、娘のカオルに半日。母の千代子は、甥《おい》に付き添ってもらって、上京するまで三日はかかるだろう。頭のなかで素早く計算して、寒河江はいった。

「一週間いただけますか。それまでに、合意書に全員、印鑑を押してもらいます」

そういった後で、寒河江と黒沢は思わず眼を見合わせた。

「もう心に決めたのか」と黒沢は驚きの眼をしていた。「自分はもう心に決めたのか」と、寒河江自身も驚きの眼をしていた。

「もしご承諾いただければと思って、ここに手術合意書と、相手がたとの不接触の誓約書をご用意してきました。ここに、皆さんのご署名と印鑑をいただき、弁護士立ち会いのもとで、脳間移植コーディネーターの私がこの欄に署名捺印《なついん》すれば、公文書として書類が発効します。一週間後を目処《めど》に、またおじゃまします」

黒沢はそういうと、目礼《もくれい》をして病室を出た。一仕事を終えたような充足感に包まれた。

だが、考えてみると、まだ、すべてはこれからなのだった。

3

脳間移植コーディネーターの黒沢健吾が、神田《かんだ》にある京極大の生命倫理委員会に呼び出されたのは、その前の週のことだった。

京極大は私立の医科大学で、もとは同じ場所に附属病院を併設していたが、手狭になったため、数年前に病院だけを都心の別の場所に移設新築した。病院から出向かねばならない臨床医たちには不便になったが、生命倫理や遺伝子工学にかかわる他部門の研究者が大学を拠点にしているため、教授会や多くの委員会は、この大学本部で開かれる。

黒沢が重厚な樫《かし》の扉をノックして開けると、すでに教授たちは大きな会議室の机の周りに着席していた。よっ、というふうに白衣姿の手をあげたのは、今日の会議を主宰する脳神経外科医の山野静二《やまのせいじ》教授である。

五十七歳の山野は、准教授《じゆんきようじゆ》のときにピッツバーグの財団病院に客員研究員として招かれ、世界で初めておこなわれた脳間海馬移植の手術に立ち会った。その後、技術を習得して帰国し、大学附属病院医師のチームを率《ひき》い、日本で初の脳間海馬移植を執刀した。

委員長席の山野の左右には、今回の執刀を担当する佐久間《さくま》マイ教授、佐野修造《さのしゅうぞう》准教授らが座り、ほかにバイオエシックスや医療哲学、宗教学、法学、社会学、精神神経科、臨床心理学、ジェンダー学、遺伝子工学、精神分析の専門家たちが居並んでいた。

右手の人差し指で縁《ふち》なし眼鏡を押し上げながら、山野がいった。

「きみの来るのをみんな待っていた。早速で悪いが黒沢君、そこの席に着いてくれんか。時間がないものでね」

黒沢が指定された席に着くと、山野はリモコンでカーテンを下ろし、シャンデリアの灯《あか》りを消して立ち上がり、壁に掲げたスクリーンに歩み寄った。

「今回の申請者について、若干《じゃっかん》、説明しておきましょう。まず、これが寒河江北斗、五十八歳です」

スクリーンに、病床で撮影した寒河江の顔が映し出された。

「大手広告代理店の部長代理です。半年前、われわれの病院で膵臓ガンの診断を受け、余命一年を宣告されました。抗ガン治療を受けていますが、かなり体力が落ち、一カ月前には軽度の肺炎にかかりました。山形県出身で帝山大経営学科を卒業し、入社後はニューヨークや香港、北京に駐在しました。飲酒、喫煙歴、ともになしです。趣味は歴史と園芸、読書。手術の申請は彼本人からです。家族は妻の佐和子、五十三歳。この写真です。いまは日本語教師として、外国人向けの語学学校で教えています」

北斗の左側に、佐和子の写真が浮かんだ。頬から首にかけての線に、清楚《せいそ》な気品があった。微笑んだ写真なのに、どことなく意志の強さを感じさせるのは、正面を向いて顎をかすかに持ち上げた姿勢と、目の光のせいだろう。

「二人の間に生まれた一人娘がこのカオル、三十歳です」

今度は二人の下に、肩までストレートに伸ばした髪を、後ろできりっとまとめた若い女性の写真が現れた。大きな眼が利発に動き、ものごとに臨機応変に反応する。一瞬をとらえた写真にも、そうした活発さを示す閃光《せんこう》のような輝きが見て取れた。

「銀座《ぎんざ》のブティックで、大手衣料メーカーの正社員として働いています。独身で、西荻窪《にしおぎくぼ》のマンションに住む母親と同居しています」

山野は続けて右手のリモコンのボタンを押した。今度は北斗の上に、二人の老人の顔が浮かんだ。

「こちらが、申請者の父親で大斗《だいと》、八十六歳。認知症の末期で、グループホームに入居しています。半年前、嚥下《えんげ》困難で胃ろうに切り替わりました。こちらが母親の千代子、八十三歳。認知症で、要介護2の認定を受けましたが、近くに住む甥の助けを借りて実家でひとりで暮らしています。佐和子の両親は健在ですが、特措法にいう「当事者」にはあたらないため、ここでは省略します。それでは、もう一人の申請者をご報告します」

山野がスクリーンを切り替えると、静かだった会議室に低く小さな驚きの波が立ち上がった。それは、歌を禁じられた見えないコロスたちが一斉に大きな溜息をつくような、無言のどよめきだった。

「申請者は氷坂《ひさか》カノン。カノンは、歌音と書きます。三十二歳。都内の電子出版社「アイ・ピー・フォー」で編集者をしています。札幌《さっぽろ》の生まれで京都の立志社大を卒業後、都内のいくつかのプロダクションでファッションやデザインの編集をしてきました。飲酒、喫煙歴あり。北都大学病院でジンガメル症候群と診断されたのは九カ月前でした。当時はまだ軽い健忘と後頭部の痛み程度の自覚症状でしたが、MRI診断の結果、海馬体CA3野の部位に萎縮《いしゅく》、歯状回の部位に変形が認められました。その映像がこれです。その後も萎縮と変形が続き、いまはここまで進行しました。休職して加療に専念していますが、近過去からの記憶の喪失が次第に過去に向かって遡り、軽い振戦《しんせん》や企図振戦、錐体路兆候《すいたいろちょうこう》が始まっています。まもなく視野狭窄《しやきょうさく》や判断力の衰え、食欲低下などが急速に進むと予想されます」

山野は一瞬、言葉を休めた。会議室で、今度は耳に聞こえる音になって、大きな溜息が聞こえた。山野はボタンを押し、歌音の左側に男の写真を映した。

「これが夫の拓郎《たくろう》、三十四歳。電子新聞社の社会部に勤める記者です。いまは裁判所と検察を担当しています。二人は六年前に結婚して月島《つきしま》の自宅マンションに住んでいます。そしてこの写真が二人の間の長男、達也《たつや》。四歳で、子ども園に通っています」

二人の写真の下に、やわらかな髪の男の子のおどけた笑顔が現れた。やんちゃそうな切れ長の目が驚くほど母親に似ており、鼻筋が通っていた。再び、仄暗《ほのぐら》い会議室に大きな溜息が洩《も》れた。

「さて、もう一人が歌音の母親和子《かずこ》、六十三歳。こちらの写真です」

氷坂歌音の上に、細面《ほそおもて》の女性が浮かんだ。快活な性格なのだろうか。カメラに向かっておどけて右手をあげ、片目を瞑って笑いかけている。

「まだ若いのですが、すでに認知症が始まっていて、要介護1の認定を受けました。夫はガンで数年前に亡くなり、札幌で独り暮らしをしています。さてこれで、法律上「当事者」にあたる人々全員をご紹介しました。説明を終わります」

山野は委員長席に戻って机の上に両手を組み、一同を見回した。

「何かご質問は？」

宗教学を教える小堺芳郎《こさかいよしお》教授が右手をあげた。

「氷坂歌音が申請した動機を、一応うかがっておきたい」

「申請書には、動機について書く欄はありません。手術合意書についても、動機項目はありません。ここから先は、もしこの第一次審査で認められれば、コーディネーターが実際に当事者と接触して確かめることになるでしょう。ただ、これは私の推測ですが、やはり、息子の達也のために申請したと考えるのが自然でしょう」

「しかし、夫の氷坂拓郎は、賛成しているのでしょうか」

ジェンダー学の田代《たしろ》ケイ准教授が口を挟《はさ》んだ。

「いえ、申請に関して家族の同意は必要なく、単独でもできます。申請手続きを代行したのは夫の拓郎ですが、彼も最後になって翻意しないかどうかはわかりません。家族の正式な同意が必要なのは、第一次審査を通ってからで、この先はコーディネーターの役割になります」

　山野はそういって、黒沢に視線を向けた。

「黒沢君、今度は一例目とは逆のケースになる。前回は、四十三歳の女性の海馬が、二十七歳の男性の体に移植された。異性の海馬が移植されるのは同じだが、今回の場合、どんな問題が起きると思う？」

　黒沢はしばらく考え込んだ。過去の臓器移植をいくつか思い浮かべたが、今度のケースは、それよりも遥かに複雑な問題を引き起こすだろう。

「当事者と実際に話し合ってみないとわかりませんが、最も大きな問題は、歌音のほうに起きるだろうと思います。自らの記憶や判断力が衰えるとしても、寒河江の体の中で、意識は残るでしょう。しかも、夫の拓郎や息子の達也は接触を禁じられるので、彼女の死を看取《みと》ることもできない。その孤立や寂しさに、彼女は耐えられるでしょうか。そのときに後悔しても、もう取り返しがつきません。氷坂拓郎は、そのことをあらかじめ知っておく必要があります」

　会議室は静まり返った。黒沢は続けた。

「第二の問題は寒河江北斗に起こる異変です。もし子どものために相手の夫婦が移植に応じるとしたら、その条件を受け入れた彼は当面、性転換手術を受けることはできない。

生きるために、性同一性障害と似た状態を強いられることになります。そのことに彼が耐えられるか。女性になるばかりでなく、母親にもなるということを、彼はどこまで受け入れられるのか。いずれも、未知数です」

　この言葉を聞いて、田代ケイ准教授が発言した。

「つまり、生きることを優先させれば、性同一性障害と似た境遇を強いられる。裏を返せば、性同一性障害が必然になる場合、今回のような移植が許されるのか、という問題でしょう」

　それを引き取って、山野が答えた。

「その問題は、一例目でもこの委員会で議論しました。仙波《せんば》先生、ちょっとご説明ください」

　突然の指名を受けたバイオエシックスの仙波順《じゅん》教授は、咳払《せきばら》いをしてから話し始めた。

「女性の海馬が男性に移植されたケースで、同じ問題が生じました。当時、男性には母親がいて、彼は母親の老後の面倒を見たいという気持ちから、移植を望みました。ただ、その母親は、息子が性転換をしないことを条件に、移植に同意したのです。条件つき同意は、法律では認められていません。しかし、この委員会の話し合いで、その条件をあらかじめ相手の患者さんに伝えることは、倫理的には必要だと判断しました。もしその母親がご存命なら、移植を受けた男性は、まだ性転換をしていないと思います。先ほどの田代先生の質問にお答えすると、手術によって、ある種の障害や困難が生じるとわかっていても、医療技術を優先させるのか。そうではありません。われわれはあくまで当事者の自由意思を尊重する。われわれは可能な医療技術を患者さんに提示するだけです。彼らが、困難を承知で生命の維持を選択するなら、われわれはその意思を尊重する。それが当時の結論でした」

山野は大きくうなずいた。

「で、当時は、法律問題はどうだったの？」と、その場の最年長である刑法学者の岩脇《いわわき》進《すすむ》教授が尋ねた。今度は山野が答える番だった。

「法律は特別措置法ですが、当然刑法上の問題が起きました。一部のＮＰＯが、執刀した私を、殺人未遂罪で告発したことは皆さんご存じのとおりです。しかし、東京地検の判断は、全当事者の合意があり、双方ともに、つまり男性の海馬も女性に移植されて二人とも生存しているなら、違法性は阻却されるので、結果は不起訴というものでした。その後、国会でも再び議論になり、こうした問題をより細心に準備するため、当事者の合意をとりまとめる特別のコーディネーター制度ができたのはご承知のことと思います。ところで黒沢君、一例目の女性のほうはどうなったかね」

山野はそういって、黒沢の眼をじっと見つめた。

「お二人の患者さんのその後については、法律上、アイデンティティ秘匿《ひとく》の義務がありますから、医師の皆さんであってもお伝えできません。ただ一言補足しますと、男性のほうは性転換をしておらず、女性のほうは、まだターミナルケア病棟に入院しておいでだと聞いています」

　ほーっという小さな驚きの声があがった。

　ここで臨床心理学を教える田所里香《たどころりか》准教授が手をあげ、山野に聞いた。何事にも物怖《ものお》じせず、率直な発言をして、委員会でも一目置かれる存在だ。

「山野先生、いま振り返って、どう思っておられますか。第一例目の移植手術をしたことを、後悔なさったことはありますか？」

　隣り合って座っていた仙波と岩脇は、思わず顔を見合わせて一瞬噴き出しそうな顔をし、ともに興味津々《きょうみしんしん》といった色を浮かべて山野の顔を見た。

「そう、時には後悔したことがあるのは事実です。特に、女性の患者に移植された、そのままでは助かる見込みのなかった男性患者の海馬がどうなっているのか、病床に就いてどう思っているのか……自分なら、その道を選んだのかどうか、って。ただ、われわれができるのは、最先端の医療技術を提供することだけです。そしてわれわれの職業倫理は、患者さんの自由意思を尊重することだけです。そうでしょ、仙波先生？」

　興味本位の顔で頬が弛緩《しかん》していた仙波は、思わず身震いして威儀をただし、「そうです、そうです」と言いたげに首を縦に振った。

　その会話で、一区切りがついた。第一次審査は、当事者の意思を確認する作業に、ゴーサインを出すかどうかが主な目的だ。

「挙手というのも何ですが、今回のケースについては手続き上、三分の二の賛成が必要なので、採決をしたいと思います。採決に異議のあるかたは？　では、二次審査に進むことに賛成のかた、お手をあげてください」

山野と黒沢を除くその場の全員が、手をあげた。

あとは、黒沢ひとりの両肩が、重い荷物を運ぶことになった。

4

京極大の生命倫理委員会で第一次審査がおこなわれて数日後、黒沢は書類にあった氷坂歌音の夫、拓郎の携帯番号に電話をかけた。以前から申請のあった寒河江北斗には、すでに何度か面会し、その意思や家族関係については聴き取りを終えている。歌音と夫については、これから面会をして状況を確かめるのが先決だった。

携帯は留守電になっていて、返事があったのはその日午後になってからだった。

「すみません、氷坂拓郎ですが。黒沢さんの携帯でしょうか」

きびきびとした声が、電話口に響いた。

「そうです。私は脳間移植コーディネーターをしている黒沢健吾と申します。今回、歌音さんからいただいた移植申請について、一度お二人にご説明したいと思うのですが、ご都合はいかがでしょう」

電話口の向こうで、しばし沈黙が流れた。

「そのう、歌音とは別々にお話しすることはできますか？」

「といいますと？」

「ちょっと言いにくいんですが、本人の前では話せないこともありまして」

その一言で、黒沢は事情を察した。ジンガメル症候群の患者は、記憶の衰えについて、きちんと自覚していないことが多い。コーディネーターの前では、本人が気を張って意外に記憶を長く保つこともあり、日常の病状が表に出ないという結果になる。そうしたときに、同居する家族が、さまざまな事例をあげつらうと、本人はいたく感情が傷つき、家族の言葉を否定したり、諍《いさか》いが起きたりもする。ここは、個別に面会して、実態を話してもらうほうがいいだろう。

「もちろんです。では、まず拓郎さんにお目にかかりましょう。いつでしたら、お時間をとっていただけますか」

拓郎が手帳かパッドを取り出し、日程を確認する気配がした。

「明日の夕方でしたら、二時間ほど空《あ》いています」

黒沢は、午後四時を指定し、拓郎が勤める電子新聞社の近くにある喫茶店の名をあげた。さらに、できればその翌日に、歌音にも、自宅で待機して黒沢と面会をしてほしい、と告げた。拓郎はすぐに請《う》け合い、電話を切った。

翌日、六本木《ろっぽんぎ》にある喫茶店で待っていた黒沢の携帯パッドのブザーが鳴った。最近は、双方が携帯の位置情報の設定をオンにしておけば、登録した相手が近づくとブザーで知らせてくれる。店の入り口から、生命倫理委員会で見た写真の男性が、右手をあげて近寄ってくるのが見えた。

拓郎は想像していたよりも長身で、黒い長袖のシャツに、ジーンズの軽装だった。眉《まゆ》が濃く、彫りの深い目鼻立ちをしているが、その窪んだ目の下には、心労による睡眠不足のせいで、くっきりとした隈《くま》が浮かんでいた。二人は互いに自己紹介をし、携帯端末を近づけて電子名刺をやりとりした。コーヒーを注文したあとで、周りに眼を配りながら、黒沢が切り出した。

「早速ですが、つい先日、京極大の生命倫理委員会が開かれ、歌音さんの申請が第一次審査を通りました。そこで、私が指示を受け、二次審査に向けて皆さまと面会することになりました。いろいろと事情をうかがい、その内容を委員会に報告して、手術をするかどうか、最終決定をすることになると思います」

黒沢は、脳間海馬移植特別措置法の要件として、全当事者の手術への同意や、再接触の禁止などの誓約が必要であることを説明した。黒沢は、携帯端末のICレコーダーで会話を録音する許可を求め、拓郎にこれまでの経過を話してもらうよう促した。コーヒーが運ばれ、ようやく拓郎が口を開いた。

「あれは、一年ほど前のことだった、と思います……」

携帯パッドで後になって記したメモによれば、それは去年の六月中旬のことだった。

キッチンの食器棚を開けた拓郎は、素《す》っ頓狂《とんきょう》な声を張り上げた。

「おい歌音、なんでこんなにタバスコを買い溜めるんだ。タバスコ屋でも始める気か」

三日前、拓郎は愛用しているタバスコの小瓶《こびん》が空《から》になっていることに気づき、歌音に、会社の帰りに買ってくるように頼んだ。その特製のタバスコは、歌音が勤める電子出版社近くの南米食材店にしか置かれていなかったからだ。歌音は二日前、タバスコを買ってきた。昨日は、それが二本になっていた。そして今日は三本が並んでいた。

「なあに？」

出勤前のシャワーを浴びた歌音が、洗い髪をバスタオルで拭きながら現れた。

「三本も必要ないだろ、このタバスコ。一本あれば三カ月はもつよ」

歌音は、えっ、という目で食器棚を見た。濡《ぬ》れた黒い髪をしごきながら、いつまでも棚を見つめ、何か考え込んでいるふうだった。拓郎は、その体を後ろから両腕で抱え、軽々と宙に持ち上げた。中背の歌音は笑いながら腕の中で小さく暴れ、身を振りほどこうとした。拓郎は歌音を立たせて手を放し、体を振り返らせて深々と抱きしめた。

「歌音、最近、ちょっとヘンだぞ。何か気になることでもあって、うっかりが続いているんじゃないか」

軽く口づけをした後、歌音は呟いた。

「そうね、忙しすぎるのかなあ、こんなにタバスコ買っちゃって。職場のだれかにあげようか」

その日、歌音は二本のタバスコをバッグに入れて出勤した。職場のだれかにあげるつもりのようだった。

その翌日、拓郎はパン皿を取り出そうと食器棚を開け、タバスコの小瓶が二本並んでいるのを見た。たぶん、一本を同僚にあげたが、もう一本はやんわり断られたのか、貰《もら》い手を見つける暇がなかったのだろう。特製といっても、好みがあるだろうからな。そう思って遣《や》り過ごした拓郎は、翌日食器棚を開けてみて、その場に立ち尽くした。タバスコの小瓶が三本になっていた。

「歌音、ちょっと話があるんだけど」

「なあに。ちょっと待ってね。達也の準備をしないと」

まだ眠そうに目をこすっている達也に歯磨《みが》きさせてからパジャマを子ども園の水色の上《うわ》っ張《ぱ》りに着替えさせる。帽子を取り出し、リュックサックの中身を点検する。その合間には、自分も軽くメイクをし、テレビの天気予報をチェックする。

「達ちゃん、だめよ。動かないで。こら、ママ怒るぞ」

最近達也は甘えて、歌音の言うことを聞かず、どこまでいけば本気で怒るか、瀬踏みをしている。実際に怒り出し、歌音が布団叩《ふとんたた》きの棒を取り出して尻をぶとうとすると、たちまち火がついたように泣き出す。歌音は棒を放り出し、達也を抱きしめ、あやす。

その繰り返しだった。

「歌音、ちょっと来るんだ」

食器棚の扉を開けたままで、拓郎がいった。達也を抱きながら近づいた歌音は、タバスコの瓶を見て目をみはり、達也を床に下ろすと、開いた口を右手で覆い、拓郎を見上げた。その顎が、かすかにわなないている。

「どうした？　また買ったのか？」

歌音は宙を見上げ、視線を左右に走らせて何かを考えている様子だったが、小さく頭を振って、埃《ほこり》のように髪にまとわりつくものを払う仕草をした。

「ごめん、もう時間がないから、わたし、達也を送るわ。今晩帰ってから話しましょ」

その夜、拓郎は早く帰宅した。今日のメニューは八宝菜とサラダ、それに鶏《とり》のつくねを入れたスープといつもより手間をかけた。歌音が達也を連れて帰ったのは、夕食の準備が整って間もなくのことだった。

一日遊んだせいか、達也は歌音の腕のなかでぐっすり眠っている。歌音は達也をそのままソファに下ろし、上から白いバスローブをかけた。

寝室で服を着替えて戻ってきた歌音は、テーブルに並んだ皿を眺め、「ありがと」と呟いた。

「さあ、まずは乾杯といこう」

拓郎が冷蔵庫からビールを取り出し、グラスに注いだ。泡がたち、白い層がグラスの縁から溢《あふ》れそうになる。

「乾杯って、何の？」

「今日も、昨日と同じ一日だったことに」

二人はビールをグラス半分ほど飲み、目を見合わせて笑った。

「今日はどんな一日だった？」

夕食に箸《はし》をつけながら、拓郎は尋ねた。歌音は、近づいてきた東京ファッションフェスタの特集を組むのに追われ、秒単位でカメラマンやウエッブデザイナーとの打ち合わせをこなしたこと、その合間に、子ども園から送ってくる達也の動画を見たことなどをしゃべり続けた。

拓郎は、しばらく歌音の顔を見守った。その視線に気づき、歌音は箸をやすめ、テーブルの上に置いた。ビールを飲み干し、「ちょっと一服するね」と言って、ベランダに出て煙草を吸った。ミント味の細巻きで、煙草を吸わない拓郎も、匂いは気に入っていた。

歌音を追ってベランダに出た拓郎は、並んで手すりにもたれ、眼下の月島の古い町並みを見下ろした。

「あのさあ」

拓郎がそこまでいうと、すぐに歌音がさえぎった。

「タバスコのことね」

拓郎が黙っていると、歌音は棚の上にあった灰皿を取り出し、煙草を揉《も》み消《け》した。拓郎を見上げる両眼から涙が溢れている。いきなり、抱きついてきた胸が、小刻みに震えている。

「おかしいの、最近のわたし。朝出かけるとき、食器棚にタバスコがあるのを見てほっとするんだけど、仕事を終えて帰ろうとするとき、あなたにタバスコを買うように頼まれたことを思い出す。買わなきゃ、買わなきゃと思って。そしたら、帰って食器棚の扉を開けると、並んでいるの。次の日も……」

拓郎は強く歌音を抱きしめ、軽く笑った。

「なんだ、忙しすぎるんだよ。でもさ、そんなの、あるある。ぼくだって、買い置きがあるのに、うっかり同じもの買っちゃうことあるからね」

腕の中で、歌音が動きをとめた。その胸のふくらみの鼓動が、拓郎の胸に伝わってきた。

「違うの。それだけじゃないの」

歌音は拓郎を見上げた。見えない捕獲者に逃げ場のない片隅《かたすみ》に追い詰められ、恐怖におののく小動物の眼をしていた。

「最近、ものが目の前から消えていくの。昨日、確かにあったはずの古い財布がなくなったり、大切にしていた手紙がなくなったりするのよ」

その言葉を聞いて、拓郎はふと、二カ月ほど前のことを思い出した。その日曜日の夜、歌音は達也を寝かしつけた後、洋服ダンスや仕事机の奥、そして寝室の袖机《そでづくえ》の中を必死に捜し回っていた。

「おい、何捜してる？」

拓郎が聞くのも上の空で、歌音はしゃがみ込み、捜す手を休めようとはしない。

「やあだ。わたしったら、あんなに大事な財布、どこかに置き忘れちゃったみたい。それとも職場の机なのかなあ。へんだな」

「財布って、どんなやつだ」

「ほら、仕事でミラノに行ったでしょ。そのときに買った赤い革の財布、とっても気に入ってたんだけど」

それを聞いて拓郎は思わず噴き出した。

「なんだ歌音。それって、平べったくて、少し大きめの財布？　あはっ、歌音らしいよ、まったく」

歌音はしゃがんだまま、不思議そうな目で拓郎を見上げていた。

「だってあれ、去年の冬にきみが自分で処分したじゃないか。口のところのバンドが擦《す》り切れて、修理店に持って行ったら、元の値段より高い修理代がかかるって言われて。惜しいけど、今度またミラノに行くときに買ってくるって、そう言ったんだぜ」

しばらく考えこんでいた歌音は、ようやく思い出したのか、頬をふくらませ、湧き上がる笑いに体を弾《はず》ませた。

「なんだ、そうだったわよね。だめねえ、そんなことも忘れて」

「歌音らしいよ、まったく」

歌音はふざけて拓郎に突っかかり、二人はそのままベッドに倒れこんだ。

その数週間後、拓郎が帰宅すると、歌音はやはり昔の手紙の束を捜し回り、汗だくになっていた。そのときも、拓郎は歌音が「もう処分しなくちゃ」と言いながらハサミで切り刻んでいたことを思い出させ、その場を遣り過ごした。処分したことを忘れたり、物を置き忘れたりすることは、拓郎にだってある。うっかりすることは、だれにだって起きることだ。

「違う。それだけじゃないの」

拓郎の腕のなかで、歌音は震えていた。

「ものが消えるだけじゃなくて、わたしの知らないものが、周《ま》り《わ》にどんどん増えていくのよ。小さな銀のアクセサリー。木製の小象の彫り物。古い伊万里《いまり》の彩片《さいへん》。達也のあの黄色いキャスケット……」

「だって、きみのお気に入りばかりじゃないか。好きで買うんだから、当然だろ？」

「違うの。買ったことを忘れてしまっているの。ある日突然、小象の彫り物が袖机に置いてあって、あなたが買ったのかしらって、思うのよ。そうしたら、あなたは違うよっていう。どれも、わたし、自分で買ったことを忘れている。こわい」

ことの重大さに、ようやく拓郎も気づきはじめた。

「わかった。とにかく居間に戻って夕食を食べてしまおう」

しおれた歌音の手をとって、拓郎は居間に戻った。その物音で、達也が目を覚まし、歌音の顔を見て急に泣き出した。悪い夢でも見ていたのだろう。

「ママ、どこいっちゃうの？　ママ」

歌音は達也をかかえあげ、思いっきり抱きしめ、ぐるぐる回った。

「達ちゃん、ママ、どこも行かない。どこにも行かないよ」

拓郎は、二人を外から抱きかかえ、一緒になって三人はぐるぐる回った。

「ママ、どこにも行かない。歌音は、どこにも行かないよ」

5

日を追うごとに、歌音の物忘れはひどくなっていった。その物忘れは、すぐ間近のことを思いだせないというだけでなく、次第に過去に遡り、記憶の地層を上から底に向かって少しずつ掘り下げ、侵蝕《しんしょく》していこうとしていた。

「メモを書くといいよ。自分が思ったこと、感じたことじゃなく、だれとこういう話をしたとか、何を食べたとか、だれに電話したとか、実際の行動と事実だけをメモにするんだ。いいかい。記憶が不確かになったら、そのつど、メモを見て内容を確かめるんだ」

拓郎はそういって、歌音に納得させた。

はじめ歌音は、お気に入りの黒い革表紙の手帳に、行動記録を書き始めた。月日と時刻を書き、だれに電話した、達也を子ども園に送った、そのとき、担任の山岸愛海《やまぎしまなみ》先生とこんな会話を交わした、そういうことを細かくしるすようにした。さらに予定については、青い革表紙の手帳に書き留めるようにもした。

しかしその手帳を、歌音はたびたび見失った。どこかに置いたはずなのに、その置き場所がわからない。そうすると、自分の記憶のカプセルが消失したように、パニックに襲われ、部屋中をひっくり返す。ようやく見つけて、泣きたくなった。歌音は、自宅では居間のテーブルの真ん中、職場では自分の机の右端に定位置を決め、使った後は、必ずその場所に戻すことにした。

だが、問題はそれでは収まらなかった。

自分の行動の記録はそれでいい。しかし、だれかに電話をしようと思って、その相手の名前が思い浮かばない。電話番号を探せない。その人と自分がどんな関係にあるのかも覚えていない。そうすると、なぜ電話をかけようとしていたのかも忘れていることに気づく。歌音は途方に暮れ、何度も首を振って嗚咽《おえつ》した。

歌音は、紙の付箋《ふせん》を使うことにした。今日しなくてはいけないことに、青色の付箋。これからかける電話の相手の名前と番号、その人との関係は赤い付箋。そして、明日以降の日程には黄色い付箋。それを書いて、食器棚のガラスの戸に貼りつけた。

ある日拓郎が帰宅すると、灯りもつけない居間の食器棚の前で、歌音が座り込み、ひとりうなだれているのが見えた。思わず駆け寄り、その細い両肩を鷲《わし》づかみにして揺さぶり、「達也は？」と叫んだ。歌音が顎をしゃくってソファを指したその先に、達也がすやすや眠っている姿を見て、拓郎は安堵し、立ち上がって歌音を引っ張り起こし、軽く抱きしめた。

「どうした？　今日は何があったんだ？　言ってみろよ。どうってことないさ」

歌音が拓郎にしがみつき、震えた。

「こわい。わたしがどんどん、わたしでなくなっていく。わたしを繋《つな》ぎとめるイカリがなくなって、どこかに漂っていきそう。星座を結ぶ線が消えていって、一つひとつの星が、ばらばらになっていきそう」

拓郎は歌音の両肩をつかんで引き離し、かすかに揺すった。

「話してごらん。何があったの」

椅子に座らせ、ようやく落ち着いた歌音が静かに語り始めた。

「今朝ね、子ども園に達也を送ったら、担任の後藤明子《ごとうあきこ》先生じゃなく、知らない女性が出迎えたの。すみません、後藤先生はいらっしゃいますか？　そう聞くと、その人は不思議そうな顔をして、えっ、後藤先生はこの前、お辞《や》めになったんですけど、って言うの。毎日、毎日、顔を合わせていたのに、山岸先生のこと、すっかり忘れていたのよ」

歌音はそういったまま、すすり泣いた。

「それだけじゃない。その後、地下鉄の改札で、カードをかざしてホームに入ろうとしたら、改札にカードの読み取り面が見当たらなかった。なのに、扉は自動的に開いた。不思議に思って事務所の駅員に聞いたら、あっ、それなら先月から入力方法が変わりました。登録して生体認証を受けておけば、カードなしでも自動的に扉が開くようになったんです、って話してくれた。昨日まで、そうやって改札を通っていたのに、そのことを忘れていたんだわ」

拓郎は立ち上がって歌音に近づき、その髪をやさしく指で梳《す》いた。

「そんなこと、たいしたことじゃない。だれだって、うっかりっていうことがあるさ。ぼくだってこの前、パソコンのパスワードを思い出せなくて、一時間もパニクってしまった」

歌音は髪を梳く拓郎の左手に触れ、その指先をまさぐった。

「そして、アイ・ピー・フォーに着いた。編集長の相沢《あいざわ》さんから、今日のインタビュー頼むぞ、っていわれた。えっ、何時にだれと？　ぎくっとして尋ねた。おいおい、ファッション・デザイナーの山際《やまぎわ》先生、昨日やっとアポ取れたっていうのに、もう忘れたのか。午後三時、青山《あおやま》の事務所だ。そういわれて、慌《あわ》てて予定を書く青い手帳を見た。そしたら、広告代理店の木下《きのした》常務と会う、別のアポが書かれていたの。「だめです、その時間は、絶対はずせない打ち合わせが入っています」。そういうと、相沢さんの顔色が変わったわ。あの人、自分をコントロールできるから、怒らずに肩をすくめて、同僚の鴨下《かもした》さんにインタビューを振ってくれた。でも後で気になって、行動を記録する黒い手帳をめくってみた。そしたら、昨日の二時十三分、「相沢さんから、明日の山際先生とのインタビューを頼まれる。午後三時、青山事務所で」って書いてあった。でも、その山際先生とのアポを、青い手帳に書き写す前に、木下常務からの電話を受けて、その予定だけを青い手帳に書き込んでしまった。そのときには、山際先生との約束があったことを、すっかり忘れていたの」

拓郎は、思わず天井を見上げ、歌音の手を握った。

「そして、達也を迎えにいって、ここに帰ってきた。達也がぐっすり寝入っていたから、ソファに寝かせて、料理の支度をした。そしたら、あるはずのオイスター・ソースが見当たらない。マジック・ソルトもない。冷蔵庫にはぎっしり食材が詰まっていて、何を作ろうと思って何を買ってきたのか、もうわからないの。一つひとつ取り出して、そこから想像しようとしたけれど、あまりたくさんの可能性があって、何もできなくなってしまった」

歌音はそこで言葉を切り、両手で顔を覆った。

「そして、あの食器棚の前に立った。あんまりたくさんの付箋が貼ってあって、どれがどれなのか、さっぱりわからない。それに、なぜ、青や赤や黄にわかれているのかも。はがし忘れているから、どれが終わったことなのかもわからず、どんどん付箋が増えてしまっていた。力が抜けて、疲れきって、そのまま座り込んでしまった。わたし……」

歌音はそのまま黙り込んだが、少したって、「もう、だめかもしれない」と呟いた。

拓郎は、歌音の両肩をパンとはたき、右手の人差し指で歌音の顎を持ち上げて目を覗き込んだ。

「歌音、病院に行ってみよう。ぼくもしばらく休暇をとろう。もう何年も有給をとらずに来たからな。申し訳ないけれど、札幌のお義母さんにも、しばらくここに来てもらおう。ぼくの家のほうは、いま、父の認知症がひどくなって、母も手が離せなくなってしまったからね」

平均寿命が延び、医療技術が進むとともに、体は健康なまま脳の衰えが進む認知症は増え続けていた。二〇一〇年には六十五歳以上で二百八十万人だったその患者数は、いまは五百万人に近い。次々に出る新薬で進行を遅らすことができるとはいえ、若くして死なない限り、だれもがなっておかしくない国民の病いとなり、すでに日常の風景になっていた。

「歌音が物忘れするようになっても、みんなでその分を補いあえば、いままでどおりに暮らしていけるさ。ちっとも心配することないよ」

達也が目を覚まし、むずがって甘えた声をだした。歌音が駆け寄り、拓郎はその姿を目で追って、微笑んだ。

「まだ確かなことはいえませんが、ジンガメル症候群の可能性があります」

北都大学病院の診察を受けて三日後、拓郎は脳神経科の佐古田《さこた》伸郎《のぶお》医師から呼び出され、そう告げられた。

聞きなれない病名に、拓郎は思わず膝《ひざ》を乗り出し、食い入るように佐古田の口元を見つめた。

「ジンガメルというのは、この病気を発見した医者の名前です。脳の奥に、カイバというところがありまして。カイバというのは、海の馬と書くんですが、そこが変形して萎縮すると起きる病気です。海馬は人間の記憶を統御している器官ですが、一言でいうと、ものを記憶する力が衰え、新しい記憶のほうから、次々に失われていく。つまり、記憶が消えていくんです」

「で、それから、どうなるんです?」

「水が漏れていく容器のように、記憶の水位が下がって、昔に遡って記憶が消え、それに応じて、判断力も低下していきます。そして、だんだん子どもから、赤ちゃんに近づいていく。そして最後には……」

佐古田はそこで言葉を切った。拓郎は、すがるように尋ねた。

「どれくらいの時間で、そうなるんです」

「わかりません。奥様の場合、そうなるまでにどのくらいかかるのか、時間を追って進行状況を確かめないと。ただ、まだジンガメルと確定したわけじゃないんです。この症候群は、ほかの病像とまぎらわしいところがあって、誤診しやすいのです」

「それで、治療のほうは?」

「まだ発見されて間もない病気なので、特効薬はありません。ただ、進行を遅らせる薬はいくつかあります。リハビリもやってみましょう」

「ふつう、歌音の状態になった場合、どのくらいの時間で、その、赤ちゃんに近づくんです？」

「さっきも申し上げましたが、人によって進行の度合いは違います。平均でいうと、最初の兆候が出てから、一年か、二年後でしょうか。しかし、薬とリハビリで、人によってはもっと長くなることもあります」

佐古田は拓郎を励《はげ》ますように、そういった。今後は週に一度、診察を受けること、いずれはひとり歩きができなくなる場合もあるので、外出時には、家族ができるだけ付き添うようにすること、そして、何よりも、記憶が失われる恐怖を本人から取り除き、平穏な暮らしを心がけること。佐古田は拓郎にそんな指示を与えた。


拓郎はその日のうちに「アイ・ピー・フォー」の相沢保《たもつ》編集長に電話をかけ、面会を申し込んだ。歌音の上司は、すぐに応じてくれた。

南青山のビルの広い二フロアを占める歌音の勤務先を拓郎が訪れるのは、初めてのことだった。

天井から下がるプラスチックの札に記された、「ファッション・ネクスト」や「デジタルあした」、「歴史万華鏡」、「テクノ・フロント」などのもとで、雑誌別に十卓ほどの仕事机が並び、低い仕切りのある空間でパソコンに向かう編集者の周りを、デザイナーやコピーライター、契約のフリー記者らが慌《あわただ》しく飛び回っていた。すぐ上の階には広告や総務、経理、人事、それにデジタル発信部や著作権部、渉外部などの部門と、大きな撮影スタジオ、録音スタジオなどが入っているという。自分が勤める電子新聞社よりも大きな歌音の仕事場に、拓郎は目をみはった。

「ファッション・ネクスト」編集長の相沢は四十歳前後で、赤い縁の眼鏡に顎ひげを生やし、眼光の鋭い男だった。

「でも、笑うとまなざしがふっと柔らかになって、それが女の子を惹《ひ》きつけるみたい」

拓郎は、歌音がそういっていたのを思い出した。相沢は拓郎を応接室に招きいれ、医師の診断結果を聞いた。拓郎は病名は伏せて、かいつまんで、その症状と当面のリハビリについて話した。

「そうでしたか。実は氷坂さんについて、みんな心配していました。あれほど聡明で、機転のきく彼女が、アポを忘れたり、ダブル・ブッキングをしたりするようになった。それに、あんなに明るく、きびきびしていたのに、物思いに耽ったり、ぼんやりすることがあったり。でも、ご心配には及びません。彼女の机は空席のままにしておきます。

「ただ、治療にどれくらいかかるのか、医者にもわからないそうです」

われわれも待っていますから、彼女を励ましてあげてください」

拓郎は、沈んだ声でいった。

「いいですよ。彼女はこの雑誌の大黒柱だから、ほかの人には替えられない。待ちましょう。ほかの編集者には、容態も伏せておきます。彼女が職場に帰ってくるときに、すっと元の鞘《さや》におさまることができるようにね」

拓郎は頭を下げ、お礼をいいながらも、「歌音が帰る日がやってくるのだろうか」と力なく自問した。

6

歌音の母親和子が、札幌から上京したのは、その三日後だった。歌音には詳しい診断結果を話していなかったが、とうぶん同居してくれる義母には、知らせておく必要があった。歌音が達也を寝かしつけている間に、拓郎は和子と向き合った。

「そう」といって聞き終え、少し視線をそらしたあと、和子は静かに遠くをみつめる目になった。

「ペンティメント」と、和子は呟いた。

「ペンティメントっていう言葉があるんです。主人が死んで、わたし、趣味で油絵を始めたでしょ。そこで覚えた言葉なの。昔の画家って、材料があまりなかったから、下絵に重ね塗りをして、別の絵を描くことが多かった。でも、うんと長い時間が経つと、上絵が透明になって、下絵が表れてくる。それをペンティメントって呼ぶそうなの。あの子も、そのペンティメントになるのよね」

拓郎は、黙ってその言葉に耳を傾けた。

「でもね、人はいつかそうなるの。わたし、六十三だけど、認知症の診断を受けたでしょ。わたしも、そのゆっくりとしたペンティメントの入り口に立っている。ときどきふっと、そんなことを感じるのね。だんだん、細かなことが覚えられなくなって、昔のことだけが、いきいき思い浮かんで、そのうち、だれがだれかもわからなくなる。長生きするって、だれもがペンティメントを経験するってことじゃないかしら。わたしの父も、母も、そうやって赤ちゃんみたいになって亡くなった。ときどき、ガンで死んだ主人に、あなた、よかったわね、って呼びかけることがある。へんでしょ？　でも、最後まで意識がしっかりして、年相応のままに亡くなることが、うらやましくなることもあるのよね」

拓郎には意外なほど、和子は静かに歌音の異変を受けとめていた。

「そうね、これも運命よね。歌音は、わたしよりちょっと早くペンティメントが始まった。そう思うしかないわ。だから拓郎さん、あなたも認知症になったお年寄りにするように、歌音に接してあげて。まず、相手のいうことに、決して逆らわず、ただ受け流すこと。否定したり、説教したりするのは禁物。そうしたら、本人には自分が拒まれたっていう寂しさや悔しさしか残らない。それと、あの子の自尊心を大切にしてあげて。これからどんなに判断力が衰えても、自尊心だけは残るんだから。だって、達ちゃんだって、そうよね。まだあんなに小さいのに、もう自尊心が芽生えているわよね？」

拓郎は、達也が最近、叱られてもじっと壁のほうを向いていうことを聞かなくなったり、そうかと思えば泣きじゃくって拓郎に抱きついてくるようになったりすることを思い出した。

「そうですね。あまり突然だったので、ぼくも取り乱していました。できるだけ長く、ふだんどおりの暮らしを続け、彼女の心が安らぐようにするしかないんですよね」

　しばらくは、平穏な日常が戻ってきた。拓郎が出勤すると、和子は歌音に付き添って達也を子ども園に預け、天気のいい日は散歩に出かけた。歌音の物忘れは一層激しくなったが、歌音が取り乱すたびに、和子があやすように、ざらざらした心を言葉で撫《な》でさすり、歌音が落ち着くまでずっとそうしていた。

　家では、パソコンに保存した写真を、歌音の年齢別のアルバムに整理するようになった。ファイルを分けて何歳撮影という表示をつけ、一つひとつの写真を順番に並べた。

　今年撮影をした子ども園の写真に、歌音と、母親の仲間が写っていた。

「これだあれ？　素敵な人ね」

　和子が聞いても、歌音は答えられなかった。その前年のファイルも、さらに前の年の写真も、人の名前が思い浮かんでこなかった。三年前になると、歌音にはかすかな記憶があり、どうしても思い出せない名前が、しばらくたってようやく蘇ることもあった。

　そうしてみると、歌音の記憶は、すでに二年前まで遡って消去されたことになる。和子は、拓郎に写真を見せて、知っている名前を一枚一枚の写真のキャプションに打ち込んでもらった。

「この人ね、今野《こんの》弥生《やよい》さん、っていうそうよ。達ちゃんと仲のいいミクちゃんのお母さん。あなたたち夫婦と、日帰りで横浜《よこはま》まで遊びにいったこともあるんだって。こちらがその写真。そう、ここでふざけている女の子がミクちゃん。こちらは弥生さんの夫の春男《はるお》さん」

だが、暖かくなった地面に次々と溶けていく春の淡雪のように、歌音が覚えるよりも早く、記憶は消えていき、現在から過去に向かって消去のスピードが速まっていった。しかし不思議と、昔の思い出は鮮明に覚えており、すらすらと歌音の口をついて出る。

「お母さん、昔、札幌の南八条の家に住んでいたときのこと、覚えている？　古い家だったけど、木造の二階建てで、生垣《いけがき》にはオンコの木が並んでいた。あれ、こちらではイチイの木っていうそうなんだけど。秋には赤いちっちゃな実がいっぱいついて、飾りをつけたクリスマス・ツリーみたいだった。そのころには、最初の粉雪が舞って、上を見上げると、白い空にすっと吸い込まれていくみたいだった。だからわたし、庭で両手を広げてくるくる回って、早く中に入っていらっしゃい、ってお母さんに叱られたわよね」

「そんなこと、よく覚えているわね。わたしはそのころ、外で働くようになったから、毎日が忙しくて、何にも覚えていないわ」

だが、時が経つにつれ、歌音の記憶の壁は消去の波に洗われて、満潮が近づく浜辺に築いた砂の城のように、はかなく崩《くず》れていった。そんな歌音がもっともおそれていたのは、彼女が夫の拓郎や息子の達也についての記憶をも失い、記憶のなかの他人になってしまうことだった。だがどういうことなのか、他の記憶が薄らいでも、拓郎と達也と過ごした日々について、歌音は覚えていた。まるで、それが彼女の記憶の最後の牙城《がじょう》とでもいうように、歌音は必死になってその城だけは守ろうとしているかのようだった。

ある夜のことだ。柔らかな大気に、かすかな温もりが立ち込めるのを感じながら、ベランダで歌音が煙草を吸っていると、拓郎が出てきて、手すりに体をもたせかけた。母の和子のおかげで、最近の歌音はすっかり落ち着いてきた。記憶は相変わらず、砂時計の粒のように刻々と消えていくが、それで歌音が動揺することはめったになくなった。

「あのね、あなたに大事な話があるの」

歌音は拓郎に話しかけた。声は落ち着いている。落ち着きすぎて、こわいほどだった。

「なんだい、話って」

「あなた、脳間海馬移植って、聞いたことがある?」

「いや、ないな。何か、難しそうな名前だね」

拓郎は嘘をついた。脳間海馬移植のことは、主治医の佐古田から聞いていた。佐古田は大学時代の友人の山野が執刀した最初の移植について詳しく聞いたことがあり、歌音のようなケースでは、その可能性があると推測していた。だが、歌音の海馬が、だれか死にゆく人の体に移植されるなど、とても耐《た》え難《がた》い話だった。拓郎はその場できっぱりと断った。握りつぶしたはずのその話を、歌音はだれから聞いたのか。ひょっとして、佐古田がうっかり口にしてしまったのだろうか。

「インターネットで偶然見つけたの。ジンガメル症候群を調べているうちに、ある男性が、別の人の海馬を移植されて、その後も生きているっていう話なの。まだ生きているかどうかは、わからないけれど」

「海馬を移植って、他人がその人になりすますっていうのか。でも、その話がどうしたっていうの？」

「わたし、その手術を受けてみようかって、思うんだ」

えっ、と短く声をあげて、歌音を振り返った。歌音は煙草を揉み消し、話を続けた。

「ずうっと前、まだわたしたちが大学生のころ、この国で大きな災害があったわよね。遠くにいたから、恐い記憶しかなかったけど、達ちゃんが生まれたあとで、あるお母さんの手記を読んだわ。そのとき三歳だった娘さんが、おばあさんが運転する車ごと波にさらわれて、その後も行方不明になってしまった。ずっとあとになって、そのお母さんは思うの。あの子は、たった三年しか生きなかったけど、わたしの一生分の幸せを残してくれたって。わたし、その気持ち、すごくよくわかる」

拓郎は黙って暗闇に耳を傾けた。

「でも、その後、考えてみた。もしその親子が逆の立場だったらどうかなって。三歳の子が助かって、母親のほうが亡くなっていたら、その子は大きくなってどう感じるんだろう。たった三年で、母親は惜しみなく一生分の幸せを残してくれたって、思えるのかな。そう思うには、思い出が小さすぎて、はかなすぎて、ぼんやりした夢みたいに消えてしまいそう。母親をうらむんじゃなく、好きでたまらないからこそ、天をうらみたくなるんじゃないかしら」

拓郎は一言も発することができなかった。

「これから、いよいよその日が近づいてくる。わたしには、わかる。わたしがあなたを、達ちゃんを、忘れてしまう日がくる。わたしはいい。あの子から、たった四年で、一生かかっても味わえないほどの幸せをもらった。あなたからもね。でも、あの子はどう思うかしら。あの子のことすらわからなくなる母親を見たら、それが、あの子にとって一生続く母親のイメージとして定着してしまう。わたしには、耐えられない」

歌音は両目を見開いたまま、涙が頰をつたうのを、そのままにしていた。

「ぼくは反対だな。きみのほうの海馬はどう感じる？　いずれ死が訪れるのを知りながら、他人の体の中に閉じこめられてしまうんだよ。きみが達也のことを思う気持ちはわかる。でも少しは、きみのことを思うぼくの気持ちも考えてくれ。第一、赤の他人がきみの頭に住み着いても、所詮は他人だよ。達也のことを好きになるかどうかわからないし、ぼくを遠ざけるかもしれない。きみの体だけが残って、互いを憎んだり、反発しあったりするなら、そっちのほうがずっと辛い」

早口の拓郎の言葉を、歌音は静かに受けとめて、いった。

「そのことは、わたしも考えた。わたしはいずれ、だれのこともわからなくなって、暗闇にひっそりとうずくまるようになるから、苦痛も後悔もなくなる。薬を使ってもらうから、痛みも知らず、赤ちゃんみたいにぼんやりとした状態になって、死んでいく。でもそれは、わたしがわたしの肉体にとどまった場合でも、同じことなの。だからわたし、平気なんだ。わたしになる他人が、あなたや達ちゃんとうまくいかないって、そんなことないと思う。きっと、お互い、好きになるわ。わたし、何となく、そう感じるの」

それから数日というもの、拓郎は仕事をしていても、移植のことが脳裏から離れず、何度も頭を振っては雑念を払おうとした。

ある夜帰宅すると、ご馳走を前にして、和子と歌音、達也が並んで座っていた。シャンパンとグラスまで準備してあった。

「やあ、すごいな。今日は何のお祝いなんです?」

ネクタイを外して椅子に座った拓郎に、和子がにっこり笑いかけた。

「今日はね、歌音が生まれ変わるお祝い。さ、乾杯しようね」

「ちょっと待ってください。生まれ変わるって、まさか……」

今度は歌音がにっこりした。

「そのまさか、なのよ。達ちゃんにも話したら、ママ、がんばれ、っていってくれた。達ちゃん、もう、なあんでもわかるんだよね。さあ、乾杯。達ちゃんは、サイダーにしよっか」

三人がグラスを掲げるのに押し切られて、拓郎もグラスの縁を軽くぶつけ、一気に飲み干した。もうやけになっていた。

「さ、食べようね。あなた、あとで話そうよ。せっかくの料理が冷めたら、今日の半日がムダになっちゃうんだから」

食事の後片付けが終わり、達也を風呂に入れた歌音は、湯上がりにバスローブを着たまま、テーブルに着いた。和子も横に座っている。

「拓郎さん、ちょっとこちらに来てくださるかしら」

和子の言葉に促されて、拓郎も座った。

「歌音から移植の話を聞いて、わたしもあれこれ考えました。ずいぶん迷ったけれど、この子の気持ちを尊重しようと思うの」

拓郎はすぐにさえぎった。

「お母さん、ちょっと待ってください。私の気持ちも聞いてください」

「それも歌音から聞きました。わたしもあなたとまったく同じことを考えていた。でも、手術をしてもしなくても、これから歌音は同じ道をたどります。その覚悟は、この子にはできていると思う。ある日、この子の体がみんなの前から消えて、いなくなってしまうより、やっぱり、できるだけ長く、達也の前にいてほしい。孫のために、わたしもそうしてやりたい、と思うようになりました。もしわたしたちが同意しなかったら、この子はもっと大きな苦しみを抱えて、旅立つことになると思うんです」

歌音が続けた。

「そう、いま、わたしから、たくさんの記憶が毎日、見えない無数の鳥みたいに、飛び立っている。その羽ばたく音だけが聞こえる。巣に残った鳥は、だんだん少なくなっている。そのうち、わたしは空っぽの巣になってしまう。あなたのことも、達ちゃんのこともわからなくなる。でも、もし手術を受けなければ、わたしは、機会を逃したという辛い思いだけを、それがなぜだかも思い出せないまま、死の瞬間まで引きずっていくよような気がする。わたしの病気って、そういうものらしいの。判断力が低下しても、過去の快不快の感情だけは残る。だから、お願い。最後に飛び立つわたしを見送って」

歌音はむしろ、思いっきり泣いた後の眼のように、瞳をきらきらと輝かせ、晴れやかな表情をして、そういった。負けた、と拓郎は思った。

拓郎が京極大に歌音の申請書を届けたのは、その翌日のことだった。

7

氷坂拓郎の長い話を聞き終えたあと、黒沢健吾はそっとあたりを見回した。喫茶店では、客が思い思いに時間を過ごし、会話が途絶えたり、多くの声が重なって静かなざわめきになったりしていた。ふだんと変わらぬ日常に引き戻されて、黒沢はしばらく沈黙した。

これまでの拓郎の話では、移植に乗り気だったのは歌音で、母の和子はすぐに同意したようだが、拓郎は二人に引っ張られ、やむなく暗黙の同意を与えたかのように思える。

拓郎の話で意外だったのは、歌音がすでに、死にゆく体に閉じこめられて死に赴《おもむ》くことを知っており、そのうえで覚悟を決めたことだった。これほどまでに潔《いさぎよ》い決断ができる女性とは、どんな人なのだろう。

だが、問題はまだいくつか残っている。話の合間にコーヒーを飲み、パッドに補足のメモを打ち込みながら、黒沢は次の質問について、頭のなかで考えた。

まずは、もし移植の相手が男だと知ったら、拓郎はどう反応するかだ。おそらく、激しい拒絶反応を示すのではないか。手術後に帰ってくる妻が、頭は男の記憶に入れ替わってしまうと知ったら、夫は混乱するに違いない。だが、この問題を避けて通ることはできない。黒沢は、拓郎が動揺しないよう、遠回しに話を切り出すことにした。

「ただ問題は、手術が成功して歌音さんが帰ってきたとき、あなたや息子さんに順応できるかどうかなんです。体や顔は同じでも、新しく移植される海馬は、見ず知らずの別人格からやってきます。その人は、同年代とは限らないんです。外国人かもしれない。歌音さんとはまったく逆の性格の持ち主かもしれない。以前の歌音さんだと思って接すると、あなたがたも失望し、裏切られた思いになるかもしれません。事前に受け入れる訓練は受けていただきますが、達也くんがどう感じるかが、ポイントの一つになるでしょう」

そう話すと、拓郎の顔がこわばった。新しい歌音を受け入れることは、これまでの歌音を失うことと同じくらい、困難なことになるかもしれない、と気づいたからだ。拓郎は、思いつめた表情で黒沢の眼を見た。

「その相手のかたは、男……ということはないでしょうね？」

予期せぬ真正面からの質問に、黒沢は一瞬たじろぎ、言葉に詰まった。

「やはり、そうでしたか。歌音がいったとおりだった」

拓郎のその言葉に、黒沢が驚いて尋ねた。

「歌音さんは、男のかたが移植相手だと、そうおっしゃったんですか？」

「いえ、一例目が異性同士の移植だとネットで知り、今度もそうなる可能性がある、と覚悟していました。ただ、黒沢さんもそうでしょうが、私たちの世代って、昔の人たちと違って、あまり性差を意識しない教育を受けてきましたよね。性転換も当たり前になったし、外見やファッションだって、男も女もほとんど違いがなくなっている。それで、相手のかたの年齢はいくつくらいです？」

黒沢は、正直に答えるしかなかった。拓郎や歌音には、性別と年齢だけは教える許可を、生命倫理委員会から与えられている。

「五十八歳です」

黒沢の言葉に、拓郎は呆然《ぼうぜん》とした表情を浮かべた。男であることより、その年齢のほうに、むしろ衝撃を受けた様子だった。

「五十八歳、ですか。われわれの両親に近い世代ですね。新しい歌音は、ぼくのオヤジみたいな感じ方、考え方をする人間になってしまうわけか。どうにも、やりきれない話になってきました」

失望を隠さない拓郎に、黒沢は同情するしかなかった。

寒河江北斗がもし手術に同意すれば、彼自身も変身の衝撃に耐えられず、この拓郎と衝突するようになるかもしれない。そのとき、一人息子の達也はどうなるのか。一抹《いちまつ》の不安が、黒沢の胸を掠《かす》めた。

「黒沢さん、これからどうなるんでしょう」

拓郎の問いに、ふと我に返った黒沢は、今後の手続きについて話した。

「相手の男性は、ご自身で手術を申請しましたが、移植の相手が若い女性と知って、申請を考え直すかもしれません。また、そのかたのご家族の一人でも反対すれば、手続きは完成しません。つまり、氷坂さんたちが同意なされば、あとは先方いかん、ということになります」

「そうですか。それと、まだよくイメージがつかめないのですが、手術の結果、具体的にはどんなことが起きるのでしょう。つまり、歌音本人に、どんな変化が起きるのですか？　一例目の手術のときにはどうだったんです」

黒沢はしばらく考え、おもむろに口を開いた。

「一例目のときは、いまのようなコーディネーター制度もありませんでしたので、どうだったのかを、お話しすることができないんです。ただ、移行段階では、さまざまな干渉《かんしょう》現象が起きる、と聞いています」

拓郎は、黒沢の話に出てきた「干渉現象」という耳慣れない言葉について、その意味を尋ねた。

「手術からしばらく、歌音さんは麻酔がかかったまま、集中治療室に隔離されます。頭蓋骨の縫合部位が固定され、視神経や聴覚などの検査が済むと、今度はリハビリを受けます。これが一、二カ月ぐらいと考えてください。その後、歩行や運動能力、人間関係のルールや社会的な規則などを認知できるかどうかをチェックし、ご自宅にお帰りになります。しかし、その後も、脳と体が互いに順応して一つのアイデンティティを形成するまで、互いに干渉しあうことが起きる。これが干渉現象です」

「具体的に、どんなことが起きるんです」

「わかりやすく、名前にたとえてみましょう。氷坂拓郎。氷坂は姓、拓郎はお名前ですね。でも、氷坂が拓郎を支配しているわけではない。拓郎が氷坂に従属しているわけでもありません。脳と体はそういう関係にあるんです。つまり、氷坂と拓郎が一つになって、はじめてあなたという人格になる」

拓郎はキツネにつままれたような表情で聞き返した。

「でもそれって、当たり前のことのような気もしますが」

「そうでしょうか。ふだん私たちは脳を、肉体に君臨する大文字の器官と考え、それが小文字で書かれる肉体のさまざまな器官の寄せ集めを、しっかりと統御している、と考えてはいないでしょうか。つまり、脳が神で、ほかの肉体はその神に仕える無数のしもべであると。しかし、お名前で考えればすぐわかるように、氷坂拓郎は、氷坂が君臨して拓郎が仕えているのではなく、氷坂と拓郎が対等の位置にあって、はじめて一つの人格になるのです」

拓郎は、ようやく黒沢のいわんとすることを理解した。

「そうか、つまり、脳と体が対等になってはじめて、人格を形成するということなんですね」

「そうです。だれにだって、「体がついていけない」とか、「何となく気後《きおく》れする」と感じることがありますよね。ふだんは脳と体の関係を意識していませんが、実際には、その二つが絶えず対話を続け、脳に修正した情報をフィードバックしているのです。他人同士の海馬体移植では、その落差が極端な形で出てくる。そうすると、小文字で書かれた肉体の器官の集団が、大文字の脳に叛旗を翻《ひるがえ》したり、逆襲したりすることもあります。体による叛乱《はんらん》が始まると、今度は脳が肉体を押さえつけようとする。そうした激しい相《そう》克《こく》が、干渉現象を引き起こします」

「つまり、体が脳のいうことを聞かなかったり、脳が体とは反対のことを命じたりするっていうわけか。ということは、つまり、歌音の体は、移植後もまだ、歌音のままで、移植された新しい海馬と闘うっていうことなんですね」

拓郎は新しい光明に目を輝かせた。

「そう、その干渉がどんな結果になって現れるのか、人によって個人差があります。ただいえるのは、歌音さんの体は、新しい脳の言いなりになるのではなく、総力をあげて必死になって闘うことになると思います」

黒沢はそう励ましたが、それだけでは期待を持たせすぎになると気づき、すぐに付け加えるのを忘れなかった。

「ただ、一定の時期が過ぎると、脳と体はいずれ和解し、干渉現象は起きなくなります。それは、脳が支配権を奪還するというのではなく、互いが歩み寄って、和解をするというかたちで終わります」

その黒沢の説明に、期待に潤《うる》んでいた拓郎の眼が曇った。

「最後に体が勝利するケースは？」

「残念ですが、体の総体が脳に勝利することはありません。そうなれば、その人の人格が破綻《はたん》してしまうからです。人格破綻になりそうになったら、医療チームが介入し、それを未然に防ぐことになると思います。ただ、最後は脳との対決を和解に持ち込むとしても、歌音さんは最後まで、全力をあげて抵抗しようとするでしょう。お子さんのために、こんなに潔く決断をなさるかたなんですから」

黒沢の言葉が、落胆《らくたん》しかけた拓郎の心に、かすかな希望の出口を指し示していた。歌音の体は、達也のためにどこまで抵抗し、新しくやってくる海馬は、歌音の反撃に、どんな対応をするのだろう。拓郎には、心という戦場で切っ先に火花を散らす脳と体の衝突を、想像することもできなかった。ただいずれは斃《たお》れるにせよ、体の隅々に居残った歌音が、達也のために、最後の力まで振《ふ》り絞《しぼ》ってたたかいを挑《いど》むことだけは、確信した。

「黒沢さん、ありがとう。まだかすかですが、力がわいてきた気がします」

あとは、寒河江北斗。あの人次第ということになる。黒沢は、日に日に衰えつつあるその顔を思い浮かべた。

第1章　カウントダウン

1

寒河江北斗が妻の佐和子を病室に呼んだのは、黒沢健吾から話を聞いた翌日のことだった。北斗は五歳年下の佐和子に、移植の相手が見つかったこと、しかし、その人は三十二歳の女性で、しかも男の子がいることを手短に話した。

佐和子は、女性と聞いて、「まあ」と目を大きくみひらいたが、北斗が予想したほど激しい反応は見せなかった。

「そのコーディネーター、黒沢さんというんだが、彼の話では、相手のご夫婦は、まだ小さい男の子のために母親を失ってはならないと考え、移植を望んでいるらしい。ということは、ぼくは性転換手術を受けられず、若い母親として生きることになる」

佐和子は「そうなの」と呟いたきり、黙っていた。北斗が末期と知って佐和子は一時取り乱したが、その後は親身になって世話をし、「きっと移植の相手がみつかるわ」と励ましてくれた。その彼女が、こうして移植が目前になったというのに、その朗報を受けとめる表情に、いつもの張りはなかった。北斗が病で休職してから、将来の見通しが不透明になり、心労が積み重なってのことか、美しかった両頰の輪郭が緩み、目尻の皺《しわ》も増えていた。久しぶりに見ると、生え際に白髪が増えたような気がする。

「どうだい。嬉《うれ》しくないのか。それとも、ぼくが若い女性になることに、びっくりしたのかい」

佐和子は、「ううん」と首を小さく横に振り、怪訝《けげん》そうな目でベッドから眺める北斗を見つめた。佐和子はゆっくりと視線をそらした。

「実は昨日、黒沢さんっていうかたがいらして、説明を受けたの。いきなりあなたから話を切り出されると、驚いてしまうだろうから、って。まず客観的に事情をお話ししますから、その後はあなたと話し合ってほしいって言われた」

佐和子はそこで言葉を切り、しばらく物思いに耽るようだった。

「移植の相手が見つかって、よかった。ただ、あたしにとって、やはりあなたは目の前から消えてしまうのよね。あなたにとって、移植は生き延びることを意味するでしょうけど、かりに移植をしても、あたしにとってのあなたは去っていくことになる」

「でも、ぼくの意識はこの世に生き続ける。それはぼくの主観じゃなく、客観的な事実だ。もう会えなくなるけれど、この世のどこかで生きている」

「そうよね」と言いながら、佐和子はバッグを開け、白い絹のハンカチを取り出し、目頭にあてた。

「ただ、あなたの顔、あなたのこの体はいずれ消えてしまう。あなたの意識はどこかに生きているとしても、もうその声を聞くことも、あなたの顔を見ることもできない。どうしても、そう思ってしまう。せめて、記憶が生き延びることだけでも、よかった、って思わなくちゃいけないのにね」

北斗は不意を衝《つ》かれた思いがした。自分のことだけにかまけて気づかなかったが、手術を受けても、自分の体が朽ちて死んでしまうことは厳然たる事実だし、自分の記憶がどこかに生き延びても、佐和子には、その行方を知りようがない。やはり、今生《こんじょう》の別れであることに、変わりはない。自分の意識だけが生き延びて、佐和子は連れ添った夫を失ったまま、老後を送ることになるのだ。そう考えると、あまりに自分が身勝手で、残される家族のことを少しも考えていなかったことに気づいた。

「それもそうだ。移植して意識が生き続けることを望んできたが、それは、意識が消えることへの恐怖の裏返しだったのかもしれない。きみとぼくは、もう会えなくなってしまう。その意味で、きみにとって、ぼくが死ぬということには、何の変わりもない。そう思うよ。ただいまになって、意識が消えることの恐怖が消えても、今度は別の恐れが芽生えてきた。自分が若い女性になることに耐えていけるのか、わからないんだ。でもそれだけじゃなく、むしろ、このぼくの体に棲みついて、病んだ牢獄に閉じ込められて死んでいくその女性のほうが哀れだ。そんなこと、ぼくが受け入れてもいいんだろうか」

佐和子はしばらく黙ったまま、考えていた。

その顔を見ながら、北斗が思い出す情景があった。ずいぶん以前の夏の終わり、会社から地下鉄で帰り、坂道を上って帰宅しようとすると、数匹の蟬《せみ》が狂ったように闇の中を飛び交い、塀にぶつかって落ちてはまた飛び上がり、がむしゃらに目の前を飛び回っていたことがあった。その夏も、以前の東京よりはずっと暑く、路上のアスファルトが熱で溶けそうなほどの異常気象が続いていた。

「ほら、すぐ近くの坂のところで、蟬が狂って飛び回っていたよ」

帰宅した北斗がそういうと、佐和子は何気なく、答えた。

「蟬が狂っているんじゃないわ。天気が異常なだけで、蟬は正常にその天気に反応しているだけなんだわ」

これは一本とられた。そう北斗は思った。北斗が感情を高ぶらせたり、思い込みの激しい性格から、物事を歪めて見たりすることが多かったのに対し、佐和子は、あるがままの現実をそのまま受けとめ、自然体で判断するのが普通だった。そうした性格の違いから、時には擦れ違いや不協和音も生じたが、修羅場になると、佐和子のほうが精神的に芯《しん》が強いことは、北斗も認めざるをえなかった。

ずいぶん前に、東京が直下型地震に襲われるという噂が広がって人々がパニックになり、スーパーの棚から米や塩が一斉に消えたことがあった。そのときも佐和子は何も買い置きをせず、平然としていた。「起きてみなけりゃ、恐れる必要なんかないわ。起きる前に恐れるなんて、何の意味もないわ」。そういって、一人娘のカオルにも買い溜めをさせなかった。

こうして、移植によって若い女性の体に棲みつく話が持ち上がったとき、北斗は、だれよりも佐和子の考えを聞いてみたいと思っていた。北斗は黙って、佐和子の口が開くのを待った。

「あたしね、意識って、それほど大切じゃないような気がする。人の意識や記憶って、その人のほんの一部でしかない。頭では嬉しくても、何だか体がだるくて全身では喜べなかったり、頭が真っ白になって判断できないときに、体が先に動いてしまったりすることって、あるわよね？　あれは頭じゃなく、体が全身で考えたり、感じたりしているんだわ」

佐和子はそこで言葉を切り、小休止しながら頭のなかで自分の考えをまとめようとしていた。

「だから、その女性は、辛いことばっかりじゃない、って思える。意識なんかなくっても、あなたの海馬が移植されたとしても、彼女は全身で考え、全身で笑ったり、泣いたりできるんだと思う。その意味では、彼女は死ぬわけじゃない。むしろ、肉体が生き残る彼女のほうが、幸せなのかもしれない」

北斗は、その言葉に混乱した。先ほどまで、人は意識がすべてと思い込み、その意識が生き延びて、若い健全な体に生まれ変わる自分のほうがずっと幸せだと考えていた。だが佐和子は、必ずしもそうではない、という。

たしかに、認知症で周囲のことがほとんどわからなくなっても、お年寄りは全身で快不快を感じ取り、それがわずかとはいえ、まだ動く表情や呻《うめ》き声になってあらわれる。佐和子は長い間、仕事の合間を縫っては自宅から近くの実家に通って、認知症になった父母を介護してきた。そんな日々に、「意識なんて、あってもなくても、人間の幸せにはあまり影響しない」と佐和子がいうのを、北斗は大して気にもせず、受け流したことがあった。そのとき北斗は、こう答えたものだった。

「そうかな。ぼくは死ぬんだったら、意識がはっきりしたままで死にたいな。以前は、むしろ、若くしてガンで亡くなる同僚や友人が可哀想でならなかったが、この齢になれば、むしろ、末期ガンにでもなって、意識があるうちに死ぬほうを選びたいよ。自分がどんな状態にあるかわからず、糞尿にまみれたり、チューブをつけて生き永らえたりするなんて、ぼくは、ごめんだね」

そういったのが、数年前のことだ。その北斗が、実際に末期ガンの告知をうけてうろたえ、移植を渇仰《かつごう》した。副作用の強い化学療法を受け、Ｔｏｍｏと呼ばれる精密な放射線治療も続けたが、ガンはリンパ腺から転移して、体じゅうに拡散していった。

定年も近づいてきたし、もう「家族のために生きたい」などというきれいごとは通じない。みっともなく、浅ましい。ただ「もっと生きていたい」という本音が、剝《む》き出《だ》しになったにすぎない。自分の病んだ肉体に棲むことになる若い「彼女」に同情もしてみせたが、たしかに、それだって、自分のほうが優位にあると感じる者の驕《おご》りにすぎないのかもしれない。

「相変わらず、きみはきついね。でも、ほんとうのことをいっているんだから、仕方がない。ぼくはいままできみに、むずかる子どもをあやす母親みたいな女性像を求めようとしてきたのかもしれない。きみを責めて、悪かった。で、きちんと気持ちを聞いておきたい。今度の移植、きみはどう思う？」

佐和子はすぐにいった。

「あなたの思うようにしてください。わたしは従います。もう、受けることに決めたんですよね？」

北斗は黙ったまま、力なく微笑んだ。

「ぼくの体が滅びることは、こわくない。だが、もうきみに会えないのが、つらい」

「もう少し早くにその言葉を聞いていたら、わたしたち、違う人生を送っていたかもしれませんね。でも、最後の最後にその言葉が聞けて、よかったわ」

どっと押し寄せる疲れを感じて、北斗は静かにうなずいた。

「ありがとう。午後に、カオルに来るようにいってくれたかい？　そう、じゃあ、待っている。今日はありがとう」

佐和子は立ち上がり、北斗の額にそっと指先を置くと、黙ったまま後ろを向いて歩き出した。数歩歩いて、扉のノブに手をかけ、そのまましばらく動きをとめた。

「ガ・ン・バ・レ、ホ・ク・ト」

後ろを振り返らず、そう一語一語を、区切りながら小さく呟いた。

北斗は天井を仰いだまま、その声を聞いた。佐和子は振り向かずに、ドアを開け、出ていった。

2

銀座のブティックで働いているカオルが、勤め先を早退して病院にやってきたのは、午後の三時過ぎだった。

ドアをノックし、開きかけた扉から、セミロングの髪を垂《た》れかけ、横向きに顔だけをのぞかせて、弾けるような笑顔を見せた。全身を現すと、今日は淡い緑の七分丈の裾《すそ》を、ハサミで裁《た》ち切ったようなパンツ姿だった。カオルは半年ほど前から日本橋《にほんばし》のフィットネス・クラブに通い始め、もともと豊かだった体の線が、アスリートのように引き締まって見えた。くすんだ色に閉ざされた病室にいると、健《すこ》やかな体が放つ光はいまの北斗にはまぶしいほどだ。

「お母さんから話は聞いたかい？」

北斗が椅子に腰をおろしたカオルに尋ねると、きれいな白い歯並びをみせて笑っていた娘は、首を軽く縦に振った。

「うん、昨日、お母さんと一緒に、黒沢さんから話を聞いた。お母さん、珍しく動揺してた」

カオルはベッドのそばの椅子に腰をおろした。

「いいじゃん、お父さん」

「えっ？」と思わず北斗は小さな声をあげてカオルを見つめた。

「よかった。お父さん、このまま死ぬんじゃなかったんだ。わたし、いまお父さんが死んだら、どうしよう、って毎日考えていたよ。だってお父さん、これまでずっと、カオルとは距離を置いてきたよね。お父さんのこと、全然知らないから、このまま死んじゃったら、好きにも、嫌いにもなれなかったと思うんだ」

北斗は先を急ぐように畳《たた》みかけた。

「だけど、おまえくらいの年頃の女性になるんだぞ。しかも、まだ小さな男の子がいるんだ。お父さんが若い母親になって、おまえ、平気なのか？」

「いいじゃない。性転換でもしない限り、一生のうちに、男と女の両方生きる人なんて、少ないよ。両方の立場がわかったら、人間として、もうちょっと深みが出てくるんじゃない？」

「しかし、お父さんの気持ちや性格は、お父さんのままだ。どんなことになるのか、想像もつかない」

カオルは立ち上がって、足で小さな円を描くように部屋の隅を歩き回った。

「お父さんはさあ、わたしがちっちゃいころは、子煩悩《こぼんのう》だったと思うよ。ニューヨークにいたころ、わたしが友だちの家に誕生日に呼ばれたときのこと、まだ覚えてる？　お父さんの車のドアで右手を挟みそうになって、ものすごく叱られた。その後すぐ、友だちの家で鬼ごっこして、柱に目の上をぶつけて怪我《けが》をした。そしたら、知らせを聞いたお父さんが駆けつけて、いきなりわたしを抱きしめて、おろおろしながら車を病院まで走らせた。あのとき、運転しながら、泣いていたよね？　とっても痛くてわたしも大声で泣いていたけど、心の隅で、ちょっとだけ嬉しかった。ほらここ、まだ傷痕《きずあと》が残ってる」

　カオルは顔をすぐ近くに寄せると、垂れかかる前髪をあげ、北斗の右手を手にとってその指を、左の眉根の上に滑《すべ》らせた。

「それまで、ちっともかまってくれなかったよね。だから、お父さんはカオルのこと、ほんとは嫌いじゃないのか、って思っていたんだ。そうじゃないんだ、って思えたから、嬉しかった」

　そういわれれば、そんなことがあったような気もする。だが北斗は、カオルがそれまで、父親の愛情を感じていなかったということのほうが、意外だった。

「でもさあ、カオルが大きくなると、カオルもお父さんも、なんかぎくしゃくして、互いに遠のいていったよね。お父さんも、出世を目指して仕事に夢中になってた。家庭のことは二の次だったと思う。わたしも、そんなお父さんがうっとうしくて、できるだけ会話を避けるようになった。そこにきて、今度の病気でしょ。わたし、このままだときっと後悔する、って思ったの。ほら、よくお母さんがいうじゃない。わたしは臨終《りんじゅう》で泣かないために、おじいちゃんやおばあちゃんを介護しているんだ、って」

　その言葉は、北斗も妻の佐和子からよく聞かされた。親の臨終の場に呼ばれ、人よりも大声で泣く人はきまって、それまで仕事に忙しく、一年に何度かしか帰郷せず、晩年の親とはゆっくり話もしなかった子どもたちだ。

もちろん、死んではじめて、ふだんは忘れていた親の有難みを悟り、喪《うしな》ったものの大きさに愕然《がくぜん》として慟哭《どうこく》することもあるだろう。しかしそこには、多少はできたはずの孝行を、まったくしてこなかった自分への憐れみの涙も混じっているだろう。親が死んでもなお、自分への愛情が優《まさ》り、大声で泣くことで、自分の不作為を責める気持ちを償っているのだろう。

「それはちょっと、意地悪すぎる見方じゃないか」

佐和子のその言葉を聞いて、北斗はそう返したが、父親の臨終の席で、声を放って泣くだろう自分には、たしかに父への哀悼《あいとう》の深さよりも、何もしてこなかった自分への同情のほうが優っているだろう。そして、佐和子はきっと、親を看取《みと》るときにも、涙を流さないだろう、と思った。そのときに流す涙を、あらかじめすっかり涸《か》れさせるために、こうして日々、親の介護を続けているのだから。

「よかったわ、わたしもようやく間にあって」

カオルはにっこり笑って、北斗に顔を近づけた。

「でもな、私の海馬がその女性に移植されても、法律で決められているから、おまえやお母さんとは接触できない。おまえたちには、その女性の名前や住所すら知らされない。つまり、お父さんとは、もう会うことはできない。だからお母さんはさっき、もうあなたは死んだものと思います、といった。残念だが、おまえたちにとって、私はこの世から消えることになる」

　カオルは不満があるときによくそうするように、頬っぺたをふくらませ、口を尖らせて立ち上がった。またしばらく歩きながら足で円を描き、ふと立ち止まってまた近づいてきた。

「ねえ、お願いがあるんだ。お父さんがわたしと会ったら、こっそり合図して。わたし、絶対、黙っているから。お母さんにも言わないわ。どんな合図がいいかなあ。紛《まぎ》らわしいやつだと、違う人をお父さんだと誤解しちゃうしなあ」

　そのうち、思いついたのか、カオルは晴れやかな顔になって「そうだ、こうして」と小さく叫んだ。

「こうやって、右手を上に向かって伸ばすの。それからその手で前髪を大きくかきあげて、左の眉の上を滑らせる格好をするの。そして最後に、はいっ、こうやって右手で敬礼して。そしたら、遠くから見ても、お父さんだって、わかるわ。さあお父さん、やってみて」

　カオルはうっすらと残る傷痕に何度も指を滑らせたが、北斗は苦笑いをしたままで、いくらせがまれても、手を動かさなかった。

「だって、全員が、もう二度と接触しないと誓約をするんだ。近づくことだって許されないんだ。破ると、刑事罰則だってあるっていうぞ」

　カオルは不服そうだった。

「いいじゃない、こっそり合図するくらい。別にそれからつきあうわけじゃないんだし。それに、女同士なら、面倒は起きないわよ。銀座のブティックでもいいし、日本橋のフィットネス・クラブでもいいからさ。ちょっとだけ立ち寄って、覗いてみて。わたし、その年頃の女性が来るたびに、きっと、ドキドキするよね。わたしに会ったら、きっとさっきの合図を送ってね。こっそりでいいから。こうだよ、忘れないでね」

カオルはそういうと、右手を上に伸ばした。その手で前髪をかきあげ、左の眉の上に指を横に滑らせる仕草をした。それから勢いよく、右手で敬礼をしてみせた。

北斗の母親の千代子が、甥に付き添われて郷里から上京したのは、その二日後の昼下りだった。

「かわいそうに、北斗、こんなに小さくなって」

千代子はベッドに近づき、以前よりもぐっと痩《や》せ衰え、放射線治療のために髪がすっかり抜け落ちた北斗の頭を撫でた。北斗は北斗で、前回会ったときよりも一回り小さく、背中が丸く縮こまっている母親に、流れた歳月の速さを重ね見ていた。甥は挨拶をすると病室から出ていって、部屋は親子二人だけになった。

千代子は今年、八十三歳になる。父の大斗が認知症末期で実家近くのグループホームに入ってからは、ひとり暮らしをしていた。最近では、自分で料理をつくるのも煩《わずら》わしいのか、朝食に二皿か三皿か調理するのが精一杯で、昼夕食は、その残り物で済ますことが多かった。冬には窓の外に雪が降り積もり、さらに屋根から滑り落ちる雪が重なって、部屋は昼でも薄暗い。それでも千代子は電気代を節約するため灯りもつけず、日がな一日、炬燵《こたつ》に潜《もぐ》り込んで背を丸め、じっとしている。その姿は、どこか、年老いて動きが鈍くなった猫を思わせた。

台所でたったひとり、食事をとる母親のことを想像し、その寂寥感《せきりょうかん》に耐えられなくなった北斗は数年前、何度も母に電話をし、上京して一緒に暮らすよう説得した。だが母は、頑《がん》として聞かなかった。

「齢をとったらおまえもわかるだろうけど、わたしはちっとも寂しくなんかないさ。この齢で大都会に行ったら、どんなに侘《わび》しく、肩身が狭いことか。佐和子さんとだって、うまくいくはずはない。第一、おまえだって、うまくいっていないんだから。お父さんも近くにいるし、やっぱりわたしはここで暮らすよ」

千代子はそういった。だが、最近では、台所の日めくりをいつ破ったかを忘れ、ものを置き忘れて捜し回ったり、だれかにモノを盗まれたのではないかと疑って、そんな自分が哀れになったりもする。いずれ、自分も夫のように周囲がわからず、息子の顔を見てもだれなのか判別できないようになっていくのだろうか。そのときにはもう、自分に判断力がないのだから、辛いことはない。でも、そうなっていく自分の行く末の心細さを想像するいまの自分が辛い。

「移植を受けてみようか、と思っている。相手の人は若い女性なんだ」

千代子は一瞬、表情を失い、呆《ほう》けた顔になってぼんやりと北斗を眺めた。

「まあ、あほらし。やだね、そんな冗談をいうなんて。年寄りをからかうもんじゃないよ」

千代子はくくっと笑いを噛み殺していたが、北斗の真剣なまなざしを感じて、一瞬、怯《おび》えたような表情をみせた。

「ほんとうなんだ。ぼくの脳の海馬という部分が、三十二歳の女性に移植される。ぼくらは入れ替わり、ぼくの記憶は女性の体に乗り移って生きていく」

千代子は力が抜けたように、椅子に腰をおろし、長い溜息をついた。

「わたしも人生でいろんなことを経験してきたけど、男として生んだ息子が女性になるとはねえ。この世は、死ぬ間際まで、わたしを驚かせることでいっぱいなんだね。で、佐和子さんやカオルちゃんは賛成しているの?」

「佐和子は、ぼくがもう死ぬものだと思っている。海馬が他人に移植されても、もうその人と会うことは禁じられているから、死んだのも同然だという。そう考えるのは、もっともだとぼくも思う。そうでないと、やっていけない。カオルは、ぼくが女性になることを、面白がっているみたいだ。ヘンな娘だ」

千代子は、またぼんやりと表情を弛緩させ、どこか遠くをみる目になった。

「そうね。どうせおまえはわたしより先に逝くと諦めていたから、女性になっても生き延びるのは、悪くないかもしれない。命って、どこかでだれかに繋がっていけば、それでいいのかもしれないよ。子どもじゃなく、他人だっていいのさ。おまえの体の一部が、その人になって生きていれば、わたしにとって、おまえの命はそのまま続くことになる」

「ただ、ぼくはもう、お母さんには会えなくなる。それでもいいのかい？」

「いいさ。どうせ、一度はおまえとはもう会えなくなるって、覚悟を決めたんだもの。毎日、仏壇のおまえの写真を拝んで、それから、どこかで暮らしている新しいおまえのことを、仏さんにお祈りするさ」

毎朝、仏壇に向かってひとり言を呟く千代子の姿を想像して、北斗は微笑んだ。

「来てくれて、ありがとう。ちょっと手を貸して」

差し出す千代子の萎びた右手を、北斗は伸ばした左手で握った。かさこそと乾き、母の手はこんなに小さかったのか、と驚いた。

「元気でいってらっしゃい。おまえは先に逝くけど、わたしが死んだら、向こうでもうひとりの新しいおまえが来るのを待っているからね」

千代子は、そういいながら、静かに左手を北斗の手に重ねた。

3

コーディネーターの黒沢に、妻と娘、母親の同意書を渡した日の夜、寒河江北斗は高校時代からの友人、篠山保《ささやまたもつ》を病室に呼んだ。黒沢から移植の話を聞いて以来、目まぐるしい数日が続いた。生きるために妻や娘、母の千代子と話したはずだったのに、まるで一方的に宣告を伝えたあとで、それぞれから別れの言葉を聞いたような気がした。

「これ、そこで買ってきた」

篠山は、手にぶら提《さ》げた鉄線《てっせん》の鉢《はち》を顎で示した。細い竹竿《たけざお》に巻きつき、勢いよく咲いた紫の六弁花は、ピンと隅々まで張り切って、力強さを感じさせた。篠山は、北斗がこの花を好きだったことを忘れてはいなかった。

「なんだい、大事な話って？　ご家族のことか？」

「いや、今日はそれとは別だ」

北斗が入院してから、篠山は週に一度は顔を見せ、何くれとなく世話をしてくれた。だが北斗から呼んだのは、これが初めてだった。高校時代はバスケット・クラブで共に活動し、二年生の夏には、二人とも正選手として県のベスト8にまで進んだ。大学が別になったので、しばらく連絡は途絶えたが、二人とも東京で就職してからは、年に数度は会う関係が続いていた。

北斗は酒が飲めず、篠山は大酒飲みだ。篠山に合わせて、たいていは居酒屋に行くが、会社のつきあいとは違って気が置けない仲なので、酒席でも気にならなかった。会社では、齢を重ねるにつれて友人が減り、もともと利害で結びついた集団のしがらみに嫌気がさして、仕事以外のつきあいはしなくなっていた。人付き合いの悪い北斗が入院してからというもの、総務部の社員が二、三度、事務手続きをしに来たほかは、上司の部長が、申し訳程度に見舞いにきただけだった。

「俺はこれから移植を受けようかと思っている」

「えっ、例のやつ、相手が見つかったのか。よかったじゃないか」

「それがな、三十二歳の女性なんだ」

驚いたときの癖で、篠山は天井を見上げ、それから突然、笑い出した。笑いが収まると、すまんと詫びながら、また間欠泉《かんけつせん》のように笑いが噴き出した。

「まさか、そんなこと、アリか？」

「うん。俺はこれから、天使になるんだ」

「天使？」

篠山は一瞬、北斗がおかしくなったのでは、と疑うように北斗を見据えた。

「勘違いするな。善良ぶってなんかいない。俺の場合はたぶん堕天使だろう。天使って、だれの眼にも見えないっていうだろ。天使のほうからは、みんなのことがはっきり見えているのに、だれも天使がいることを知らない。俺も、新しい人に海馬が移植されて、だれからも見えなくなる。みんな、その人の外見しか見えず、内側にいる俺には気づかない。天使の悲哀を知っているのは、天使だけだ。手術を受ければ、いままで知っていた人に、もう接触することはできなくなる」

うーん。言葉を呑み込んで、篠山は腕を組んだ。最近、白髪が目立つようになったその顔を眺めながら、北斗が続けた。

「しかし、法律が禁じているのは、二親等までの家族だ。手術を受けるには、その全当事者が同意し、再接触をしないという誓約にサインしなくてはいけない。しかし、裏を返せば、それ以外の接触は法律では禁じていない。つまり……」

ようやく北斗の真意を察した篠山が、その言葉を引き取った。

「つまり、俺は、そのなかには入っていない。そうだな?」

北斗はうなずいた。

「だれにも自分が見えないっていうのは、つらいことだ。このところ、そればかり考えて、眠れなくなった。だれか一人でも、自分のことを知っている人がいてほしい。そう考えて、おまえに電話したのさ」

篠山がわかった、わかったという素振《そぶ》りをした。

「齢をとると、だんだんと、腹を割って話せる人間がいなくなるからな。俺も、おまえがいなくなれば、もうだれにも本音を明かせないだろうなって、諦めていた。俺も間もなく保険会社を定年になるからな。ひとりで家に引きこもったら、もう鬱《うつ》にでもなるしかない。いいじゃないか。おまえが若い娘になって、つきあいを続けられるなんて、愉快だよ。それにしてもなあ、女房に知られたら、ちょっとまずいか」

その言葉に、二人は声をあげて笑った。その笑いが消えると、北斗は真顔に戻って篠山に尋ねた。

「それにしても、気になるのは、その娘さんのほうだ。その人の海馬は、この俺の脳に移植される。いくら病に冒されているとはいえ判断力が残っているしばらくの間は、醒めたまま、死を待つことになる。それを考えると、ぞっとする」

篠山は、また腕を組んで考え込んだ。

「女房や娘は、そんなもんじゃないっていうんだ。男は頭がすべてと考えるが、女は体で考えたり、感じたりするって思っているらしい。だから、その相手の女性は、意識や記憶を失っても、体にしるされた人格を持ち続けるだろう、その意味では死なない、っていうんだ。おまえはどう思う？」

「そうだな、俺もやっぱり、脳や意識が人を支配するって思っていた。でもたしかに、人間は齢をとって呆けても、意識が朦朧《もうろう》としても、人格には変わりないからな。そういえば、俺の親父に、こんなことがあった」

篠山の父は生前、認知症が悪化して、特別養護老人ホームに入所した。彼は狭い自室を自宅と思い込み、毎朝起きると必ず、部屋の隅にある見えない仏壇を拝んだ。さらにドアの外を掃《は》き清めるような仕草をし、コップに水を汲《く》んで打ち水をした。職員はそのたびに、水で濡れたタイルの床を拭き取らねばならなかったが、家族に対して文句はいわなかった。

ドアの外に出ると、共用テーブルは近所にあった公園に見えるらしく、椅子に座って砂場の子どもたちを見守り、「みんな、仲良くしなきゃだめだぞ」とか、「知らない人が声をかけてきても、いうこと聞いちゃだめだ」と声をかけた。

職員もみな、自分の知っている人に見えるらしく、会うごとに会釈《えしやく》しては、「やあ、娘の奈美ちゃん、元気にしてますか」とか、「ハルばあちゃん、最近太ったねえ、いいこった」などと口をもぐもぐさせた。

「親父は死ぬ間際まで、そんな調子だった。見えない仏壇を拝んでみたり、見えない子どもたちに話しかけたりするのを見たら、だれでも、親父が呆けておかしくなった、と思うだろう。だが、俺はさ、あるときから、そんなにおかしくは思えなくなったんだ。親父の世界は、ちょっとだけ、世間の現実とは、ずれている。しかし、ずれているだけで、その世界は過去と繋がっていて、その世界の中では整合性がある。意識が薄れ、頭で物事をつかむ力が衰えても、体が覚えているんだな。その意味では、体に人格が残るっていう見方も、わかるような気がする」

篠山がそういうと、北斗はほっとした様子になった。

「なるほど、そういう考えもあるのか。ただ、もう一つ厄介《やつかい》なことがあるんだ。実はその女性には、四歳の男の子がいて、夫婦は、その子のために移植を望んでいるらしい。おまえ、どう思う?」

篠山は朗《ほが》らかな笑い声をたてた。

「そうか、女性になるばかりか、母親にもなるんだ。忙しいこったな。でも大丈夫。おまえはまだおじいちゃんになってないからわからないが、孫って、可愛いもんだぞ。俺も初孫が生まれるまで疑っていたが、ほんとうに可愛い」

篠山の娘が三年前に結婚し、去年、男の子が生まれた。篠山は、北斗に会うごとに、携帯のパッドで撮った成長していく孫の写真を何枚も見せ、目を細めていた。「親ばかじゃなくて、爺《じじ》ばかだなあ、まったく」。北斗が冷やかすと、篠山は笑みを絶やさず、「おまえも孫ができたらわかるって」と遣り過ごした。

「だからさ、その子のことを、おまえの孫だと思えばいいんだよ。俺たち、子どもを育てている時期は仕事に夢中で、女房に任せっきりだった最後の世代だよな。子どもがいても、その成長をはらはら見守ったり、一喜一憂したりする余裕がなかった。いまの若者はそんなことないが、俺たちは父親であるより前に、会社員だったわけだ。孫ができるってのは、その子育てを、一から見つめ直すことなんだ。まあ、これも定めと思うことだな。案ずるより産むが易《やす》しというが、もうその子が産まれちゃったんだから、案ずる必要なんかないのさ」

そんなものなのか。しかし、孫のいない北斗には、いきなり目の前に現れる幼い男の子にどう接したらよいのか、皆目《かいもく》、見当がつかなかった。篠山はいつも楽観的で、憂《う》さがあれば酒で紛らわす。そんな磊落《らいらく》さが、北斗にはうらやましくもあった。

「ところでさ、おまえ、ご家族の今後の生活はどうなんだ？」

笑いをおさめると、篠山は少し真面目な表情になって、そう尋ねた。天井を見つめたままで、北斗が答えた。

「うん、この前、ざっと計算してみた。脳間移植の特措法によると、法律関係や財産は、すべて元の人格、つまり元の肉体に属するんだそうだ。つまり、寒河江北斗のままだ。自宅のローンの支払いはもう済んでいる。佐和子が俺の退社手続きをすれば、会社から退職金が出る。三十五年くらい働いてきたから、これから月々数万円の企業年金がつく。老後のために積み立てた預金は、今度の手術であらかた消えてしまうから、当座は退職金を崩しながらの生活になるだろう。でも、国からの遺族厚生年金が出るし、佐和子にもいずれ国民年金がつく。佐和子もカオルも働いているから、何とかなると思う。まあ、俺が死ねば、生命保険が二千万円出るんだが」

「おいおい、縁起でもないことというなよ。それに、死ぬのは、おまえじゃないんだぜ」

篠山の言葉に北斗は一瞬ぎくりとしたが、すぐに自分の言葉を恥じた。

「そうだったな。ちょっと前までは、気軽に自分の命を金に換算できたが、もうそうじゃないんだ」

北斗が落ち込みそうな気配を察して、慌てて篠山が言った。

「いや、悪かった。そういう意味じゃない。おまえに生きていてほしいから、そう言ったんだ。うーん、命っていうのは、なんとも不思議で、困ってしまう。おまえは死んでも、どこかで生きる。相手の女性は元気に生きているのに、いずれは死んでしまう。喜んでいいのか、悲しんでいいのか……」

北斗もその言葉に相槌《あいづち》を打ち、篠山を見つめ直した。

「そうだな。泣き笑いするか、笑い泣きするしかないのかな」

そういってしばらく黙った北斗が、一瞬眠りに引き込まれそうな眼に力をこめて言った。

「篠山さ、俺が消えたあと、佐和子とカオルのこと、頼むよ。金のことじゃなくって、何か困っているときに、俺の代わりに力になってくれ」

篠山は、大きくうなずいた。

「心配するなって。おまえには借りばっかりのような気がしていたから、これからは、おあいこにできる。佐和子さんだって、カオルちゃんだって、他人じゃないんだから」

「じゃあ、今度はこっちから連絡する。手術からしばらく、俺は隔離される。その後もリハビリがあったり、相手の家で慣れたりするまで、時間がかかるだろう。だから、連絡するのは数カ月くらい先になってからだと思う」

篠山は立ち上がり、右手を差し出した。長いつきあいになるが、握手を求められるのははじめてだった。北斗は妙なこそばゆさを感じたが、黙って力弱くその手を握り返した。

「いまの姿の北斗と会うのは、これが最後になるからな。新しい女性になって、ひょっこり顔を見せる日を楽しみにしてるぞ」

「俺もだ。ありがとう」

篠山は片手をあげ、一瞬、顎をぐっと引いて北斗を見つめ、何もいわず病室を出ていった。

4

京極大本部で、事務所の机の上に並べた寒河江北斗と氷坂歌音の書類を確認してから、黒沢健吾は、パッドのメモにあった「一件書類」の項目にチェックを入れた。

そのメモで、まだチェックを入れていない項目は、あと二つだけになった。「歌音の上司」と、「歌音」である。

手術後、寒河江の海馬を移植された新しい歌音は、元の職場に復帰する。うまく順応できるかどうかわからないが、できるだけ元の環境を保全して、そこに戻るというのが手術後の原則だ。そうでなければ、新しい歌音は混乱し、恐慌状態を招く可能性があった。

しかし、職場の同僚が手術のことを知れば、新しい歌音は奇異の目でみられ、噂はたちまち広がっていく。歌音がスムーズに職場に溶け込めるよう、直属の上司にだけは、薄々は伝えておかねばならない。

もうひとつの項目は、歌音本人に、手術への同意の最終確認をすることだ。医師の診断によると、この数週間で、歌音の記憶と判断力は、急坂を転《ころ》げ落ちるように、衰えつつあった。当事者合意の用件を満たすためには、最終段階で、彼女が判断力を保ち、その意思を覆さないことを確認しておく必要があった。

黒沢は、まずパッドの電話帳に保存した番号の中から、電子出版社の「アイ・ピー・

フォー」の編集長、相沢保の携帯を呼び出し、連絡をとった。

黒沢は、四十がらみの相沢に会ってみて、一目で「口は堅《かた》そうだ」と判断した。赤い縁の眼鏡をかけた姿は、一見浮薄な印象を与えるが、眼鏡の奥の視線が揺らがず、声は落ち着いていて、安定感がある。コーディネーターの直感として、まなざしと声音は、相手の素顔を見抜く重要な鍵だと黒沢は知っていた。喜怒哀楽の表情など、簡単に装うことができる。とりわけある種の人間にとって、自分の思いのままに涙を流すことなど、なんの造作もないことだと、本能的に悟っていた。だが、まなざしと声音だけは、どんな仮面をつけても、偽ることができない。

「そうですか。氷坂くんがそんな病気だったとは」

黒沢がかいつまんで経過を話すと、相沢は絶句し、しばらく天井を仰いだ。

「で、移植手術をすれば、彼女はまた普通に生活できるんですか？」

我に返って、そう黒沢に尋ねた。もう、元の職業人の鋭い眼光に戻っていた。

「外見は元のとおりです。ただ、人格というか、記憶は別人のものに入れ替わっているでしょう。コンピューターのソフトが、まったく別のものに入れ替わるようなものです」

この比喩はわかりやすいが、人に対して使うのはまずいな。言ったあとで、黒沢はそう思った。

「いえ、人を機械にたとえるのは失礼でした。私が言いたいのは、戻ってこられる氷坂さんは、外見は元のままでも、知識や記憶、態度が、まったく別人のようになる可能性が高い、ということなんです。これも、人によって差があるので、確かなことはいえませんが、戻ってくる氷坂さんは、年輩の男性みたいになっているかもしれません」

　相沢はその言葉に頬を引きしめ、鋭い視線で黒沢の眼を見返した。

「ということは、移植の相手が年輩の男性、ということですか」

　相沢をごまかすことはできない。第三者には告げてはならない規則だが、元の環境に馴染めるよう、職場の上司にだけは薄々は知らせていいことになっていた。黒沢は軽くうなずき、膝を前に乗り出した。

「大事なことは、戻ってくる氷坂さんの変化を、できるだけ小さくすることなんです。今度氷坂さんが移植する相手にも、事前によくお話ししておきますが、その人は元の氷坂さんのとおりに、職場で振る舞います。はじめは演技がばれて、みなさんを驚かせるかもしれません。でも、職場のみなさんには、同僚にもあなたの上司にも、黙っていていただきたいんです。彼女が病気で少し性格が変わったと、事前に職場のみなさんにお伝えして、心積もりをしてもらうのはかまいません」

　相沢は、腕を組んで考え込んだ。

「ただ、先ほどの黒沢さんの話では、彼女の記憶がすっかり消えてしまうということですよね。取材相手の人脈も、ファッションの知識もすべて失われる。まるで、データを上書き更新するみたいに、別人の記憶が書き込まれる。で、その、新しい記憶の持ち主は、どんな人なんです？」

「詳しくはお話しできません。ルールなものですから。ただ、大手の広告代理店で部長代理をしていた人です。歴史がお好きで、知識は豊富です。外国で暮らした経験があり、英語も堪能で、北京官話も多少話せます。しかし、女性のファッションとなると、どうでしょう。私にも自信はありませんが、よく勉強するように、本人にはお伝えします」

歌音の復帰を待ち望んでいた相沢は、その豊かな人脈と、流行を先取りする鋭い嗅覚《きゅうかく》、溌剌として同僚や後輩を引っ張る性格を買っていた。しかし、まったく別人の記憶が宿る歌音は、生き馬の目を抜くようなこの業界で、生き抜くことができるだろうか。

内心の揺らぎを見抜くように、黒沢が畳み掛けた。

「もちろん、彼女が職場に順応できなければ、通常のルールに沿って、解雇することはやむを得ません。ただこの移植の場合、次第に新しい人格が固まるまで、元の環境をできるだけ保全し、そこに溶け込むようにすることが大切なんです。もともと歩いていた道が不意に途切れてなくなってしまうと、ご本人も周囲も、次の一歩をどう歩みだすか、どう接していいのかわからず、精神的に動揺します。本人も周囲も、元の彼女であるかのように演技することで、その動揺を最小限にできるんです」

その黒沢の言葉を聞いて、相沢も覚悟を決めたようだった。

「わかりました。やってみましょう。どこまでできるか自信はありませんが、氷坂さんがここで働けるよう、努力してみます。ところで、私がこのことを知っているということは、移植の相手のかたにも伝えるんですか？」

「ええ、相沢さんは薄々ご存じだと、ご本人にもお知らせします。彼女や同僚のみなさんが困ったときに、本人がご相談できる人がいるといないとでは、まったく違いますから」

これで、あとは歌音の意思の最終確認を残して、二次審査への準備は整ったことになる。二次審査を通ったら、歌音が入院し、身体のチェックをして数日後には、手術が行われるだろう。黒沢は残されたわずかな日々と、その先に広がる長い未知の日々を思った。

5

今日は珍しく、歌音が客を迎えることになっていた。

小中学校で一緒だった親友の相川沙希《あいかわさき》だ。中学の終わりに沙希の一家は関東に引っ越したが、その後もメールや電話で連絡を取りあい、大学に入ってからも、よく一緒に旅行をした。お互いに、子育てが忙しくなってしばらくは疎遠になっていたが、沙希の記憶がグレーの闇に溶け込んでしまう前に、会う必要がある。ここ数日は和子とともに、何度も沙希の写真を眺めてその日に備えた。胸のうちを明かす相手は、彼女をおいてほかにいなかった。

「そうなの……」

歌音の話を聴き終えて、そう呟いたきり、沙希は口をつぐみ、バッグからハンカチを取り出して目を拭った。

「大丈夫だって、わたし。だから、そんな顔しないで。いつもの沙希になって。ね、わたしを見て」

歌音は立ち上がって沙希の後ろに回り、肩に両手をあて、肩を揉むようにさすった。沙希は肩までの黒髪を揺すって、すすり泣きをしていた。

「あのさ、わたし、だんだん記憶がなくなって、古い記憶を遡っているの。いまはちょうど、沙希と一緒だったころまで来ている。毎日、毎日、中学生だったころのわたしを、まるで昨日のことみたいに思い出しているの。不思議ね。昔のことじゃなくて、まるで中学生のときの自分みたいに、その当時の記憶が、あたりいっぱいに、きらきら光っている。だからさ、沙希のことも、まるであのころみたいに、きらきら見える」

沙希はその言葉に、ぐっと詰まり、またしばらくして、一層激しく両肩を震わせた。

「こんなことって、ある？　あんまりだわ。そのうち、わたしのことも、あなたから消えていくのね？」

沙希は、ようやくそう言った。

「そうね、でもまだしばらくは、中学のことは覚えていると思う。わたしも沙希も、もっと小さくなって。でも、きらきら光っているのは同じよ。そのうち、わたしは沙希と別れて、もっと幼くなっていく。でもねえ、不思議なのよ。記憶が消えていっても、拓郎と達也のことだけは覚えている。拓郎のことは時々ぼんやりと霧がかかってしまうけど、達也だけは、その霧の向こうから飛び出して、目にいっぱい涙をためて、ママって叫びながら、わたしの腕の中に飛び込んでくるのよ」

歌音はそういって、目を輝かせた。このところ、前借りをして、余生の涙まですっかり使い果たしてしまったみたいに、歌音は泣くことがなくなった。

「でも、新しい歌音が戻ってきても、もうわたしのことはわからないのよね。もうこれっきりで、歌音とは別れてしまうのね」

沙希は、そういって振り返り、歌音の顔を見上げた。

「そうね、沙希にお願いがある。わたしが戻ってくるとき、その人の記憶、齢をとった男性だから、きっと戸惑《とまど》って、パニックになると思うの。達也とどう接していいのか、はじめはわからないと思う。齢をとった男って、自分が父親にされたとおりを真似《まね》るだけ。ほとんど何もかかわらずに子どもに接してきたから、ほんとうに子どもと向き合うことなんてなかったのよね。達也だって、いままでと違うわたしを見て、はじめは混乱すると思う。お願いっていうのはね、わたしが戻ってくるとき、新しいわたしが元のわたしに近づいていくように、新しいわたしと達也を見守ってほしいの。沙希、ほかに頼める人、いないいんだ」

沙希は、右手で歌音の左手をつかみ、握りしめた。もう涙はこぼれなかった。

「やってみるわ。歌音のためだもの。でも、わたしにも、お願いがある。歌音の記憶がその男性に移植されたあと、病院に訪ねていってもいいでしょ。最後まで、友だちでいたいの。ね、いいでしょ」

歌音は、微笑んでいた。

「でも沙希、わたし、そうなる姿をだれにも見られたくない。その人の体に移るわたしは、もうわたしじゃない。わたしは、死ぬんじゃない。だって、この体はそっくり残るんだから。どちらにしても、わたしの記憶は消えていくでしょ。新しいだれかの記憶がこのわたしに住み着いても、わたしの体は、いままでみたいに、力いっぱい生きていく。負けないんだ、わたし」

沙希は、前を見つめて、呟いた。

「やっぱり強いのね、歌音。あのころとまったく変わってない。どんなに辛くても、けっして弱音を吐かなかったものね。わたし、いつも憧れていたわ。歌音みたいになれなくても、歌音がいるだけで、がんばることができるって。いままでありがとうね、歌音」

歌音は席に戻って、沙希に向かって澄んだ声で呼びかけた。

「そうだ、前の道の角にあるレストランでお昼をとろうか。達也が戻るまで、まだ時間があるから。今日はスイーツ食べ放題の日よ。すっごく、おいしいんだから」

夫の拓郎に頼んで、移植手術への同意書を黒沢に届けてもらって以来、歌音は残された記憶をそっと慈《いつく》しむように日々を送っていた。歌音はすでに、パソコンに残るアルバムを新しい日付から古いそれへと遡り、幼児期の分まですっかり整理を終えていた。

数日前には、拓郎と達也の三人で、最後の思い出をつくるために、東京ディズニーランドにも出かけた。無邪気に走り回る達也を追いかけながら、歌音には、その春の日が、永遠に続くように思われた。

「そう、永遠って、時間のモノサシを超えているんだから、一日だって、永遠なのかもしれないんだわ」

強まる陽射しに、早まる夏の兆《きざ》しを感じながら、歌音はふざけて暴れる達也をつかまえ、ひとり言のように呟いた。

6

このところ、記憶力が急速に衰えて、時折、景色が斑模様《まだらもよう》のように、一部が鮮明に光り、残りがぼんやりと霞《かすみ》がかっていくようになった。記憶が宿るものだけは、くっきりと光の中で浮かびあがるのに、それ以外の人やモノが、グレーの薄闇に溶け込んで、消えていってしまうのだ。アルバムの友人たちの顔は一人ひとり、もう他人のようにぼんやりと灰色がかってしか見えない。キャプションを読むと、一瞬光が蘇り、写真の顔が鮮明になる。かと思うと、次の瞬間には記憶が剝落《はくらく》し、また薄墨《うすずみ》の闇に戻っていってしまう。

家のなかにある思い出の品々、たとえば新婚旅行のときにパリのクリニャンクールの蚤《のみ》の市で買った木彫りの透《す》かし入りの文具入れ。高校生のころに父親からもらって大切にしてきた、小さなピアノを透明にかたどったクリスタルのオルゴール。そして、一つひとつの刺繍《ししゅう》に特別の思いがこめられたドレス。そうしたものが、少しずつグレーに溶けて、消えていった。

黒沢からは先日、京極大生命倫理委員会が第二次審査を開く前日に、もう一度会っておきたいという連絡があった。今日がその日だ。電話を受けたときに歌音は黒沢の名前と用件、日時をメモに走り書きし、机の上に置いておいた。手術というゴール地点に向かって必死に力を振り絞ってきたが、最近では、ふとした拍子に目眩《めまい》がして、直近の記憶さえ剝落していくのを感じているからだ。黒沢が来るまで、歌音は朝からパソコンに向かい、保管しておいたリストを見ながら、懐《なつ》かしい人々に、手書きでメッセージを書いた。もう十分な力が残っていなかったので、横開きのミニ便箋《びんせん》に、最後の便りを書いていった。便箋の左下の隅には、五匹の野兎《のうさぎ》が、寝そべったり、背中を丸めたりしながら身を寄せ合っている。

「相川沙希さんへ（小中時代の親友）

ヘンだね、「さん」づけにすると、別人みたい。やっぱり、沙希って呼ぼう。この前はありがとう。新しい歌音と達也を見守って。困ったとき、二人に手を差し伸べて」
「相沢保さま（職場の上司）
戻ってくる私を、はじめは別人かと思うかもしれません。でも、きっとどこかに、まだ私が残っていて、仕事に喰らいついていきます。双子の娘さん、もう十歳ですね。新しい私にも、ご指導をよろしくお願いします」
「鴨下エリさま（職場の編集者）
同僚として、よきライバルとして、お互いにがんばったわね。戻ってくる私は、あなたとまたお酒を飲むかしら。飲みすぎに注意。新しい私、きっと禁煙するでしょう」
「山路《やまじ》太一《たいち》さま（職場のカメラマン）
お世話になりました。あなたのこと、よく太一、って呼び捨てにしてごめん。人の撮影中には、自然な表情が出るように、世間話をするようにいわれて、勉強になりました。年代モノのツァイスのレンズ・コレクション、まだ続けてますか？」
「大島瑛地《おおしまえいじ》さま（職場のデザイナー）
私のことをよく、ピンポンと呼んでましたね。ピンポン球みたいに、どこに転がっていくか、わからないからって。台湾人の奥様、茜《あかね》さんは、もう日本に慣れましたか？」
その後も一人ひとりへのメッセージを書き、その一枚一枚の右上の端に、その人の顔写真をホッチキスでとめた。

歌音はミニ便箋の束を、白い大型封筒に入れて、封をした。それから、ふつうのサイズの便箋を取り出し、やや長い手紙を書き始めた。時々宙に視線を漂わせ、ようやく書き終えたのは二時間後だった。書き終えると、今度は別の白い封筒に入れて封をし、二つの封筒をテーブルの上に並べた。

歌音は寝室に行き、袖机の抽斗《ひきだし》を開けると、そこから銀の鎖がついたロケットペンダントを取り出して、テーブルに戻った。あれは三年前のことだったろうか。家族三人で春の北鎌倉に出かけたとき、骨董店《こっとうてん》の片隅で、英国製のカメオを見かけ、目が釘付けになった。ミッドナイト・ブルーを思わせる底光りする青を背景に、母親と男の子の彫刻が、白く浮き彫りになっている。いや、あれを買ったのは別の町で、たしかまだ達也が生まれる前、誕生日に拓郎がプレゼントしてくれたような気もする。たしか、その町は、「ヨコ……」。その先は、どんなに考えても、思い出せなかった。

歌音は軽く首を振って気を取り直し、ペンダントを開いた。両側に、二枚の写真が向き合っている。一枚は、出産から間もなく、沙希に撮ってもらった家族三人の肖像写真。もう一枚は、母の和子が達也を抱きかかえ、カメラに向かって微笑んでいる写真だ。

写真をじっと見つめているうちに、ふと、母の和子の顔がぼやけ、灰色みを帯びてきた。そのうち、すっかり靄《もや》のようなグレーに染《そ》まった。

「いやだ、この人の名前、どうしても思い出せない。すごく身近で、大事な人のはずなのに。もしかして、これはわたし？」

歌音は、浴室にあった大きな鏡の前に立ち、自分の顔を映してみた。違う。やっぱり、あの写真は、わたしではなかった。写真の女性は、ずっと、齢をとっている。でも、そうだとしたら、だれなの？

テーブルに戻り、椅子に腰掛けて、机の上を眺めた。カメオのペンダントヘッドが、開きかけのままになっている。何だろう、これ？　なぜここに、カメオが置いてあるんだろう？　だれかが、置き忘れていったのかしら？「タク……」。そこまで呟いて、夫の名前が消えてしまい、どうしても思い出せない。自分の記憶を束ねていたリボンがほどけて、記憶の繊維が乾いたエンジェル・パスタのようにバラバラになり、テーブルの上に散らばっていくようだ。歌音はテーブルに顔を突っ伏し、両肩を揺らして大きく呼吸をした。

そのとき、チャイムが鳴った。

7

黒沢が歌音の顔を見ると、歌音は両手をいったん顔にあて、明るい笑顔をつくった。

「いらっしゃい、お待ちしていました」

黒沢はいつも白い長袖のワイシャツだが、暑くなってきたのか今日は水色のポロシャツで、なぜか左手首に紺色《こんいろ》の綿製のリストバンドをつけている。その姿を見ながら、歌音は思った。

「たしか、このシャツはブランドものの特注品。そういえば、あの靴も同じブランドだわ。意外にこの人、おしゃれなのかもね。やだ、お名前を忘れてしまった」

紅茶を淹《い》れてテーブルに戻り、歌音は机の上のメモの走り書きに視線を移した。

「黒沢健吾。脳間移植コーディネーター。午後三時来宅。移植の意思の最終確認」

そう書かれているのをちらっと盗み見ると、歌音は笑顔を浮かべていった。

「じゃあ、黒沢さん。始めてくださいますか？」

黒沢が切り出した。これまでの経過をごく簡単に繰り返し、すべての書類が整ったこと、明日の京極大の生命倫理委員会で第二次審査が終われば、検査入院をして手術がおこなわれることを歌音に告げた。

「今日うかがったのは、氷坂さんのお気持ちの最終確認をするためです。もしちょっとでも、迷いがあったり、こわい、っていう気持ちがあったりしたら、ご遠慮なくいってください。いままで進めてきた手続きは、まだカルタの城みたいなもんで、氷坂さんの最後の息の一吹きですべて崩れてしまう。そうなっても、それはそれで、いいんです」

歌音はしばらく考え、口を開いた。

「今年か去年か、もっと前なのかわからないんですが、冷蔵庫にものを詰め込みすぎて、中に入れてあった白ワインの瓶が床に落ちて、一面に砕け散ったことがあったんです。わたしって、そそっかしいから。でも、床を見ると、そこらじゅうがキラキラ輝いて、まるで月明かりに光る雪の結晶みたいでした。鍋《なべ》つかみをはめて、破片を段ボールの小箱に入れました。達ちゃんが足を怪我したらたいへん、って思って、雑巾《ぞうきん》でワインの液体を拭き取り、そのままポリ袋につめました。床が乾いたころに、掃除機をかけ、それからもう一度、雑巾をかけた。それから、粘着テープで、ちっちゃなガラスのカケラを拾い集めました。しゃがみこんで、床を斜めから見ると、まだキラキラって破片が光っている。それもすっかり拭き取ったあと、わたし、どうしたと思います?」

歌音はそういって、黒沢を見た。見当もつかなかった。

「わたしね、掌を床にあててなぞっていったんです。目にもみえない、どんなに小さなカケラだって、掌だけには感じ取れる。不思議ですよね、人間の体って。掌や足の裏って、人間の脳ほどにたくさんのセンサーが集中しているからだって、本で読んだことがありました。達也に怪我でもさせたらって、必死でした。そうしたら、一カ所だけ、掌のやわらかな肉片に、ちっちゃな、ほんとうに目にみえないほどちっちゃなガラス片が食い込んだ。一瞬、痛いって感じて、その掌を見たら、一筋の小さな血が流れました。ルーペとピンセットを使って取り出そうとしたんですが、小さすぎてどうしても取れない。その日は忙しくって、痛みのことも忘れてしまいました」

そこで歌音は一息つき、紅茶をすすった。

「何日か、掌の傷が疼《うず》いて、ズキズキしたんです。数週間が過ぎて、ようやく時間ができたときに、このまま放置すれば後になって痛むかもしれないって、思い出しました。病院に行ったら、お医者さんがいうんです。微小なガラス片の周囲を、すっかり肉が固め、カプセルみたいに保護している。取り出してもいいが、その手術でできる傷のほうが、大きく痕に残るかもしれないって。わたし、そのとき、こう思ったんです。やわらかな肉に包まれたみえないガラスの破片は、息子のことを思って必死だったそのときの気持ちの記念かもしれないって」

黒沢は、何も言えず、黙って歌音の顔を見つめた。

「病気のことを知ってから、いろんなことがありました。痛みもあった。こわかった。でもこうしていまになってみると、痛みも恐怖も、わたしのやわらかな肉に包まれた、ちっちゃな、目に見えないガラスの破片みたいだなって。もう、痛みもこわさもなくなって、息子への気持ちだけが記念に残っています。だから、わたし、平気なんです。人は死ぬ前に、死の恐い顔が、少しずつ自分に近づくのを見て、同じように恐い顔になっていく。近づいてくるデスマスクは、人の顔を自分の鏡にしてしまうんです。でも、死の瞬間を過ぎれば、恐怖なんて少しも感じなくなる。死ぬって、チョンと跨《また》げば、それでおしまい。恐がる必要なんて少しもない。わたしは、人より少しだけ早く、そのことに気づいたけれど、だれだって遅かれ早かれ、そんな自分に向き合うことになります。だから、わたし、平気なんです」

そこまで話し終えると、歌音はにっこり笑って黒沢を見つめた。黒沢は深呼吸をして大きくうなずいた。

「ちょっとお願いがあるんです」

黒沢が目で尋ねると、歌音は机の上の二つの白い封筒を手元に引き寄せ、厚いゴワゴワした封筒のほうを、黒沢のほうに向けて差し出した。

「これには、わたしの知人たちへの最後のメッセージを入れてあります。でも実は、それは知人への手紙ではなく、新しく歌音になる人へのメッセージなんです。その人がわたしになったとき、周囲の人たちのことを何も知らなかったら、まごついちゃいますよね。だから、知人たちの顔写真と、その人の特徴や、その人とのお付き合いの手がかりを書きとめました。手術が終わったら、これを、その人に渡していただけますか？」

それから歌音は、もう一つの白い封筒を、黒沢に向けて滑らせ、差し出した。

「こちらは、その人が、すっかりわたしになって、生きていこうと決めたとき、その人に渡してください。その時期は、黒沢さんのご判断にお任せします。もし別の道を歩んだり、夫や息子と別れたりするときは、もう必要ありません。破り捨ててください」

二通の封筒をもう一度手元に引き寄せると、歌音はボールペンを取り出して、黒沢に尋ねた。

「その人のお名前をうかがえますか。宛名に書いておきたいものですから」

黒沢は静かにいった。

「ごめんなさい。歌音さんには、相手のかたの性別と年齢しか、お教えできないことになっているんです。法律で、そう決まっているんです」

歌音はボールペンを手にしたまま、ちょっとうなだれた。だがそのうち、いいアイデアを思いついたのか、顔が輝き、歌音は厚いほうの封筒に宛名を書き始めた。

「氷坂歌音さま」

そしてもう一通の薄い封筒には、こう宛名を書いた。

「新しい氷坂歌音さま」

歌音は、黒沢に微笑んだ。

「そうですよね。宛名はその人の名前じゃなくて、わたしの名前にしておけばいいのね」

それを聞いて、黒沢も微笑み返した。

「それと、最後にもう一つだけお願いをしてもいいですか？　このカメオ、わたしが持っていてもいいですか。わたしに残る最後の思い出になるんです」

黒沢は、思案顔でしばらく言葉に詰まった。コーディネーターの部内規則では、一切の私物を病室に持ち込むことが禁じられていた。昔を思い出させる品々を見て、移植後の患者の気持ちが千々《ちぢ》に乱れ、闇路《やみじ》に取り残されることを恐れて作られた規則だった。

だが、必死になって目で懇願《こんがん》する歌音の表情をみて、黒沢は気持ちが傾いた。この人なら、きっと力強く、その末期を歩いていくだろう。闇路でも堂々と背筋を立て、顔をあげて、冷たい風に逆らっても、前に向かって進むのをやめないだろう。

「いいでしょう。私が責任をとります。おひとりになったときにだけ、写真をこっそりご覧になってください」

ヤッター、といわんばかりの表情を輝かせ、歌音は黙って頭を下げた。

もう一杯、紅茶を淹れに立った歌音が、流しに向かったまま途中で背中の動きをとめ、その場に佇《たたず》んだ。しばらく、ぼうっとしたまま、何かを考えている様子だ。気持ちが変わったのだろうか。それとも、具合が悪いのだろうか。居間からその姿を眺めていた黒沢は、少し不安になって、後ろ姿に呼びかけた。

「氷坂さん、大丈夫ですか？」

紅茶を淹れて戻ってきた歌音は、唇に微笑みを浮かべていた。ちょっと、気恥ずかしげな表情で、黒沢を見た。そして、ようやくのことで、こういって、小さな舌を出し、引っ込めた。

「ごめんなさい。わたしって、うっかり者なものだから。こんなこと、お尋ねするのも恥ずかしいけど……」

ちょっと間を置いて、黒沢の顔をやや真剣な面持《おもも》ちで覗き込んだ。

「あの、失礼ですけど、どなたさま……何のご用事でしたっけ？」

第2章　あたらしい家族

1

海馬は、脳の側頭葉の内側にある小さな器官である。

脳のうえから見ると、左右で対になったその形状が、海神ポセイドンの戦車を引っ張る海馬の前脚に似ているところから、この名がついた。外に取り出してみると、同じ海馬に学名が由来するタツノオトシゴにそっくりな形状をしている。

小さな器官ではあるが、脳の深部にあるため、開頭してから器官に到達するまで時間がかかる。しかも、隙間《すきま》一ミリの脳溝《のうこう》にそって大小無数の動脈や静脈が走り、記憶繊維が周囲に密集している。これらを傷つけずに手術するのは至難の技だ。

手術では、あらかじめ下肢などから採取した血管によって無数のバイパスをつくり、内頸《ないけい》動脈を閉塞《へいそく》させて海馬を取り出す。その際に、記憶繊維を損傷しないよう、側頭葉《そくとうよう》下角《かかく》の天井を切開して脳室に至る。

執刀中、メディカル・エレクトロニストたちが脳機能を監視し、視覚などの感覚、運動機能を測りながら、支援にあたる。脳外科医たちは、大型の手術用電子顕微鏡を使い、数万倍に拡大されたナビゲーション・システムの立体映像に誘導されながら、超音波メスや、振動補正つき極小剪刀《せんとう》、骨削除機などを駆使して手術を進めていく。

しかし、さらに極微の操作になると、人間の感覚ではついていけない。そうした操作になると、医師たちは顕微鏡のアームを手術台から外し、ナノ技術を応用した超小型ロボットに置き換えて、ナビゲーションのモニターを使いながら、コンピューターによる遠隔手術に移っていく。ロボットは、手術前にコンピューターで設定した「手術ルート」に沿って動き回り、「立ち入り禁止区域」の外縁に接しかけると、極微センサーでそれを感知し、自動的にポジションを修正することになっている。

そうやって取り出した海馬は、まず熱を一様に伝達する技術によって冷温保存し、ただちに相手のもとに運ばれ、移植されることになる。だが、移植までの時間をできるだけ短縮するため、京極大附属病院では、その日は隣接する脳外科手術室を二部屋用意し、寒河江北斗の執刀は佐久間マイ教授が、氷坂歌音は佐野修造准教授が、それぞれチームを率いることになった。そして山野静二教授が控えの別室で、この二つのチームの手術の進行状況をモニターの映像機器で見守り、小型マイクロフォンで助言をしながら、移植を統括することになった。

ストレッチャーで201号手術室に運ばれた寒河江は、手術台に移され、両斜め上からこちらを照らし出す大きな無影灯に目をしばたたかせた。白や薄青のLEDの小バルブが埋め込まれた大きな五角形の灯りは、まるでロック・コンサートで舞台のスターを隈なく映し出す強烈な特殊ライトのように見える。

青い手術着にマスクをつけた佐久間マイは、ふだん見るのとは違って、神経を極度に集中する険しい目で北斗に近づいてきた。

「体を楽になさってください。きっと無事に、終えてみせますから」

それだけいうと、麻酔医に目で合図を送った。全身麻酔がかけられると、北斗は急な斜面をはじめはゆっくりと、そして次第に速く、奈落に向かってずり落ちていった……

同じころ、隣りの202号手術室では、氷坂歌音が、手術台の上に静かに横たわっていた。低侵襲《ていしんしゅう》の技術が進んだため、脳手術でも、ごく限られた部位しか開頭しなくともよくなっていた。そのため、最近は、手術のために頭すべての剃髪《ていはつ》をすることは稀になっている。放射線治療のため、ほとんど禿頭になった寒河江と違って、歌音の豊かな黒髪は残り、ただ、頭の左右に数センチ四方の剃髪のあとがあった。

歌音は、顔を寄せる佐野修造に、にっこり微笑んだ。そして呟くようにいった。

「がんばってくださいね」

歌音は目を瞑り、全身麻酔が、汀《みぎわ》に静かに寄せる穏やかな波のように、自分の体を包み込んでいくのを待っていた。ほら、達ちゃんったら、そんな顔しないで。わたしのことを笑って見送って。ママ、きっと帰ってくる……

「では、始めようか」

佐久間と佐野の耳元で、同時に山野の乾いた声が響き渡った。

死ぬ直前、これまで見てきたおびただしい映像が、高速で流れるラッシュ・フィルムのように、目のなかを素晴らしい速さで走り抜けていく。北斗は以前、ある本で、そんな臨死体験者の話を読んだことがあった。

たしかに、そうだった。はじめはゆっくりと、今日から昨日への映像を遡った。まるで、出発したばかりの列車の車窓のように、病室で灯りをつけた自分、昨晩消灯してから、布団のなかで息を潜《ひそ》めていた自分が映った。だがそれから先は、加速して勢いを増す列車の車窓のように、イメージは次々と過去を遡り、そのうち、映像を見分けることができないほど速く消え去った。映像の流れる速度はさらに急を増し、やがて自分を取り囲むイメージは、無数の色彩の帯の奔流となって、後ろに流れていった。いったい、いつまで加速するつもりだ。これでは体が、神経が壊れそうだ。汗が噴き出るような熱気と風圧を、北斗は感じた。

長すぎるコースをジェットコースターで運ばれるように、後ろに吹き飛んでいった色彩の帯は、北斗の肉体の限界に近づくその直前で、突然レールが空中で途切れたように、北斗は音もなく、漆黒《しっこく》の闇に投げ出された。落下というより、重力がなくなり、無音の闇をどこまでも漂っているような気がした。

どれくらい時間が経ったのだろう。北斗はふと我に返った。気がつくと、どこかの高い山中に佇んでいた。何日の単位ではなく、何カ月、ひょっとすると何年かのあいだ、意識を失っていたような気がした。

ふとみると、自分の手や腕は透明になり、内部に走る無数の血管やリンパ管が見えた。皮膚のところどころに、時折、燐光《りんこう》に似た青白い光が明滅した。手や腕全体が、ホタルイカのように、絶え間なく発光を続けているように見える。足元のすぐ下には、目で見ただけでも冷たいとわかる澄明な淡水を湛《たた》えた大きな湖が見えた。周りをぐるりと石灰《せっかい》の真っ白な岩礁《がんしょう》に囲まれた湖は、棚田のような段状になって次の湖沼に水を注ぎ、視線が届く限り、ずっと先まで湖沼の連なりが下方に伸びている。静かに動かないその水は、驚くほど透明に澄み渡っている。北斗が覗き込むと、水底には、数百年前に大地震がこの地を襲うまで、岸辺と同じ高さにあった村の集落が、地震で生じた断層と沈降で、十数メートルの深さになった水底に、そっくり沈んでいるのが見えた。水底は青く見えるが、驚くほどの透明度を保っていた。

石灰分が表面に沈着して原形を保存しているため、村の家々や納屋《なや》、木の柵《さく》、家を取り囲む樹木や畑は、枯れたそのままの姿で、そこらに広がっていた。まるで、その家からひょいと子どもが顔を覗かせ、近くを走り去る鶏《にわとり》の群れを追いかけても不思議ではないような気がする。この地震によって、村人はどうなったのだろう。溺《おぼ》れて、そのまま水葬にされてしまったのだろうか。

あるいは、家から逃げ出し、水面に浮上して助かったのだろうか。それにしても、恐かっただろう。まるでこの湖は、神々が覗く顕微鏡の下で、透明なスライドとカバーグラスに閉じこめられたプレパラートの細胞片のように、人々の恐怖と戦慄をそのまま永遠に封じ込めているかのようだ。

そう思った北斗はふと、水の底にも、周囲にも、生気がまったくないことに気づいた。周りに緑豊かな森はあるが、生物の気配が消えている。鳥たちの声も聞こえず、飛び回る蠅《はえ》の羽音すらない。よく湖に見かける小魚の魚影も、水草さえも見当たらない。ここは、いったい、どこなんだ。

そう思って上を見ると、北斗はいつの間にか湖の水底に立って、空を見上げているのだった。体が重力を失って左右に揺れ、呼吸が小さな泡になって上昇するので初めてそう気づいた。だが少しも息が苦しくない。見上げても水があまりに透明で、どこまでが湖水で、どこからが空になっているのか、境がわからなかった。

その空に突然、無数の鳥の大群がやってきた。ムクドリに違いない。おびただしい点が紡錘形《ぼうすいけい》のフォルムをつくり、そのまま空に棚引いていく。かと思えば鳥の群れは空中で急旋回し、紡錘は不意に球状になって収縮と膨張を繰り返し、やがてかたちは崩れていって、また別のフォルムを編み出していく。

まるで、見えない音楽に合わせて形を変えているかのように、その飛翔が空に描きだすフォルムは律動的で、しかも妙《たえ》なる調べを奏でるかのように流麗だった。

そう思った刹那《せつな》、北斗から再び意識が遠ざかった。無音と無明の長い沈黙が続いた。黒。光がすべて消え去ったその闇は、果てしなく続くかに思えた。

燃えるように頭が痛い。万力で頭の両側を強く締めつけられるような、鈍く、しかし、底のほうから刺し貫かれるような激痛が走った。北斗は叫ぼうとしたが、声すら出ない。目も開けられないが、そのうち、閉じたままの瞼《まぶた》の映写幕の一番遠いところ、バニシング・ポイントに、眩《まばゆ》い小さな光点が浮かんだ。

それがゆっくりと近づき、次第にスピードをあげて迫ってくる。やがて超高速に達し、そのまま北斗の眼前に迫る。危ないっ。だが痛みはなく、北斗は自分の両側を色彩の帯が走り分けて遠ざかっていくのを見た。前に見たのと同じ色彩の帯の奔流が、次から次へと切れ目なく、トンネルのように北斗を包んだ。十分も経ったころだろうか、その速度は次第に遅くなり、色彩の渦は消え、やがて目的地に到着する列車のように、ゆっくりと底知れぬ闇に到達した。


目覚めると、輪郭のぼやけた男性の顔が北斗の目の前にあった。

「寒河江さん、私がだれか、わかりますか?」

若い男はゆっくりとした口調で尋ねた。

「ク……ロ……サ……ワさん?」

「よかった」

黒沢は弾んだ声でそういって、微笑みかけた。

「まだご無理は禁物です。十二時間の手術のあと、あなたは何日も眠っておられた。縫合部が固まり、新しいシナプスが形成されるまで、ずっと安静にしている必要があったんです」

「手術?」

そう呟いた北斗は、ぼんやりとした頭で考えようとしたが、自分が何の手術を受けたのか、どうしても思い出せなかった。

周囲を見渡すと、北斗は、前にいた病室とは違う部屋に横たわっていた。ふと気づくと、黒沢も、上下に青い無菌服を着て、外していたマスクをまた口元にあてがっていた。ここは集中治療室なのだろうか。黒沢という青年のことも、名前は思い出したが、だれかはまだ思い出せない。考えようとすると、頭の中の十数カ所の点に、一斉に鋭い痛みが走った。それは夏空のあちこちに同時に開く花火に似ていて、激痛のあとはすぐ収まるのだが、考え始めると、またすぐに痛み出すのだった。

苦痛にゆがむ北斗の顔を見て、黒沢という青年はいった。

「いまは何も考えず、お休みになることです。佐久間先生に、しばらくまた、麻酔をお願いしてみましょう」

黒沢がそういって部屋を出ようとすると、何か聞いておくことがあったはずだ、と北斗は身を起こそうとした。だが腕に力が入らず、そのまま体が萎《な》えて北斗は再び枕に頭を沈めた。とそのとき、北斗は自分の後頭部に、あたたかな感触があることに気づいた。目の端に、黒くふさふさしたものが見える。これは、髪じゃないか。ガンの治療を受けてから、俺はずっと禿げたままだったはずだ。長く寝ている間に、また生えてきたのだろうか。

だが、幾本かの点滴チューブがぶらさがる腕を恐る恐る曲げ、さっきから気になっていた重い胸元を指でさわると、寝ていても両胸が上に丸く盛り上がり、その先端に、ツンと尖った乳首があった。北斗はぎくりと指先の動きをとめ、驚いて両掌を頬にあててみた。すべすべと滑らかな肌をしている。その手は指先まで長く、思いがけないほど、ほっそりとしていた。

これは……だれ？

電流が駆け抜けるような衝撃が走り、また頭の中のあちこちで、花火が一斉に、華々しく花開き、痛みに襲われた北斗は身を縮めて頭を抱えた。

白衣を着た佐久間マイは入室すると、目にやわらかな光を湛えて近づいてきた。

「お目覚めですね、氷坂さん。もう話せるようになったんですって？　でも、まだ脳に負担がかかるので、もうちょっと休みましょうね。そうだ、みんなは、あなたのこと、歌音って呼ぶんでしたね。お休み、歌音さん」

北斗の意識はまたそこで、途切れた。

2

北斗はその日から、繰り返し同じ夢を見るようになった。

いや、同じというのは正確ではない。いつも違った場面が展開するのに、その様式が同じなのだ。

ある日、北斗は広壮な城のような屋敷で我に返る。恐らくは三、四階建てで、家具調度が磨《みが》きぬかれ、黒檀《こくたん》のように黒光りしている。その屋敷では大勢の下僕や召使が行き来しているが、だれも北斗の存在には気がつかない。どうやら、もうすぐ祝祭が始まるらしく、その準備に大わらわなのだ。

照明が乏しいので、屋敷のなかは仄暗く、大広間の隅が半ば闇に溶け込んで、シャンデリアのあたりだけが、ぽっかりと光の輪に浮かんでみえる。そこを通りかかると、下女や召使たちの光沢《こうたく》のある中世風の原色のドレスが、きらきらと輝きだす。

下働きをしているというのに、どうしてこうも、派手な衣装に身を包まねばならないのか。そう思うほど、階段を上り下りして料理を運ぶ大きな銀の盆を手にした女たちの衣装は艶《つや》やかで、目に眩い。なかには、とりどりの原色の菱形《ひしがた》の布地を継ぎ合わせ、アルルカンのように階段を飛び跳ねている若者もいる。

北斗はふと、階段を上って、上の階に行ってみようと思い立つ。どうせ、だれもこちらには目もくれないのだ。かまうことはない。

ところが、階段を上り始めると、下りてきた召使たちが次々に、擦れ違いざまに原色の光の粒子になって分裂し、粉微塵《こなみじん》になって空気に漂いだす。どの男たちも色の粒子になって飛《と》び爆《は》ぜ、消えてしまうのだ。なかには、まず胴体に斜めに切れ目が入って二つに分裂し、それからゆっくりと粒子になって崩れ去る者もいる。かと思えば、衣装が次第に透明になって消えうせ、肉体が一気に爆発するように小さな無数の色の粉になって雲散霧消《うんさんむしょう》する者もいた。

北斗はふとその情景が、小学生のころに読んだ世界名作全集の一巻にあったシェークスピアの挿絵《さしえ》であったことに気づく。

そうか、色鮮やかに刻印されて、長い歳月の果てに記憶の地層の下に埋もれていたイメージが、こうして蘇り、再び消えていこうとしているのだ。

その刹那、足元から頭に向けて、刺し貫くような惧《おそ》れが駆け上がり、北斗は身震いをする。自分に刻まれた記憶が、こうして一つひとつ解体し、消えていこうとしているのだ。自分が、自分でなくなっていく。なぜだ。私の記憶は生き残り、新たな肉体を獲得して永続するはずではなかったのか。

――そこで北斗は目覚め、額に小さな汗の玉を浮かべて、うなされていた自分に気づく。あるときは、若かったころの両親が無数の粒子に分解されて飛び散った。別の日には、ビニール袋が風に舞って飛び去り、空の青みのさらにその奥に吸い込まれていくように、北斗が通った木造の小学校の教室の風景が消えていった。

記憶を支えていた輪郭がほどけ、無数の記憶を構成していた粒子が粉微塵になった玻《は》璃《り》のように一斉に飛び散って、解体しつつあるのだ。そう気づいたものの、北斗には、どうすることもできなかった。

「大丈夫ですよ、歌音さん。いや、いまは寒河江さんとお呼びしましょう。ここでは私とあなたと、二人だけですから。はじめは、ゆっくりゆっくり、歩き出しましょう。焦《あせ》る必要なんてないのです。いまは、記憶が消えていくように感じるでしょうが、ある時期に体と記憶がなじんでいけば、そこであなたの記憶の解体はとまります」

黒沢は、怖れの色を浮かべる歌音の眼を覗き込み、幼児をあやすようにそういった。

「黒沢さん」

そういいかけて、北斗は自分の声にぎょっとし、口を噤《つぐ》んだ。これは俺の声じゃない。若い女性の声だ。意識とは正確に音程のずれた高い部位で発音し、しかも発語が細くなって不安定に語尾が揺れている。まるで見えない二重唱をしているようだ。

「まだ、自分の体が借り物のように思えて、意識だけがふわふわと漂っているようなのです。私は若い肉体を得て、その体を自由に操れるのかと錯覚していた。だが、そうじゃない。私はこっそりと体に侵入した余所者《よそもの》で、ただ怯えて脳の片隅から体を盗み見ているだけみたいなんです」

北斗は、ただじっとして何も考えていないときには、無意識のうちに北斗だった。それは、北斗が北斗の肉体に棲んでいたときと変わりない。ただ、北斗が無意識に新しい歌音の肉体にわずかの違和感を感じ取ると、不意に北斗の意識が顕在化して、肉体との差異を敏感に感じ取り、歌音の体とのズレはかえって先鋭化する。人はいつも、意識と無意識を自在に往還して、少しの不都合も感じない。だがいまの北斗は、無意識のうちには北斗でありながら、いざ歌音の肉体を感じると、強烈に北斗の意識が屹立《きつりつ》し、すぐには無意識に戻れないまま、意識と肉体の緊張感が長く続く。神経の糸が張りつめ、どこかで音をたてて切れそうになるころ、ようやく、鋭い痛みとともに視界に見えない帳《とばり》がかかって、北斗の意識を無意識の深い層に引きずり込んでいくのだった。

しばらく北斗のそんな独白を聞いたあと、「そうでしょう、わかります」、黒沢はそういいたげな表情を浮かべて立ち上がり、言い聞かせるように北斗の意識に向かって話し始めた。

「寒河江さん、あなたは、あなたのままでいいのです。歌音さんも、歌音さんのままでいい。焦りは禁物です。少しずつ、互いになじんで、いつの間にか、どちらがどちらか、わからなくなるようになるまで、じっと我慢することです。お互いが主張して、相手と張り合えば、どちらにとっても、不幸な結果になってしまいます」

黒沢は北斗に、かつての北斗の記憶の古層が崩れていくのは、歌音の肉体に滲みわたった彼女の記憶が、新しく植えつけられた北斗の記憶に抵抗し、その接触面で異なる記憶が鬩《せめ》ぎ合い、粒子になって混ざり合っているからだろう、と説明した。歌音の記憶も、そうやって古層から粒子化し、かつての像は失われつつある。二つの異なる記憶が混ざり合って、混沌のなかで新しい記憶の風景を生み出しつつあるのだが、それはまだはっきりとしたイメージとはなっていない。だがいずれは、一種の平衡状態が生まれ、北斗自身の記憶の解体は、それ以上は進まないだろうという。そのときに、北斗はようやく、新しい肉体に棲む自分に、強い違和を感じることはなくなるだろう。そう黒沢は請け合った。

「でも、私には、若い女性になることなんて、無理だ。毎朝、目覚めると、はじめは夢とのあわいにいて、気持ちが穏やかなのに、この手、この腕、この顔に気づくと、自分が怪物になったみたいな気がして、ぞっとする。いや、私の意識が、とてつもない怪物になったみたいな気がする」

歌音の細面の頬をほっそりした両手で挟んだ、その表情がかすかな苦痛にゆがんだ。歌音は、頬骨がやや張った印象はあるが、目鼻立ちがくっきりとしている。その輪郭は出産後にかすかにふくらんで、穏やかな母親の優しさを湛えるようにもなっていた。

だが、はじめてその顔を鏡に映したとき、寒河江は思わず吐き気を感じた。醜悪なのはその目だ。美しく、健やかな顔立ちなのに、鏡を見つめる目の奥に、生まれてはじめてナマハゲを見た子どものような、身をよじる苦悶と恐怖の色を見たからだ。若い女性の顔なのだが、その目には何か、怖ろしいものを見たばかりに急速に歳をとった人のような、無残さが漂っていた。せっかく与えられた財産を考えもなく使い果たした道楽息子が、蕩尽《とうじん》のすえにふと見せるような、哀れなやつれが、その目に浮かんでいた。歌音の美しさを前に、北斗は自らを愧《は》じ、意図しない侵入者の疚《やま》しさに取りつかれていたのだった。

「だって、そうでしょう。私の意識は五十八歳のままだ。こんな若い女性に棲みつくには齢をとりすぎている。その齢にふさわしい健やかさも、悦びも、もう私には還ってこない。通り過ぎたものは、もう決して元に戻らないから、穏やかに、美しく見えるんです。最近は心の老眼が進んで、自分のなかの汚いものや、恥ずかしいものがぼんやり霞み、静かな思い出になろうとしていた。こんなにすべてがくっきり見えると、自分の心の老いまでが、シミもくすみもそっくりそのままに、醜く見えてしまう。こんな酷なことって、ありますか」

　黙って聞いていた黒沢は、北斗の意識が沈黙したのを察して、おもむろに口を開いた。

「そういうちぐはぐな違和感を、歌音さんも感じているのかもしれません。寒河江さんの違和感は、歌音さんの体も感じ取っていて、寒河江さんの意識を通して、そう話しているのかもしれませんね」

　北斗の意識は、その言葉に小さく揺さぶられ、「えっ?」と歌音の呟きになって外に漏れ出た。

「脳の海馬には、大脳皮質で銘記された記憶が転送され、蓄積されていきます。いわば記憶の倉庫のようなものです。ただ、脳からの指示によって、そこからひっきりなしに過去のデータが呼び出され、記憶が蘇り、再び倉庫に戻っていく。一秒ごとに高速でその出入りが繰り返されて、その人の意識が形成されるのです」

　北斗の意識がじっと耳を澄ませているのを感じながら、黒沢は続けた。

「肝心なことは、寒河江さんの海馬は、歌音さんの脳に接続されている、ということです。何かがきっかけになって、脳が倉庫にデータを出すよう指示をする。そのデータは寒河江さん、あなたのものですが、指示を出しているのは、歌音さんの脳なのです。彼女が体で感じ取り、無意識のうちに、これこれの記憶を取り出しなさい、と指示する。

その意味では、歌音さんが、司令官なのだともいえるのです」

「司令官？　では、この私は何なのです？　私は一兵卒《いっぺいそつ》なのか」

「いいえ、参謀です。司令官は判断し、指示しますが、その判断のもとになる記憶や知恵は、司令官の知恵袋であり、頭脳です。司令官は判断し、指示しますが、どんなに参謀が聡明で経験豊かであっても、あくまで寒河江さんのものです。しかし、どんなに参謀が聡明で経験豊かであっても、司令官なしに体を動かすことはできません。寒河江さんは、司令官に忠誠を尽くし、その顔を立てながら、実際に体を操縦する。その意味では、寒河江さんが陰の主役だといってもいい」

　そこで北斗の意識が声をあげた。

「でも、もし司令官と参謀の反《そ》りが合わず、喧嘩《けんか》を始めたら？」

「そのときは、部下たちが反乱を起こすかもしれません」

「部下というのは？」

「歌音さんの体です。全身が司令官や参謀に抗《あらが》って、一斉蜂起《いっせいほうき》する。クーデタです」

　そういってから、黒沢は、自分の言葉を打ち消すように、朗らかな声で付け加えた。

「いえ、冗談です。あくまでこれは、たとえ話ですから。私がいいたかったのは、そんなことにならないように、決して焦らず、どこかで新しいお体と折り合いをつけてほしい、ということなんです。寒河江さんは、いまはご自分の体を、自分であって自分ではないもののように感じていらっしゃるかもしれない。しかし、いずれは、ご自分の体が自分の意識を、自分であって自分ではないと感じるようになる。そして最後には、どちらも、これが自分であると感じるようになるでしょう」

それは、奇妙なリハビリだった。

3

五十八歳の寒河江北斗の海馬は、三十二歳の氷坂歌音の肉体に、しっくりと調和しなくてはならない。

歌音の体調が回復すると、コーディネーターの黒沢健吾は、さまざまな人物を病院に招き入れて、北斗の「意識改造」に乗り出した。外側からみれば、歌音は若さがあふれる女性だ。その外見と、北斗の意識に隙間があると、どうしても受け入れる側は、家族でなくとも、違和感が際立ってしまう。そうしたストレスが高じれば、北斗の意識は抑鬱状態になるか、肉体との齟齬《そご》に苦しみ、解離性同一性障害になるおそれがあった。

はじめにやってきたのは、京極大学でジェンダー学を教える三十九歳の田代ケイ准教授だった。臨床心理士の資格をもつ田代は性同一性障害で、自身がかつて男性だったが、十代の終わりに性転換手術を受けて女性になった。これから女性として生きねばならない北斗にとっては、またとない導き手になるはずだ。

「そう、わたしの場合は、もともと心が女だったから、体を心に合わせたのね。手術をして、ほんとうに心が楽になった。でも、あなたの場合は、わたしとは逆なのね。もともと男だったあなたの心が、いまは女の体に入っている。だから、手術前のわたしみたいに、心と体のジェンダーが入れ替わっている。そうでしょ?」

　向かい合って座った田代は、右手の人差し指で長いストレートの髪の毛をくるくる丸め、少し上目で歌音を見た。北斗がどきりとするほど、妖艶《ようえん》なまなざしだ。かつて、心と体のずれに身悶《みもだ》えしたころの田代の記憶が、いまの北斗の意識を、ちくちくとした小針で刺激するのかもしれない。

「演技するって、辛いわよね。ほんとうならわたし、そんな無理はおよしなさい、っていいたいわ。外見が女だからって、男みたいに振る舞って何が悪い? そんな性差の固定化が、まだこの社会を息苦しくさせてるんだわ。でも、あなたの場合、そうはできない事情がある。まだ小さな男の子がいて、その子は、女性としての母親のもとで成長してきた。いずれはその子が理解するとしても、しばらくは、元の母親のように振る舞ってほしい。それが、元のあなたと、夫の願いだったから」

　歌音は素直にうなずいた。

「そう、だからぼくは、歌音を演技することになったわけです。しかし、ぼくは五十八年もの間、男として生きてきた。性差だけでなく、年齢の差を乗り越えられるかどうかも、疑問なんです」

　そうなのね。フッと、淡い微笑みを呑み込むように田代は呟き、頭の片隅で次の言葉を捜した。

「あなた、女装って、興味なかった?」

不意に田代に聞かれ、北斗の意識は縮みあがった。

「女装？　まさか……この歳になるまで、一度だってありませんよ」

田代は少し残念そうな表情を浮かべ、言葉を換えてみた。

「女装でなくてもいいの。たとえば、どこか別の土地に行って、まったく別人のように振る舞いたいとか、思いっきり大胆になったり、乱暴な態度をとってみたりしたいとか……つまり、変身願望っていうこと」

北斗は幼いころ、映画監督になりたいと思ったことがある。がらくたや木材をセットに見立て、遊び仲間に役を割り振って、西部劇や戦争ドラマを演じさせた。だが、上背があるわけでも、容姿がいいわけでもない。北斗は早くから、自分が「ヒーロー」や主人公になるのは諦め、演出をすることのほうに関心を向けた。

その話をすると、それそれ、というように、田代は長いほっそりとした右手の指先をピストルの形にして、歌音に向けた。

「それ、使えるかもしれない。あなたは、監督になる。歌音さんの体、歌音さんの声を使って、演技させる。自分はずっと後ろのほうにいて、歌音さんという女優に振りつけをするのよ。あなたって、ジェンダーについては、かなり保守的な人よね。男と女について、がちがちの考えをしてきた。いまさら男の心を変えるわけにはいかないだろうし、他人に女を演じさせるほうが、きっと楽よ」

歌音は、褒《ほ》められたのか、けなされたのか、わからない人の表情を浮かべた。

「でも、そうなると、ぼくはいつも、この体を、他人と感じなくてはならない。手術前の田代さんみたいに、苦しむことになるんじゃないですか」

田代は、ふっと笑った。皮膚の下のすべての細胞まで、わたしは苦しんだわ。苦しくって、もう笑うしかなかったほどにね。でも、あなたは、自分が男であることを乗り越える痛みに、耐えられるかしら？　それには、齢をとりすぎている。あなたが五十八年をかけて築いてきた城を明け渡したら、あなたという意識すら、解体してしまうような気がする。

田代は、心のなかでそう考えたが、口からは別の言葉が流れ出た。

「大丈夫よ。いまだからそう思えるのかもしれないけど、わたしが苦しんだのは、ほんとうは心と体のずれじゃなく、男と女の性差っていう幻想のせいなの。男らしくあらねばならない、っていう両親や社会の刷り込みが強くて、その矛盾で身動きがとれなくなった。わたしの場合は手術を選んだけれど、頭の刷り込みさえなくなれば、手術しなくたって、平気で生きていける。そんな世の中にしたいと思って、医師や学生に教えるようになったわ。あなただって、いずれは男か女か、こだわるのが馬鹿らしくなる日が来る。だって、あなたは、あなたなんだから」

田代の指導のもとで、翌日から、特訓が始まった。

田代にいわれ、黒沢が最初に連れてきたのは、熊沢佳恵《くまざわよしえ》という若いボイス・トレーナーだった。

「そうね、男は口先で発音するのに慣れているから、いまのままだと、ちょっとぼそぼそ聴き取りにくい。ハイ、おなかで大きく息を吸ってえ。吐いてえ。ハイ、そのまま声にしてみましょうね。アオウエ、イイエ。もう一度。アオウエ、イイエ」

熊沢は、架空の場面をいくつも想定して、女性ならこういう話し方をする、という発声法を歌音に指導した。

「道を尋ねられたら、まず、「えっ？」っていう顔をして振り返ります。やってみましょう。「えっ？」。そうね、それじゃ、驚きすぎよね。わざとらしくならない程度に、「えっ？」。さあ、やってみましょうね」

電話をとって話す第一声では、ふだんより半オクターブ音声を高くしなくてはならない。部屋の奥にいる人に大声で呼びかけるときには、裏声にする。近くにいる女性に話しかけるときには、少し近づきすぎるくらいにまで口を寄せて、低めに囁《ささや》きかける。

北斗にとっては、はじめて学ぶ外国語と同じだった。英語で話すときは、主語や目的語を明瞭に発音し、イントネーションやアクセントを強調する。北京官話になれば、有気音と無気音の違いをはっきりさせ、舌面音《ぜつめんおん》や反《そ》り舌音《じたおん》、舌歯音《ぜっしおん》などの違いを際立たせる。これに四声《しせい》が加わるので、どうしても発声は大きくなり、日本語よりも発音を大げさにしなければならない。

それと同じように、女性の話し方や発声も、自分が言いなれたのとは違う喉の部位、違う舌の動かし方をしているのだった。おかしなもので、北斗がその発声を真似《まね》てみると、自分の意識も少しずつやわらかく、女性のように丸みを帯びていくような気がした。

田代の指示で、次に黒沢が連れてきたのは、歌舞伎の演出見習いをしている北岡邦彦《きたおかくにひこ》だった。北岡はまず、女形の演技について講義し、具体的な仕草や所作で、どのように男と女の差がにじむのかを解説した。

「ここで、こうやって振り向くときに、女性では、少し視線が遅れます。そうすると、流し目になる。そのちょっとの遅れに、どうしても思いが対象に残って、立ち去りがたい、という感情がこもります。さあ、やってみて。いいね、いいね。あ、それじゃ、ちょっとやり過ぎだ。舞台ならそれくらい派手でいいんだけど、会社でそんなことしたら、あはっ、誤解されちゃいます」

北岡は、帽子やバッグ、ストールなどを持ち出し、そうした小物を扱う手先の使い方や、そのときの体の向き方、脚のラインの見せ方などを伝授した。

「椅子に背をもたせかけ、帽子に手をあててみてください。あ、それじゃ男の仕草だ。こうやって右手首を折り曲げて、掌をそのまま押し当てる。ちょっと風が吹いて、飛ばされそうになったときの仕草です。そう、それでいい。左手は自然にだらっと下げ、シヨートパンツの縁を押さえる。スカートじゃないから、裾は気にしなくてもいいんですが、どうしてもふだんの癖が出てしまうっていう仕草です」

お辞儀のときの手の組み方。驚いたときの表情。ぼんやりとしたときの視線の泳がせ方。喜んで頬に右手をあてるときの大げさな素振り。親しい人を見つけたとき、「えっ」という形に半ば唇をあけ、瞳では嬉しさを表すやさしい表情。北岡は、一つひとつの所作を演じてみせるだけでなく、なぜ他人には、そういう表情に見えるのか、その理由を説明した。

「男は、自分がどう見えているか、あまり意識することはありません。意識すると、自意識が前面に出て、嫌味になってしまう。しかし、女性はいつも、自分が相手にどう映っているのかに、気を遣っています。それも、無意識のうちに、体が計算し、自然と演じてしまっている。歌音さんの場合、じっとしているときは問題がない。しかし動き始めると、つい男っぽさが出て、少し、いかつい感じになってしまう。毎日何度もポーズを繰り返して、自然に態度に出るまで、鍛《きた》えていってください」

一般病室に移ってから、歌音は毎朝、大鏡の前に立って、北岡から与えられた「決め」のポーズ集を繰り返した。時々、疲れてくると、歌音のなかの北斗が顔を覗かせ、自分をからかった。

「おまえさん、もともと、女なんだろ。なんでこんな練習をしなくちゃいけないんだ?」

4

「先生、なぜ女性は化粧をしなくちゃいけないんです?」

メイクアップアーティストの坂上美香《さかがみみか》が帰った後、歌音は姿をみせた田代ケイ准教授に、不満そうに尋ねた。

坂上はまず、化粧水や乳液、下地クリームの使い方を教えた。化粧水はたっぷり掌に取って、内側から外に向かってなじませる。乳液は、左右の眉から鼻に向かうTゾーンには少なめにする。そして少量の下地クリームを指に載せて、額と両頰、鼻と顎の五カ所に置いて、指で少しずつ伸ばしていく。それが終わったら、今度はスポンジで片側の頰からファンデーションをつけ、反対の側にも同じように施し、細部を仕上げていく。

これで、ようやく下地の完成だ。そこからペンシルを使ってアイブロウを描き、アイシャドウで陰翳《いんえい》をつけ、リップで口元を際立たせる。それぞれの段階に手順があり、使う化粧品には無数の選択肢がある。

途中まで必死にメモを取って覚えようとした歌音は、ファンデーションが終わったあたりで頭痛がし、メモを取るのをやめた。鏡の向こうに見える自分の素顔は、少しずつ変わっていく。だが、目鼻立ちが多少きりっとしたからといって、何の役に立つのだろう。もともと素顔でも整っているのに、手間をかけて強調するのは、無駄ではないか。その結果、だれもが似たような化粧顔になって、自分らしさを失っていくのは、天から与えられた個性に対する冒瀆《ぼうとく》ではないか。

鏡に向かって、そうした不満に眉を曇らせる歌音の顔を見ながら、田代は片頰に笑窪《えくぼ》をつくって微笑んだ。

「あなた、やっぱりきれいね。化粧すると、見違えるほどよ。もともとかわいいんだけど、化粧をすると、内面の美しさが外側にも伝わって、花開くんだわ。自分では気づかないかもしれないけれど、いまに気づく。だんだん齢をとって容姿が衰えるほど、女は化粧に磨きをかける。いまのあなたには必要ないけれど、そのうち、化粧をしないと、服を着ずに裸で歩いているみたいに感じるようになるわ。もちろん、化粧を落としたら、裸になったときみたいにリラックスできるようにもなる。それはそれで、いい気分よ」

田代は、歌音の両肩に手を載せ、優しく撫でながら、いった。

「最初は、面倒だと思うかもしれない。でも、じきに慣れるわ。化粧は毎日の儀式みたいなもので、女には必要なの」

「儀式？　なぜそんなものが必要なんです」

田代は一瞬、唇をすぼませ、軽やかに笑った。歌音のなかにいる北斗の意識が、ふくれっ面をした子どものようにみえて、田代には微笑ましかった。

「昔ね、アメリカにマーク・トウェインっていう作家がいたでしょ」

田代は、頭のなかで話を先取りして、いかにも面白そうに語尾を弾ませながら、そういった。もちろん、北斗も少年のころに愛読した作家だ。

「彼がある日、自分の靴を見たら、泥だらけのままだった。下僕を呼んで、なぜきれいにしないのかって、尋ねたのね。そしたら、下僕の答えはこうだった。「旦那、きれいにしても、また泥のなかを歩いたら、汚くなるじゃありませんか。だったら、同じですよ」。その夜、下僕が食卓に来てみたら、机の上の皿は空っぽだった。下僕が聞いたのね。「なぜ夕食がないんです？」。そしたら、トウェインが、なんて答えたと思う？　彼はこういったの。「食事をしても、どうせお前はまた腹がすくだろ。だったら、食べなくても同じだよ」って」

田代の笑顔に釣られて、歌音も思わず頬を緩めた。ひとしきり笑った後、田代は少し表情を戻して、こういった。

「人間って、そうやって無駄なことばかり繰り返して生きている。皿だって、洗っても、また使ったら、汚れるじゃない。でも、どうせ同じだと思って洗わなかったら、ずっと汚い皿を使うことになる。掃除をしたって、どうせ汚れる。そうして気を抜いたら、家のなかはすぐにゴミ屋敷になるわ。ただ同じ毎日を繰り返すために、人がしなくちゃならないことは、とっても多いの。女が、毎日化粧をして、夜になると化粧を落とすのも、それと同じなのよ」

それを聞いて歌音は、頰を少しふくらませた。歌舞伎の演出見習いをしている北岡邦彦に教えられ、鏡に向かって毎日訓練している「不満そうな表情」が、ようやく板についてきた。

「それだったら、男だって化粧しなくちゃいけないことになる。そうじゃありませんか、田代先生」

田代は、微笑んだまま、答えた。

「そうね、ほんとは、男だって、そういう儀式をしたほうがいいかもね。実際、最近は毎日化粧をする若い男の子も増えているわ。ただ、たいていの男はそういう日常の大切さを知らないことが多いの。幼いころから、そう育てられるから」

母親は多くの場合、幼い息子がママゴトで家事をするのを好まない。女の子は家事や育児の真似事をするよう奨励《しょうれい》され、男の子は出勤して、夜になったら帰ってくる。男は外で闘い、疲れきっているのだ。そういう男を、女は常変わりない日常で優しく迎え入れる。昨日と変わりない今日を過ごすために、どれほどの労力を費やしたのか、男には想像もつかないだろう。子どもが怪我も病気もせず、昨日と同じく、すやすや眠るために、どれほど気を遣い、叱り飛ばして後悔を重ねるか、男にはわからないだろう。

「でも、いまは共働きがふつうで、男だって家事や育児をしている。そういう役割分担は通用しませんよ」

口をとんがらせて、歌音がいった。

「でも、あなたはどうだった？　寒河江さんは、そういう教育を受けた最後の世代じゃない？　あなたは、娘さんを育てた？　娘さんが何を考え、どう感じたのか、毎日、汲み取ってあげた？」

歌音は一瞬、呆然《ぼうぜん》とし、間もなく我に返った。そういえば、ある年齢になってから、カオルとは距離を置くようになり、できるだけ身体の接触や、会話もしないようにしてきた。父親も自分にそうしてきたし、むしろ父親は子育てにかかわらないことが、いいことのように考えていた。娘のことは、同性の母親の手に委《ゆだ》ねるのが自然と思ってきた。

女として成長するカオルの側面には、あえて視線を向けないようになっていた。

「人にはだれも、生まれながらに男と女両方の感性と、想像力があります。でも、男は男、女は女という垣根をつくって、あえて異性の部分を切り捨てさせる。そうやって、ジェンダーを固定化し、社会的なパズルを完成させる。そうしないと、男優位の秩序が揺らぐって、昔の男たちは、本能的に察知していたのよね。わたしも、長いこと、そんな刷り込みにとらわれていた」

田代は腕組みをしたが、その眼は一瞬、立ちくらみするような自分の過去の淵《ふち》を覗き込むように虚《うつ》ろになった。その回想を中断するように、歌音の声が横切った。

「でも、だったら、いまぼくがしていることは何なんです。そうやって、社会が性差を固定し、人間をがちがちに縛ってきた。女はこうしてこそ女らしい。そういう細々としたルールをいまさら身につけて、社会に順応しろっていうんですか。田代先生の考えなら、ぼくが寒河江北斗のまま生きるほうが、自然なのじゃありませんか」

田代は少しも表情を変えず、歌音の後ろに立って、鏡の中で動揺する歌音の眼を見据えた。

「そうじゃないの。いまにあなたにもわかる。いまのあなたは、自分のなかから排除し、目を背けてきたあなたのなかの女を毎日、発見していくのよ。そのほうが、昔のままの男でいるより、ずっと楽だってわかる。わたしの理想は、女が男よりも優位に立つ社会をつくることじゃなく、女が自分のなかの男を、男が自分のなかの女を発見し、解き放ってことなの。つまり、男も女も、同じ人間だっていうことに、気づくことなの」

田代はここで言葉を区切り、少し真面目な表情をつくって言葉を継いだ。

「そのためには、あなたは月の裏側に行かなくっちゃだめ。表の月面を見るだけじゃなく、人間のもう一つの素顔を見に行くのよ。だからこうして、あなたに女たちのルールを教えている。一度身につけてから、それを脱ぎ捨ててもかまわない。自分にしっくりくるものだけをとっていいのよ。はじめは辛いことばかりかもしれない。でも、そのうち、いままでにはなかった自分の可能性に気づいて、新しい自分に出会う。きっと、そうなるわ」

鏡のなかの田代は、目をきらきらと輝かせていた。歌音は、まだ半信半疑だった。

「先生は、もともと女だったから、女になって幸せなのかもしれない。でも、ぼくは不安なんです。もし女になったら、自分はもう、寒河江北斗のままではいられない。寒河江北斗のままなら、最後まで氷坂歌音にはなれない。どちらにも転べない二律背反《ダブルバインド》の綱渡りを続けるなんて、できそうにない気がします」

「いいの、あなたはもう、寒河江北斗でも、氷坂歌音でもない。新しい人格に向かって歩き始めた人間なのよ。わたし、田代ケイが、かつての自分を捨てて、新しい人間になったみたいにね。いまのわたしって、女というより、自分のなかの女も男も認めて、自分らしさを取り戻した存在だと思う。ようやく演技をやめて、本来の自分に戻った役者みたいなものかしら。だから、こうして寛《くつろ》いでいられるし、もう、こわいものもない」

歌音も、歌音のなかの北斗も、その溢れる自信に気圧《けお》されるような思いで、呆然と鏡のなかの田代の顔を眺めていた。

5

歌音のリハビリも、最終段階が近づいてきた。前面に大きな鏡を張り巡らせたリハビリセンターの一室で、黒沢は拓郎から借り受けてきた歌音の動画を、壁のスクリーンに大映しにした。

中央の椅子には歌音が座り、そこから左右に半円をつくるかたちで、黒沢と田代ケイ、ボイス・トレーナーの熊沢佳恵、メイクアップアーティストの坂上美香、歌舞伎の演出見習いをしている北岡邦彦らが映像を見守っていた。歌音がはじめて見かける男女も数人いたが、黒沢の紹介では、行動心理学やパフォーマンスの専門家と、彼らの研究を支えている技師ということだった。

「やっぱり声が気になるのよね」

立ち上がって歩きながら映像を見ていた田代は、右指で鼻を撫でて、ひとり言のように呟いた。

「そうなんです。音声はもちろん同じなんですが、発音や発声に、まだかなりの違いがあるんです」

熊沢は歌音の映像の横に、上下に動くグラフを投影した。オシロスコープによる歌音の波長解析のグラフだった。

「この横に、いまの歌音さんに、同じ言葉を発声してもらった録音分析を映しますね」

熊沢は映像を途中で止めさせ、二つの波長を比べた。

「これが、「でもね」という発声の波長です。以前の歌音さんは、「でも」の後で、「ね」を少し上がり気味に発声して、すぐに音を切ります。新しい歌音さんのほうは、そうこで間延びして、語尾もさらに低く延びてしまう。もっと軽く、それから、母音をもっときびきびしないと」

田代はうなずいて手帳にメモをとり、黒沢に合図して再び動画を映し出させた。

「あ、そこで止めて。黒沢さん、その顔をアップにしてくれます?」

腕組みをしていた田代は拡大された歌音の顔を眺め、胸元のペンライトを取り出すと、赤いビームで歌音の小鼻の周囲に丸い円を描いた。

「これが驚いたときの彼女の癖なのね。歌音は、「あっ」とか「ええっ」というときに、必ずこうして小鼻をふくらませる」

「そう、肺活量が小さいか、それとも驚きを素直に表情に出してしまう人か。彼女はどちらかのタイプです」

行動心理学を専攻する岸田《きしだ》裕貴《ひろき》という若い研究者が補足した。

「歌音、ちょっとやってみて。「あっ」といいながら小鼻をふくらませて。こうよ」

田代ケイは自分で「あっ」と小声を出しながら、小鼻をふくらませて見せ、歌音に微笑みかけた。うながされた歌音も真似てみたが、声と表情に微妙なズレがあって、間が抜けた印象になった。歌音は繕《つくろ》い笑いをしてみせたが、だれも笑わなかった。

「いい、周りが一番違和感を覚えるのは、こうしたちょっとした癖や言葉遣いなの。それに、どんなボディ・ランゲージをする人なのかっていうこと。小山田《おやまだ》さん、ちょっと説明してくれるかしら」

そう呼ばれた女性は、足元のバッグを取り出し、黒沢に小さく呼びかけた。

「ちょっとわたしのと切り替えますから、この映像、オフにしてくださいますか」

一瞬画像は消えたが、小山田が操作すると、スクリーンに停止映像が映った。

「この動画は、さきほどから映っていたものと同じです。ただ、こちらはコンピューターで処理してあるので、全方位から眺めることができます」

小山田が、歌音の映像を止め、静止画を横に回転させると、後ろ側の歌音の姿に切り替わった。そのまま動画にすると、さきほどからの映像を、背中から見ることができるのだった。

「こうやって、上からも、下からも見ることができます。衣服や筋肉の微妙な動きや体勢をセンサーで感知し、それを三次元マップに落としてCGに再現しただけなんです。でも、パフォーマンスを解析するには、便利な道具です」

小山田は映像を早送りし、歌音と達也が一緒にいる場面で画像を止めた。

「これです。彼女の動きを三次元解析して、ひとつ、気づいたことがあるんです。いいですか。この動きを後ろから見てみますね」

小山田は映像を巻き戻し、今度は後ろ側から同じ場面を再現した。

「歌音さんの手に注目してください。ずっとどこかで達也くんの体に触れている。でも、さっきの前からの映像では、少しも見えませんでしたよね。ほらここで、右手が離れ、今度はああやって左手で子どもの肩に触っている。彼女のスキンシップは、なかなかのものです」

田代は腕組みをしたまま、溜息を漏らし、歌音を振り返って、囁くようにいった。

「いい？　大事なヒントよ。歌音はいつも達也に触れている。でも、だれもそれに気づかない。さりげなく、が歌音の基本なのね。けっして表向きはべたべたしていないけれど、ああやって、いつも子どもに触れて安心させているのね」

北斗の意識は、歌音の特徴に惹きつけられるのではなく、こんな解析までして行動のパターンを読み取ろうとする研究者の執念に気圧されていた。

「小山田さん、一つ質問してもいいですか。この技術って、人の行動を分析するために開発されたんですか？」

田代は横目で歌音を睨《にら》みつけ、質問を封じようとした。こちらがこんなに親身になっているのに、なんてつまらない質問を……田代の言葉が口から出かかる前に、小山田は律儀に答えた。

「いえ、これはセキュリティ技術からのスピン・オフです。以前は監視カメラって、平面画像でしたよね。ちょっと思い出せないくらい古い話ですけど。でもそれでは、カメラの目が届かないように物を隠そうとすれば、かんたんに騙《だま》せた。はじめは複数カメラの切り替えを使い、それから全方位レンズを使うようになった。でも高価なうえに、どうしても死角が生じて役に立たなかった。それでこの技術が開発されたんです。これを使えば、群衆のなかで挙動不審の人物がいれば、自動的に赤色でマークをつけることができるんです」

二〇二〇年の東京オリンピックを境に、監視カメラや個人を識別するための認証技術は日進月歩で進化し、日常生活を変えつつあった。この技術も警察庁が開発し、五輪の各会場に設置した監視装置の応用らしかった。

「まあ、その話はいいわ。小山田さん、ほかに歌音の特徴はあった?」

田代がそう割り込むと、小山田は別の映像に切り替えた。

「これが、達也くんを見守るときの歌音さんの決めポーズです。特徴は掌の向きと、首を傾げて微笑むこの表情」

映し出された歌音は、両足を少し横に開いて直立し、両腕を曲げて、その両手の甲を腰にあてがい、掌は上向きに開いている。首をやや右に傾げ、内からこみ上げるように口元から笑みがこぼれ落ちている。

「いいですか、この映像の二十四カ所にドットを打ち、同じパターンになったときに映像を停止させます。早送りしますね」

小山田がパッドに触れると、映像が猛スピードで回転し、やがてぴたりと止まった。参加者から驚きの溜息が漏れた。

歌音はさっきと同じポーズをしている。やがてまた映像が流れ、また止まった。

「これもスピン・オフ技術なんです。あるパターンの仕草やポーズをとる人を登録しておけば、数万台の監視カメラから瞬時にその人を特定できます。数万人のスタジアムにいる群衆から、数秒でターゲットを絞り込むこともできるんです。今日は時間がないのでこれ以上紹介しませんが、歌音さんのポーズの特徴は、ほぼ十二種類になりました。この報告書は、共有フォルダにアップしておいたので、あとでご覧ください」

小山田のその言葉を引き取って、田代が北岡に向かっていった。

「北岡くん、悪いけど、その報告書を読んで歌音に振り付けてくれる？　基本パターンさえ体に叩き込めば、少しくらいの違いはごまかせるわ」

だがそこまできて、北斗の意識は落ち込みかけていた。これって、まるで、歌音の行動や特徴をそっくり真似して、寒河江北斗を捨てるということになりはしないか。なぜうまでて、歌音になりきる必要があるのだろう。これまで生きた自分の経験や嗜好《しこう》を、そこまでかなぐり捨てていいものだろうか。

もの思いに沈む歌音の表情を視界の片隅にとらえて、田代は立ち上がって歌音の前に回り込んだ。

「なぜだって。そう考えているんでしょ、歌音。前にもいったけど、男も女も、幼いころから十数年をかけて、こうして家庭や社会で、行動や仕草を身につけさせられるの。わたしたちがあなたにしてきたのは、発芽をとらえて再現する超微速度撮影みたいに、それを早送りして、あなたに見せることだったの。そして今度はあなたが身につけた男らしさを武装解除して、あなたの身に女性をまとってもらうことだったのよ。わかる？」

歌音は小さくうなずいたが、その縦の動きが次第に横向きに振られるようになった。

「わかります。でも、なぜこんなことまでして。そんなことなら、あのまま死んでいたほうが、まだ……」

その言葉が終わらないうちに、田代の右手が歌音の頰を打っていた。乾いた音が室内に響き、全員が息をとめた。打たれて赤い指の痕が残る頰をさすりながら、ふと怯えた表情になった歌音から、田代は目をそらさなかった。

「あなた、もう二度とその言葉を口にしちゃダメ。そうすれば、あなたはよくっても、歌音を傷つける。あなたは、いったん入ったらもう引き返せない道に、自分から望んで入っていったのよ。その道を歩いているのは、あなただけじゃない。あなたの子どもと、あなたの夫が一緒に歩いているのよ。あなただけ引き返したら、その子はこれからどうするのよ」

目を伏せる歌音を眺めおろして、田代はその両肩に手をあててやさしく撫でた。そのまま屈《かが》み込《こ》んで、歌音の右の耳元近くに顔を近づけ、囁くように言った。

「いい？　歌音の仕草やポーズを真似るのだって、子どもを驚かせたり、その子に違和感を覚えさせたりしないためなのよ。第一印象って、人の経験や蓄積とは何の関係もない。表情や動作、しゃべり方やちょっとした仕草でできているの。前にもいったけど、あとになってその子がすっかり安心したら、いつでも自分が好きな表情や仕草に戻ってかまわない。その子が母親の変化を笑えるようになるまでのあいだ、あなたのつまんない自尊心や自信なんて、捨てちゃいなさい」

特訓は午前中三時間、午後四時間を使ってその後、さらに二週間続いた。

6

歌音が帰ってくる。

氷坂拓郎はその日、早朝から落ち着かなかった。歌音の手術が無事に済んだのを見届けた母親の和子はすでに郷里の札幌に戻っていたので、いまは達也と二人きりで暮らしていた。

歌音がまだ集中治療室にいるときに、拓郎は一度、達也を連れて病院を訪ねた。歌音は頭にぐるぐる包帯を巻き、すやすやと眠り込んでいた。窓はやや高いところにあったので、拓郎は達也を肩車にして室内を覗かせた。

「あっ、ママだ」

そう叫んだきり、達也は泣き出して、大きな声を張り上げた。無理もない。これまで歌音は、一日として達也を手放して旅行に出たこともない。

「ママは病気なんだ。いい子にしていたら、きっと帰ってくるよ」。達也は拓郎の言葉におとなしくうなずき、以前のようにぐずついたり、両手をばたつかせて泣き喚《わめ》いたりすることもなかった。

だが、最近クレヨンで描くことが多くなった達也の絵を見ると、前は原色で塗っていた歌音の像が、手術後は、いつも紙の左端に白衣で横たわり、右端にいる達也がしょんぼりとうなだれていた。前は必ず一家三人を一緒に描いていたのに、拓郎が登場することもなくなった。

父親は、いないよりは、いたほうがいい。だが、幼い子どもにとっての父親は、母親というミラーに反射する鏡像なのだ。母親が喜んで満たされていれば、子どももその笑顔に安心していられる。逆に、父がいるときに母親の居心地が悪ければ、子どもにとっても、父はうっとうしい存在になる。母親がいなければ、そもそも鏡像は映らない。

だが、その日歌音が帰ってくることになって、拓郎は、にわかに胸騒ぎがした。歌音の容姿はそのままだ。しかし新しい歌音のなかに潜み、その記憶を司っているのは、自分の両親に近い歳の男性なのだ。もう、以前の記憶はなく、拓郎や達也と過ごした日々の思い出もない。拓郎は病院から呼び出され、何度かカウンセリングを受け、帰ってくる歌音をどう受け入れるのかについて、精神科医らを相手に模擬練習もしていた。だが、自然に振る舞うようにいわれてその都度納得したものの、次の瞬間には同じ疑問が頭をもたげてくるのだった。いったい、どうやって接したらいいのか。以前の歌音のようた母親に戸惑いはしないだろうか。それとも、年輩の男性に接するように？　それに達也は、すっかり性格が変わった母親に戸惑いはしないだろうか。

「そう、そうやって何度も動揺するうちに、あなたは動揺そのものに慣れていくんです。心の準備の目標は、動揺しないことじゃなく、動揺そのものが日常になることなんですから」

主任カウンセラーはそういって拓郎の気持ちを落ち着かせたが、その日がいざ来てみると、いままでの練習の積み重ねはすべて消えてしまったような気がした。

「達ちゃんさ、ママは戻ってくるけど、重い病気の後だから、できるだけそっとしてあげようね。あまり話しかけると疲れるし、甘えるのはもっと後にしような」

達也はこっくりうなずいたが、急に不安がもたげたのか、大きな目を見開いて拓郎を見上げた。

「ママ、病気治っていないの？」

しゃがみながら、「ううん」といって、拓郎は達也と視線を合わせ、その右肩に手を載せた。

「手術は無事終わったけれど、まだちょっと、元気になれないんだ。達ちゃん、この前、風邪ひいたろ。あのときみたいに、起きるのが辛くて、お菓子もほしくない。でも、元気になる一方だから、心配しなくたっていいのさ。ただ、最初は前のママとずいぶん違うから、びっくりしないで見守ろうな」

ようやく納得した様子で、達也はテーブルに向かい、紙に絵を描き始めた。

「ぼく、ママにカードを描くんだ。パパ、あとで字を書いてね。お帰り、ママ、大好きって」


その日の午後、歌音は帰ってきた。

「あら、達ちゃん、こんなに大きくなって。重そう。ママ、抱けるかしら」

玄関で靴を脱ぐと、歌音は飛び込んできた達也を持ち上げ、頬ずりした。

「わあ、ずいぶん重くなったなあ。ごめんね。もうママ、どこにも行かないからね」

そういって、達也の肩越しに、拓郎にも白い歯を見せた。服装は、出かけたときと同じ、デコルテと袖にラッフルがついたピンクのワンピースだ。ウエストマークが腰のやや高めにあって、痩せ気味の歌音によく似合った。

「あなた、久しぶりね。会いたかった」

目が合ったとき、拓郎は一瞬、歌音に何事もなく、以前のまま帰還したように錯覚した。少し頬が丸みを帯びたような気がするが、声音も話し方も、以前の歌音のままだった。

「お帰り、歌音。さあ、これ。達ちゃんがママにカードを描いたんだ」

歌音は達也を下ろすと、その手を引いてテーブルに近づき、紙と達也の顔を見比べながら、大きな歓声をあげた。

「すごい、達ちゃん、こんなに描けるようになったんだ。ね、これママよね。すっごく似てるよ。これが達ちゃん、そしてこれはパパ。ありがとね。ママ、大事にするよ」

達也は堪《こら》えていたものが堰《せき》を切って溢れ出し、歌音の首に両腕を回した。

「もう、どこにも行かないよね。もう、いなくなったりしないよね」

その後ろ姿を眺めながら、拓郎が歌音に話しかけた。

「達ちゃんはさ、歌音がいない間、どんなに誘ってもファミレスに行かなかったんだ。入院する前の日に行ったろ？　だから、あそこに行くと、悲しいことが起きるって、思い込んでいるんだ。そうだな、今夜は久しぶりに三人で行ってみようか」


食事を済ませたあと、歌音は達也を風呂に入れた。達也は裸になると二の腕が丸々として、お尻もぷくんとしている。歌音がシャボン玉をつくって達也の顔にあて、それがぷちんと破れると、目を瞑ったまま達也が弾けるような笑い声を立てた。ずっと以前、こうして達也を風呂に入れた記憶が、漣《さざなみ》のように小さく、歌音の体に広がっていった。

「不思議だ。はじめてなのに、なぜそんな気がしないんだろう」

そう思うと、ふと、北斗の意識が目覚めた。だが、自分を意識すれば、その境目は点線から直線になり、やがて体と意識の間に切れ目ができてしまうだろう。いまは何も考えないことだ。歌音は、達也を仰向《あおむ》けにさせ、胸に小さな頭をもたせかけて、シャンプーを泡立たせた。シャンプーが目に入ると痛がるので、すぐにシャワーでお湯をかけ、小さなタオルをきつく絞って髪の水けを拭き取った。

「さあ、一丁あがり。パパ、達ちゃんが出るよう」

歌音は脱衣所のドアを少し開け、バスタオルに包んだ達也を拓郎に引き渡した。

それから、また浴室に戻り、ゆっくりと髪を洗った。病室では、はじめは寝たままで洗髪してもらった。歩けるようになって一般病棟に移ってからは、ようやく自分で入浴できるようになったが、病院の風呂は、一人が膝を曲げてやっと湯につかれるほどの狭さで、洗髪は浴槽の前についた洗面台を使わねばならなかった。こうして洗髪し、ゆったりと風呂につかるのは、ほんとうに久しぶりのことだ。

脱衣所に出た歌音は、バスタオルを胸まで巻いて、別のバスタオルで濡れ髪をしごいた。脱衣所には、大きな鏡があった。歌音はまず顔をじっくり眺め、それから、バスタオルを外して全裸になった。

歌音が自分の肉体をじっくり眺めるのは、はじめてだった。なだらかな肩から、次第に両方の乳房が丸く盛り上がって弾力のある均整な山となり、その頂点で乳首が、つんと上を向いている。乳輪はまだピンク色をして、艶やかだ。出産して腰は少し丸みを帯びてはいるが、くびれはまだ、しっかり締まっている。歌音は次第に視線を下におろし、きれいな三角に広がる秘所を見つめた。そのときだった。

「やあね、やめて。そんな目で見るの。すっかりいやらしい目になってるわよ、歌音」

北斗の意識は、確かにその声を聞いた。狼狽したまなざしで思わず周りを見回したが、脱衣所にいるのは歌音だけだった。

だとすれば、自分の唇が勝手に動き、話しかけていたのだろうか。北斗の意識はうろたえ、目にはまだ動揺の色が波打っている。歌音は思わず両腕を胸の前に交差させ、怯える目で鏡の向こうにいる自分を見つめた。

「いま話しかけたのは、確かに俺ではない。だとすれば、歌音の意識がまだ体のどこかに潜んでいて、彼女の意思が言葉になって漏れ出たのだろうか。そうとしか思えない。では、どこに隠れているのか。歌音、きみはまだどこかにいるのか」

長く物音がしないのを不審に思って、拓郎が外から声をかけた。

「歌音、大丈夫か？　久しぶりに風呂にゆっくり入って、湯あたりでもしたんじゃないか」

慌ててバスタオルを巻いた歌音は、ドアを少し開けて、心配顔の拓郎に笑いかけた。

「大丈夫、すぐ出るわ。あんまり久しぶりだから、長湯しちゃった」

まだ、胸の動悸《どうき》は収まらなかった。


達也を寝かしつけたあと、歌音はパジャマ姿で寝室に入った。いったい、拓郎に対して、どう振る舞ったらよいのか、長い間考えてきたはずなのに、結論は出せずにいた。

ベッドはダブルで、ここに寝るしかなさそうだ。拓郎はベッドの一方の端に座って、雑誌をめくりながら、鼻歌をうたっている。その後ろ姿に、やはり緊張の線が浮き彫りになっている。

「話があるの」

　歌音が拓郎の背中に話しかけた。

「話って?」

　拓郎は肩越しに振り返り、歌音の真剣な目を眺めると、向き直って居ずまいを正した。

「ご存じでしょうけど、私は手術前は五十八歳の男でした。必要がないので、名乗りませんが、ある広告会社で働いてきた人間です。こうして歌音さんの体に棲むことになりましたが、意識や記憶は元のままです。達也くんの前では、歌音になって振る舞いますが、あなたと二人のときにどうするのか、あらかじめルールを決めておきたいのです」

　拓郎に向かって、北斗の意識があらわれるのは、それがはじめてのことだった。拓郎は深い溜息をつき、現実の重さを全身で受けとめるように、うなだれていた。

「そうか、やっぱりな。歌音がそのままの姿で帰ってきたから、もしや、と期待してしまった。いや、それは黒沢さんからも、何度もたしなめられていたんです。姿はそっくりでも、別の人格になっているって。でも、それを前提に手術に同意したんですから、もちろん、受け入れます。どんなルールをお望みですか」

　そう聞かれて、北斗の意識は戸惑った。目の前の拓郎に向かって、どんなふうに接していいのか、自分にもわからない。

「どうしたらいいのか、正直、私にもわからない。ただ、私は達也くんには母親として振る舞いますが、あなたの妻にはなれない。それを、承知しておいてほしいのです」

拓郎は、また溜息をついて、「わかりました」と呟いた。

「そうですよね。あなたは歌音の体、歌音の顔をしているから、ぼくも錯覚しそうになった。でも、あなたは別の人格だから、仕方ありません」

歌音はベッドの片端に横になり、拓郎は別の端に横になって、脇机の灯りを消した。

7

どれくらい眠ったのだろう。暗闇のなかで、歌音はふと目覚めた。背中のすぐ後ろに、覆《おお》いかぶさるように拓郎の肉体があった。拓郎は唇を近づけ、歌音の耳のすぐ近くに押し当てた。熱い吐息に、歌音は身をかたくした。そのまま拓郎の舌先が、歌音の首筋をおりていった。拓郎は右手を伸ばし、歌音のパジャマのボタンを一つひとつ外した。前をはだけると、その指が大きく張りだした乳房をとらえ、先端にそそり立つ乳首をつまんだ。歌音は自分の腰のあたりに、大きく堅くなった拓郎を感じた。

「だめっ」

布団をいきなり跳《は》ね除《の》けると、歌音はすぐに浴室に向かった。込み上げるものが喉元まで来ていて、ようやく洗面台に向かって嘔吐し、床を汚さずにすんだ。パジャマのボタンをとめようとして、指が震え、何度やってもうまくとめられなかった。ようやくとめ終え、天井を見上げると、新たな大きな震えが湧いてきて、おさまりかけた震えに共振しはじめた。

体を弓なりに突き上げるような衝撃に駆られ、台所に向かった。息が弾み、動悸が速まったままだ。自分でも、何をしようとしているのか、コントロールがきかなかった。手が震え、足がもつれて、何度か転びそうになる。ようやく灯りをつけると、シンクの横に、包丁立《ほうちょうた》てがあるのが見えた。

歌音はその中から、一番小さな果物ナイフを握り、取り出した。そのまま寝室に戻ると、灯りをつけた。眩しそうに目をしばたたかせる拓郎は、歌音が両手で握りしめ、前方に突きつけるナイフの煌《きらめ》きに、ぎょっとなってベッドの頭板に後退《あとずさ》りした。

「いいっ！　あなたがルールを守らなければ、私は自分で身を守るしかない。私、本気よ。あなた、私を見くびっちゃいけない」

歌音はそういって、両手の先にナイフを握ったまま、少しずつ、ベッドに近づいていった。体を折り畳みナイフみたいに曲げるへっぴり腰の体勢になってしまい、両手で強く握ったナイフの切っ先が、ぶるぶると震えた。

と、その瞬間、歌音はがっくりと首をうなだれた。

緊張のあまり次第に全身から力が抜け、一瞬、意識が途切れたようにも見えた。体を曲げた姿勢はそのままだが、いまにも崩れそうに体が揺れ始めた。拓郎は、駆け寄ろうとして腰を浮かしかけた。

次の瞬間、歌音は首を起こし、真っ直ぐに立った。

目を見開き、いまは別人のように穏やかな表情をしている。それから歌音はゆっくりと右手をナイフから離し、その手で自分の左手首を軽く打って、握っていたナイフを床に落とした。顔には婉然《えんぜん》とした笑みを湛えている。

「何やってるのよ、二人とも。大人げないわよ。あなたも、分別のつく歳なんだから、そんな危ないもの手にしちゃだめよ。拓郎、あなたも我慢してね。辛いのはわかるけど、この人、わたしじゃないから。でも、ほんとうのわたしは、あなたのこと、忘れないよ」

拓郎が思わず叫んだ。「歌音、おまえだね。おまえが戻ってきたんだね」

次の瞬間、歌音はまた力を失い、操り人形の糸が切れたように頭を垂れた。今度も、そのまま床に崩れ落ちるような気がして、拓郎はベッドから飛び跳ね、先回りをして歌音の体を支えた。

歌音はすぐに我に返った。あたりにまなざしを漂わせ、拓郎を不思議そうな目で見た。そして、床に落ちたナイフに視線を向けた。

「ごめん、ぼくはいま、何をしようとしていたんだ？　でも、いま、聞いてた？　ぼんやりだけど、どこか遠くで歌音の声が聞こえたような気がする。あの言葉は、ぼくがいったんじゃない。あれは、きっと歌音があらわれて、二人に向かって話しかけたんだ」

拓郎も、歌音の言葉の意味を理解した。そうか、これが黒沢のいう「干渉現象」なのか。歌音の体に刻印された意識の層が残っていて、新しい意識に反逆しようとしたのだ。

きっと、歌音の意識は、この人よりもずっと気迫があって、一瞬のことだが勝負に競り勝って、前面にあらわれたのだ。

拓郎と歌音は、目を見合わせた。こんなことって、あるのだろうか。

北斗の意識は、その夜二度にわたって登場した意識下の歌音に不意を衝《つ》かれ、すっかり自信を失っていた。拓郎は拓郎で、一度はあらわれた歌音の幻影に狂喜し、そのすぐ後に、また谷底に突き落とされたようで、その落差に消沈していた。歌音が、まだその体に残っていることはわかった。だが、黒沢は、いずれ歌音の意識が消え去り、二度とあらわれることのない日がやってくることを暗示していた。二度目の別れは、最初の別れより、もっと辛く感じられることだろう。

やがて、歌音の体のなかですっかり目覚めた北斗の意識が話しかけた。

「ごめんなさい。歌音さんがいうように、私も大人げなかった。もう二度としません。だから、あなたも、私の現実をわかってくださいね」

歌音は床に転がったナイフを取り上げると、肩をすぼめて台所まで歩き、元の位置に戻した。寝室に戻った歌音は、ベッドでまだしょげている拓郎に声をかけた。

「やっぱり、私、達也のところで寝ます。高ぶって、ここでは休めそうにないから。ごめんなさい」

拓郎に教えられて、クローゼットから予備の掛け布団とマットレスを取り出した歌音は、それを両手で抱え、「それ、取ってくれる？」と枕のほうを顎でしゃくった。拓郎は枕を取ると、歌音が持っていた布団と歌音の顎の間に、差し入れた。歌音は歩き始めたが、途中で足をとめ、振り返った。

「おやすみ、拓郎」

帰ってきた歌音が、拓郎の名前を呼ぶのは、それがはじめてだった。


退院してから一週間は、新しい日常のことごとくに鋭利な刃が潜んでいるようで、歌音の気持ちは少しも休まらなかった。布団を干して、シーツを直す。野菜を刻んでぐらぐら沸かした鍋に入れ、火加減を見る。そうした一つひとつの動作が、歌音にとっては自然なはずなのに、北斗の意識には自分ではなく他人が、やっているような違和感を伴った。意識していなければ、当たり前にこなしていたはずのことが、急にできなくなってしまう。不快な異物を飲み込んで、もどそうとするのに、どうしても体から出ていこうとしない。歌音の体にとって、その異物は、北斗の意識そのものなのかもしれなかった。

夜中に頭が冴《さ》え、どうしても眠れない日があった。いや意識はまどろんでいるのに、体が火照《ほて》って覚醒し、眼は開いているのに意識を失っているような時間が続いた。電極のように、意識と無意識が火花を散らし続け、歌音は力を使い果たして暗闇に呑み込まれていった。

翌朝、気がついてみると、歌音は自宅のベッドの上にいて、全身が痙攣《けいれん》し、震えがとまらなかった。椅子から腰をあげ、心配そうに覗き込む拓郎の顔がみえ、そばにいた田代ケイの声が拓郎にこう囁くのが聞こえた。「大丈夫。これで意識が戻る。はじめのうちは、しようがないの。じきに、慣れるから」。そばにいた別の医師が、色の違うカプセル二錠を差し出し、拓郎が口の端から水差しの水を注いで、歌音に薬を飲み込ませた。

それから数日が過ぎ、ようやく歌音は起き上がって日常を送ることができるようになった。処方された薬を飲み続けていると、鋭く研ぎ澄まされた感覚が静まって、ようやく気分が落ち着いた。しかし、強烈な違和感が遠のいていくと、今度は別の問題が立ちはだかった。帰宅当日はあれほどスムーズだった達也との関係が、次第に扱いづらく、気まずいものに変わっていった。

きっかけは、ささいな出来事だった。キッチンで達也が小さなハサミを取り出し、紙を切り始めた。遠くにいた歌音はすぐに駆け寄り、「危ないっ」といってハサミをもぎ取った。達也は左手で、ぐるぐる紙を回して渦巻き形に切っていたが、歌音の目にはハサミに近づく左手の指がいかにも危なげに動き、間違ってその指を切ってしまいそうに映った。

達也はきょとんとした目をしたが、歌音がハサミを返してくれないのを知って、みるみる涙を一杯に浮かべた。

「だって、ニョロニョロへびさん、作るんだもん」

そういってから、わっと声をあげて、火がついたように泣き出した。

「ごめん、ごめん、達ちゃん。ハサミはまだ、達ちゃんには早いのよ。指切ったら、痛い痛いになるでしょ。さあ、泣くのはやめて」

だが、達也は泣きやまない。しゃくりあげながら、こういうのがやっとだった。

「ニョロニョロへびさん、作るの教えてくれたの、ママだったよ。どうしてハサミ使っちゃいけないの？」

歌音は膝を床について、達也をきつく抱きしめた。

「ごめんね。ママ、すっかり忘れてた。達ちゃん、もうハサミ使えるんだものね」

歌音がハサミを返すと、ようやく達也は泣きやみ、また機嫌《きげん》を直した。ニョロニョロへびの出来を歌音が大げさに褒めると、得意そうにポーズを決めてみせた。

だが、同じようなことが、次々に起きた。歌音は、果物ナイフでリンゴの皮をむこうとする達也を見かけ、走っていってナイフを取り上げた。以前の歌音が、達也に許可したことを知って、ナイフを返しかけたが、その手つきが覚束《おぼつか》ないのを見て、すぐにまた取り上げた。危なっかしくて、どうにも見ていられないのだ。このときも、達也が両手をばたつかせて床を転げまわり、駄々をこねた。

窓辺の棚から、やや低いソファに向かって飛び降りる遊びも、ただちに歌音が禁じた。見ていると、もんどりを打って、ソファの木の肘《ひじ》かけに、頭をぶつけそうになるからだ。視線よりも早く、頭が先回りをして、怪我をした達也の顔が向こうに見えてしまう。達也が飛び降りるたびに、はらはらして、正視していられなかった。また達也は泣き出し、床を転げまわった。

「ごめんね、でもママ、達ちゃんが跳ぶの、こわくて見てられないのよ。ママね、小さなときに塀《へい》から飛び降りて、怪我をしたことあるの。だから、達ちゃんが怪我をしそうで、こわくなっちゃうのよ」

まだ幼稚園のころ、北斗が塀から飛び降りた拍子に、立っていたエンドウの蔓《つる》を巻きつける竹竿が耳元を掠《かす》め、数針も縫う怪我をしたのは、ほんとうだった。それ以来、子どもが飛び降りる光景を見ると、心臓をぎゅっと鷲づかみにされて、胸が縮む思いがする。だが、論より証拠とばかり、自分の耳元にふくらんだままの傷痕を示せば子どもにも説得力はあるが、歌音の顔には、もちろん傷など残っていない。達也には、自分の自由を束縛しようとする歌音が、前のように自分を愛してくれていないと感じられるのだった。

「今日ね、こんなことがあったの」

帰宅した拓郎に、歌音は日中起きた達也との諍いを話した。拓郎は、すぐにいった。

「それって、ぼくと同じです。歌音はハサミでもナイフでも、早くから達ちゃんに使わせた。ぼくは、はらはらしてやめさせる。歌音は絶対に譲らなかった。「そうやって使わないと、いつまでも刃物を使えない子になっちゃう。平気よ、大怪我さえしなければ」ってね。どうやら、男より女のほうが、子どもに大胆なことをさせても平気みたいですね」

あの夜以来、拓郎の話し方は、北斗が年長のせいもありつい他人行儀になってしまいがちだ。歌音になった北斗の意識のほうが、むしろ、なれなれしかった。

「そうだね。男のほうが小心なのかもしれない。だけど、どうしても見ていられなくって。やめさせると、達ちゃんが床を転げまわって、手がつけられない。どうしたら、いいんだろう」

拓郎はふと思いついて、歌音にいった。

「あの手は使ってみました？　布団叩き。ほら、あの食器棚の上に置いてある」

拓郎は、棚の上に隠してあった布団叩きを取り出し、歌音の鼻先に突き出した。

「これ、どうするの？」

拓郎は、思いっきりラケットを振るように、アンダーハンドで布団叩きを斜めにスイングさせた。

「こうやって、達ちゃんのお尻をぶつんです。もちろん、そんなに力は入れない。歌音がよく使っていたんです」

歌音は、思わず小さな叫びをあげた。

「ぶつ、だって？　そんな、きみ、体罰使っちゃ、だめじゃないですか。そんなことをしたら、男の子は、大きくなって体力をつけたら、親に暴力を振るうようになってしまう」

拓郎は、軽く朗らかな笑い声をあげた。

「そうそう、それもぼくとそっくりです。歌音が本気でお尻をぶつと、ぼくも心配で、見ていられなかった。でも、これが意外と、きくんです。達ちゃんは大声で泣き喚く。でも、そこで歌音が優しく抱きしめると、しくしく泣く声に変わって、甘え始める。そうやって、母親の我慢の限界を試し、思いっきり甘えるんです。そのうち、駄々をこねると、布団叩きを持ち出すだけで達ちゃんが逃げ回り、鬼ごっこみたいになってしまう。歌音が怒る真似をするだけで、達ちゃんが心配して布団叩きを捜し回り、どこかに隠してしまう。だからああやって、手の届かない棚の上に置いてあるんです」

ふうん、という顔になって、歌音は頬杖をついた。男の子のことは、男親にしかわからないと決め込んでいたが、どうやら違うらしい。子どものころは自分が見えず、男親になってからは子育てから遠ざかる。つまるところ、女親のほうが、男の子についても、よく知っているのかもしれない。

「そうだ拓郎、一杯、やろうか」

自分でも意外だったが、拓郎がビールを飲むのに付き合っているうちに、下戸《げこ》だった北斗も、無性にビールを欲するようになった。いや、意識の上ではまだ嫌がるのだが、体や喉がほしがる。これは煙草も同じで、コンビニの棚で煙草のパッケージを眺めるうちに、思わず特定の銘柄の名を口にし、買ってしまっていた。自分では吸いたいという意識もないのに、久しぶりに火をつけて大きく吸い込むと、頭がクラッとして、その後に頭の痺《しび》れがやってくる。鈍痛のように体に響くのに、その痛みがある種の快感を伴っていて、歌音はまた、喫煙を始めたのだった。

「やはり子育ては大変ですか」

拓郎が心配そうに聞いた。

「でも達ちゃんといるときは考える暇さえないから、かえってそれが救いかな」

歌音はそういうと一気にビールを飲み干した。

8

「いま聞いていただいたように、術後の氷坂歌音の経過はこれまでのところ、とりあえず順調のようです」

黒沢健吾が一通りの説明を終えた後、脳神経外科医の山野静二教授は、そういって京極大生命倫理委員会の出席者を見回した。

「もちろん、この間にもいくつかトラブルはありました。佐久間先生、ちょっとみんなに説明してくれるかな」

脳間海馬移植手術を執刀した佐久間マイがうなずいて、机の上に置いた携帯端末を見ながら話し始めた。

「退院して一週間後、氷坂歌音は三日間の不眠が続き、変調をきたしました。深夜にうわごとをいったり、幻覚があらわれたりしたため、夫の拓郎が京極大病院の夜間救急窓口に連れてきて、精神科の宿直医が睡眠薬を投与しました。救急医の診断では、解離性同一性障害、ガンザー症候群の兆候が疑われたとのことです。夫の拓郎には、自宅に戻って目覚めたら必ずすぐ連絡を入れるように伝えました。歌音は翌朝十一時に目覚めましたが、被害妄想や、自傷行為のおそれがあった。夫からの連絡で病院からタスク・フォース（TF）が派遣され、抑鬱剤、精神安定剤を投与しました。でも、TFが出動したのは、それ一回きりです」

佐久間はそこで言葉を切り、山野の顔を見た。事前に報告を受けていたのだろう。山野はその言葉を引き取った。

「もちろん、解離性同一性障害があらわれるのは予想されました。もともと別人格の海馬を移植したのですから、海馬が体になじむまで、解離性健忘、遁走の症状が出てもおかしくない。ピッツバーグの症例でも、日本の一例目でも、同じ経過をたどっています。で、黒沢君、人格干渉のほうを、もう少し補足してくれるかな？」

山野教授に促され、黒沢は立ち上がって報告した。

「先ほど申し上げた干渉状態について、もう少し詳しくご報告します。退院して帰宅した夜に、寒河江北斗の意識が、氷坂歌音の声を聞きました。その直後に、解離性トランス障害の状態になり、夫の拓郎の前で、交代人格として以前の歌音が現れました。ただ本人はその声をぼんやりと聞いたといっていましたから、独立した交代人格ではありません。それも、ごく短い時間だったようです。北斗の意識は一瞬消えましたが、まったく歌音の人格になりきったわけではなく、後になって、北斗の意識も歌音の声を聞いていた記憶があるといいます。二つの人格が、ある瞬間に陰と陽のようにすっかり入れ替わるというより、並立して、二重人格のように互いを半ばは意識している、といった状態だろうと思います」

山野教授はその報告にうなずき、ジェンダー学の田代ケイ准教授に向かって話しかけた。

「田代先生、性同一性障害のほうは、どうでしょうか」

「寒河江北斗はもともと男性なので、術後しばらくは氷坂歌音の肉体との違和感や、混乱が顕著でした。リハビリ段階では、自傷行為はありませんでしたが、軽い躁鬱《そううつ》の状態が続きました。女性として生きる訓練についても、抵抗がありましたし、それはいまも続いているようです。TF出動のときにわたしも呼び出されましたが、あのときの自傷衝動は、精神科医の診断からいっても、解離性同一性障害によるものと考えています。それに、わたしは最近、性同一性障害を、「障害」ととらえることに疑問を持っています。もともと、どんな男性、女性にだって、自分の性に対する違和感や疑問があって当然だと思いますし……」

山野教授は、途中でやんわりとその言葉をさえぎった。

「まあまあ、その議論はまた別の機会にじっくり伺《うかが》いたいと思います。仙波先生、いままでの報告をお聞きになって、現段階でどう判断なさいますか」

指名されたバイオエシックスの仙波順教授が、言葉を慎重に選んで話し始めた。

「氷坂歌音は、息子に同じ環境を与えようとして手術を選び、夫もそれに同意した。寒河江北斗も、その条件に応じて手術を受けました。しかし、術後の経過によっては、その前提条件を見直す可能性もあります。解離性同一性障害が深刻化し、自傷行為に及ぶか、交代人格が頻出する場合です。そのときには、本人保護のための一時的隔離や、家族からの引き離し、第三の人格への転換などが許されると考えます」

そこで刑法学者の岩脇進教授が口をはさんだ。

「倫理上はそれでいいかもしれないが、法的にはどうかなあ。隔離や家族からの引き離しはいいですよ、精神保健法があるから。ただ別人格の選択となると、脳間海馬移植の特措法にも根拠規定はないからなあ」

仙波教授はすぐに言葉を返した。

「それこそ、立法上の空白は倫理を優先させよ、ではありませんか。本人が選択するなら、それを認めないことは、倫理に反する、と私は考えます」

岩脇教授も、その発言を予期していたかのように、即座に答えた。

「いや、立法上の空白については、第三者への利益と不利益、それに、公共の福祉や法的安定性も考えねばなりません。本人の意思だけでは判断できません」

さらに仙波教授が色をなして反論しようとするのを、山野は手で制していった。

「いや、議論は議論として、まずは現状を確かめましょう。黒沢君は、一週間に一度は面談して患者の経過をみてきました。黒沢君、きみはどう思う？」

黒沢はまた立ち上がり、一瞬の戸惑いを顔に浮かべたが、やがて静かな語調で話し始めた。

「私は医師ではありませんので、確かな見立てはできませんが、これまでの経過を見てきた限りでは、寒河江北斗の意識はまだ、氷坂歌音の肉体になじんでいません。ただ、彼女の心に、なじもうとしているような気がするんです」

そこで、好奇心を抑《おさ》えられなくなった臨床心理学の田所里香准教授が、手をあげて口をはさんだ。

「え、それってどういうこと？　意識が別人格の意識に？　だって、意識が別人格の意識と共存すれば、交代人格になるんじゃありません？」

黒沢はその質問にすぐには答えられず、しばらく頭のなかで言葉を反芻し、またうち消しては言葉を探した。

「いまの歌音さんの状態を、もう少し丁寧に説明してみたいと思います。ふだん、彼女のなかの北斗は通常の人間と同じで無意識の状態にあり、自分を北斗としては意識していません。しかし、もちろん第三者が客観的に眺めれば、その無意識は五十八歳の男性のものです。無意識に振る舞っていても、外から見ればどこかちぐはぐで、おかしな印象があります。しかし、問題は、北斗が、何らかのきっかけで自分を意識化したとき、その意識は歌音の肉体との違和感を強烈に感じ取り、緊張が高まります。この緊張が長引くと神経にこたえ、たとえば今回のように、不眠が続いてシステム全体がダウンしてしまうのです」

「じゃあ、その人の「心」のなかは、いまどうなっているんです？」

田所里香が小鼻を小刻みに動かし、興味津々といった表情を浮かべた。黒沢は続けた。

「私は心理学の専門家ではありませんので、私なりに日常語で説明したいと思います。人には肉体全体を統御する脳があり、その一部として記憶があります。今回は、歌音という女性の記憶と、北斗という高齢男性の記憶が入れ替わった。いまの時点で、北斗が無意識のときに、彼女は北斗として考え、行動します。しかし北斗の意識が目覚めると、歌音の肉体との間に齟齬が生まれ、ぎくしゃくしてしまう。そうすると、歌音の肉体と北斗の意識が分裂し、互いに抵抗しあうのです。みなさんは、心をどうお考えでしょう。それは脳ですか？　それとも、その一部としての記憶が心なのか？　あるいは、記憶を失ってもまだ以前と同じ活動を続ける彼女の肉体全体なのか？」

一同は押し黙ったままだった。もちろん、脳神経の専門家にとって、心などという定義不可能な文学的な修辞は幻想、あるいは少なくとも現象に過ぎない。あるいは外観から推定される内的機能の集合に過ぎない。それは、脳のはたらき全般を解明するために使われる定義可能、操作可能な科学的術語とは区別すべきものだ。心があるかないか、が問題なのではない。心の定義ができない以上、それを問うことが学問的に何の益もないから、専門家はそれを問わず、答えもしないのだ。だがそれを、門外漢の黒沢に説明しようとしても、伝わることはないだろう。何度か学者たちとそうした問答に遭遇してきたせいなのか、黒沢はその反応を見越したかのように続けた。

「そう、みなさんが思っておられるように、心はどこにもない。それは脳という器官あるいは機能、肉体という実存でもない。でも、私は、だからといって心が幻想だとは思えないんです」

そこで、司会役の山野が口をはさんだ。

「しかし、われわれにとって、定義できないもの、操作できないものは存在しない。いや存在しないものとみなすことで、われわれの科学は成立するのです」

「そうでしょう。心は器官や機能のように定義できないし、操作もできません。それは、器官や機能のはたらきの結果、うまれる状態のことを指しているからです。でも、生きている人にとって、たとえ定義できなくても、生きる上で大切なことだと、私は思うんです」

黒沢がそこまで話したところで、ジェンダー学の田代ケイ准教授が肩よりも低いところで右手をあげた。

「それでわかったような気がする、黒沢さんが言おうとしていたこと。寒河江北斗の意識は、時々、思い出したように前面に出てくる。そのときは、氷坂歌音の肉体に違和感を覚えて立ち往生してしまう。もちろん、その肉体への違和感は簡単には消えない。でも、北斗の意識が消えているとき、以前の歌音の心と対話を重ねて、自然にその状態に近づくこともあるんじゃないか。そのときの無意識は、北斗のものでも歌音のものでもない。いえ、北斗のものであって、歌音のものでもある。さきほど黒沢さんがいったこと、つまり北斗の意識が歌音の心になじもうとしているって、そういう意味じゃありません？」

今度は黒沢がうなずく番だった。

「そうです。田代先生のおっしゃるとおりです。彼は、いやいまの彼女は、時々は元の北斗の意識に戻るのですが、ふだんはそれを意識化していない。ここ最近はとりわけ、何かに集中しているときや、必死になっているときは、もう寒河江さんとも歌音ともいえない状態になってきたと思えるんです」

田所准教授が「北斗でも歌音でもない状態……」と繰り返し、問い返すようなまなざしで黒沢を見た。

「そう、北斗でも歌音でもない心。それがあの人に芽生え始めているんです」

9

歌音と達也の関係は、しばらくは、うまくいった。

拓郎がいうように、達也がいうことを聞かないときに、歌音が布団叩きを持ち出すと、達也は大声をあげて逃げ回り、本気で怖がった。歌音が捕まえて達也の丸い尻をぺんぺん叩く。大げさな叫びをあげて泣き出す。だが、その後に前を向かせて抱きしめると、達也は思いっきり甘えた表情で抱きついてきた。

「ママね、達ちゃんのこと、大好きだよ。だから、達ちゃんのことを思って、こうして叩くけど、決して憎いんじゃないからね。叩くときだって、ママは心のなかでは悲しくって、張り裂けそうになるんだ。だから、ママにこんなこと、させないでね」

達也はこっくりうなずき、それからしばらくは、大人しくなった。

だが、日に日に逞《たくま》しくなる達也は、自分のなかで成長するエネルギーを制御できず、力を持て余すようなことがあった。昨日までのように友だちとじゃれあっていると、思わず強い力が加わり、地面に突き倒してしまう。子ども園の先生に叱られ、友だちから、それをからかわれると、そんな気はないのに、また突っかかっていく。

ある日、子ども園に達也を迎えに行った歌音は、担任の山岸愛海先生から呼びとめられた。

「氷坂さん、達也くんのお母さんですよね。ちょっとだけ、お話ししてもいいですか？」

山岸先生は、さっと周囲を見回して、聞き耳を立てている母親がいないことを確認し、声を潜めて歌音にいった。

「最近、達也くん、少しおかしいんです。何だか、前よりも乱暴になって、お友だちに喧嘩を吹っかけるようになりました。お母さんがご病気で、長く留守にしていらしたから、ちょっと気持ちが荒れているのだと思っていたのですが。でも、こうしてお母さんがお帰りになってから、もっと性格が険しくなっていくような気がして。わたしの思い過ごしだといいんですが」

「そうですか……」

歌音は、そういったきり、口を噤んだ。やはり、男だった自分が母親役を務《つと》めるには、無理があるのだろうか。

日が経つにつれ、歌音は夢中で行動することが多くなってきた。しかし何かの拍子に、眠っていた北斗の意識が目覚めると、すぐにその自意識は、自らが別人格の歌音の体に棲みついていることを感じて小さな溝がうまれてしまう。そうすると、自意識はさらに覚醒して、歌音の体に違和感を覚えるようになる。最近の歌音は、次から次に予定を割り振って、ぼんやりする暇を一刻も自分に与えないようにしていたが、それでもちょっと気を抜くと、北斗の意識があらわれてしまうのだった。そうやって、自分の心と体の危ういバランスが揺れ動き、成長期にかかる達也の内部にも共鳴現象を起こして、動揺を誘っているのではないだろうか。山岸先生にそう指摘されたようで、達也との間に芽生えつつあった温かな感情の往き交いが、水を差されて冷めていくような気がした。

「あの年頃の男の子には、よくあるんです。達也くんだけが、特に乱暴というわけじゃなく、どこか、自分でもコントロールできないものを抱えて、自分でも悩んでいるんじゃないでしょうか。わたしも気をつけて見守っていますが、お母さんも、何か困ったことや、気づいたことがあれば、わたしにいってくださいね」

歌音は先日、立ち話をしている別の母親たちの会話から、四十歳近い山岸先生が、園のなかでもベテランで、その観察の濃《こま》やかなことを知った。どんなことがあっても表情を変えず、子どもたちの関係に罅《ひび》や亀裂が入りそうになると、わずかの言葉や仕草で感情のもつれを解きほぐし、たちまち何事もなかったようにしてしまう力量があるという。だが、その山岸先生が遠まわしにいうほどなのだから、余計に気が滅入《めい》る。歌音は、達也の手をとって、とぼとぼ自宅への道を歩き始めた。

「達ちゃん、最近、お友だちとどう？」

達也は、一瞬、眩しげな目をして歌音の顔を見上げ、また前を向いて歩き続けた。

「友だちが、みんなでぼくをいじめるんだ。ぼくが大人しくしていると、先生が見ていないところで、ぼくをつねるし、ぼくがつねると、みんなでぼくをからかって先生を呼ぶんだ。先生が見ているときは、いつだってぼくが悪者なんだ」

「そう。でもね、暴力を振るうのは、いけないことよ。どんなにいじめられても、言葉で言い返してやりなさい。手を出したら、達ちゃんの負けよ」

達也は握っていた手を放した。

「ママまで、みんなの味方なんだ」

そういうと、達也は頬をふくらませ、歩調も遅れがちになった。そのうち、立ちどまって動かなくなった。

こんなとき、子どもの自分はどうしていたろうか。北斗は記憶の倉庫から最も古い頁を取り出そうとしたが、そのイメージは闇に溶けて黒ずみ、何も見えない。父親になってからの自分も、カオルの友だちづきあいのことで、親身になって考えたことはなかった。歌音、こんなときこそ、あなたの出番じゃないか。何かいい知恵でもあったら、出てきて、教えてくれないか。

自分に向かってそう呼びかけ、北斗は自嘲した。いや、こんなことで歌音に頼るのでは、いつまでたっても、歌音は自分の体から出ていけないだろう。そうなれば、いつ出現するかわからない歌音の影に怯え、いつまでも心身のバランスを保てない日々が続くことになる。

歌音は、引き返して達也の手をとり、「達ちゃん、さ、行こうね」と声をかけた。

「どんなことがあっても、ママは達ちゃんの味方だよ。だって、達ちゃんは、ママのお腹から生まれたんだよ。切っても切れない見えない糸で結ばれているんだよ」

達也は、ようやく歩き始めた。しばらくして、不安げに口を開いた。

「前のママとぼくは、つながっていた。でも、いまのママは、前のママとどこか違うんだ。糸って見えないもん。切れたかどうかも、わかんないいんだ」

歌音は、言葉を呑み込んだ。

その日からしばらくして、機嫌が悪くなると達也は、鍵を内側からかけて、トイレにこもるようになった。あまり長く出てこないと、歌音は外側のノブの鍵穴にコインを差してドアを開け、達也を引きずりだした。以前のように、甘えたいから、わざと悪戯をしたり、いうことを聞かなかったりするというのではなかった。何かがきっかけで、達也の心に目には見えないほど小さな穴があき、内側から漲《みなぎ》っていた空気が抜けて、萎《しお》れかけていくような気がした。

ある日曜日のこと、拓郎が出張で留守をしていた昼下りに、歌音は達也を連れて地元の商店街に買い物に出かけた。もんじゃ焼きの店が連なる商店街には、一本一本の路地裏に昭和のころに建った木造住宅が並び、その軒先には、縁台の上に所狭しと鉢物が並べられている。葉や蔓が生《お》い茂り、緑が滴《したた》るように鮮やかだったその草花も、うだるような暑さが始まり、いまは萎れたようにうなだれていた。

商店街の突き当たりには、やや大きめのスーパーがあり、歌音は休みの日には、よく三人で買い物をする。店で夕食の材料を揃《そろ》えてレジに向かったとき、ふとカートの子ども椅子に座っていた達也を見ると、先ほどカートに入れたばかりのキャンディの包装を破き、嘗《な》め始めていた。

かっとして、歌音はその指からキャンディをもぎ取った。

「達ちゃん、ダメっていったでしょ。レジを通らないうちに、開けちゃダメ。レジでお金を払うまでは、このお店のものなのよ」

達也は、恨めしげに歌音を見て、いきなり表情を歪ませ、そのまま天井を見上げて泣き出した。流れる涙を拭おうともせず、静かにこもる声で、時折吼《ほ》えるような声をあげて泣き続けた。

歌音は、好奇の色を浮かべて振り返る母親たちの痛いような視線を肌に感じた。こめかみがズキズキと疼《うず》きはじめ、耐えられなくなって思わず、泣きやまない達也の背中を叩いた。達也は、長く尾を曳《ひ》くすすり泣きになり、その声は弱々しいだけに、かえって悲哀をにじませた。

「ごめんなさい。この子がキャンディの包みを開けてしまって……これも支払いに入れてくださいね」

そう言ってようやくレジで支払いを済ませ、出口で達也をカートの椅子からおろすと、道端に出てから歌音はキャンディを与えてこういった。

「もういいわ。今度から、必ずレジを通ったあとに、食べるのよ。さっきは、ごめんね。ぶったりして」

しばらく手元のキャンディを眺めていた達也は、いきなり、それをアスファルトの路上に放り投げた。

歌音は何もいわず、達也の右頬を打った。

「だめ、そんなことしちゃ。ママ、本気で怒るわよ」

痛かったはずなのに、達也はもう泣かなかった。涙を見せないことに、歌音はかえって胸を衝かれた。達也をどうしようもできない自分が情けなくなり、込み上げるものに押し出されるように、涙が流れ落ちた。

そのまま、歌音は買い物袋をぶら提げて、声をあげずにすすり泣く達也を置いて、歩き始めた。角を曲がり、達也が見えなくなってから、ようやく我に返った。いずれやってくる達也を、いまこそ抱きしめよう。息を弾ませ、曲がり角に姿を隠して、歌音は待った。

何度か覗き見ると、達也は黙ったまま、その場で拳を握りしめて立っている。歌音は、また姿を隠し、十秒ほど心を落ち着かせて、もう一度覗いてみた。いない。スーパーの外に立っていたはずの達也がいない。慌てて歌音は駆け出し、周囲を見回した。いない。どこにも姿が見えない。どうして、どうしてなの、達ちゃん。歌音はいきなり駆け出し、商店街を捜し回った。路地裏の一つひとつを覗き込み、その姿を追い求めた。汗が噴き出て、背中を濡らした。動悸が速まり、心臓の鼓動が音を立てる気がした。

もう一度、スーパーに戻ったが、やはり達也の姿は見えなかった。まさか。どこに行ったの、帰ってきて。お願い。

そのときだった。歌音の口が自然に動き出し、命令口調になった。

「歌音、走るのよ。川に行って。あの子、川が好きだから、きっとあそこにいる。早く、早くして」

その声を聞いて、歌音は買い物袋を投げ捨てた。サンダルを脱いだ。裸足で駆け出していた。

商店街の終わる先に、小さな川があった。達也が、よく「あそこに寄っていこうよ」

とねだった場所だ。欄干《らんかん》から身を乗り出すと、川の中に涼しげに泳ぐ小魚の群れがみえる。その群れを、飽きずに眺める達也だった。

もうこれ以上は走れないほど、歌音は全力をあげた。足がもつれ、膝ががくがくしたが、歌音は走り続けた。

橋の欄干に手をもたせかけて、達也が立っていた。目を瞑り、ゆらゆら前後に体を揺らしていた。

歌音はそのまま駆け寄り、達也を抱きしめ、大声で泣き出した。

「悪い、ママが悪かった。ごめんね、ごめんね」

鼻水が垂れ、涙でくしゃくしゃになった母親の顔に、達也は目をみはった。今度は達也の眼から涙があふれ、歌音にしがみついてきた。

二人はそのまま、動こうとしなかった。

10

「そうすると、あの人は三度、あなたの前に現れたってわけね。あの人らしいわね、登場の仕方が……」

ふわっとした含み笑いをしながら、相川沙希は肩までかかる黒髪を揺すった。

「相川さんは笑うけど、確かに歌音さんが登場しなければ、どうなっていたか、わからない。それほど深刻な場面でした」

歌音はそういって、唇を尖らせた。沙希の口元から笑いが消えて、いい加減にしてよ、というふうにたしなめた。

「その相川さんっていうの、やめてっていったでしょ。沙希って呼び捨てでいいのよ。あなたのことも、歌音っていうわ。そうしないと、本気で話せない気がするの。あなたはあなたで別人格なんでしょうけど、わたしにとっては、前と同じ歌音なんだもん。それで、いい？」

歌音が黒沢から渡された白い封筒を開けたのは、その前日のことだった。

「氷坂歌音さま」と書かれた白い大型封筒には、ミニ便箋の束が入っており、その一枚目が相川沙希の紹介だった。

「相川沙希さんへ（小中時代の親友）

ヘンだね、「さん」づけにすると、別人みたい。やっぱり、沙希って呼ぼう。この前はありがとう。新しい歌音と達也を見守って。困ったとき、二人に手を差し伸べて」

そこには歌音の字でそうメッセージが書かれていたが、封筒の宛名が歌音であることから考えると、北斗に沙希を紹介するのが目的のように思われた。

右隅にホッチキスでとめられた写真には、笑顔の美しい若い女性が写っていた。涼しい目元をしており、目尻が少し垂れているが、それがふっくらとした頰と相俟《あいま》って、優しい印象を醸していた。おそらく、母親なのだろう。

達也のことで頭を悩ませていた歌音は、思い切ってミニ便箋の裏に書かれた携帯番号に電話をかけた。

「すみません、相川さんでしょうか」

「ええ、どなたさまですか」

「私、氷坂歌音といいます」

えっ、といったまま、送話口で絶句する気配がした。

「あなた、ほんとうに歌音なの」

そういってから沙希は、歌音にはすでに男性が乗り移り、意識のうえでは別の人格になっていることに気づいた。

「ごめん、あなたのこと、何て呼ぼう。やっぱり歌音でいいわよね。それで歌音、どうなの？　あなた、体のほうは大丈夫だった？」

「体のほうは異常ないんですが、ちょっと困ったことがありまして。一度、ご相談できないかと思って、電話してみました」

「じゃあ、明日の午後二時、あなた、家にいられる？　わたし、そちらに行くわ」

そうした会話の後で自宅を訪れた沙希は、玄関のドアを開けて歌音が姿を見せた途端、飛びついて抱きついた。後ろ髪の項《うなじ》のあたりから、馥郁《ふくいく》とした花のような香りが立ち昇り、歌音の鼻に広がった。いきなり見知らぬ若い女性を抱きとめていることに、北斗の意識はどぎまぎし、その両腕を持って、ゆっくり胸から引き離した。

「ありがとう、相川さん。突然だったのに、よく来てくれたわね」

まだ、沙希との距離のとり方がわからず、歌音の口調はぎごちなかった。

だが、テーブルで向き合い、元の歌音が三度現れたことを話すと、沙希はしげしげと歌音の体を眺め渡し、娘をさするように、歌音の肩から腕の線を撫で下ろした。

「やっぱり、あなた、強いのね。いまは隠れているけれど、きっとどこかでわたしの声に耳を澄ませているのよね。わたし、嬉しいわ」

そう囁いたあとで、今度は少し態度を改めて、歌音に向かって呼びかけた。

「で、困ったことって、何なの。あなた、何でもわたしに話していいわよ。秘密は守るから。歌音からも、あなたを助けるようにいわれているの」

歌音は、達也が叱られて姿を消し、ようやく川辺で捜し当てた出来事を細かに語った。話しているうちに、達也を見失った不安がありありと思い出されて、その心細さに、身をよじるような痛みが走った。

「あはっ、なんだ、そんなことか。びっくりしたじゃない、困ったなんていうもんだから。あなた、弱虫ね。少しは歌音を見習いなさい。ま、男って、みんなそうだけど」

沙希は鼻先で笑って、おどおどする歌音の肩を軽く叩いた。

「母親だったら、だれでも経験するわ。そうやって、子どもとぶつかり合って、火花を散らして、へとへとになって、ようやく母親と子どもが出会うのよ。初めから母性がある女なんていないんだから。女の母性って、後悔と涙が結晶したクリスタルみたいなもんよ。透明で頑丈に見えるけれど、脆《もろ》くって、すぐに壊れ、鋭い割れ目が指先を傷つける。でも、何度壊れたって、図太くまた結晶を重ねていくしかないのよ」

歌音は、最近の達也が母親の異変を察知し、距離を置こうとしているように見える、と話した。沙希は少し黙って小首を傾げ、考え込んだ。

「そうね、その可能性はあるかもしれない。でもね、赤ん坊のころから知っているけど、達ちゃんはとっても柔らかな感受性をもった子よ。生まれながらに、他人を傷つけることを好まない。いつも満ち足りて、他所《よそ》の子におもちゃを取られても、にこにこしている。そういう子なの。殻《から》に閉じこもるようになったのは、あなたが遠慮しているからじゃないかなあ」

「遠慮？」

歌音は聞き返した。

「そう、いまもそうだけど、あなた、前は男だったでしょ。男って、人と距離を置かないと、何だか心配になるたちなのね。だから、そういう人が母親になると、子どもは邪《じゃ》慳《けん》にされたみたいに、寂しく感じるんじゃないかしら。突き放されたような気持ちがして、逆に母親から距離を置いてやれって、気持ちとは反対のことをしてしまう。子どもって、子ども扱いしちゃ、だめなのよ」

子どもを、子ども扱いしない？　歌音は不思議そうに、その言葉を口の中で反芻した。でも、だったら、大人として扱えってことなの？　歌音の疑問を先取りして、沙希が畳み込んだ。

「子どもは、子ども。もちろん、まだ知識も経験もないに等しいから、大人とは違う。でも、はなから子ども扱いすると、子どもは本能的に反発する。どんなときでも、全力でぶつかってきてほしいのよ、子どもって。だから、怒るときも、甘やかすときも、抱くときも、全身全霊をこめてぶつかるの。恥も外聞もなく、真剣に向き合う。そうやって我を忘れる母親に、子どもは抱きしめられていたいのよ」

確かに、北斗の意識は歌音の肉体と距離を置き、さらにその先の達也にも、もっと距離を置いていた。抱きしめるときも、叱るときも、どこか遠くで意識は醒めていた。そうしなければ、どこか自分が自分でなくなるような不安にとらわれていた気がする。

「大丈夫よ。さっき達ちゃんのことを話しているあなたを見ていたら、この人はきっと母親になれる、って確信したわ。でも、母親の愛情が芽生えているからといって、油断は禁物よ。もっと、へとへとになることが、たくさん待っているんだから」

沙希は、そういって悪戯っ子のような目で微笑みかけた。

「ありがとう、沙希。そうしてみる。それで、歌音はどんなお母さんだったの？　もっと歌音のこと、私に話して」

真剣な歌音のまなざしを見て、沙希は、からかう口調になった。

「あなた、歌音のこと、好きになっているんじゃない？」

歌音は思わず、頬を赤らめた。

「まさか、私が？」

沙希は噴き出した。

「ううん、そういう意味じゃない。異性としての歌音を好きになるっていうんじゃなく、歌音みたいに生きてもいいって、心の隅で思い始めているんじゃない？」

沙希にそういわれて、歌音は戸惑った。確かに、北斗の意識は、はじめは異性としての体と生き方に絶えず違和感を覚え、緊張していた。その葛藤から、いまだに嘔吐感や眩暈を覚えることもある。

だが北斗が自分を忘れると、むしろ歌音の体に馴染んでいた。意識が醒めて、はじめてそのことに気づくことが、最近は増えたような気がする。水が器によって自由にかたちを変えるように、やがて心も体にしっくり沿って、変わっていくのだろうか。

「歌音は昔、乗馬をしていたことがあった。それで、子どもができたとき、あの人、私は「鉄の腕」を鍛えるっていっていたわ」

物思いに耽る北斗の意識を、沙希の言葉が呼び覚ました。

「鉄の腕？」

聞きなれない言葉だった。

「そう、鉄の腕。馬って、初対面のときに、乗り手の技量を試すのね。手綱《たづな》の先に轡《くつわ》があって、それを馬にハミで銜《くわ》えさせている。手綱を引き絞ると、それが合図で馬は止まるの。ところが、馬はじめ、頭でイヤイヤをして、手綱の動きに逆らおうとする。それを無理に引っ張ると、馬は痛がって暴れまわる。手綱を緩めると、乗り手を馬鹿にして、いうことを聞かなくなる。そういうときは、馬が左に引っ張ったら左の手綱を緩め、右を引っ張ったら、右を緩める。馬は、どんな姿勢をとっても、手綱がいつも同じ力で、鉄の腕のように安定していることを知って、乗り手のいうことを聞くようになる。そうなれば、ちょっと手綱を絞るだけで、馬がいうことを聞くのね。そんなふうに、達ちゃんを育てるんだ、っていっていたわ」

「でも、それって、子どもを馬扱いにすることになりません？　自分の思うように操縦するなんて」

沙希は朗らかな笑い声をあげた。

「そうね、わたしも最初はそういったわよ。子どもを馬みたいに育てるのは、子どもを馬鹿にすることだって」

歌音も釣られて、笑った。

「でもね、歌音のいう意味は違った。子どもって、いつか親の眼の届かないところで遊ぶようになるでしょ。そんなときは、自分で自分を守るしかない。その日のために、危険を危険とわかり、本能的に自分の身を守るようにさせる。それが「鉄の腕」よ。どんな場合にも、守らなくてはいけない鉄則がある。子どもがそれを理解するまで、歌音は達ちゃんがどんなに泣き喚いても、妥協しなかった。達ちゃんが床を転げまわって駄々をこねても、歌音、一時間以上、平気で腕を組んで、微笑んでいたわ。周りの人が驚いても、全然平気。あの人、強いから」

沙希はそういって、歌音の顔に、懐かしい人の面影をそっと重ね見た。

第3章　生きたマネキン

1

　コーディネーターの黒沢健吾の勧めもあって、氷坂歌音が職場に復帰したのは、彼女が退院してから、ほぼ二カ月後のことだった。

　職場復帰を認めたその一週間前の京極大生命倫理委員会で、黒沢健吾は、歌音のＳＣＩＤ－ＤＲテストの経過表を資料として示した。

「実は、今日お集まりいただいたのは、この先をどうするか、話し合うためです。黒沢君、提案してくれ」

　議長役になった脳神経外科の山野静二教授に促されて、黒沢が一同を見渡し、手元の端末を見た。

「先ほど、みなさんのお手元の端末に、このデータをお送りしました。手術後の氷坂歌音に行ってきたＳＣＩＤ－ＤＲテストの経過表です。次からのページに、五つの中核症状別のグラフを掲げています。この経過からすると、そろそろ氷坂さんに、職場復帰をしてもらってもいいのではないか。それが、私からの提案です」

　バイオエシックスの仙波順教授が手をあげた。

「いや、それはまだ早いんじゃないかな。前回の話では、北斗の意識はようやく歌音の心になじもうとして、やっと家庭環境が安定化し始めたといったところでしょう。ここで心理的な負荷をかけたら、元の木阿弥《もくあみ》になるんじゃないかな」

それを聞いた山野教授は、また黒沢に発言を促した。

「それは私も考えました。ただ、私の提案は、家庭復帰の準備ができたから職場復帰という次の段階を目指すという考えからではありません。逆に、職場復帰という次の段階に踏み込まないと、いまの段階を維持できない、という意見なんです。氷坂歌音は、発症前には電子雑誌の編集者として子育てとの両立を続けてきました。夫の拓郎も、共稼ぎをしながらの子育てというサイクルに加わり、病気になる前の家庭は安定していました。一方、寒河江北斗という人も、長年、会社で働いてきました。彼自身、家庭で子育てをするだけという生活に、今後も長く耐えられるのかどうか。これまでのところ、相当のストレスが溜まっているようにも見受けられます。つまり、歌音の体、寒河江の意識、夫の拓郎いずれにとっても、復帰した歌音が職場と家庭を行き来するほうが望ましいのではないでしょうか。というより、外で働くという社会活動の断片が嵌《は》め込まれないと、新しい歌音のアイデンティティは完結しないと思うんです」

　臨床心理学を教える田所里香准教授が手をあげた。

「でも、どうでしょう。これまで、新しい歌音は夫と息子との三人だけの生活で落ち着き始めたところです。寒河江北斗の意識にとって、同性の夫との相克はあったでしょう。母親の役割に対して葛藤もあったと思います。それでも、三人だけの生活というカプセルのなかでずっと世間から守られてきた。もし職場復帰すると、同性、異性はもちろん、同時に個性や考えも違う無数の他人を相手にしなくちゃいけない。それがストレスになって、かえって燃え尽きてしまうんじゃないかしら。それに達也くんはどうなるんでしょう。歌音の母親の和子さんが認知症で手伝えないいま、彼女は子育てしながら働けるんでしょうか」

「それは私も考えました」。黒沢は、静かな口調で言葉を返した。

「はじめは、大変な負荷がかかるでしょう。しかし、寒河江も歌音もこれまで、そうした無数の人間が行き交う職場生活を長くこなしてきました。彼らの経験を生かせば、何とか復帰できるだろうと私は思うんです」

田所准教授が反論する番だった。

「でも、これから遭遇するのは、寒河江の意識にとって、これまでとまったく逆のベクトルの経験なんですよ。仕事がファッション雑誌の編集者だけに、男として振る舞ってきた経験の蓄積はすべて裏目に出る。まったく逆の反応を返さなくてはならない。まるで景色がすべて逆さに映るメガネをかけて職場に行くようなもんじゃありませんか」

その言葉を聞いて、山野教授が議論に割って入った。

「逆さメガネのことなら、田所先生も、十九世紀末にアメリカの知覚心理学者スラットンが書いた古典的な二つの論文をご存じですよね？」

その言葉に、田所は不承不承うなずいたが、詳しく説明しようとはしなかった。しばしの間を置いて、山野教授が補足した。

「ご存じないかたのために、簡単にご説明しましょう。網膜像の倒立に興味をもったスラットンは、自ら考案した逆さメガネを二度にわたって着用し、二つの論文を書いた。最初は三日、その次は八日間にわたり、左右上下が逆さになるようなメガネを実際につけて、何が起きるのかを試してみたわけです。同じ屈折率の凸《とつ》レンズを二つの焦点距離分を離して固定し、正常な視野像を百八十度回転させるメガネです。その結果、最初は神経症状や不快感、倒立感などに襲われたが、数日経つと、正常に立っている感覚になっていったというのです。もちろん、そうなっても、自分に関心を向けると、たちまち風景が倒立して見える。しかし、景色に没入しているときは、正常に見えるようになったというのです」

一同は、ふーんという顔で山野の話を聞いていた。すぐにジェンダー学の田代ケイ准教授が肩より低く右手をあげて、「発言」と声をあげた。

「その話、わたしははじめて聞きました。でもそこから考えると、こうなりますよね。新しい歌音のなかには、寒河江北斗という五十八歳の男性の意識と記憶が埋まっている。外見は三十二歳の女性ですが。黒沢君の報告によると、いまの歌音は、何かに夢中になっているときは、ごく自然に振る舞う。でも、北斗の意識が前面に出ると、若い体に違和を感じて動きがぎくしゃくとなる。そうですよね？　これから彼女が職場に行けば、はじめはすべてが倒立して見える。そこで北斗の意識ははじめ、左右上下が逆さになったような戸惑い、不快、ストレスを感じる。つまり、心理的な逆さメガネをかけるようなものです。でも、そのスラットンの実験結果から類推すれば、この先も慣れていくとするなら、自分に関心を向けないときには、逆さの風景が正常に見えてくる。そういうことになりませんか、田所先生？」

田所も、山野が発言したときから、不用意に自分が出したたとえ話が、自分の意見を後ろに引っ張る足枷《あしかせ》になっていたことに気づいていた。

「わかりました。さっきの話は、撤回」

田所が軽く頭を掻《か》くちゃめっ気のある仕草をしながらそういったために、その場で小さな笑いが起き、空気が和《なご》んだ。会議の緊張が和らいだ瞬間を見て取って、黒沢が発言した。

「たしかに、逆さメガネのお話は、いまの歌音の状態をよく言い当てていると思います。いずれ、北斗の意識も、倒立した像を正常だと思う日が来るでしょう。ただ、逆さメガネと同じように、北斗がこれからいずれ職場に慣れていっても、意識が目覚めて自分に関心を向け始めると、また逆立ちした状態に戻って、見える映像が倒立してしまう。新しい歌音がふつうに歩いていくには、まだ当分、介護者を必要とする。私もそう思います」

「え、介護者って、だれ？」

田所は悪びれることなく、すぐに持ち前の好奇心を取り戻した。

「歌音さんです。もし彼女の体に、さまざまな記憶や意思が遍在していて、いつも寒河江さんを支えるとしたら、自意識に目覚めたときの寒河江さんの意識は、環境に順応できるでしょう。つまり、寒河江北斗の意識と歌音の心が、対話を重ね始める、ということが条件になると思うのです」

田代がその言葉を引き取った。

「それが始まっている。黒沢君はそう判断したから、職場復帰を提案したのね。一定の留保をつけて、わたしも職場復帰に賛成」といって、一同を見回した。

「留保というのは最初の黒沢君の提案理由についてです。あの言いかただと、人はすべて家庭と職場の両方がないと、アイデンティティが完成しない、といっているみたい。でも黒沢君、外で働かなくても、社会的なアイデンティティはあるのよ。専業主婦だって、社会との接触がないと、子育てはやっていけない。子どもがいなくたって、そうなの。ただ歌音の場合は、社会という一片を嵌め込まないと、全体像は完結しない。それは彼女を見ていて、わたしも同感です。歌音を職場に戻しましょうよ」

田代の発言に対する反論はなかった。どこか、一同を納得させるような説得力が、田代の促しにはあった。しばらく時間を置いて、議長役の山野が口を開いた。

「どうでしょう。本人を直接見てきたお二人がそういうのだから、ここは後押ししましょうか。リスクもあるが、もし失敗したら、職場を辞めて引き返せばいい。そのとき、今度は家庭が癒やしの場になって彼女を迎えてくれるでしょうから」

山野の言葉が結論となって、挙手を求めないまま、会議は終わった。

2

最近の歌音は、コンビニでまとめ買いした何冊ものファッション雑誌を積み上げ、次々に読み込んでは、ノートに人気モデルの名前やファッション用語を書きとめていた。だが、雑誌には、和製英語や国籍不明の造語が多く、筆者にも読者にも意味不明と思われる表現があふれていた。

「旬なのに定番テイスト。辛口ワンピで大人力をアップ！」

「カジュアル進化形で、着回し力倍増。大人可愛いカラーＭＩＸ」

歌音のなかの北斗の意識は、溜息まじりで舌打ちをした。これはひょっとすると、どこかでシュルレアリスムの「自動記述」について聞きかじった編集者が、口から出まかせに思い浮かべた言葉を並べ立て、「これが最先端のファッション用語」と読者に思い込ませる手口なのではないか。

読者は、流行遅れであることを悟られたくないため、何の意味もない言葉の羅列を、「そうね、いまの流行を言い当てた素敵な表現よね」と錯覚し、次の瞬間には、それが昨今はだれもが使っている言葉であるかのように、友人に吹聴して歩く。

だとすると、ファッション雑誌というのは、アパレル業界やアクセサリー業界と手を結び、読者を、呪文のような出鱈目《でたらめ》な言葉で操る霊媒師の巣窟《そうくつ》のようなものだろう。必要なのは、ファッション・センスや的確な演出力などではなく、「あなたは流行から取り残されている」と読者に思わせ、「この雑誌には流行りのすべてがある」と信じ込ませて、その意識の落差を巧みに操って商品を買わせる布教者の資質だ。

広告代理店で長く働いてきたせいか、北斗の意識は、ファッション雑誌の役割を、そう単純化してとらえてしまった。いわば雑誌を、「夢のカタログ」をでっちあげる虚業と見くびり、奥に深入りして女性たちのセンスを探る意欲を、初めから失ってしまったのである。

出勤の日、歌音は、入院以来そのままにしてあったクローゼットから、やや光沢のある淡いピンクのワンピースと同系色のパンプスを取り出した。歌音のかつてのスナップにあったように、ウエストリボンを外して濃いピンクのベルトに替え、茶色味が混じったネックレスと、揃いのブレスレットをつけて鏡の前に立った。クリーミーに発色するピンクのリップスティックを唇に差すと、その顔が見違えるように引き立った。

歌音のパソコンにあったスナップ写真と見比べると、瓜二つだ。目を丸くして鏡をみていたが、「考えてみれば、同じ歌音なんだから、当たり前か」と、肩から力が抜け、自嘲の笑みが浮かんで広がった。

入院以来、歌音が通勤時間帯のラッシュの地下鉄に乗るのは、その日が初めてだった。

ほぼ満員に近い車内に足を踏み入れ、吊革につかまると、歌音は思わず吐き気を催した。多くの男たちが、信じられないほど多量の臭いを発散しているのだ。隣りに立つ定年間近の肥った男は、襟元《えりもと》から加齢臭を漂わせ、湿った背広に染み込んだ汗の臭いと混ざって、歌音の鼻腔《びくう》を強く打った。前に座る若い男からは、饐《す》えた魚のような臭いが立ち昇ってくる。車内には、濃淡が等高線を描いており、その複雑な臭いの地図が、いまにも目に見えるような気がした。歌音は息が詰まって、とっさにバッグからハンカチを取り出し、口にあてた。

男だった北斗が、こんな臭いを感じたことは、かつてなかった。歌音の体になってみると、異性に対する嗅覚のセンサーが数十倍にも拡張されて、微細な臭いもくっきりと識別された。男は自分が発散する臭いに鈍感だが、異性の立場になると、こうも嗅覚が鋭敏になるものだろうか。

北斗は、以前とは違って、男たちに対する生理的な嫌悪感を覚える自分に気づいた。自分の意識が歌音の体に入ってから、車内の男たちのぎらつく欲望の視線を肌に感じ、本能的に身構えてしまうためだろうか。

ふと視線を漂わせると、ドアの近くで両肩をむき出しにしている若い女性の姿が目にとまった。男のままの北斗の意識はふと、その肌に惹《たぐ》かれ、視線を吸い寄せられた。だが、一瞬通り過ぎた欲望の影は、その細い糸を手繰り寄せていくと、どこにも実体がなかった。ちょうど釣りで当たりを感じ、あわてて竿を撓《しな》らせてピンと張った糸をあげると、何もかかっていないのと似ている。

北斗の意識はまだ男のままで、自然に若い女性の姿に目が向くが、その意識が肉体に根ざしていないために、手繰り寄せても糸の先には何も残っていない。空しさを覚えるだけだ。もし北斗の意識がすっかり女性になれば、歌音の肉体とのズレはなくなり、違和感は消えるだろう。だがそれは、男として生きた五十八年の歳月を、なかったことにすることだ。意識を支えるアイデンティティの土台が軋み、亀裂が走れば、この先の自分はどうなっていくのか。北斗は、堂々巡りの迷路に紛れ込んだ子どものように、また頼りなさを感じ始めていた。

ようやくたどり着いたビルに入り、歌音はまずトイレを探した。無意識のうちに男性用に入ろうとして慌てて向きを変え、女性用の化粧室に入った。まだ動悸が高鳴っている。考えてみれば、女性用トイレに入るのは、物心ついてからこれが初めてだった。男性用に比べると空間ががらんとしており、化粧台の鏡も大きく、清潔そうだった。

鏡に向かった歌音は、汗ばんだ肌を軽く拭いて化粧を直し、何度も角度を変えて自分を眺めてみた。

「落ち着くんだ。いや、落ち着くのよ、歌音。息を整えて。そう、それでいいのよ」

北斗の意識はそう自分に言い聞かせた。

アイ・ピー・フォーの編集局は、北斗が以前、広告代理店の仕事で出入りしたことのある雑誌社や新聞社の編集部と似た佇《たたず》まいだった。

天井から垂れるプレートを頼りに「ファッション・ネクスト」の編集部の机に歩み寄ると、写真で見た何人かの顔が一斉に振り返り、声をあげた。

「わあ、歌音、お帰り。よかった」

そういって顔をくしゃくしゃにしたのは、カメラマンの山路太一だ。いかり肩のせいで少し猫背に見えるが、まなざしが一途で、心に裏表がない性格のように見えた。歌音は声を弾ませた。

「あっ、太一、お久しぶり。ツァイスのコレクション、また増えた？ 今度、持ってきて見せてね」

横に立って、パソコンで写真をチェックしていた女性が顔をあげた。

「歌音、元気そうね。安心したわ。あなたのいない間、流行はすっかり様変わりよ。追いつくの、大変よ」

そう呼びかけたのは、たしか、鴨下《かもした》エリ。歌音のライバルの編集者のはずだ。

「エリ、わたし、覚悟してるわ。今度また、一緒に飲みにいこうね」

歌音の声音でそう答えながらも北斗の意識は、笑顔の目の奥にどことなく険があって、鬱陶《うっとう》しそうに距離を置こうとする鴨下の声の冷たさを見逃さなかった。

そうか、あのタイプだな、と一瞬北斗は思った。一見容姿は平凡で、目立つところはないが、男性の上司には妙に受けのいいタイプの女性がいる。男には、甘えたり恥じらったりするが、女同士だけになると、まったく違う表情を見せて舌を出す。男好きのする可愛い部下を装っているので、そうしたタイプは上司から取りたてられることが多い。

男同士では、嫉妬や羨望《せんぼう》に駆られ、あれほど警戒して疑り合うというのに、こと、かわいらしさを演じる女性が部下になると、多くの男は手もなく騙されてしまう。実力があるのに、媚《こび》を売るのが嫌いなばかりに冷遇される女性を、前の会社で北斗は何人も見てきた。北斗は、上司につけいる女性には冷たかったので、そうした女性からは疎《うと》んじられたのを思い出した。

奥の窓側に座っていた赤い眼鏡フレームの男が立ち上がり、歌音に近づいて右手を差し出した。

「よかった。きみの席は空けておいた。みんな、帰りを待ちわびていたぞ」

編集長の相沢保は、そういって歌音の右手を堅く握った。

「ごめんなさい、編集長。思ったより時間がかかってしまって。席を空けておいてくださって、ありがとうございます」

歌音は、やや改まった口調でそう答えた。

「さあ、仕事、仕事。締め切りが近いからな。それから、さっきいったように、午後三時から、特集本の打ち合わせがある。復帰初日から大変だろうけど、きみも参加してくれるか」

相沢はそういってから、付け加えた。

「歌音、後で昼飯でもどう？　ちょっと事前に打ち合わせをしておこう」

3

相沢は歌音を昼食に誘って、職場近くにあるイタリアン・カフェに入った。テラス席に座ってそれぞれランチを注文したあと、相沢が「白のグラス・ワインを二つ」と付け加えるのを、歌音は慌ててとめようとした。

「昼間っから、ワインですか？　編集長」

かまわないから、と顎をしゃくってウェートレスに立ち去るよう促してから、相沢は歌音に向き合った。

「前は、こうして打ち合わせをするときに、歌音さんと一杯ずつワインを飲んでいました。それと、彼女は以前、「編集長」とは呼びかけなかった。相沢でいいんです」

相沢はそういって、眼鏡ごしに歌音の眼の奥を覗き込んだ。相沢には、前もって黒沢が会ってある程度事情を話してあるので、職場復帰のときには相談するようにと助言を受けていた。

「ちょっとテストしてみよう」

相沢は体を前に乗り出し、テーブルの上で両手を組んだ。

「デコルテって、体のどの場所を指す言葉かな？」

歌音は思わず言葉に詰まり、テラスの覆いを見上げた。

「じゃあ、この大判ストール、ダブルクロス巻きにしてみせて」

相沢は今秋のサンプルの薄手のグレーのストールを袋から取り出し、歌音に手渡した。

ダブルクロスなら、雑誌で見て巻き方を覚えた。記憶を手がかりに、細く畳んだストールを二つ折りにして首にかけ、左のループに右の一本の先端を通し、残りの右の一本を下から首元に抜き出す。その先端を左のループに通して、歌音は何とか完成させた。

「いいね。じゃあ、今度はNEOアフガン巻きだ。やってみて」

たぶん、ずっと以前、戦争後のアフガニスタンで大統領になった人物が民族衣装に使った巻き方だ。そうとは察しがついたが、歌音にはお手上げだった。歌音は嫌々をするような素振りで、おずおずと相沢にストールを返すしかなかった。

「じゃあ次。スピーディというバッグは、どのブランドのアイコンかな?」

歌音には、モノグラムの入ったそのバッグを雑誌で見た記憶があったが、肝心のブランド名が思い浮かばなかった。相沢は落胆の表情を隠さなかったが、あらかじめ覚悟していたのか、すぐに気を取り直し、歌音が留守にしていた間に職場で起きたことを、笑いを交えて手短に話した。

運ばれてきた白ワインのグラスは、きりりと冷え、透明なガラスの丸みにびっしり水滴がついていた。

「復帰に乾杯だ。おめでとう、歌音」

そう促した相沢のグラスに縁を合わせながらも、歌音の表情は浮かなかった。

「相沢さん、黒沢さんから聞いてご存じでしょうけど、私、以前の歌音じゃないんです」

「うん、聞いている。きみは以前、年輩の男性だったらしいね。でも、外見だけでは少しもわからない。声も、素振りや仕草も、以前の歌音そのままだ」

その言葉を聞いて、歌音の中の北斗の意識はふっと、緊張の糸がゆるまった。黒沢を除けば、拓郎や和子以外で、歌音の正体を知っているのは、この相沢だけだ。

「いまのテストでおわかりのように、私には以前の歌音のようなファッションの知識も、人脈もないんです。必死で勉強はしました。でも、もともと興味がないから、正確には記憶に残らないんです。こんなことで、ファッション雑誌の編集が務まりますでしょうか」

前菜が運ばれ、相沢は少し会話を中断し、ウェートレスが立ち去ってから、言葉を継いだ。

「以前、あなたは大手の広告代理店に勤めていた。そう黒沢さんから聞きました。どんなお仕事でした？」

北斗は入社して以来の職歴を話し始めた。はじめは大手の銀行、保険会社、車などの企業を担当し、テレビや新聞、雑誌などの媒体別に広告を出稿していた。そのうち海外に勤務が移り、現地の企業にセールスをかけて日本の国内向け広告の注文を取る仕事が大半になった。ニューヨークの現地代理店と組んで、全米で日本の自動車メーカーの宣伝キャンペーンを張ったこともある。帰国してからは、選挙や政府広報の分野も手がけ、大がかりな新商品売り出しのプロジェクト・チームを率いてきた。

「そうか、やっぱりな……」

黙って聞いていた相沢は、ひとり言のように呟いた。

「いえね、今度うちも紙の媒体で、分厚い特集号を出すことになった。午後の会議でそう発表しようと思っている。ウエッブも広告料がジリ貧になってきて、ほとんど市場から消えていた紙の希少価値にまた注目が集まってきた。編集部の人件費は同じままだから、紙代や製本代、取次コストや在庫管理に多少の金がかかっても、十分ペイできるって踏んだんです。だが、社内には、旧メディアで場数を踏んだ人材がいない。だれかをスカウトするしかないと思っていたが、ひょっとして紙媒体の出版交渉やスポンサー探しだったら、あなたにできるんじゃないか、って期待していたんです。どう、できます？」

北斗の意識はすぐに記憶の倉庫から、大手商社、自動車会社、保険会社、外資系企業の広告担当幹部のくたびれた顔を引っ張り出した。しばらく現場を離れていたが、まだ何人かは広告畑に残っている知り合いがいるだろう。雑誌広告の費用は他のメディアに比べ安いから、自動販売機のように、どこのボタンを押せばどの広告が出稿されるか、大方は予想がついた。

「それだったら、できるような気がします。そうか、歌音の知識じゃなく、私の知識や経験を活《い》かせばいいんですね」

相沢は一瞬ギクリとして、晴れやかそうな声音になった歌音の顔を凝視した。いままで人間と思って話していた相手が、ふとした言の葉でサイボーグだったことに気づき、その怖れや驚きの色を隠せないまま、相手を見つめる人の眼になっていた。

その視線に気づき、歌音も思わずナイフとフォークを持つ手をとめた。

「ごめんなさい。私、あんまり外見が歌音に似ているから、ちょっとの違いが、相沢さんをびっくりさせてしまう。でも、職場の人が新しい自分を受け入れてくれるまで、我慢できるかどうか、自分自身でもわからなくなって……」

その言葉に相沢は我に返った。

「いや、ごめん、ごめん。ちょっと戸惑って。ぼくが失敬だった」

そういって、運ばれてきたパスタの皿に向かいながら、言葉を継いだ。

「きみはファッション売り場にあるマネキン人形のこと、考えたことがあるかな。マネキンって、あんまりリアルに人に似せて作り込むと、失敗するっていうんだ。肝心のファッションのインパクトが薄れるだけじゃない。リアル過ぎると、客がマネキンを見た瞬間、強い違和感を覚えてしまう。ちょうど、何気なく鏡と眼が合って、人が鏡の中の自分の姿にぎくりとするような違和感だ。あなたは、あんまり歌音に似ているから、ささいな違いが際立ってしまう。でも、そんなきみを、みんなが新しい歌音だと受け入れれば、問題は解決する。職場のみんなには、きみが精神の不調で入院し、性格や態度が変わったらしい、って伝えてある。だから、まあ無理はしないで。最初から飛ばさず、きみらしいやりかたで、溶け込んでいってくれ」

歌音は、まぶしげな表情で相沢の顔を見上げた。

午後三時から開かれた会議で、相沢はまず部員全員のパッドに次々とグラフを送りながら、こう切り出した。

「みんなも知っているように、先月号の電子雑誌の購買数が伸び悩んだ。会社のサイトで一部顔見せをしているページの訪問数も前年比で落ち込んでいる。これがその数字だ。その一方で、うちの購買層の年齢構成は、数年前からじりじりと上向いて、年に一・七歳の割合であがっている。このグラフがそれだ。このままでは読者離れが進み、収益の三割を占める広告費も、ジリ貧になるだろう。そこで、電子版とは別に、紙の雑誌の特集号を出すことにした」

相沢の発言に、十人ほどいた編集部員から驚きの声があがった。

「でも、うちは電子の先端で売ってきたわけでしょ。イメージが崩れないかな」

不服そうにそう尋ねたのは、デザイナーの大島瑛地だった。

「最近、紙媒体はまた注目されている。いままでは町の小さな書店がほとんど潰れ、取次が吸収合併した二つの大型チェーン書店とコンビニしか残っていない。紙の雑誌は値上がりする一方だ。だが、そこが狙い目だ。今度の雑誌は思い切って高級化し、広告費を七割に上げる」

小さなどよめきの声があがった。

「でも、編集部に増員はないんですよね。電子版でも精一杯なのに、そのうえ紙まで出すとしたら、二人分働けってことになりませんか」

カメラマンの山路太一が、素っ頓狂な声をあげたので、その場の空気がやわらいだ。

「もちろん、その雑誌のために派遣社員は数人雇う。こちらの紙媒体も、キャップは鴨下さんで、編集を仕切ってもらう。みんなには負担をかけるが、編集部が生き残るために、がんばってほしい」

「でも、営業はどうするんです。電子版の広告費は安いから、割合簡単にスポンサーがつくけど、紙だったら企業も広告を出し渋るんじゃないですか。売り上げの七割も叩き出すなんて、無理じゃないですか」

営業担当の河田純子《かわだじゅんこ》が、もう弱音になって自問するように尋ねた。

「うん、それで考えたんだが、今度は別の人に、その雑誌の営業を担当してもらう。スポンサーや取次との交渉をするのは、氷坂さんだ」

その場にいた全員の視線が、歌音に注がれた。

「えっ、そんなの無理じゃないですか？」鴨下エリは、相沢に、大げさに驚いたという表情を見せ、歌音を眺めたときには、唇の端に歪んだ笑みを浮かべた。

「そんなの、歌音、かわいそう。白鳥の子に、みにくいアヒルの子になれっていうようなもんじゃないですか」

　一斉に笑い声が起きた。以前からライバルだった鴨下エリは、歌音の留守中に雑誌の大黒柱として成長し、編集を取り仕切るようになっていた。歌音が復帰して、自分が築いた地位を脅《おびや》かされるのではと初めは緊張したが、蓋《ふた》をあければ何のことはない。歌音は縁の下の力もちの役回りだ。

　せせら笑うようなその言葉に、北斗の意識はじっと耐えていた。歌音をみくびるような奴は、許せない。北斗の意識は、心の中で唇を噛み、思わずこう切り出した。

「ええ、私、やってみます。経験は乏しいですが、皆さんを支える裏方でがんばってみたいと思います。それに、営業を「みにくいアヒルの子」にたとえては、河田さんにも失礼だわ。河田さんが地道にスポンサー回りをしてくださらなかったら、電子雑誌だって成り立ちません」

　相沢がとりなして口をはさんだ。

「まあまあ。エリちゃんが言ったのは、もののたとえだ。白鳥の子が帰ってきたもんだから、ちょっとヤキモチを焼いているのさ」

　その場に軽い笑いが起きたが、鴨下エリひとりは、繕った笑顔の裏で、唇を噛みしめていた。

4

　会議があった週末の夜、鴨下エリは、喜多真理絵《きたまりえ》と棚田《たなだ》ナナを連れて、表参道のビル三階にあるワインバーに出かけた。

建物は住宅街の奥まった一角にあって、屋外に張り出したテラスに席をとると、室内の喧騒からも遠ざかる。鴨下エリは、何度か専属モデルを連れて、そのテラスや室内のカウンターで写真を撮影し、店主とも馴染みになっていた。

「そういう訳なのよ。でも、むかつくわ。あの人、優等生ぶっちゃって」

先日の会議の様子を詳しく話したエリは、「白鳥とみにくいアヒルの子」のくだりになると、唇をゆがめて、そう言った。

「そういえば、歌音先輩、ヘンなんですよね。うまくいえないけど、何だか偉そうになって」

揺らめくキャンドルの灯りを頼りに、出てきたバゲットファルシーを切り分けながら、喜多真理絵が相槌を打った。

「昨日も、会議の後で、これ、印字しておいてくれるかなって、仕切り越しにＵＳＢを突き出すんです。それも、わたしの眼を見もしないで。前の歌音先輩なら、そんなことしなかった。なんだか愛想がなくって、定年間近のおじさんみたい」

「あ、それって、いえてますね。窓際に行かされて、不満持っているおじさん。自分の威厳に自信がなくなってきて、無意識のうちに素振りや態度が尊大になってしまう人。そんな感じかな」

棚田ナナがそういうと、三人は弾けるような声をたてて笑った。

二十六歳の棚田ナナは、美容学校を出てヘア・メイクを担当し、三年間雑誌で働いてきたが、一年ごとの契約という不安定な身分に不満を募らせる日々だった。一歳年下の小柄な喜多真理絵は、スタイリストとしてフリーの契約を結んでいるが、もっぱら雑用やブティックやデパート回りをして、衣装や小物をかき集めてくる仕事をさせられていた。

編集部の会議も、出席できるのは正社員だけで、派遣や契約社員は中身を知らされない。エリは会議のたびに二人を飲みに連れていき、社内の動きや人事異動を逐一知らせてきた。ひとしきり笑ったあとで、サンセールのグラスを傾けながら、エリが呟いた。

「そうなのよ。どっかちぐはぐで、ちょっと気味悪いのよね。前のあの人、もっと爽やかだったのに。病気になってから、人が変わったみたい」

棚田ナナが溜息をもらした。

「そうなんです。エリ先輩ももちろんだけど、歌音先輩もいきいきしていて、前はわたしたちの憧れだった。相沢さんは、精神的な不調とおっしゃったけど、エリ先輩は、もっと詳しいこと聞いてます？」

「ううん、ただ、記憶が薄れていって、仕事に差し障るようになった。ダブルブッキングをしたり、アポを忘れたり。それで長いこと会社を休んだのね。すっかりよくなって復帰したというけど、なんだか、前の彼女じゃないみたい。今日もね、わたしが「Iラインのボトムバランス」って言ったら、きょとんとした顔でわたしを見たのよ。ファッションについて、記憶が飛んだままみたいなのよね」

喜多真理絵が、フォークを置いて、遠くを見る目つきになった。

「でも、ヘンなんです。昨日、歌音先輩から渡されたUSBをプリントアウトしたでしょ。そしたら来週からのスケジュールが書いてあって、別のリストには、びっしりスポンサーの企業と担当者の名前が書いてあったんです。それも、車や生保、銀行とか、ファッションとは縁のない大企業ばっかり。歌音先輩が、そんな企業の人と知り合いだったなんて、驚きでした」

エリも食事の手を休め、真理絵の言葉をしばらく反芻していた。

「記憶はしっかりしている。でも、前の歌音の記憶は薄れている。つまり、戻ってきた歌音はだれか別人にすり替わっているってこと？　まさか、SF映画じゃあるまいしねえ」

真理絵とナナはその言葉に思わず噴き出したが、エリはじっと考え込んだままだった。一瞬、バツの悪い沈黙がテーブルに舞い降りたあと、エリは重い空気を振り払うように言った。

「でもさ、このままだと何だか居心地悪くない？　彼女のこと、気になって、仕方ないし、それだと、仕事にも差し支えるし。ね、こうしない？　「今日の歌音」っていうゲームをやってみよう」

「今日の歌音？」

真理絵とナナが同時に聞き返した。

「そう、いろんな場面を設定して、彼女の記憶がどうなっているのか、確かめてみるってわけ。たとえば、わざと間違った指示を出して、「歌音さんは、こうしていましたよ」といいながら、その反応を見る。「そんなことしていなかったけど？」といえば、プラス1点。「そうよね」といって、その嘘の指示に従えばマイナス1点。そうやって毎日点数を足し引きしていけば、戻ってきた歌音がどれだけ別人にすり替わったか、わかるじゃない？」

だが真理絵はちょっと小首を傾げて口をはさんだ。

「でも、病気が重くなったころ、歌音先輩は、どんどん記憶が薄れていきましたよね。以前の癖や習慣を忘れたら、それは別人じゃなく、かえって歌音先輩らしいっていうことにならないですか？」

エリがすぐに打ち消した。

「ううん、記憶がなくても、その人の無意識の癖や行動は変わらないものよ。どんなに隠そうとしても、別人にはなりおおせない。どこか人が変わったとしたら、わたしたち、それなりの対応をしなくちゃいけないでしょ。彼女の正体を暴くのよ」

秘密めいた口調でそういうエリの瞳が、キャンドルの灯りに輝いた。

「でも、病み上がりの歌音先輩に、ちょっと申し訳ない気がして……もう少し、歌音先輩の体調が、回復してからにしませんか？」

おずおずと棚田ナナが口を開いた。エリは、だめねえ、といった視線でナナのほうを見ると、語気を強めて言った。

「だからあなたたち、いつまでも正社員になれず、使い走りのままなのよ。前もいったでしょ、もしわたしが編集長になったら、きっと二人を正社員にしてあげる。もっと人を押しのけて、自分を主張しないと、この世界じゃ生きていけないの。たしかに戻ってきた歌音は、ファッションのセンスをなくした。でも、彼女がどんな人間かわからなければ、安心できないでしょ？　これ以上、いい気にならないように、ちょっと、へこませてやろうよ。知ってのとおり、相沢さんは面食いで、歌音ばっかりエコヒイキにしてきたんだから」

その語調に押し流されるように、ナナがうなずいた。エリはさらに続けた。

「いいっ、どんな人にも、心の善し悪しっていうものがある。でもこの世には、元から善人とか悪人なんていないのよ。いるのは、心が強い人間と、弱い人間だけ。心の弱い人は、はじめは善人を気取るけれど、ちょっと弱みを突かれると、どんなことでもして、たちまち悪人になってしまう。心の強い人は、アクも強いけれど、自分の弱さを庇《かば》い通して一線を守り、最後まで悪人にはならない。もちろん、善人にもなれないけどね。どう？　あなたがた、まだ若いけれど、たちまち四十、五十の年になっちゃうんだから。いまのうちに強い人間を目指さないと、最後は負け犬になって、人から命令されると、どんなことでも平気でやる人になっちゃうの」

じっと聞いていた真理絵が感嘆の声をもらした。

「ふうん、エリ先輩の言葉って、やっぱ、深い。ふつうの先輩は、きれいごとばっかり言うもの。わたしたちみたいに、守られていない人間には、響いてこないんですよね。将来を保証されると、自分だけは安泰で、派遣やフリーがいつ切られるかわからないっていう現実すら、忘れてしまうみたい」

エリは鼻先で微笑んだ。

「そうね。わたしがあなたがたのことをわかるのは、自分だって「いつでも切られる」っていう現実から目をそらさないからよ。わたし、いまでも休みになったらチャリンコでディスカウント・ショップを回ってモノを探すし、毎日コンビニの店頭で、時給をチェックしている。いつ切られてもいいようにね。どう、悪ぶって生きるわたしを取る？それとも、いい子ちゃんぶっている歌音を取る？」

真理絵もナナも、「もちろん」といってエリを見つめた。

「じゃあ、もう一度、乾杯をしようか。すみませーん。ワインのリストを持ってきてください」

エリはウェイターにそう言ってから、頼もしげに二人の後輩の顔を眺めた。

5

初めは、たわいのないゲームだった。

「あっ先輩、素敵なタイト。今日は、できる女のイメージですね。さすが、よくお似合いです」

歌音が早朝に出勤すると、ひとりだけ職場の仕切りの席でパソコンに向かっていた喜多真理絵が顔を上げ、目をみはった。歌音のボトムは、黒のタイトスカートに、黒のストラップ靴。トップは、とろみのあるベージュの絹のブラウスに、麻のジャケットを羽織っていた。首周りには青いスカーフ、左腕には同系のブレスレットでアクセントをつけている。

スカートは縦横に伸縮する素材を使い、腿《もも》が伸びたところに張りついて、ボディラインを美しく際立たせている。これも、歌音のパソコンから見つけた写真の一枚にあったファッションだ。くるくると周囲を回りながら、立ったままの歌音の服装をチェックしていた真理絵は、ぶつぶつ呟きながら、感嘆の溜息をもらした。

「そうか、ここにスリットが入っているから、腰のラインが引き立つんですね」

「この青って、少し沈んでいるから、とろみのあるベージュに合うんですね。これ以上明るいと派手すぎて、仕事着には向かなくなっちゃうかも」

真理絵は手帳を取り出し、ひとり言をもらしながら、メモをとった。

「まあ、よしてよ。しげしげ見つめられると、恥ずかしい。私の仕事着なんて、適当なんだから、参考にしちゃダメ。それに、黙ってチェックするならいいけど、感想を口にするのは、どうかしら」

真理絵は、不意に手の動きをとめ、驚きの表情を浮かべて歌音を見た。

「えっ？　忘れたんですか、先輩。私の仕事着を毎日チェックして、遠慮なく感想を言って。前に、そうおっしゃったのは、先輩ですよ。だから以前は毎日のように、こうやって参考になる点をメモして、グラビア撮影に活かしてきたじゃありませんか」

不満そうにいう真理絵の眼を見ながら、歌音は少しどぎまぎし、慌てたように言った。

「そ、そうよね。私からお願いしたんだわね。で、どうかしら。どこか改善したほうがいいところ、ある？」

真理絵はまた笑顔を浮かべ、再び歌音の周りを眺め渡して言った。

「そうですね。このヒールの黒靴、少し決まりすぎているかなあ。ちょっと大人しすぎて、硬い印象かも。いっそ秋を先取りして、スミレかパープルのブーティなんかどうでしょう。遊び心があって、いいと思いますよ」

歌音は、自分の机の上にあったメモ用紙に「ブーティ、スミレかパープル」と書きとめ、真理絵を振り返って微笑んだ。

「ありがとう。参考にする。これからも、いろいろアドバイスしてね」

笑いを噛み殺していた真理絵は、自分の机に戻って携帯端末を取り出した。それから鴨下エリ、棚田ナナと三人でつくった職場外のメーリング・リストを開き、そこにこう打ち込んだ。

「今朝、K先輩は麻のジャケットとタイトスカートに黒靴、ベージュのブラウス姿。フアッションについて感想を言うと、「口に出していうのは失礼」とのこと。「前にK先輩の仕事着をチェックするよう言われた」と言うと、「そうだったわよね」と慌てる。アドバイスを求められ、「スミレかパープルのブーティを」と言うと、すっかり真に受けた様子。ファッション・センスはゼロ。今日のK先輩度、マイナス1。いや、マイナス3点をあげてもいいかもね」

別の日の朝、棚田ナナは歌音のブースに近づき、その肩に声をかけた。

「先輩、今日からまた、一覧表を確認させていただけますか?」

「えっ、一覧表って?」

「先輩は以前、昨日の仕事の内容と、今日のアポの状況を一覧表にして、念のためわたしに確認するようにおっしゃったでしょ。間違いがあったら先方に失礼だからって。たしか、「予定表」っていうアイコンのファイルにまとめていらっしゃったと思います」

歌音は動揺を隠そうとして「そうだったわよね」と軽く微笑み、さりげなく言った。

「ごめんね、いまちょっと手が塞《ふさ》がっていて。後でチェックして、またお願いするわ」

ナナが消えたあと、歌音はすぐにパソコンに向かい、「予定表」のファイルをクリックして開いた。歌音はどんどん記憶が薄れていくのを恐れていたのだろう。休職するまでの一カ月ほど、毎日の行動の要録と、翌日のアポ入れの状況を、時刻別にしるした「予定表」をつけていた。

歌音は、黒の革表紙の手帳に、行動記録をつけ、青の革表紙には予定を書いて区別していた。だが、歌音が自宅に残した手帳を開くと、途中から何度も上から棒線で消した跡があり、ちょうど休職前からは空欄になっていた。たぶん歌音は、記憶が混乱して仕事に支障が出始めたので、毎朝ナナに、行動記録と予定を再確認するよう頼んだのだろう。ようやく事情を呑み込んで、歌音はナナの仕事机に近づいていった。

「いまお邪魔してもいいかしら。さっきのことね、もうチェックしてもらわなくてもいいわ。あのときはね、私、心の病いで、時々すごいヘマをやらかしたでしょ。だからこっそり、ナナちゃんにお願いしてたんだ。でも、もう大丈夫。入院して、また記憶はしっかりするようになったから、これからは自分で管理できるわ。ありがとう」

歌音が立ち去ったあと、ナナは携帯パッドを取り出し、メーリング・リストを開いてこう打ち込んだ。

「今日はK先輩に、以前やっていた予定記録のチェックをするかどうか尋ねた。チェックをしていたのは、嘘ではなく、ほんとの話。でも、K先輩はそのこと自体を覚えておらず、もう治ったからその必要はない、との仰《おお》せ。これって、やっぱり怪しい。もとのK先輩じゃないっていう点では、これも今日のK度マイナス1」

ナナがメールを打ち終えて間もなく、仕切りの向こうに両手があがるのが見えた。たぶん、鴨下エリの席だ。顔をあげないまま、右手の人差し指を立て、左手の人差し指を真横に伸ばして、「マイナス1」のしるしをつくり、続いて右手を握って親指を立てる仕草をした。ナナが含み笑いをすると、向こうで小さく乾いた笑いが響いた。

だがゲームは意外に単調で、すぐに飽きがきた。「今日のK度」はほとんどマイナスばかりで、次の結果がわからないというゲームの緊張感や予測不可能性に欠けていた。

「歌音が必死に何かを隠しているのは、これではっきりしたわね。でも、このままだと、あまり面白くないわね。あの人、意外に慎重で、真理絵が勧めたスミレやパープルのブーティもはいてこないし、前の歌音のファッションより地味で保守的になった。なんだか垢《あか》抜けないし、配色なんかもおばさんのセンスに近いけれど、それで非難するわけにもいかないしね」

会社近くの立ち飲みの店で、小さな丸いテーブルを囲んだ鴨下エリは、うかない表情でそう言った。

「そうですね。歌音先輩は最近、いくつかのスポンサーから広告を取ってきたっていう評判です。新しい仕事に打ち込んで、ファッションなんかどうでもよくなったのかもしれませんね」

喜多真理絵がそういうと、エリはすぐに高飛車《たかびしゃ》な口調になってさえぎった。

「だめよ、そんな弱音吐いちゃあ。彼女が営業でいい成績をあげてご覧なさい。相沢さんは広告重視の紙媒体を主力誌にして、歌音のことを次期編集長にするかもしれないのよ。そうしたら、彼女はきっと、覚えめでたい手下の派遣やフリーを正社員に抜擢《ばってき》するわ。あんたたち、もう先がないわよ」

真理絵とナナは、その言葉を聞いて互いの顔を見合わせ、力なくうなだれた。何かを思いついたエリが、息を弾ませて言った。

「どう、新しいプロジェクトを立ち上げよう。「元の歌音化計画」。彼女を元の歌音に戻してあげるプロジェクトよ。いまの彼女、見かけは元のままに見えるけれど、どことなく不自然で、周りにも溶け込めてないよね。だったら、元の彼女に戻してあげればいいんじゃない？」

新しいアイデアの中身を知りたくなって、ナナが声を上ずらせた。

「でも、どうやって？」

「そうね、あの人以前、記憶が薄れていってたでしょう。健忘症っていうのかな。とにかく、そのときは仕事が疎《おろそ》かになったり、ドタキャンしたり、みんなが迷惑をしたわけよ。でも彼女は必死だったし、みんなは最後までそんな歌音を支えようとしたじゃない？　でも彼女は、そのことを忘れて、自分ひとりの力で立ち直ったっていう態度をとっている。だったら、そのときと同じ状態に戻して、ちょっとは感謝の気持ちを思い出すようにしてあげるのよ」

エリは、急に小声になり、真理絵とナナの額を集めさせた。ひそひそ声が続いた後、三人はどっと笑い声を上げ、互いの顔を満足げに見つめた。

6

その日遅く帰宅した歌音は、珍しく酔って、足元がよろめき、玄関に入るなり、床にへたり込んだ。

「どうしたんですか。ずいぶんと派手に飲んだみたいですね」

拓郎は、呆《あき》れ顔で水を入れたコップを持っていき、歌音に渡した。歌音は音をたてて一気に飲み干すと、そのまま首を垂れ、眠りそうになった。

「早く着替えて休んだほうがいいですよ」

拓郎が差し伸べた指先を手で払うと、歌音は両手で髪を掻きむしった。

「あのね、聞きたいことがあるんだ。ほんとうのことを教えて。私、また記憶をなくすようになったの？」

歌音のいっている意味がわからず、拓郎は微笑みで誤魔化した。

「えっ？　きみが、また記憶を失うって？　どういうこと？　だって手術前に、あなたの海馬は正常で、どこにも問題はないって診断されたはずですよ。以前の歌音ならともかく、いまのあなたの記憶には問題ないはずだ」

歌音はしゃくりあげながら、据わった目で拓郎の顔を見上げた。

「だったら、どういうことよ。どうしてあんなことが起きるのよ」

前の晩、拓郎は歌音から、明日の夕方は同僚と夕食を共にするので、達也を子ども園に迎えにいってほしい、と頼まれた。歌音の職場復帰を祝う内輪の食事会で、鴨下エリが午後六時半から、有機野菜を売りにしている銀座の和食レストランを予約したという。歌音は、フリーの喜多真理絵や契約社員の棚田ナナからも、「明日、楽しみにしています」と声を掛けられた。

会議で火花を散らして以来、エリとはしっくりこないまま、冷ややかな関係が続いていた。エリは歌音を、あえて無視するような態度をとったし、歌音もまた、エリを見返してやるという態度を滲ませ、挑むような目でエリを眺めることがあった。

「スポンサーが付きはじめたのを知って、エリは少し見直したのかもしれない。相手が休戦を申し出るのなら、若い娘同士みたいに張り合うのも大人気ない。ここは、和解に応じてエリと仲直りし、仕事に全力を注ぐほうがいいだろう」

歌音のなかで北斗の意識はそう考え、夕食の場を楽しみにしていた。

だが、営業回りのあとで、約束の時刻に直接、レストランに出かけた歌音は、「鴨下」の予約名を口にして、店員から怪訝な顔をされた。

「ごめんなさい。今日は貸切のパーティがあるので、予約は受け付けていないんです」

意外に思った歌音は、それでも、入り口に置いてあるベンチで、二十分ほどエリたちが来るのを待った。ほかに同名のレストランや系列店がないかを確かめ、しきりに首を傾げた。だれも見知った顔が現れず、歌音はやむなくエリの携帯に電話をかけた。

呼び出し音の後で、エリが電話に出た。

「あっ、エリね。いま、和食レストランの前にいるんだけど、今日はここ、貸切なのね。エリたちは、いまどこにいるの?」

電話口の向こうで、息を呑む気配がした。

「えっ、歌音、何の話? 和食レストランって、どういうこと?」

歌音は笑いながら、エリに約束を思い出させた。

「ほら、今日の午後六時半に、銀座の有機野菜のレストランで食事をしようといってたじゃない。昨日は真理絵やナナちゃんからも、明日は楽しみにしている、っていわれたのよ」

エリの言葉が途切れ、しばし沈黙があった。続く言葉に、歌音の笑いかけた表情が凍りついた。

「歌音、大丈夫? いい、ちゃんと聞いてね。わたし、あなたと、そんな約束したことないよ。歌音、きっと自分で思いついたことを、ほんとうだって、思いこんだんじゃないの。大丈夫かなあ。歌音、最近、また忘れっぽくなったんじゃないかって、みんなで心配していたところなのよ」

歌音はその言葉に頭が眩《くら》み、体が前後に揺れるような衝撃を受けた。私が、私が記憶喪失? まさか。

電話を切ったあと、歌音はすぐに、アドレスを呼び出し、喜多真理絵に電話をかけた。

「あっ、真理絵? 私、歌音よ。あなた昨日、今日の午後六時半から、銀座で食事をするのを楽しみにしているって、言ったわよね。私、いまそのレストランの前にいるんだけど、エリがね……」

おしまいまで言葉を言い終わらないうちに、真理絵がさえぎった。

「先輩、どうしちゃったんです？　そんなこと、わたし言ってませんよ。食事って、何かの間違いじゃありませんか？　わたし、今日はもともと残業の予定があって、外に出る余裕がないんです」

その言葉を聞いて、歌音は力なく電話を切り、念のために棚田ナナにも電話をしてみた。返事は同じだった。ナナは、昨日そんなことを言った覚えはないと言い、歌音の思い違いを心配そうに気遣った。歌音は、もう逆らわず、「ありがとう、私、どうかしてたわ」と言って電話を切った。

だが、エリたちに記憶違いを指摘されてみると、歌音にも、気になることがないではなかった。

数日前のことだ。歌音は、スポンサー候補になる豪丸《ごうまる》商事の広告担当取締役、橋本友哉《はしもとともや》に電話をした。北斗が以前から懇意《こんい》にしていた男で、彼の社内の地位や影響力からいって、十分に脈があると踏んでいた。だが、外回りから帰っても連絡がなかったため、もう一度、橋本に電話をかけてみた。

「先ほど、伝言をお願いしたアイ・ピー・フォーの氷坂歌音と申します」

「あ、氷坂さん？　いや、さっき編集部に電話をしたら、そんな人いませんって言われてね。悪戯かなって、思っていたんだ」

　歌音は息を吞み、思わず口元に手を当てた。細い指先が震えた。

「そ、それ、何かの間違いです。アルバイトの子が電話を取ったのかもしれません。でも、まだお目にかかってもいませんから、お疑いになるのも当然です。たいへん失礼ですが、もう一度さっきお伝えした固定番号に掛け直していただけますか?」

　不審そうな声が耳朶《じだ》に残ったが、橋本は間もなく電話を掛け直してきた。

「ごめんなさい。ほんとうに失礼しました。私、京都の立志社大を出ていまして、同窓会名簿で、橋本さんが大先輩と知りました。ファッションの電子雑誌で営業を担当しているのですが、一度お目にかかってお話をさせていただけませんでしょうか。ええ、橋本さんは、アパレルやジュエリーの買い付けをしていらしたことがあって、相当の凄腕だという話も、よく耳にしていますの……」

　大学の後輩と知って警戒心が緩んだのか、橋本は面会に応じてもいいといってくれた。だが、電話を切って気になったのは、編集部のだれかが、歌音のことを聞かれ、「そんな人いません」と答えたという点だった。それに、もし橋本が編集部に電話をしたというなら、その伝言が残っていないのも、不思議だった。

　そのとき、歌音の電話のやり取りを聞いていた喜多真理絵が、恐る恐るといった声音で、歌音に声をかけた。

「先輩、さっきわたしがお伝えしたこと、お忘れになったんですか?　編集部にお帰りになってすぐ、橋本さんっていう人から電話があったって、お伝えしたんですけど……」

そういえば、帰った歌音に、真理絵が声をかけてきた記憶はあった。だが、机の上のメモや郵便物をチェックするのに夢中で、生返事をしたような気もする。

「えっ、そうだった？　真理絵、私に、そんなことといったっけ？」

思わず記憶がぐらついて、自分の足場が崩れそうになる気配がしたが、歌音はすぐに気を取り直し、「だめねえ、私ったら。しっかりしないとね」といって真理絵に微笑んだ。

「私ね、確かに昨日、エリから会食に誘われたし、真理絵やナナから、明日を楽しみにしているって、いわれたのを覚えている。幻聴や幻覚なんかじゃないの。わかる？　私、何だか怖い……」

強気の態度が影を潜め、歌音は心細げな声になって拓郎に話しかけた。

「まあ、そんなに考え込まないほうがいいですよ。確かに以前の歌音は、記憶が薄れて約束を忘れたり、さっき聞いたことを忘れたりしたことがあった。でも、なかったことを、幻のように思い描いて、ほんとうと信じ込むことはなかった。あなただって、そんなことはなかったでしょう？」

歌音はしばらく物思いに耽り、ふと思いついたように、顔をあげた。

「でも、帰宅した夜のこと覚えている？　あの日、私は二度、歌音の声を聞いた。あれだって、私がでっちあげた幻聴だったのかもしれない」

拓郎は、すぐにその言葉を打ち消した。

「いや、それはない。二度目に元の歌音が現れた場面は、ぼくも見ていました。あれは、幻聴や幻覚なんかじゃありません」

歌音は、拓郎にそういわれて一度は納得したが、自分の記憶が不確かに崩れていく心細さは消えなかった。記憶を失っていった歌音は、こんな気持ちでいたのだろうか。はじめて歌音の心の奥を覗き込んだ気がした。

シャワーを浴びた後で、バスローブを着た歌音は、鏡の前に立って自分を見つめた。笑い顔をつくり、気取った仕草をした。次には頬をふくらませ、おどけて見せた。

「歌音、がんばれ。こんなことで負けるな」

そう自分に声をかけた。不意に、情けなさが奔流《ほんりゅう》のようにこみあげて、歌音は声をたてず、口を大きく開けて泣き出した。

腹の底から、大きな波が次々に押し寄せ、歌音の体を突き上げる。歌音は体を屈《かが》めると、洗面台に寄り掛かっていた。

北斗の意識は、これまでずっと、見知らぬ歌音を演じていた。だが、こうなってみると、歌音がどんな気持ちで手術を決断するようになったのか、ようやくわかった気がする。

これから、どうしたらいいんだ。歌音、教えてくれ。きみだったら、どうやってここを抜け出す？　どうやったら、きみのような勇気をもてるんだ？

鏡の中で、くしゃくしゃになって泣き濡れた歌音の顔は、憐れむような視線で自分を見つめるだけだった。


「うまくいったわね」

鴨下エリはそのころ、喜多真理絵と棚田ナナと三人で、ワインバーで祝杯をあげていた。歌音がエリに電話をかけてきたとき、とぼけた口調で答えるエリの演技に、真理絵とナナは、笑いを噛み殺すのがやっとだった。真理絵とナナが電話に出たとき、今度はエリが大げさに笑い転げる仕草をして、二人を囃《はや》し立てた。

「これで、歌音、少しはへこんだかな」

エリがそういうと、真理絵とナナが大きくうなずいた。

「でも、これで手を抜いちゃだめよ。あの人がほんとうの正体を見せるまで、あと少し。歌音、覚悟していらっしゃい」

エリは、自分に言い聞かせるように、そう呟いた。

7

「それじゃ、きみのほうの返事も、聞かせてもらおうかな」

突き出した腹の上に両手を組んで、豪丸商事の橋本友哉取締役は、小太りの体を揺すり、ソファに座る歌音の眼を見つめた。

「ええ、私、仕事にプライバシーは絡《から》めたくないんです。ビジネスディナーなら、かまいませんけど」

そうか、というように橋本は相好《そうごう》を崩し、鼻先にずり落ちた縁なし眼鏡のフロントを、右の人差し指で押し上げた。

寒河江北斗が橋本友哉と知り合ったのは、ニューヨークに駐在していた二十数年前に遡る。当時の上司から、「豪丸に面白い男がいる」といわれ、グランドセントラル駅構内にあるオイスターバーで飲んだのがきっかけだった。

橋本はそのころ、ニューヨークを足場に欧州でも商売を手がけ、ベルギーの宝飾会社の代理店を日本で立ち上げていた。競争相手を出し抜くために、内戦が続くコンゴに飛び、現地のダイアモンドの買い付けを手伝って宝飾会社の信頼を得た。競争に勝つためなら、手段は選ばず、危険も厭《いと》わない。

同年代の二人はすぐに意気投合し、橋本が持ってくる代理店の広告を北斗が引き受けて日本のメディアに出稿し、北斗が橋本に儲《もう》け話や人脈を紹介するという、持ちつ持たれつの関係になった。二人が帰国してからも、商売が絡む友人関係が続いた。橋本には、カオルと同じ年の一人娘の蓉子《ようこ》がいて、二人が小学校を出るまでは、家族ぐるみで食事や遠出をする付き合いだった。

　歌音になって橋本に面会した北斗は、まず橋本の手柄だった南米のトウモロコシの先物買いや、イスラム社会でのファッションショーの成功を褒め上げた。

「そんなこと、よく知っているね」

　まんざらでもない表情で橋本がいうと、歌音は「先輩は、大学でも伝説的な存在ですから」と言って、はにかむような微笑を浮かべた。

　橋本は、広告担当の取締役になり、イベントや口コミ、ソーシャル・メディアなどを駆使してキャンペーンを手がけるようになっていた。北斗が相沢に営業を命じられ、真っ先に頭に思い浮かべたのも、その橋本だった。豪丸の取引先であるイタリアの老舗《しにせ》ドルチェーニの商品を付録につければ、多少高くとも、三十代の女性が雑誌を手にとるだろう。電子雑誌との差別化を図るには、付録に「実物」をつけるに如《し》くはない。

　歌音はその日、紙媒体の雑誌を発行することになって、スポンサー探しをしていることと、豪丸商事が卸《おろ》しているドルチェーニの特注ポーチを雑誌の付録につければ、大きな売り上げにつながることを力説した。

「契約の条件はどうなりますか」

　歌音は、相沢から内諾を得ていた「売り上げの4％」という数字を切り下げ、「2・5％では、どうでしょうか」と告げた。

「もちろん、ポーチの製作コストは別でしょうね」

歌音は大きくうなずいて、言葉を継いだ。

「ポーチはピンク、白、水色の三種類を、ミャンマーの工場で製作します。読者が、三種類から好みの色を選んで買えるようにしたいんです。ブランド品だから、この付録がお目当てで雑誌を買う人も多いでしょう。デザインさえ決まれば、すぐに発注できる態勢になっています」

「雑誌の単価は？」

「九百八十円です」

橋本は頭の中で素早く計算し、机の上の用紙にメモを書いた。

「いや、それではちょっと難しいな。専属デザイナーに別途、ライセンス契約の謝礼を払わなくてはいけない。向こうは製作期間中、ユーロの最大相場で料金を請求してくるので、為替《かわせ》変動も考えておかないと。その金額だと、こちらに足が出てしまいます」

歌音は先回りして、橋本がその条件を出してくるのを待っていた。一瞬、困ったような表情を浮かべ、意を決したように言った。

「ライセンス契約の料金は、売り上げの1％までなら出せると思います。合わせて3・5％。その数字なら、ぎりぎり、なんとか上司を説得できます。初めての紙媒体なので、大量部数を確保できるかどうかが勝負なんです。もしうまくいったら、これからも豪丸さんにお世話になりたいと思います」

橋本は立ち上がり、歌音に握手を求めた。

「いいでしょう。私も社内で根回しをしてみます。そろそろイタリアが朝になる時間だから、まず先方の担当者に電話で問い合わせてみましょう。それと、一つ条件がある」

怪訝そうに見あげる歌音に、橋本が笑って言った。

「一度、夕食でもどうです。それが条件です」


北斗は、橋本については表も裏も知り抜いていた。だが、男女の関係になると話は別だ。橋本は若いころから遊び好きだったが、商売のために人に奢《おご》ることが多く、金離れのよい生活を続けたため、地方財閥のオーナーの娘である妻の恵子《けいこ》に頭が上がらなかった。北斗も何度か頼まれて、恵子に浮気がばれそうになった橋本に、助け舟を出したことがある。

だが、さすがにこの年になれば、恬淡《てんたん》としたふうを身につけているだろう。末期ガンを患った北斗ほどではないにしても、自らの老醜の影に気づいて自制が働き、分別がついているに違いない。

そう思って会ってみると、橋本は以前よりも脂《あぶら》ぎり、頬も肉厚になっていた。老い先がちらつくようになって、若さが包み隠していた欲求が剝き出しになり、ぎらつくような抜き身の光を放っていた。

おそらく、北斗が橋本と同性のままであったら、その変化には気づかなかったかもしれない。だが、橋本の視線が若い外見の自分に向けられていると肌で感じて、北斗の意識は内心、鳥肌が立つようなおぞましさを感じた。それはたぶん、若い歌音本人が感じただろう嫌悪感とは違う。歌音の体に入った北斗の意識の、まだ男として残っている感覚が、鏡像に自分の醜さを見て取るように、橋本の老醜を我がこととして、感じてしまうのだ。いってみれば、幽体離脱して純粋な意識として飛翔する自分が、自身の姿を盗み見て覚える自己嫌悪の感情に近い。


二日後、都心の帝都ホテル地下にあるフレンチ・レストランで食事をした後、橋本は歌音を一階奥にあるバーのカウンターに誘った。

「いやあ、きみがこんなに広告業界に詳しいとはなあ。驚いたよ」

ラクラマ・クリスティのグラスを二つ注文したあとで、橋本が隣りの歌音を振り返って言った。

「キリストの涙っていう赤ですよね。イタリアのヴェスーヴィオ山麓《さんろく》で獲れる葡萄《ぶどう》でできたワイン」

歌音がそういうと、橋本は大げさに驚いた素振りをしてみせた。

「そうか、きみは年に似合わず、ワインにも詳しいんだ。いやあ、ぼくら、気が合いそうだね」

バーテンダーが大きくふくらんだグラスを運んでくると、グラスをゆっくり回していた橋本は、グラスの内側を滴り落ちる赤い液体の跡を指して、歌音に尋ねた。

「じゃあ、これは？　この液体の影を何と言うか知っている？」

「それは、天使の涙」

　歌音はすぐに答えた。ラクラマ・クリスティの名前も、「天使の涙」のことも、ワインに蘊蓄《うんちく》のある橋本から、かつて北斗がさんざん聞かされ、記憶に残っていた。だが、はしゃぐ橋本を尻目に、北斗の意識は「天使の涙」という言葉から、手術前に友人の篠山保と交わした会話を思い出していた。

　あのとき篠山に言ったとおり、自分はもうだれの眼にも見えない。この橋本だって、自分が北斗だとは知らず、若い歌音に言い寄ろうとしている。自分だって、その外見との落差を使って、旧知の橋本を利用しようとしているのだ。そう思うと、北斗は、自分がたまらないほど惨めで、卑劣に思えた。

　目を見開いたまま、涙が伝った。慌ててハンカチで拭う仕草を見て、橋本が歌音を覗き込んだ。その拍子に、橋本の左手が、歌音の右腿に触れた。

「え、どうしたの？　なにか、気分を悪くするようなこと、いった？」

　そういいながら、橋本の手は指先だけを波打たせて、歌音の腿の感触を探った。

「だめです、橋本さんったら。仕事にプライバシーは絡めないお約束でしょ。それに、恵子さんや蓉子さんがお知りになったら、どう思うかしら」

　橋本はぎくりとして左手を引っ込め、「なぜだ？」という表情で歌音の顔をじっと見つめた。

「私、橋本さんのお友だちから橋本さんのことうかがったんです。とても素敵な紳士だって。たいへんな愛妻家で、子煩悩だっていうことも。だから、気を悪くなさらないでくださいね」


その晩帰宅した歌音は、橋本との一件の一部始終を、拓郎に話した。

「会社回りをしていると、ほんとうに男って、どうしようもないことがわかった。若い女だと見くびるし、馬鹿にする目でこちらを眺める。媚を売ったら、たちまちだらしなく頬っぺたを緩めて、いやらしい目でこちらを見る。馬鹿にされて、そのうえ媚を売るなんて、あなたに、できる？」

その剣幕に気圧《けお》されて、拓郎は思わず身を後ろに引いたが、しばらくすると、頬を緩めてひとり笑いをした。

「なぜ笑うの？　こっちが、こんなに悔しい思いでいるのに、なぜ笑うのよ」

両手を頭に掲げて謝《あやま》る素振りをしながら、拓郎は真面目な顔をつくって言った。

「ごめんなさい。いや、なんだか、いまのあなたの表情が、元の歌音そっくりに見えたものですから。いや、ほんとうに似ていた。怒ったときの歌音そのままでした」

「女には、怒る理由がいくらでもある。男の怒りは、ただの感情でしかない。女の怒りは、存在の叫びなんだ」

ひとり言のようにそういってから、北斗はふと意識を取り戻して思った。じゃあ、いまさっきの怒りは、男としての自分の怒りなのか。それとも、歌音の女の怒りだったのだろうか。

8

休日に出勤した鴨下エリは、がらんとした編集部を眺め渡し、「ファッション・ネクスト」の一角だけに照明をつけた。夕暮れが迫って周囲は闇に沈み、そのあたりだけが人工の光の輪に包まれた。エリが好きなアメリカの画家ホッパーの作品「ナイトホークス」のような眺めだった。

「さてと」

エリはバッグを投げ出すと、歌音の机の上のパソコンを立ち上げた。自分の机の抽斗《ひきだし》から「IT職場委員」と書かれた冊子を取り出し、歌音のIDとパスワードを調べた。エリは今年の春からIT職場委員になったばかりだった。

歌音のパソコンにダイアログボックスが現れ、エリはそのIDとパスワードを打ち込んだ。画面が立ち上がり、さまざまなファイルのアイコンが一斉に浮かぶ。

鼻歌交じりでエリは、歌音のメールソフトを起動し、「ラベル」の中から「紙雑誌」のファイルを選んで開いた。ここ半月ほどに、歌音がスポンサーや取次、コンビニ本部などと交わしたメールが現れる。

エリは、ワープロ画面に切り替え、素早く文面を書き上げていった。

前略

日ごろ、大変お世話になっています。今日は、至急お知らせしたいことが起きて、ご連絡を取らせていただきます。

弊社では、紙媒体の雑誌を出すため、鋭意準備を重ねてきましたが、実はここにきて、トラブルが起きてしまいました。諸般の事情で作業が大幅に遅れ、発刊には間に合いそうもない見通しになってしまったのです。

ここまでご協力をいただいたのに、誠に恐縮ですが、版下、刷版の納期を、それぞれ一カ月、遅らせていただくわけには参りませんでしょうか。それに合わせて、付録につけるポーチの納品も、一カ月後に延期したいと存じます。

私自身の至らなさで、皆さまにご迷惑をおかけすることを、重ね重ねお詫びいたします。どうかご協力を、よろしくお願い申し上げます。

なお、詳しい事情とその後の進展は、追って一週間以内にお知らせいたしますので、なにとぞご宥恕《ゆうじょ》くださいませ。

氷坂歌音

エリは、さきほど起動したメールソフトに切り替えると、書き上げた文章をコピーし、スポンサーや取次などに宛てた欄に次々に貼り付け、送信ボタンを押していった。社休を入れて三連休で、これから二日は休みだ。編集部のだれかが気づく前に、メールは取り返しがつかないほど広がり、信頼に亀裂を走らせるだろう。

「はい、これであなたも、おしまい。歌音ちゃん、さよなら」

エリは「送信済み」ボックスを開くと、送信したばかりの十数通のメールをすべて削除した。そして歌音のパソコンの電源を落とし、電灯のスイッチを切る前に、もう一度職場を眺め渡した。

「歌音、悪いのは、わたしじゃない。あなたのアンバランスが、わたしの悪意を誘うの。その悪意って、あなたがいなければ、この世になかった。あなたが、ほんとうはどんな顔をしているのか、つい見たくなってしまうのよ」

心のなかでそう呟くと、エリは電灯を消して編集部を出ていった。


三日後、「ファッション・ネクスト」編集部は、蜂の巣を突《つつ》いたような騒ぎになった。

「えっ、まさか。そんなことありませんよ。発売は予定どおりです。ほんとうです。えっ、だれがそんなことを？　氷坂さんですって？　いいえ、彼女、ここにいます。いま、代わります」

発端は、電子出版営業の河田純子がかけた電話だった。たまたま、来月の特集号の打ち合わせでスポンサーの通信販売業者に電話したところ、紙媒体でも協力してくれることなったその広告担当が、何気なく歌音のメールのことを口にしたのだった。

「えっ、私、氷坂ですが……発売延期って、だれが申し上げたんでしょう。まさか。私、そんなメール送っていません。ちょ、ちょっとお待ちください。いえ、やはり、送信済みメールにもありません。すみません、そのメール、私宛てに送っていただけますか。ええ、発売は予定どおりです。間違いありません」

歌音の頭は空っぽになり、何も考えられなかった。私が発売延期のメールを送った？まさか、そんなことはない。メールは毎日チェックし、送信した内容はしっかり記憶している。ではだれが？

歌音のうろたえぶりが気になって、編集長の相沢が席に近づいてきた。

「歌音、どうした。何があった」

歌音は、事態を呑み込めず、しどろもどろになっていた。

「丸一《まるいち》通販の担当者が電話で、妙なことをいうんです。私がメールを送って、紙雑誌の発売延期を伝えた、って。でも、私はそんなメールを送った覚えはないんです。どういうことでしょう？」

二人は顔を見合わせた。間もなく、歌音のパソコンに丸一通販からのメールが表示され、歌音が送ったメールが転送された。

歌音は髪を掻きむしり、呻き声をあげた。相沢は、何度かメールを読み直し、すぐに編集部全員に声をかけた。

「みんな、ちょっと仕事をストップしてくれ。緊急事態だ。いまから手分けして電話をかけてほしい。歌音がメールで、紙媒体の雑誌の発売を、一カ月延期すると関係者に伝えたらしい。でもだれに送ったのか、わからない。「送信済み」ボックスにもメールが残っていないんだ。歌音が関係者の連絡先一覧をプリントするから、片っ端から連絡してくれ。メールは誤りで、予定どおりに発売する。そう確認してくれ」

相沢は歌音に連絡先を出力させ、それをコピーしてみんなに配った。歌音が、そんなメールを送った覚えはないと言い張るのを、「それは後で聞こう。いまは、後始末が先だ」とさえぎった。しぶしぶ手を休めて電話をかけ始めた編集部員たちは、歌音がメールを送ったと思われる宛先が予想以上に広範囲にわたっており、事態の深刻さに気づいて、必死になった。

「わたし、ファッション・ネクスト編集部の鴨下エリですが。佐川順二《さがわじゅんじ》さんでいらっしゃいますか。ええ、氷坂の名前で、メールが行っていますか？　そのことで、ちょっとお話があるんですが、いま、よろしいでしょうか」

全員が電話にしがみつき、声を張り上げるなかで、歌音ひとりは呆然として、なすすべもなく、打ちひしがれていた。

関係者の一覧をチェックしていた相沢は、ふと頭をあげ、編集長席から、歌音に大声を張り上げた。

「歌音、ポーチの代理店はどこだ。ミャンマーの工場で製造するポーチの代理店だ。担当者の電話番号を教えてくれ」

歌音がメモに書いて持っていくと、相沢がひったくるように受け取り、自分で電話をかけ始めた。

「あっ、渋沢《しぶさわ》物産の中田《なかた》さんでいらっしゃいますか。私、ファッション・ネクストの編集長で相沢保と申します。実は、うちの編集部の氷坂歌音が送ったメールのことで、お話ししたいことがあるんですが、いま、電話をしていてもよろしいでしょうか」

事情を手短に説明し、相手の返答を聞いていた相沢の顔色が、変わった。赤いフレームの眼鏡の奥の眼が、ふだんの冷静さを失い、迫る車を避けられずに、ただ眼前の車のボディを見つめることしかできない人の表情で凍りついた。

「製造ラインを別の業者に割り振った？　つまり、その間、うちのポーチは作れない？いや、ご事情はわかります。ラインを遊ばせるわけにいかないでしょうから。でも、何とかなりませんか。お願いです」

懇願し電話を切った相沢は、天井を仰いで溜息をついた。息が荒くなって、すぐには次の指示が思い浮かばない。

歌音のメールを見た渋沢物産の中田幸一《こういち》は、ミャンマーの現地駐在員に連絡をし、一カ月の延期を告げた。駐在員は工場の担当者に相談し、その間、別の注文のために製造ラインを割り振ることに決めた。いまからでは、再調整するのは難しいだろうと中田はいう。

「ラオスだ。あいつなら、何とかしてくれる」

ふと思いついて、相沢が電話をとった。

「おい、鎌田《かまた》か。おれだ。いま、ちょっといいか。ちょっと困ったことになった。前に、ラオスの工場のラインを使っているって、言ってたよな。そのライン、使えないかな？　いや、時期が迫っていて、そのゆとりがないんだ。おまえにしか頼めない。ポーチを作る。八十万個だ。デザインはもうすぐ来る。三色で同じ型だ。あと一カ月で、できるか？」

歌音は、ただ黙って、電話にしがみつく相沢を見守るしかなかった。

9

「みんな、よくやってくれた。これで、何とかピンチは切り抜けた」

その日の夕方、相沢は机の周りに編集部員を集め、疲れきった表情に笑顔をつくってねぎらった。

「付録のポーチは、ラオスの工場ラインを確保した。ただ、先約を無理に押しのけたので、補償金を支払わなくてはならない。儲けは、あらかた吹っ飛ぶだろうが、やむを得ない。雑誌発売の会見や、テレビのスポット広告は予約済みだから、日程を延ばすわけにはいかない。編集のほうは、どうだ？」

鴨下エリは、「大丈夫です」と請け合い、冷ややかな視線で歌音を一瞥《いちべつ》した。

「今日一日、ムダになってしまいましたが、特集記事のデザインは、もうすぐ仕上がります。ゲラに手を入れさえすれば、来週には入稿できると思います」

歌音は、いまになっても、まだ事態を呑み込めていなかった。相沢は、きっかけは別にして、自ら招いた事態を収拾するためになぜ歌音が必死になろうとしないのか、訝《いぶか》しく思っていた。やはり、まだ病気の予後が思わしくなかったのだろうか。これほどの大任を、病み上がりの歌音に委ねたのは、失敗だったかもしれない。たぶん、その人選について、経営陣は自分の責任を問うだろう。

「皆さん、ごめんなさい。私の不始末で、ご迷惑をかけてしまいました。ほんとうに、お詫びします」

歌音はそれだけ言って、頭を下げた。鴨下エリが、歌音に向かって言った。

「いいのよ、お詫びなんか。それより、なぜ、あんなことしたの。それを聞かせてもらいたいわね。あなた、もし純子が気づかなかったら、取り返しがつかないことになっていたのよ。雑誌の発行が間に合わなかったら、全員、クビになるかもしれなかった。どうして、あんなことしたのよ」

歌音は、うなだれて返事をしなかった。自分がそんなメールを送ったのかどうか、いまでもはっきりしない。

「ごめんなさい。記憶がないんです」

鴨下エリは、呆れたように、編集部員を見渡して言った。

「記憶がないって、まだ病気が治っていないってこと?」

「いえ、そうじゃなくって、ほかの記憶はしっかりしているのに、送ったという記憶だけがないんです」

歌音は、それだけを言うのがやっとだった。そんな歌音を見て、相沢が引き取った。

「ま、それは後で事情を聞くから、今日はいい。ぼくも、復帰したばかりの氷坂くんに、無理をさせ過ぎたのかもしれない。さあ、今日はこれまでだ」

拓郎が帰宅すると歌音は悄然《しょうぜん》として、灯りもつけずに床に座り込んでいた。疲れきった達也が、その膝に頭を載せ、正体もなく眠り込んでいる。テーブルにはコンビニで買った弁当が載せてあったが、歌音は自分の分には手をつけていなかった。

「私、もうダメだと思う」

拓郎は驚いて座り込み、前に回ると歌音の両肩を摑《つか》んで軽く揺さぶった。

「おい、どうしたんだ。あなたらしくないじゃないか。ぼくに話してみてください」

歌音は、大儀そうに、今朝から起きた出来事を話し始めた。目が虚ろで、途中、何度か話が乱れ、拓郎が注意すると、また気を取り直して話の筋をたどり直した。

「っていうわけなの。きっと、元の歌音がこの体に残っていて、私がうっかりしている間に、出てきて嫌がらせをしたんだと思う。私、歌音に嫌われているんだ」

その言葉に、拓郎は思わず語気を強めた。

「ばかな。歌音はそんな女性じゃない。きみに隠れて嫌がらせをするなんて、そんな卑《ひ》怯《きょう》なことをする人じゃない」

「だったら、私がしたの？　そして、それをすっかり忘れてしまった？　でもそうなら、もうダメ。歌音と同じように、私も記憶を失う病気になっているのよ」

しばらく慰めの言葉を捜しあぐねていた拓郎は、ふと思いついて歌音に尋ねた。

「転送されたそのメール、つまりきみが送ったっていうメールは持ってきたかい？」

歌音が目で指したバッグを開くと、拓郎は中から何枚かのコピー用紙を取り出して目で追った。そのうち、大声をあげて歌音を振り返った。

「やっぱりだ。ここの日付を見てごらん。発信時刻が、この前の土曜日の夕方6時37分になっている。きみは前の土曜日は、ずっとここで、ぼくらと一緒だった。ぼくが証言するよ。きみが送ったんじゃない。ほんとうにきみのパソコンからメールが送られたのか、それともだれかがきみに「なりすまし」、リモートコントロールされた可能性はないのか、会社のネットワーク管理者に、すぐにサーバーを調べてもらったほうがいい」

だが、歌音は答える気力もなくなっていた。熱が出ているらしい。

「私、少し眠りたい。疲れたの。もう、ゆっくりし……」

言い終わらないうちに、歌音の体は横に崩れ、意識を失った。

歌音が会社を休み、ベッドに寝ついて三日後のことだった。携帯電話が鳴って、ようやく手を伸ばすと、相沢からだった。

「やあ、歌音、どうしてる？」

「相沢さんですか。ちょっと体調を崩しちゃって」

「うん、それは聞いている。一昨日、旦那の拓郎さんが会社に来て、話していったよ。で、いろいろ調べた結果、メールを送ったのがだれか、わかった。もちろん、あなたじゃない」

歌音が息を呑むと、相沢が続けた。

「鴨下エリだった。実はあの日、すぐにネットワーク管理者にサーバーを調べてもらったんだが、遠隔操作された形跡はなく、メールは確かにきみのパソコンから送信されていた。だからぼくも、きみの病気が再発して、今回の事態を招いたんだと思い込んでしまった。だが拓郎さんの話を聞いたあと、うちのＩＴエンジニアがきみのパソコン本体の操作記録を復元したら、メール送信後、「送信済み」ボックスからメールが削除されていることが判明した。それで再び、メールサーバーの記録をもとに、休日のその時間前後に出社した人間はいないか調べたところ、エリだったわけだ」

「でも、なぜエリがそんなことを」

「うん、最初は否定していたが、警備の監視カメラに彼女がその時刻に出勤した記録があると問い詰めると、泣きながら白状した。ただ、理由を尋ねても、したくてやったんじゃない、きみがそうさせた、っていうばかりなんだ」

歌音は、呆然として携帯を握りしめ、次の相沢の言葉を待った。

「さっき、人事担当の役員と相談してみた。内規違反でエリは会社を辞めてもらう。それと、言いにくいんだが、きみにも編集部をかわってもらおうと思う」

「編集部を、かわるんですか……」

「うん、例の紙媒体の雑誌がトラブルで、今回はもう利益を出すのが難しくなった。きみのせいじゃないんだが、もしいまぼくが責任をとって辞めると、電子雑誌が立ち行かなくなる。人事担当の役員には、来年にもぼくを更迭《こうてつ》してもらう含みで、とりあえずは残してもらうことにした」

歌音は、職場には戻れないと覚悟を決めていた。鴨下エリが仕組んだと聞いても、怒る気力さえ失せていた。演技することが辛くなり、自分でいることにすら、疲れていた。大きな波が、海の底の地形を変えてしまうほど巨大な力で心に押し寄せ、貝殻のように転がるちっぽけな悩みや妬《ねた》み、野心や猜疑《さいぎ》を、ごっそりと攫《さら》っていってしまったようだ。あとには、何も残っていない。

「あなたは歴史に興味があるって、黒沢さんから聞いている。とりあえず、さっき「歴史万華鏡」の山崎《やまざき》編集長に打診をしてみた。いくつかテストをしてみて、合格ならすぐに採用したいって言ってくれた。今度出社したときに、受けてみてくれるかな」

「はい」といって電話を切ってからしばらく、歌音はベッドで、ぼんやりと思いに耽っていた。エリが仕組んだとしたら、あの食事会の一件も、お芝居だったということだろうか。だとすれば、喜多真理絵や棚田ナナも、エリと一緒になって、何食わぬ顔でゲームに参加していたのだろうか。

北斗自身、前の会社で、数知れない先輩たちや同僚が、策謀や姦計《かんけい》で社内のライバルに落とし穴をつくり、罠《わな》に嵌めるのを見てきた。妬み嫉《そね》みといえばそれまでだが、そこにはまだしも、出世を競って上に這《は》いあがるという上昇志向が働いていた。

だが、エリたちのやり方には上昇志向ではなく、下に落ちたくないという焦りや恐怖があって、それが、沈みかけた他人の頭を水に押し込めるような鬱陶しさを感じさせた。

私の存在が、エリたちの悪意を誘ったっていうの？　歌音は会社に復帰したとき、相沢がいったマネキンの話を思い出した。毛布をかぶって頭を何度も振り、歌音は、雑念を消そうとした。だが、いつまでも思いを振り切ることはできなかった。

歌音はふらつく足取りで洗面所に向かい、鏡の前に立った。冷水を流して何度も顔を洗う。ふと顔をあげると、水に濡れた髪が頬に張りつき、泣いているように見える。

突然、耳元のすぐ後ろから、歌音の声が聞こえた。

「いい、歌音、こんなことで負けないで。女にだって嫌なヤツがいる。男にもいるみたいに。でも、だれもがそうじゃない。信じることをあきらめないで」

声はふっと途切れ、北斗の意識はひとり、その場に取り残された。

第4章　罅《ひび》割れた聖母子像

1

職場の騒動が一段落したのも束の間、歌音には別の出来事が待ち受けていた。

偽メール騒動の処理が終わるまで、歌音はまたしばらく職場を休んで静養し、待機するよう命じられた。

しばらくは、子育ての専業主婦の日常が戻った。歌音は、朝に達也を子ども園に送り出す。帰宅して掃除や洗濯をし終えると、もう達也を迎えに行く時間が迫っている。そのまま達也を連れてスーパーや八百屋さんで買い物をし、帰宅する。この機会に拓郎に頼っていた料理にもチャレンジしようと歌音は思っていた。

午後のひととき、歌音は、書店で買った子ども向けの本を見ながら一緒にゲームをしたり、絵本を読み聞かせたりしようとするのだが、達也は少しも興味を示さなかった。五分間もしないうちに飽《あ》きて立ち上がり、自分のオモチャ箱を探りに行ってしまう。いつものように、お気に入りの古びた木製の黄色いスポーツカーを取り出し、ひとしきりひとりで空想の世界に遊んでいる。

だが、料理に慣れない歌音が夕刻早めに台所に立つと、すぐに達也は歌音につきまとい、今度は質問攻めにしたり、テーブルの上に立ち上がってふざけたりする。

「だめでしょ、達也。降りなさい。危ないんだから」

歌音が声を張り上げると、達也はおもしろそうにポーズをとり、少しもいうことを聞かなかった。料理の手順は狂い、鍋を焦《こ》がしたり、パスタや野菜が茹《ゆ》ですぎになったりすることもしばしばだった。

拓郎が帰ってきて夕食が済むと、後かたづけは拓郎がやってくれる。達也を風呂に入れるのも拓郎の役目だ。だがそのころになると、歌音は神経をすっかり磨《す》り減《へ》らし、内から湧く活力が枯れ果てるのを感じて、ソファでぐったり横になっている。

「時間に追い立てられてコマネズミのように走り回る毎日が、これからずっと続くのだろうか。昨日と同じような今日。今日と変わらぬ明日。時間だけが指の隙間からこぼれ落ちて、見えない埃みたいに、疲れだけが降り積もっていく」

きゃあといって裸で逃げ回る達也を追いかける拓郎を横目で眺めながら、北斗の意識はそう頭でひとり言をいった。

鉢植えや苗のように、与えた肥料や水がそっくり吸収されて、目に見えて育つのなら、まだしも苦労は報われる。だが達也はいくらいっても言うことを聞かず、自分が仕事をしようとすれば邪魔をする。まるで自分の願いをきれいに反転させるかのように、それとはまったく逆の方向に進んで苛立《いらだ》たせる。歌音のやっていることは、今日も昨日とまったく同じなのに、どんどん達也を、あらぬ方向に押しやってしまうようなのだ。

「どうしました？　やっぱり会社のあのトラブルが、まだこたえていますか」

達也を寝かしつけた拓郎は、まだソファに横たわる歌音にそう話しかけた。いつもならすぐに起きあがって気を取り直すのだが、この夜は立ち上がる気力もなかった。横向きのままソファに頬を押し当て、わずかに動いて拓郎を見上げるその黒目が、濁り水のように動かない白目のなかに澱《よど》んでいる。

「疲れちゃったみたい」

ようやくそういうと、歌音は病み上がりの人のようにのろのろ上体を起こし、ソファの背もたれの上に首を反らせ、天井を見上げた。

「ううん、やっていることは、たいしたことじゃない。職場に戻ったころより、体力だって使っていないくらい。でも、あの子と二人だけの時間になると、息が詰まりそう。だって、ちっともいうことを聞かず、わざと私が苛立つことをして、おもしろがっている。私が達也を子ども扱いしないで、本気になればなるほど、いうことを聞かない子になっていく」

拓郎は椅子に腰掛け、歌音の言葉を何度も反芻し、ようやく口を開いた。

「そう、前の歌音は会社で仕事をしながら、子育てもこなしていた。そりゃあ大変だったと思うけど、働くことが、息抜きになったり、ストレス発散にもなっていたと思う。時間が足りないから、その分、達也も歌音もその時間を大事にしていた。イライラするのももったいない、って彼女、よく言っていましたもの。どうです？　ぼくがきみと、いいえ、あなたと育児を代わりましょうか」

えっ、と歌音は不思議そうな目で拓郎を見返した。拓郎が育児専業になって、私が働く？

その表情を目にして、拓郎は自分の想像が前方に飛びあがりかけて見えないガラスに弾き返され、力なく落ちていくのを感じた。

「そう、きみはまだすぐには職場に戻れないから、そんなの無理か。いや、もっと落ち着いてからなら、どうです？　ぼくも、達ちゃんが大きくなる過程で、一度はきちんと正面から、かかわりあいたいと思っているんです」

拓郎の返事はありがたかったが、歌音は生返事のままだった。

部屋に戻って寝息をたてる達也の傍《かたわ》らで横になり、闇の中で眠ろうとしても、北斗の意識は冴えたまま休まらなかった。

歌音の職場に再復帰するには、まだ自信が足りない。それに、もし拓郎が育児を担えば、もともと疎遠な自分とこの子は、もっと遠い地点に離れていってしまうだろう。それでは、脳間海馬移植を決意して自分の老いた体の中にいる彼女の期待を裏切ることになってしまう。

自分がもともと男だから、母親役が務まらないのだろうか。それとも達也が他人の子だから、うまくつきあうことができないのだろうか。あるいは、多くの母親たちは、内側にはただ消耗とストレスで心をざらつかせる裏地と、外側には幸せそうな母親にみえる表地でできた衣装を、いつも身にまとって生きているのだろうか。

輾転《てんてん》としながら、北斗の意識は夜更けまでまどろもうとしなかった。

った。

一家が住むマンションの近くには、滑り台やブランコ、砂場などを備えた小公園があった。

数日後のことだった。

退院後しばらく、その公園を通りかかって達也が遊びたいとせがんでも、歌音は気後れがして、足早に通り過ぎた。公園で遊ぶ子どもを見守る母親たちの顔ぶれはいつも決まっていて、すでに内輪のクラブのように、つきあいや序列が定まっているかに見えた。通りすがる歌音と達也を目で追いかける母親たちにも、穿鑿《せんさく》好きな粘着性のまなざしを感じて、北斗の意識は本能的な疎《うと》ましさを覚えた。

まず近所の母親たちと打ち解け、互いの気心を知れば、それが達也の友だちづきあいにも、うまく照り映えることは頭ではわかっていた。だが、あとで一挙手一投足をあげつらい、声を潜めて噂話をして談笑する母親たちの姿を想像すると、北斗の意識はそこで立ち竦《すく》んでしまう。自分は、あとに残って、ついさっきまで談笑していただれかを評定する仲間には、けっして加われない。長い会社生活でも、ずっとそうだった。飲み会などで、その場にいない人物についての噂話になろうとすると、北斗はきまって話頭をそらした。そんな北斗に、いつしか周りは距離を置くようになり、妙に気取った男だと受けとめ、輪からはずすようにもなった。

その日は、子ども園からいったん家に帰り、お気に入りのスポーツカーの玩具を持った達也と、使い切ったマヨネーズを買い足しに出かけるところだった。陽光が強いせいなのか、たまたま砂場にはだれもおらず、母親たちの姿もなかった。通りかかった歌音は、達也にせがまれるまま、その手に引かれるようにして砂場に足を向けていた。

子ども園以外の砂場で遊ぶことがなかった達也は、その中央に盛り上がったコンクリートの低い円錐《えんすい》が気にいったらしく、なだらかな坂に砂を流したり、木のスポーツカーを走らせたりして夢中だった。

「達ちゃん、ママ、少しあそこで休んでいるね」

射るような日射しに急に目眩《めまい》を覚えた歌音は、バッグに持参した帽子を達也にかぶせると、木陰のブランコを目指して歩いていった。ブランコにもだれもおらず、木漏れ日が斑模様《まだらもよう》になって地面に彩りを添えていた。ふと涼風が吹いて、頬を撫でていくのを感じた。歌音はブランコに乗って小さく揺らしながら目を閉じた。

きりきり舞いの毎日にだって、こんなひとときも来るんだ。閉じた瞼に薄明るい木漏れ日を感じながら、北斗の意識はようやく、くつろぎを覚えた。さっきまで肌にまつわりついていた汗の薄い皮膜が、羽毛の感触で通り過ぎるそよ風に揮発して、心地よかった。

沙希がいったみたいに、母性って、後悔と涙が結晶したクリスタルみたいなものなのかもしれない。何度壊れたって、鋭い割れ目に傷つけられたって、母親はまた、結晶を重ねていくしかないのだろう。

そう思いながら薄目をあけると、満悦した表情で砂場からこちらに歩いてくる達也の姿が目に入った。歌音は軽く手を振って、声をかけた。

「達ちゃん、今日は暑いから、もう行こっか」

二人で並んで手をつなぎ、商店街に向かいながら、歌音は満ち足りていた。こんなささやかなことでも、なんのストレスも苛立ちもないというそれだけのことが、心を癒やしてくれる。そのひとときは、端《はた》からはどんなにちっぽけに見えても、子どもと夢中で生きる母親にしかわからない、神様からの小さなご褒美なのかもしれない。

そう思いながらスーパーに入ろうとしたとき、ふと達也が後ろを振り返り、ぐいと歌音の手を引っ張った。

「忘れちゃった」

達也はいきなり駆けだした。小走りで追いかけながら、達也が公園の方向を目指していることを知って、歌音は達也が大切にしていたスポーツカーを砂場に置き忘れてきたことに気づいた。だが、以前に歌音が買い与えたらしいその玩具は、木でできた無骨なオモチャで、他の子が欲しがるような代物《しろもの》ではない。

「達ちゃん、走らないで。転《ころ》んじゃうよ」

背中に大声をかけながら小走りになったが、歌音の頰はまだ、安堵とゆとりの表情で緩んでいた。

ようやく公園の入り口で歌音が追いすがりそうになったとき、達也はさらに足を速め、一目散に砂場に向かった。その視線の先に、しゃがんで遊ぶ数人の子どもたちと、日傘を差して周りで見守る母親たちを見たとき、嫌な予感がして歌音は叫んだ。

「達ちゃん、待って。止まって。止まるのよ」

歌音の大声に振り返った母親たちが、今度は怪訝そうに、走ってくる達也の姿に見入った。達也は何もいわず、円錐の坂でスポーツカーを走らせる年長の子どもに突進した。走りこんだ余勢がそのまま力になって、少年を大きく突き飛ばした。砂場にもんどりを打った子は、事情がわからずぽかんとした表情を浮かべ、それから大声で泣き喚いた。

「達也、謝りなさい」

砂場にようやくたどり着いた歌音は、息を弾ませて叫んだ。子どもの体をあらためて、怪我がなかったかどうかを調べる母親に向かって、深くお辞儀をした。

「お怪我、ありませんでした？　ほんとうに、すみません。ふだんはこんなことをする子じゃないんです。木のオモチャを砂場に忘れて、自分のものを横取りされたと勘違いしてしまったんです。さ、謝りなさい、達也。ごめんね、痛い目にあわせて」

今度は泣きじゃくる子どもに声をかけながら、歌音は、あまりに急な展開と、それを見ながらとめられなかった不甲斐《ふがい》なさに、思わず悔し涙が浮かんできた。歌音は達也に近づくと、その肩をつかんだ。

「さ、謝りなさい。ごめんなさいって、いいなさい」

木のスポーツカーを抱きしめた達也は、依怙地《いこじ》になったように体を震わせ、涙を浮かべていた。歌音は右手を達也の頭に置き、下げさせようとした。だが力をこめても、達也は身を堅くして、謝ろうとしなかった。

「一方的に手を出したら、その子がいけない。達也、あなたが悪い。謝りなさい」

それでも動こうとしない達也に、思わず鋭い怒りが突き上げた。自分でも意識する間もなく、歌音は平手で達也の左頬を打った。その勢いで達也は転び、右手で頬をさすったまま大声で泣き出した。

「まあ、いいんです。子どもなんだから。ものの弾みなんですから。そんなにしないでも」

突き飛ばされた男の子の母親が駆け寄ってきて、達也のそばにしゃがみ込み、やさしく声をかける。その母親に向かって、歌音は何度も頭を下げ続けた。

2

自宅に帰っても、達也は無言のままで部屋の片隅につくねんと座り込み、歌音の呼びかけにも答えようとしなかった。

今日だけは、白黒の決着をつけなくてはならない。問答無用で他人を突き飛ばし、それを謝りもしないことを、笑ってやり過ごしていいはずがない。

帰る道々、北斗の意識は、自分が幼いころにどうだったのかを思い出そうとした。やはり天《あま》の邪鬼《じゃく》で、強情な一時期があった。たまに家族全員で出かけるようなとき、ほんとうは一番楽しみにして胸を弾ませていたはずなのに、出かけた途端、何かの拍子に、見えない針が触れて破裂した風船のように期待がしぼみ、立ち止まってぐずつくことがあった。本心は一緒に行きたいはずなのに、自分でもわからない漠然としたこだわりから、足が止まってしまう。そんなときに、父は黙ってずんずん遠ざかったが、母は「行くからね。置いていくよ」といいながら歩く素振りをみせ、また引き返して北斗の腕を引っ張った。

何度かそうしたことが続いたある日のこと、あまりの強情ぶりに業を煮やした父親が、いきなり駆け戻って、無言で北斗を横ざまに投げ飛ばした。

「馬鹿もん。いい気になるな」

父親はそのまま家に帰ると、ふて寝をして、その日はお出かけが中止になった。不思議と北斗には、幼心に恐れも怒りも憎しみも湧いてこなかったのを覚えている。なにか自分のこだわりには、自分の手には負えない依怙地な偏《かたよ》りがあって、父親に投げ飛ばされたことで、心に取り憑《つ》き、偏りをもたらした重石《おもし》が、ひょいと外れたような呆気《あっけ》なさがあった。頑固で無口な父には、自分にも、幼い日々に、同じような経験があったのかもしれない。あるいは父も、その父親から同じような療法を受けたのかもしれなかった。

だが、達也は北斗の子どもではないし、いまの北斗も、達也にとって父親ではない。だが、「行くからね。置いていくよ」と見せかけてまた戻る母のやり方は、北斗も何度か達也に試してみて、効《き》き目はもうなくなっていた。拓郎はけっして子どもに手をあげないし、ふだん友だちのように接する拓郎がもしそんなことをすれば、達也とのあいだに、取り返しのつかない罅《ひび》が入ってしまうだろう。近所の人はもちろん、保育士や教師だって、いったん子どもに手をあげれば、職を追われる時代だ。でも、自分でも手に余るこだわりから、自然に依怙地になってしまう子に、いったいどうしたら脱出口を見出せるのだろう。

「達也、ちょっと話があるの。ここに来て座りなさい」

テーブルを前に座っていた歌音は、達也の後ろ姿に声をかけた。その声音の厳しい撓《しな》りように、一瞬背中で怯《ひる》んだ達也は、なおもだらけたような素振りを見せながら、ようやく椅子に着いた。

「さっきもいったでしょ。よその子に、何にもいわず、一方的に手をあげたら、あなたが謝るべきよ。さっき、なぜ謝らなかったの？」

「イッポーテキって？」

ふてぶてしい表情で、達也が聞いた。

「何の理由もなく、いきなり突き飛ばすことよ」

「わけなら、あるよ。だって、あの子がぼくの車をとったんだもん」

「そんなの、へ理屈よ。車はあなたがあそこに置き忘れていたんだし、だれにも、どの子のものなのか、わかりゃしないじゃない。あの子にすれば、何がなんだかわからないまま、いきなり突き飛ばされたのよ。さ、ごめんね、っていいなさい」

達也が押し黙るのを見て、歌音は立ち上がり、食器棚の上に隠してあった布団叩きを手にとった。いつもはそれを見れば、達也は大げさなほど怖がって逃げまどうのだが、今日はその気配も見せず、にやにや笑う素振りをみせた。

歌音はいきなり左腕に達也を抱え、抵抗してその腕から外れかけた手首を握ると、そのまま、足をばたつかせる達也を強引に床に引きずって、寝室まで駆け込んだ。

「達也のばか。ママがどんなにつらいか、わかってるの。あんたが憎いんじゃない。あんたを強情にさせているものが嫌いなのよ。あんたから、そいつを追い出してやる」

達也をうつむきにさせると、歌音は自分で大きな叫び声をあげながら、そのまま思い切り、達也の尻に向かって布団叩きを打ち下ろした。地底から黒ずんだ水が次々に噴き上げて、その勢いが、勝手に自分の腕を動かしているようだった。そのうちに、みずからが醸《かも》す不気味な激情に引き込まれて、もっと奥の暗がりに引きずりこまれていくような気がした。

何度叩いたのだろう。初めは叫ぶ歌音に混じって大きな悲鳴を上げていた達也が、長く尾を曳くようなすすり泣きになり、そのまま、声をあげなくなった。

「達也？」

驚いた歌音は、こわごわと達也を仰向けにさせ、その目を見て、ぞくりとした。まるで歌音がそこにおらず、数メートル後方の壁を透かし見ているかのように、達也の眼は無表情だった。歌音が肩を揺さぶり、「達ちゃん、達ちゃん」と呼びかけても、その眼は不気味に、うつろなままだった。数秒後、ふと視線が合って、達也は小さく呟いた。

「ママ、ごめんって謝れ。ぼくにイッポーテキに手をあげたんだから」

歌音はゆっくり立ち上がり、思わず壁に身を預けて、大きく肩で息をした。

「ごめん、ママが悪かった」

歌音はそのままよろけるように部屋を出て、台所で水を飲み、シンクの上の棚にある小さな鏡を覗き込んだ。髪がぼさぼさになって、マスカラが涙に滲み、頬に流れて黒い尾を曳いている。自分で惨めさを感じる前に、もう十分に惨めだった。

歌音はその場に座り込み、両膝の間に頭を埋《うず》めて泣き続けた。


拓郎が見知らぬ人から電話を受けたのは、それから二時間後のことだった。

「え、何ですって？　月島署？」

電話の主は、勝《かち》どき橋《ばし》交番の杉崎《すぎさき》巡査と名乗った。若いが落ち着いた声で、拓郎に名前を告げ、手短に事情を話した。

「虐待を疑う通報があったので、駆けつけました。ええ、そのことなら大丈夫です。お母さんとお子さんに事情を聴いたのですが、事件性はないと判断しました。いえ、もちろん、怪我もしていません。ただ、ちょっとその後が気になりますので、お忙しいでしょうが、早めに家に戻っていただけますか」

拓郎は、「家族が病気になったから」と、上司に早退の許可をもらい、すぐにタクシーを拾って帰宅した。

息せき切ってドアを開けると、玄関から続く短い廊下の先に、制服姿の警官が二人、硬い背を向けて立っているのが見えた。物々しい眺めに、拓郎は思わず頰を引きしめ、振り向いた二人に挨拶をした。

歌音は台所の隅に座ったままうなだれ、表情が見えない。その膝元で達也が背中に手をあて、歌音の顔を覗き込むようにしているのが見えた。

「いえね、近所で親子が悲鳴をあげているっていう通報があったので来てみたんですが、ちょっとした親子げんかだったみたいです。この年頃のお子さんをもつお母さんには、よくあるんです」

年配の警官がそういうと、傍らにいた若い警官が続けた。

「いや、親子げんかでもないなあ。だってこの子、私どもが入っていくと、お母さんを守ろうと突っかかってきた。あやうく公務執行妨害ですよ」

そういって笑うと、年配の警官もおかしそうに言葉を続けた。

「まったく、お母さんは私が悪い悪いって自分を責めるし、お子さんはママを庇《かば》って必死だし。きっとたくましい息子さんになりますよ。ボク、これからはママのいうこと、よく聞くんだよ」

そういいながら、しゃがみこんで達也の頭を撫で、立ち上がると拓郎を振り返った。

「これで失敬します。いえ、書面にする一件でもないし、あとで通報の報告書は作りますが、何のご心配もなく。ただ、あんまりお母さんの落ち込みようがひどかったもので、何か切羽《せっぱ》詰まって間違いでも起こしたら、と気になったものですから。それで、電話をしたまでです」

脱いで手に持っていた帽子をかぶって二人は玄関に向かった。何度も礼をして二人を送り出してから、拓郎はまず、歌音を椅子に座らせた。髪は千々に乱れ、ところどころ化粧がはげて、泣き続けた瞼が赤く腫《は》れあがっている。拓郎が何を聞いても、すぐに歌音はまた泣き出し、もう涙が涸れて、隙間風のようにひゅうひゅう喉から息が漏れるだけだった。達也は相変わらず歌音の横に立って、その揺れる肩を手で撫で、「ママ、ごめんね」と繰り返している。

しばらくして拓郎がウェット・ティッシュを渡すと、歌音はようやく受け取って化粧を落とし、別のティッシュで涙を拭い、鼻をかんだ。

「ダメ。もう、ダメ」

それだけをいうと、歌音はまたこみ上げるものに心をつかまれて、嗚咽しながら、ひゅうひゅうと嗄《か》れた息を漏らすだけだった。

3

その日、歌音がようやく平静さを取り戻したのは、拓郎が出前のピザを取って達也を寝かしつけた夜更《よふ》けのことだった。だが拓郎が勧めても、喉を通らないらしく、歌音はピザを食べなかった。拓郎は静かに語りかけた。

「きみらしくもないな。いや、経験も分別もあるあなたが、なぜ、そんなに落ちこむんです？　もちろん歌音だったら、もっとうまく達ちゃんの気をそらして、その場で、ごめんっていわせたかもしれない。でも、あなたが手をあげたって、それはしょうがないじゃありませんか。ああやって達ちゃんも、ママを庇うようになった。むしろよかったのかもしれません」

　だが歌音は肩を落としたままで、すぐには返事をしなかった。「たぶんぼくだったら、その子を突き飛ばした達ちゃんを、とっさに転ばせていたかもしれない。だって、人に危ないことをしてしまったときに、それがほんとうにいけないとわからせるには、自分の体で痛いって、思い知らせるしかないもの。男の子って、そういうふうに成長するんじゃありませんか？　あなたが自分を責めることなんか、ありませんよ」

　黙って聞いていた歌音は、かすかに首を横に振った。

「ありがたいけれど、そうじゃないの、私が落ち込んだ理由は。私、あの子をぶっているとき、ほんとうに憎かった。自分の不甲斐なさや情けなさが、あの子の表情に乗り移って、それがたまらなく憎らしく思えた。だから、愛情に駆られてぶったんじゃなく、もう憎たらしくて、抑え切れなくなって、叩き続けたの。もうダメ」

　そのときのことを思い出すと、北斗の意識は再び眼前に刃を突きつけられたような思いで縮みあがった。

　北斗は以前から家族や同僚に、冗談まじりで、自分は高所恐怖症であり、しかも尖端《せんたん》恐怖症だといっていた。実際、高い場所に立つと、どんな柵があっても、北斗はじりじりと後退《あとずさ》りして、同僚から、からかわれた。包丁やナイフが大の苦手で、刃物が見えるとそこから遠ざかり、相手が箸のように尖ったものを自分に向けると、宙を手で払って「やめてくれ」と頼み込んだ。

それを生来の臆病のせいにして取り繕ってはいたが、理由は別のところにあった。高所に立つと怖いのは、自分がいつ、無意識のうちに前方にふらついて身を投げ出すのかわからず、その抑えきれない衝動が怖いのだ。刃物を極度に嫌うのも、自分がいつか、衝動的にその刃物を手にとってだれかに向かうような予感が兆して、その自分の幻影を恐れているのだ。潜在的な破滅願望や攻撃願望というより、それは、コントロールを失う自分への深い脅《おび》えだった。

達也に向かって布団叩きを打ち下ろしたあのとき、北斗が感じたのは、自分の奥底から噴き上げる抑えのきかない憎しみであり、自分では巧みにごまかしてきたはずのものが、自分の意志を超えて黒い小さな昆虫の群れのように一斉に群がり、鋭い憎しみのかたちをとって迫る姿だった。

達也はぶたれたあのとき、「ママ、ごめんって謝れ。ぼくにイッポーテキに手をあげたんだから」といった。達也は、歌音が手をあげたのが、愛情などではなく、憎しみからであることを見抜いていた。図星を指されたからこそ、北斗は狼狽《ろうばい》して力が萎《な》え、立ち上がれないほどの痛手を受けたのだった。

いまの北斗には、これからもっと達也に脅える自分がわかっていた。自分は、高所や尖端と同じように、達也に脅え、距離を置こうとするだろう。何も達也が悪いのではない。ただ、抑制のきかない自分の姿に脅えているだけなのだとわかっていても、これからは、達也が苦手になるだろう。

だがこうしたことを説明しようとしても、拓郎には理解できない。そう北斗の意識は踏んでいた。高所や尖端への恐怖症などといっても、穏やかに生きてきたこの若者には、通じようがあるまい。かわりに、北斗の意識は歌音の口を借りて、こう話した。

「私、あの子に、また同じことをするような気がして、それが怖い。このままだと、ほんとうにあの子を虐待するような気がする。虐待する母親って、他人から見たら、鬼畜よね。でも、その母親は、子どもを虐待しているんじゃなく、自分を苛《いじ》め抜いているのよ。意識のうえでは自分を責めているんだから、それが我が子だってことに、気づいてないのよ」

「虐待」という言葉を聞いて、拓郎は一瞬ぎくりとした表情で歌音の顔を見つめ、また目をそらした。どうもいまの歌音は思い詰めて考えすぎる。世間からカプセルみたいに切り離され、二人だけの世界に閉じこもると、たがいの反応が極端に増幅して現れる。そこでは小さな掌の組み合わせが、幻灯の光を受けて、心のなかにオオカミや大男の影絵を映し出すようなものではないか。

「どうでしょう。結論を出す前に、少し旅行にでも出たら？　気分を変えれば、また違った思いが浮かぶかもしれない。手術の後、あんまり多くのことが起きて、あなたは少しも心を休めることができなかった。そのうえ、急に母親になったのだから、無理もないと思うんです。どうか、二、三日でいいから、どこかでのんびり過ごしてみてください」

思い詰めた表情を崩さない歌音を見て、拓郎は懇願する口調になった。

「でも、私、もう無理だろうと思う。もともと男だし、母親役を務めるなんて、できなかったのよ。それに、今日のことがあって気づいたんだけれど、私、前から子どものこと、好きじゃなかった。むしろ嫌いなんだろうって思う。だから、達ちゃんやあなたが悪いんじゃなくて、こうなるしかなかったのね」

「でも、達ちゃんはどうします？　ぼくのことはいい。ぼくは理屈であなたのことを理解できるから。でもあの子にしてみれば、しばらくいなくなった母親がようやく現れ、また姿を消して二度と現れない。最初に消えたままより、ずっとつらくなるんじゃありませんか。最初の別れは偶然かもしれない。でも二度目の別れには、意思がある。いまのあの子の記憶には、前の歌音と生きた日々だけじゃなく、あなたと暮らし始めた日々も詰まっている。それは、辛い、悲しい思い出ばかりじゃないと思うんです」

北斗の意識はその言葉に一瞬ぐらついたが、心のなかでまた態勢を立て直そうとした。拓郎がいうのは、もっともなことだ。でも、もしあの子とまた二人きりになれば、やはり息が詰まって、今度はもっとひどいことをしでかすかもしれない。いまなら辛く思えることでも、ずるずると引き延ばしてあの子に北斗の本性を剝き出しにするより、ずっとましなのではないか。心のなかでそう堂々巡りをする歌音を眺めて、ひとり言をいうように、拓郎が呟いた。

「こんなことはいいたくはなかった。でも話しましょう。あなたは驚くかもしれないが、歌音は前に、達也を苛めたことがありました」

えっ？　と北斗の意識は耳を疑った。まさか、あのおっとりとして、絵に描いたように優しい母親だった歌音が、そんなことをするはずはない。拓郎は、自分を慰めようとして、こんなことを言い出したのだろうか。

「あれは、達也が二歳を過ぎて、家じゅうを勝手に歩き回れるようになったころです。乳児のころは夫を看取った母親の和子さんがここに来て住み、歌音をいろいろ助けてくれました。歌音は日中は和子さんに達也を預けて、勤めに通うようになった。ところがそのうち、和子さんに認知症があらわれ、孫の世話をするのはやめたほうがいい、と医者にいわれたんです。もちろん軽度だったんですが、そのストレスが認知症を助長する恐れがあるということでした。子ども園に入るまでにはまだ間があって、結局、歌音は休職して、日中はひとりで子育てに取り組むことになったんです」

拓郎は、そこで言葉を切った。あまり思い出したくないことだったのだろう。しばらく唇を嚙みしめ、迷いを振り切るように言葉を継いだ。

「ある日、達也を風呂に入れたら、お尻にいくつか、強くつねったような痕があったんです。何気なく歌音に尋ねると、「あら、どこかにぶつけたのかしら。最近、達ちゃん、あちこち跳ね回るものだから」というんです。その言い方が、あんまりさりげないものだから、ぼくもやり過ごしました。でもある日……」

そこで拓郎は言い淀《よど》んだ。歌音は、拓郎が座る椅子の前に回り、床に跪《ひざまず》いて、その両腕をしっかりつかんだ。

「言って。お願い。私には、とても大切なことなの」

その言葉に拓郎もようやくうなずいた。

「ある日、出がけにお隣りの人に呼びとめられました。世話好きのおばあちゃんで、若夫婦と一緒に暮らしている人です。若夫婦には子どもがいないので、よけいに孫の世代のことが気になるのかもしれません。声を潜《ひそ》め、ぼくをわざわざエレベーターで階下まで見送って、マンションの玄関脇まで連れてって、言うんです。あなた、気をつけたほうがいいわよ。夕方になると、あなたの部屋から子どもの小さな悲鳴が聞こえる、って。ちょうど幼児向けの番組が始まる時間で、ボリュームを大きくしているけれど、その合間合間に、途切れるように細い悲鳴が続くんだ、って。もちろん、すぐには信じられなかった。そんなはずはない。あの歌音が、あんなにかわいがっている子を苛めるはずはない。でもその日は一日気になって、帰ってすぐに歌音に問いつめたんです」

まさか……北斗の意識は呆然として、拓郎の両腕にしがみついていた手をおろした。

「歌音は突然泣きじゃくって、白状しました。その一週間ほど前から、幼児向けの番組を見るたびに、そこで遊ぶ子が天使のように無邪気に見えて、少しもいうことを聞かない達也が、何か人間でないもののように見えてきた。つねれば、正体がわかるんじゃないか。そうやって苛めたあと、自分が怖くなって達也を抱きしめ、一緒になって泣き叫ぶ。そんな日々に陥《おちい》りかけていたんです」

北斗には、それまで思い描いていた歌音の顔が、みしみしと罅割れて砕け散り、首のないトルソーになったような気がした。

「それで、彼女は、歌音は、それからどうしたんです？」

ようやく話し終えて気が楽になったのか、拓郎は少し緊張を緩めた。

「どうしたって？　それだけなんです。彼女は、だれにも話せなくて、ひとりで悶《もだ》えていたんです。母親として、こんなふうにしなくてはいけないと心に決め、そのハードルを日々、高くしていった。それがある日、張り詰めた糸がふっつり切れるように、神経が切れてしまった。振り返れば、そのころ、いくつも異変の兆候があったんです。急にぼんやりとして話の脈絡がなくなるとか、ぼくに突っかかったかと思えば、泣き出してしまうというようなことが……」

そこまで聞いて、北斗の意識は、今日の警察への通報のことに思い至った。悲鳴を聞いて通報したのは、拓郎に苛めを仄《ほの》めかしたという、そのおばあちゃんだったのかもしれない。悲鳴を聞いた彼女は、また歌音が苛めをぶり返したと疑ったのかもしれなかった。だが北斗には、そんな瑣事《さじ》はどうでもよかった。

「でも、どうしてあの人は、立ち直れたの？　そんな状態から」

「いいえ、それほど苦労はしませんでした。一緒に精神科や児童相談所にも行きましたが、答えは同じでした。早く気づいてよかった。そんな親御さんは、たくさんいるって、いうんです。それと、ぼくにライフスタイルを変えるよう勧めたのも同じでした。歌音が達也を追い詰めるのは、あなたが彼女を追い詰めているからだ、って。ぼくもね、達也にはこう育ってほしい、ああなってほしいという自分の理想だけを語って、自分は何もせずに、彼女のハードルだけを上げていたんです。だから、あれは歌音からぼくへのSOSのコールサインだったんですね。それからは、彼女が職場復帰できるように二人で計画し、ぼくも子育てや家事に全力をあげるようになりました。達也が子ども園にあがって歌音が職場に戻ってからは、すべて順調に歯車が嚙み合うようになったんです。あの日が来るまでは……」

二人はそこで、同時に溜息をついた。拓郎のほうは、話し終えた安堵と、病気になった歌音の最後の日々の辛さが微妙に入りまじる溜息だった。北斗の意識のほうは、さらに複雑だった。彼の溜息にはまず、それまで知らなかった歌音と達也の「前史」を聞いた驚きがあった。それまでは、ただ若く潑剌とした母親でしかなかった歌音が、その眼に深い陰影を湛え、見る角度、与える光によって微妙に表情を変える肖像に見えてくるようになった。そう思うと、健やかで悩みひとつ知らずに育ったような拓郎も、多くの波を越えて生きてきた若者に見えてくる。

自分は歌音を、優しい母親という額縁《がくぶち》にはめて壁に飾り、そうはできない自分に歯がゆさ、不甲斐なさを、感じていただけなのかもしれない。

「拓郎、私、さっきのあなたの提案、受け入れることにした。明日から三泊でどこかに行ってみる。旅行中に、あなたがさっき話してくれたこと、考えてみる」

拓郎は、にこりと微笑んで歌音の顔を見た。

4

へとへとにならない母親なんて、いない。そうならなければ、母親になんて、なれない。

頭ではそうは理解できても、北斗の意識はまだ、現実に追いついていかなかった。

その朝、家を出た歌音は、四国のさぬき市の志度《しど》を目指して羽田《はねだ》行きのモノレールに乗った。旅行に出るにあたって、北斗はまず、郷里の山形に帰ることを考えた。だが、いったんふるさとを見てしまえば、もういまの生活に戻ることはできないような気がした。それに歌音の姿では、だれも知己のいないふるさとに戻ってやり直すこともできないし、かといってどこか知らない町で、一から生活をスタートさせることもできそうにない。未練を断ち切って思い出したのが、志度だった。職場が「歴史万華鏡」に変わることになってから、北斗は、いつか平賀源内《ひらがげんない》の特集を組みたいと思っていた。以前源内に夢中になっていた時期があって、何度かその生地を訪ねたことがある。知っているようで知らない土地が、今度の旅行にはふさわしい気がした。

「四国の志度というところに行ってみる。平成の大合併で、津田町《つだちょう》とかと一緒になって、さぬき市と呼ばれるようになったところ。何度か行ったことがあるから、心配しないで」

玄関に見送った拓郎は、歌音にそういわれ、起き抜けでぼんやりした頭のなかで何度か聞き慣れない地名を繰り返した。

羽田に向かうモノレールのなかで、北斗は昨日からのことを想い起こしていた。昨夜の拓郎の告白で、歌音もまた、達也を苛めた時期があったことを知った。まさかとは思ったが、いま考えれば、さほど不思議とは思われなかった。

どんなに優れた母親だろうと、「魔の時」は訪れる。つとめて優しく振る舞おうとする人や、我が子を、どんな危難からも遠ざけようとする人ほど、「魔がさす」一瞬が待ち受けている。その目標が高ければ高いほど、母親には次第に自分の荷が重く感じられていく。

高い目標を掲げる母親は、よかれと思って子どもにあれこれ指図《さしず》する。だが、大人だって子どもだって、いつも指図されることには耐えられない。わかっていることを先にいわれれば、あえて逆らってみたくもなる。大人であれば、「わかっています」の一言で済むことが、子どもには言葉で説明するのが難しく、つい反抗的な態度をとって、体で表現してしまう。

それが、母親の神経を逆撫《さかな》でする。一緒に高みを目指すべきはずの我が子が、強情に抵抗すると、それは高みにいこうとしないばかりか、自分までをも否認する態度に映ってしまう。もともと自信のなかったところへ、子どもが刃向《はむ》かうものだから、母親はもっと強気に出て、自分の言い分に従わせようとする。だがそのときには子どもも、母親が大事にしているものは自分ではなく、「高み」であることを見抜いている。その冷ややかな子どものまなざしが、母親には耐えられない。残念ながら、子どもは親の虚勢を見透かしている。逆上して手をだす母親は、自分の哀れさに耐えきれなくなり、言葉で説明できないことを、子どものように体で表現してしまうのだ。

「いい母親」を演じようとするあまり、後悔ばかりが先に立って愚痴をこぼし、ついには力に訴える親ほど、子どもにとって鬱陶しい存在はない。駄目な自分に匙《さじ》を投げて理想を投げ出し、自らを茶化しながら「ママ、だめだよねえ」と笑いかける母親のほうが、子どもにとって、どれほど気が紛《まぎ》れ、救われるだろうか。

そう考えて、車窓に広がる運河の霞《かす》んだ光景をぼんやりと眺めながら、北斗の意識は、幼い日の自分と母親に立ち返っていた。

母親の千代子はいつも穏やかな表情を浮かべ、めったなことでは子どもを叱らない人だった。

ふだんは質素で目立たない人だが、化粧をして着物をまとうと、立ち姿に清楚な気品が漂って、北斗は子ども心にも美しさを感じたことがある。

あれはいつの夏だったか、千代子が姿見の前で藤色の留袖《とめそで》を身につけ、左から右へ、流れるように器用に手を回しては、黒地の袋帯を締めたことがあった。千代子は前を向いて立ったまま、まるで造作なく、宙を舞うように白くて細い十の指先を優雅に動かしていた。左肩に片方の帯を五十センチほど垂らし、そのままぐるぐる胴に巻きつけて、たれを折り曲げ、お太鼓のかたちにふくらませる。姿見のなかで、あっけにとられて見とれている北斗の丸い眼に出会うと、千代子はフフッと笑い、顎を使って、こちらに来るようにと、うながした。

「ここのとこ、ちょっと押さえて」

千代子は帯締めを巻くと、その結び目を幼い北斗に指で押さえさせ、驚くほどの強さでぎゅっと紐《ひも》を締めた。

「ね、後ろから帯を見てくれる？」

古い畳には、障子を透かして午後の長い陽射しが伸びて、母の下ろしたての足袋《たび》の白さだけが鮮烈に目に焼きついた。

北斗は、母親の思い出といえばそうした着付けの、あでやかな情景を思い浮かべるのが常だった。だが昨日、達也を打ちすえたあとで、長く記憶の底に封印してきたもうひとつの別の情景が、闇のなかから黒々と蘇ってきた。その記憶の錆《さ》びた留め金を外したのは、間違いなく、髪を振り乱し、我を忘れて幼子を打ちすえていた自分自身だった。

たまらなく蒸し暑く、畳に座っていても、次から次へ、ランニングシャツ姿の首筋に汗が滴るような夏の日の昼下がりだった。まだ小学校に入ったばかりだったろう。そのころ北斗は、近くの算盤塾《そろばんじゅく》に通わされるようになったが、妙に権柄《けんぺい》ずくな態度をとる若い教師が嫌いになり、千代子に黙って、二度ほどずる休みをしていた。北斗はいつものように裏山に行き、小鳥をとらえる罠を枝でつくって時間を潰した。後で振り返ると、そのころは、母親の財布から小銭をくすねて駄菓子を買ったり、隣家の花壇に咲いたチューリップの花を、裁《た》ちバサミで次々に切り落としたりするなど、自分でもわからない衝動に突き動かされて、悪さを重ね始めた時期だった。

緑色の手押しポンプの柄《え》を上下させて、流しの盥《たらい》に水を汲み、米を研《と》いでいた千代子が、振り向かずに北斗に聞いた。

「ね、北斗、このごろ算盤に通っていないんだって?」

生返事をしていると、母の肩の動きが止まった。

「正直にいってごらん。通っていないんだろ?」

何度か呟いたあと、気がつけば、千代子の声は語尾が小さく震えていた。見ると、声が震えているのではなく、後ろ姿の全身が、いきばったように硬直し、小刻みに震えているのだった。殺気のようなものを感じて、北斗は思わず畳に這《は》い蹲《つくば》り、必死に眼で逃げ口を探していた。

静かにこちらを振り返った千代子は、大きく見開いた白目が充血し、黒目がすわっていた。怒張したこめかみには大きな筋が立ち、頰が落ち込んでいた。こちらを見る目は、何かの本の挿絵で見た野獣のように、悽愴《せいそう》な光を湛えていた。気がつくと千代子は、野良犬のような低い呻き声をあげているのだった。その声は、ふだんの千代子の声音ではなく、どこか後ろ数メートルの床下から、何物か、えたいの知れない怪しいものが地鳴りをあげているような気がした。

その唸《うな》りが大きくなり、形相《ぎょうそう》を変えた母が迫ってくる気配を感じて、北斗は思わず駆けだし、外に飛び出た。

千代子は追いかけてはこなかった。上《あ》がり框《かまち》に手をついておそるおそる覗き込むと、母は台所の棚に目をやり、近づくと、いきなり並んでいた釜《かま》や薬缶《やかん》をつかみ、次から次に床に投げつけた。千代子は髪を振り乱し、吠えるような奇妙な声をあげながら、あたりかまわずものをつかんでは、投げ続けた。洗いかけの木のお椀《わん》や飯櫃《めしびつ》が宙を飛び、鈍い音をたてて転がった。遠くで異変を感じた犬が長く吠え続けた。ふと北斗と眼があった千代子の眼は、それまで見たことのない深い哀しみを湛えていた。

気がつくと北斗は、必死で走り続け、裏山に逃げ込んでいた。大きく息を弾《はず》ませ、ようやく大丈夫とわかって草原に寝ころんでも、さっき見たばかりの母の凄まじい形相が浮かんで、脂汗が滲んだ。

もう二度と、家には帰れない。夕暮れになると、北斗は枯れ草や木の葉を集めて寝床をつくり、小さな体を横たえた。どれほど眠ったのか。気がつくと、目の前に父親が立っていた。

「やっぱり、ここか。さあ、立て」

腕をとり、北斗の体をさっと持ち上げざまに捻って背にのせると、父はおんぶをして坂を下った。

「お母さん、怒ってない？」

「ああ、何も。北斗がここにいるのも、母さんが教えてくれた」

帰宅すると千代子は背を向けて卓袱台《ちゃぶだい》に配膳をしているところだった。振り向いてにっこりと笑った千代子は、いつもの母に戻っていた。髪も梳《す》いて整えたのか、少しの乱れもなかった。床に散らばり放題だった食器や薬缶も、何事もなかったかのようにきれいに片付いている。

「あら北斗、どこにいたの？　こんなに遅くなって、だめじゃない。さ、食べようか」

その夜も、次の日も、それからずっと後も、千代子は一度もあの昼下がりのことには触れなかった。三日後、算盤塾に行こうと手提《てさ》げ鞄《かばん》を捜したときに、「昨日、退塾届けを出しておいたからね」といっただけだった。

自分から聞き出すようなことではなかった。第一、何を聞いたらよいのだろう。「怒っていたの？」という問いなら、聞くまでもなく明らかだ。「なぜ怒っていたの？」という質問なら、その理由は自分が一番よく知っている。

母が触れもせず、北斗が聞こうともしないまま、その一件は北斗の胸の奥深くに封印された。

「あれは、ほんとうに起きたことだったのだろうか」

少年のころは時々、そう思い返して訝《いぶか》ることもあったが、その後は、そんなことがあったということすら忘れて、北斗は大人になっていった。

忘れたはずのその記憶がなぜ、昨夜になって急に蘇ってきたのか。北斗の意識はさっきからずっと、そのことを考え続けていたのだった。

千代子が北斗の前であれほど取り乱したのは、後にも先にもこの一度きりだった。その日を境に、北斗もすっかり大人しくなり、母親に反抗しなくなった。でもそれは、なぜだったのだろう。母親に深い恐怖を抱いたからだろうか。そうではなかった。北斗が抱いたのは、母親への恐れではなく、人間が野獣にも似た存在に変わることへの畏怖《いふ》だった。そして母親の哀切の極みが、人を野獣にまで変えることへの驚きだった。

そこまで考えが及んだとき、北斗の意識は、昨夜拓郎に説明しようとして、言葉にできなかったものの正体がわかったような気がした。それは、北斗が高所恐怖症、尖端恐怖症と呼んでいたある種の怖れ、自分で自分を抑えきれないことへの深い畏怖心のことだ。

千代子は、意識して振る舞ったわけではないだろう。それこそ感情を抑えきれず、北斗に対する日頃の鬱憤《うっぷん》を、あられもなく爆発させてしまっただけのことかもしれない。だが振り返ってみると、千代子は北斗に向かってつかみかかってこなかったし、ものを投げつける気配もなかった。割れそうなガラスや陶器も投げてはいなかった。

もしかすると千代子は、獣《けもの》の母親が我が子をくわえて崖《がけ》まで登り、子に自分の目で、深い千尋《せんじん》の谷の深みを覗かせるように、北斗に人の心の淵を見せようとしたのかもしれない。それが、一種の畏怖心として北斗の心に内面化され、この歳に至るまで、何とか自分の身を破滅の淵から守ってくれたのかもしれない。

母親だって父親だって、子どもに言葉で伝えられることは、たかが知れている。言葉で覚えた知識は、別の言葉でたやすく置き換えられていく。まして親が言葉と裏腹の行動をとっていれば、そのギャップは偽善として、すぐに子どもに見透かされる。親ができることとは、子どもをある状況に置いて、自ら何かを察知させること、気づかせることだけなのかもしれない。

でも、昨日のことを、達也はどう受けとめたのだろう。いや、自分は母の千代子のようには振る舞えなかった。自分は堪えきれずに手をあげてしまった。あの子はきっと、前に歌音に苛められた日々を思い出して、以前の傷痕が疼いているだろう。

そのとき窓の外が急に暗くなり、モノレールが速度を落として、空港ターミナルに近づく気配がした。

いや、あれこれ考えるのは、もうやめにしよう。せめて、そのために自分でつくった休日なのだから。

モノレールを出て、改札に向かうエスカレーターに乗ったときだ。携帯が鳴って、歌音は慌ててバッグから取り出し、耳と肩の間にはさんだ。拓郎の声が聞こえた。

「あ、歌音？　まだ飛行機に乗っていない？　よかった。落ちついて聞いてくれ。達也がいないんだ。いや、どうも子ども園からひとりで抜け出して……」

終わりまで聞かずに、歌音は携帯を切った。昇りエスカレーターを後ろに引き返し、不平を漏らす人込みを掻き分けて急いで駆け下りた。乗ってきたばかりのモノレールに飛び込んだ瞬間、大きく息をする歌音の背後で、扉が静かに閉じていった。

5

「よく聞いて、拓郎」

発進したモノレールのドアに背を押しつけ、肩で大きく息をしながら、歌音は携帯電話に向かって叫んだ。周りの視線が集まるのに気づき、慌てて声を潜めた。心臓が大きく鼓動し、額に汗がにじんだ。

「よく聞くのよ。あなた、「見守りくん」は起動した？　達也が持っているＧＰＳの追跡ソフトのことよ。いまどこにいるの？　そう、子ども園の先生がもう開いて見ているはずだわ。先生に、どこまで達ちゃんの足取りがつかめるか、聞いてみて。いったん切るわね」

達也が通う子ども園では、園児の安全を確保するため、園に通う子ども全員の水色の上っ張りの胸ポケットに、小さな発信装置を取りつけた布を安全ピンでとめていた。急に姿が見えなくなっても、パソコンの受信映像で位置情報を確かめ、すぐに子どもの居場所がつかめる仕組みだ。

「いざというときに備えて、子どもに携帯を持たせたい」。そう歌音が相談したとき、山岸愛海先生がパソコンを開き、「見守りくん」の受信映像を見せてくれたことがあった。八十ほどの点が映像の地図上に点滅し、達也に振りあてられた数字コードを打ち込むと、すぐに一点だけが赤色に変わって識別できた。地図を拡大すると建物の名前が表れ、さらに大きくすると、間取りまでが読みとれる。発信装置には超小型のマイクとスピーカーも取りつけてあり、スイッチを切り替えると、周囲の音声を拾ったり、子どもに直接、話しかけたりすることもできる。これなら、携帯を持たせるより確実だ、と歌音も気が安らいだ。

五分ほどして、歌音の携帯が振動した。

「あ、拓郎？　わかった？　え、消えたって？　なぜ？　どこで消えたの？」

矢継ぎ早の質問に拓郎が答えていうには、「見守りくん」の受信範囲は、子ども園を中心に一番遠い園児の自宅までの同心円状に設定してあり、そこを越えると届かないのだという。ほとんどの学校や幼稚園、保育園がこのシステムを採用しているため、微弱電波が輻輳《ふくそう》しないように設けられた自主規制だ。やはり、携帯を持たせておくのだった。唇を噛んで心のなかで舌打ちをした歌音だったが、すぐに気を取り直し、拓郎に話しかけた。

「いい、よく聞いて。「見守りくん」にはマイクがついているから、山岸先生に頼んで、記録した音声を再生してみて。どこかに手がかりがあるかもしれない」

携帯を切ると、歌音はバッグからハンカチを取り出し、額に浮かぶ汗の粒を拭った。ドアに向かって外を見ると、さっき見たばかりの運河やビル群が浮かび、窓ガラスには自分の顔が映っていた。なんてひどい顔をしているのだろう。汗で化粧が崩れ、涙腺《るいせん》から汗とも涙ともつかない液体がこぼれ、幾筋も頬を伝った。

なぜ達也は姿を消したのだろう。拓郎の話では、子ども園からひとりで抜け出したのだという。やはり、昨日、自分があれほど折檻《せっかん》したのが原因だろう。布団叩きで何度も打ち据えられた達也がふと見せたうつろな視線が蘇り、歌音は思わず両手で顔を覆った。もう取り返しがつかないかもしれない。今度はスーパーで歌音が叱った後に姿を消し、小さな川の欄干に手をもたせかけ、ゆらゆら前後に体を揺らす達也の後ろ姿が浮かんできた。

モノレールが浜松町《はままつちょう》に着くと、歌音は真っ先にホームに降りて、全速力で階段を下った。髪が乱れたが、もう外見になどかまってはいられない。そのままタクシー乗り場まで走り、列をつくっていた人々を拝み倒して最初に来たタクシーに飛び乗った。

「お客さん、どうしたんです?」

信号待ちで停車したタクシーの後部座席で、いらいらしながら両腕を前後に動かす歌音を不審に思って、運転手が尋ねた。

「いえね、子どもがいなくなって……」

説明するのももどかしく、歌音は途中で言葉を呑み込み、タクシーの天井を見上げた。

「お願い、とにかく急いでちょうだい」

そのとき、携帯が振動した。

「え、新橋《しんばし》ですって？　まさか。何かの間違いでしょ。あの子がひとりでそんなに歩けるはずないわ」

ひとりで歩けるはずがない、という自分の言葉の響きに驚いて、歌音は怯《おび》えたように息を呑み込んだ。誘拐？　まさか。爪先だって先回りする自分の想像はもう地上との接触を失って、あらぬ方向へと空回りし始めているようだ。「歌音、落ち着いて。落ち着くのよ」胸に手をあてながら何度も自分に言い聞かせた。

「拓郎、もうちょっと順序よく話して。達也の発信信号が途切れたのが新橋だったの？新橋って、駅のこと。どちらの改札口？」

山岸先生に、いまは園長も加わって音声記録を再生した拓郎がいうには、達也は月島の子ども園を出て勝鬨《かちどき》橋を渡り、築地《つきじ》の場外を何度か行き来した。途中で、「ボク、どこに行くの？　お母さんはどこ？」と男の店員に声をかけられたが、小声で何かを呟く達也の声が聞こえるだけで、なんといっているのかわからない。「この海苔、いくら？」と話しかけてきた客に気をとられて店員は達也を見失ったのだろう。「ボク、ちょっと待って。ボク、ひとりだと危ないか……」という声が追いかけてきたが、その音声は途中で切れた。たぶん、達也はその場を離れ、また買い物客に紛れて歩きだしたのだろう。

そこまで聞いて、歌音は手帳を取り出し、拓郎の言葉をさえぎった。

「待って。その場所、築地場外のどの辺だかわかる？　私が着くまでに地図に書いておいて。それから、記録した時刻も、一緒にメモしておいて」

歌音は手帳に、「①築地の乾物屋、男性」と書いて、拓郎に次の話を促した。

拓郎がいうには、達也はがん研究センター前の交差点を渡って昭和《しょうわ》通りに出た。そこでまた達也は、通りかかった近くの店で「どこ行くの？」と女性に声をかけられた。達也は何かを話しているが、その声ははっきりとは聞き取れない。拓郎が何度か聞き直すと、「すど」といっているようにも聞こえる。

店の女性はしゃがみ込んでいるらしく、言葉もはっきり聞き取れた。

「お母さんはどこ？　ひとりで歩いちゃだめよ」。そう女性は話しかけたが、達也がぼそぼそと口のなかで呟く声がしばらく続き、今度は溜息をついて、こう話しかけた。

「それなら、こっちよ。ここを真っ直ぐに歩いて、あそこに歩道橋が見えるでしょ。そこを上って、斜め向こうの階段を下りるのよ。そこでだれかに、新橋っていう駅がどこにあるのか聞きなさい。道路渡っちゃだめよ。危ないから」

女性はその後、メモに何かを書いて達也に渡したらしく、「これ、しっかり持ってね。道に迷ったら、だれかに見せて行き先を聞くのよ」というのが聞こえたという。

歌音はそこでまた拓郎の話をさえぎり、手帳に「②昭和通りの店、女性」と書き込んだ。

拓郎によると、達也が子ども園を出てからそこまでに、すでに一時間以上が過ぎていた。そのころには園でもすでに達也がいないことに気づいて大騒ぎになり、すぐに「見守りくん」で達也の位置を確かめ、二人の保育士が別の車で園と連絡を取り合いながら追いかけた。だがこの日は、あいにく五十日《ごとおび》にあたって道路が渋滞し、保育士が新橋駅付近に着いたころには、達也の姿は消えていた。

「達ちゃんが乗ったのは汐留口《しおどめぐち》だった。そこで電波が途切れている。いや、まだ列車に乗ったとわかったわけじゃない。でもどうやって改札を通ったのか、それが不思議なんだ」

拓郎の言葉を聞いて、歌音はあっ、と声をあげた。先週の日曜日に拓郎は出張で大阪に行き、歌音は達也を連れて二人で銀座に買い物に出かけた。いつもは使い終わると回収するのに、そのときに使った子ども用のＩＣカードを、たまたま達也から取り上げるのを忘れたことに気づいたからだった。

失策に気づいたとたん、みるみる気持ちが萎《しお》れていく。「落ちこんでいる場合じゃないの、歌音」。自分を叱咤《しった》激励《げきれい》しながらも、ふと歌音はだれに対してこんなに必死に呼びかけているのかわからなくなった。自分を鼓舞しようとしたのだろうか。それとも元の歌音を元気づけようとでもしたのだろうか。すると北斗の意識が「いまはそれどころじゃない。ＩＣカードが手がかりになるかもしれない」と不意に動きはじめた。以前北斗は、広告代理店で、子ども用のＩＣカードの拡販を手がけたことがあった。そのときに、カードに加盟する鉄道会社との飲み会で、担当役員からカード運用の裏話を聞いた。子どもが迷子になったり、犯罪や事件に巻き込まれそうになったりしたときに、警察が要請すれば、特定の使用者がどこで改札口を通過したのかを、リアルタイムで開示してくれるということだった。

カードには個人情報が入力されていないが、その前の履歴を入力すれば、かなりの確率で、カードを絞り込んでいくことができる。有楽町《ゆうらくちょう》線で月島から銀座に行く前に使ったのは、大江戸《おおえど》線の勝どき駅だ。その前は有楽町線の月島駅を使った。日時は覚えているから、かなりの確率で、カードは特定できる。そうすれば、達也がどの駅で降りるのか、つかむことができるのではないか。

歌音は手帳に「③新橋駅汐留口、ICカード使用」と書き、少し平静さを取り戻した。拓郎の話では、達也はぼんやりと路上を歩いているのではなく、何かの目的をもって、どこかを目指しているようだ。もちろん誘拐されたわけではないし、心が粉々になって、やみくもに歩き回っているようでもない。二度まで通りすがりの大人に声をかけられ、何かを話している。どんな会話を交わしたのか、確かめてみれば、何かヒントがつかめるだろう。

タクシーが子ども園に着くと、歌音は手短に運転手に事情を話し、そのまま待機するように頼んだ。急いで園に駆け込み、事務室に飛び込むと、受信映像の周りに集まった園長と数人の保育士、それに拓郎が目を丸くして歌音の顔を見た。ふだんは身綺麗に服装をととのえ、化粧もしている歌音が、髪を振り乱し、喉をぜいぜいさせている。興奮して瞳孔のひらいた目は、異様なほど炯々《けいけい》と光を放っていた。

「みなさん、ほんとうに申し訳ございません。母親の私の責任です」

それだけをいって全員にお辞儀すると、歌音は呼吸をととのえ、拓郎のところまで近づき、手元にあった手書きの地図を覗き込んだ。記録から復元した達也の足跡は、築地の場外で何度も小路を行き来し、昭和通りに出てからは直線で新橋駅に向かっている。どこかを目指しているのは間違いない。

「ね、拓郎。今朝の達也とどんな会話をしたのか、話してくれる？　できるだけ細かく思い出して」

拓郎は何度か考え込み、記憶の細部をたどり直していた。

「うん、今朝きみが旅行に出かけて、起きてきた達也から、「ママどこに行ったの？」って尋ねられた。ぼくは、「急に用事ができて、遠くに行くことになったけれど、二、三日で戻ってくるよ」って言い聞かせた。それから朝食をとらせて、子ども園に向かった。歩きながら、達ちゃんは何度も、「ママはどこに行ったの？」って聞いてきた」

「で、あなた、なんて答えたの。そこが大事なところよ。正確に思い出して。それと、達ちゃん、そのとき、なんて言ってた？　できるだけ、そのままを思い出して」

「うん、あんまり何度も聞かれたものだから、嘘もいえなくなってね。さぬき市の志度というところだ、って教えた。達ちゃん、前にきみが入院したときのことを思い出して、またきみが病気になったんじゃないかと思ったみたいなんだ。ぼくのせい？　ぼくのせい？　そう何度も聞いてきた。あのとき、きみに電話して、話をさせるべきだった」

「いいの、過ぎたことは。でも、さぬきの志度か……」

当てにしていた手がかりが急に失われたような気がして、歌音は心細げに呟いた。それから思案を振り切るように手で自分の頬を何度か軽くたたき、園長らに言った。

「みなさん、お手を煩《わずら》わせてすみません。私は待たせてあるタクシーで築地場外の乾物屋さんを訪ねてみます。山岸先生、すみませんが、一緒にそのタクシーに乗って昭和通りのお店をあたってみてくださいますか。そこで待っていただいて、私もすぐあとで走って昭和通りにまで出て合流します。それから拓郎、あなたは月島署に行って、達也のICカードが次にどこで使われるか、追跡してみて。警察から要請があれば、鉄道会社が協力してくれるはずだから」

三人は互いの携帯番号を確認しあって、すぐに子ども園から違う方向を目がけて散っていった。

6

築地場外の乾物屋はすぐに見つかった。小路をはさんで両脇に間口の狭い店が立ち並ぶ一角に、その店はあった。人がすれ違うのがやっとの店先で、流れる人波に体をさらわれそうになりながら、歌音は鉢巻《はちま》きを締めて客に声をかけている男に話しかけた。はじめは怪訝そうに日焼けした顔を後ろに引いた初老の男は、歌音が母親だと名乗ると、すぐに達也のことを思いだした。

「ああ、その子でしたら、お昼前、たしかにここを通りかかったよ。たったひとりでちょろちょろして、危なっかしくて見てらんなかった。お母さんも気をつけなくっちゃ」

頭を下げた歌音は今朝からの事情を話し、いま、いなくなったその子の居どころを捜していると告げた。

「どこに行ったのか、まったく手がかりがつかめないんです。うちの子、なんて言ってました？」

男は腕組みをして小首を傾げていたが、ようやく何かを思い出したようだった。

「そう、たしか、ママが入院したんで、お見舞いに行くって言ってたな。でも、ママって、あんたのことでしょ。あんた、入院なんてしてないものな」

「いえ、前に入院していたもので、きっと今朝急にいなくなったものだから、そう思いこんでしまったのだと思います。で、どこに行くって言っていました？」

「そうねえ、もごもご地名を呟いていたが、聴きだそうとしたら、お客がきちゃったもんだから。そっちに気を取られているうちに、人込みに紛れて見えなくなっちまった。そうか、そんな事情だったら、店なんかほっぽりだして追っかけるんだったのにな」

礼をいってお辞儀をすると、歌音はすぐに小走りになって人込みから抜け出し、交差点を渡って昭和通りまで走った。汗だくになりながら、途中の路上で小さな男の子の後ろ姿を見かけると、服装がまったく違うのに、わざわざ追い抜いてその顔を確かめた。走りながら、北斗の意識は歌音に向かって話しかけた。

「歌音、大丈夫。達ちゃんはあなたを捜しに行ったのよ。まさか、さぬき市にまでは行きはしない。まだきっと、東京のどこかにいるはずだわ。必ず捜し出すから、安心して」

息せき切って昭和通りに出ると、左折してすぐの路上に停車していたタクシーの傍らで、所在なげに立っている山岸愛海先生の姿が見えた。すぐに駆け寄った歌音に、首を振って合図をした。

「それが、だめなんです。たしかにこのお菓子屋さんだと思うんですけど、午前中に店番をしていた女将《おかみ》さんが、娘さんと交代して出かけてしまって、夕方まで帰ってこない、って」

「携帯はどうでした？」

「八十過ぎの女将さんは携帯が嫌いで、持っていないっていうんです」

万事休す、か。北斗の意識はいったん気落ちしかけたが、すぐに別の諺《ことわざ》の由来を思い起こした。漢籍が好きだった北斗は以前、「窮すれば通ず」という言葉の裏に、もともと違う語句が挿入されていたという話を、諺の由来集で読んだことがあった。それは、「窮すれば変ず。変ずれば通ず」という言葉だ。行き詰まってしまえば、環境や事情が変わる。事情が変われば必ずそこに活路を見出せる、という意味だ。歌音は気を取り直し、菓子屋に入って店番に立つ女性に話しかけた。

「実はうちの子が今朝いなくなって、通りがかりにこのお店で女将さんと何か話したらしいんです。手がかりがつかめなくって、こうして子ども園の先生と一緒に捜し回っています。女将さん、夕方にはお帰りですって聞きました。戻ってこられたら、お手数ですけどこの携帯にご連絡いただけませんか」

女性は愛想《あいそう》よく請け合い、歌音が書いたメモを受け取った。

外に出た歌音は、山岸先生と待たせていたタクシーに乗り込み、新橋駅に向かった。

駅でタクシーの代金を払い、歌音と山岸先生は入り口に立った。平日の昼というのに、大勢の会社員が行き来して、途切れることがない。ここまでは達也の足取りがつかめた。だがその改札口の先は路線が幾筋にも分かれ、選択肢は無数といってよいほどある。北斗の意識はふと、以前赴任したことのある香港の交通プリペイド・カードの名称が「オクトパス」であったことを思い出した。中国語では「八達通」と書く。網の目のように四通八達した電車やバス、ミニバスなどを自在に利用できるカードという意味だ。

たしかに東京の交通網も、目的地のある人には、香港と同じほど便利に発達している。だが目的地を知らない人を追いかけるとなると、その便利さは果てしなく入り組んだ迷路になってしまう。いま改札口の傍らに佇《たたず》み、ホームに向かって消えていく人々を見ている歌音の目には、彼らが大都市の巨大な闇に音もなく吸い込まれていくように思えた。

「どうしましょう。わたしたち、このまま待つしかないのでしょうか」

山岸先生が、心細げに声を詰まらせた。担任ということもあって、ひとりで抜け出した達也を見逃してしまったことに、責任を感じている様子だった。

「いまは主人からの連絡を待つしかないと思うんです。どうでしょう。いまのうちにお昼をとってしまいませんか？」

意外そうな顔をする山岸先生を促し、歌音は喫茶店に向かって歩きだした。

「いえ、ちょっとお話ししておきたいことがあるんです。さっき築地でうちの子を目撃した男性と話したんですけど、あの子は私を捜そうとしているようなんです」

道々、歩きながらそういう歌音に、山岸先生は訝しげな生返事をしただけで、まだ事情はよく呑み込めないようだった。喫茶店に入り、二人ともサンドイッチとコーヒーを注文すると、歌音は昨日の午後からのことを、かいつまんで山岸先生に話した。

「そうやって我が子に手をあげてしまうなんて、私、母親失格です。それで、今朝急に姿を消したものだから、あの子は私がまた入院したと思いこんでしまったようなんです。だから、山岸先生には、何の責任もありません。ちょっとそのことを説明しておきたかったものですから」

ふっくらとした頰を紅潮させて聞いていた山岸先生も、ようやく歌音の言葉に納得したようだった。

「じゃあ、達也くん、園でのことで思い詰めたり、何かに気落ちして飛び出したりしたわけじゃ、ないんですね。あれほど気が気でなかったお母様が、さっきから落ち着いていらっしゃるから、どうしたのかと思っていました。でも氷坂さん、いまのお話ですけど、子どもに手をあげることって、どんな母親にもあるんだと思います。あんまりご自分を責めないほうが」

歌音は途中でその言葉をさえぎって言った。

「いえ、昨日の私は、自分でもコントロールがきかず、顔の筋肉全体が上のほうに強く引っ張られて、強張《こわば》っていました。人が見たら、鬼みたいだと思ったでしょう。ところがあの子は、そんな私にまるで能面のような表情のない顔で向き合って、お互いがとっても怖かったのだと思います。こんなことではもう、自分があの子を遠ざけてしまうような気がしてて、主人のすすめもあって少し頭を冷やすために旅行にでも出ようと思ったんです」

しばらく宙を見つめていた山岸先生は、ふっ、と笑って歌音のとがめるような視線を感じ、慌てて否定するように言った。

「ごめんなさい。お母さんのことを笑ったんじゃないんです。実はわたしにも同じ経験があって、ふと思い出していたんです」

「同じ経験って？」

「思わず娘に手をあげて、鬼と能面みたいに二人でにらめっこしたこと」

「まさか……」

いつも柔和《にゅうわ》な微笑みを湛える山岸先生からその言葉を聞いて、歌音は言葉を呑み込んだ。子ども園でも毎日、気性の荒い子や依怙地になる幼児に接し、難なくこなしている育児のプロに、そんなことなどあるのだろうか。

「よその子だったら客観的になれるから、むずがったり、反抗したりしても平気なんです。でも、自分の娘となると、なぜか我慢できない。合わせ鏡のように、自分と娘の感情が増幅していって、めらめらと炎が噴きあがる。わたし、小さなころに家を出ていった母親に何日も放っておかれたことがあって、自分だけはきちんと子育てをしたいと思い詰めていた。幼いころの自分の気持ちのへこみが、そのまま心の窪みになって残っているから、その空白を無理に埋めようとして、娘が嫌がるほど過干渉するようになっていたんですね」

山岸先生の言葉が、意外な方へそれていくのを、歌音は目をみはったまま追うしかなかった。

「でも、心配なさらないで。園長先生もわたしの過去は知っていますし、娘に手をあげることも、もうありません。わたし、娘に手をあげた後、夫に娘を預けて歌音さんと同じように旅行に出かけたんです。そこで立ち寄った永平寺《えいへいじ》で、あるお坊さんにご相談する機会をいただいた。それで、何とか立ち直ることができたんです」

その僧侶が山岸先生に向かって語ったのは次のような話だった。

仏教の教えには、「三毒」の煩悩という考えがある。貪欲《とんよく》、愚痴、瞋恚《しんい》の三つだ。年老いれば自然に欲は枯れ、貪欲は消えていく。悟りを開けば愚痴をこぼすこともなくなる。だがどんな高僧になっても消えないのは瞋恚、すなわち怒りである。なぜなら怒りは、自分が正しいという確信のコインの裏面であり、どんなに修行を積んでも、その確信は消し去れない。いや、修行をするほど、業を積んだ自分は以前より高い次元に達したと思うのがふつうであるから、その確信は堅固になり、それを相手に理解されなければ怒りは強まる。それは修行の長い旅路の果てに日が暮れて、ますます長く伸びる自らの影のようなものだ。

実際にその僧侶は、高僧と崇められる人々が、些細な言葉尻に烈火となって怒ったり、ちょっとした気持ちの行き違いに癇癪玉を破裂させたりする場面を何度も目にし、「瞋恚ばかりはままならない」と感じた。

「人の脳には海馬という箇所がありましてな」

僧侶は山岸先生にそう続けたという。

「人の脳は、鍾乳洞《しょうにゅうどう》の石筍《せきじゅん》のようなものです。石灰岩《せっかいがん》が水に溶けて、滴《しずく》が一つまた一つとしたたり落ちて古い層のうえに新しい膜で覆いをかけていく。そうして最後に大脳皮質ができていった。ところが脳の古い層には原始的な器官が残っていて、その一つである海馬が記憶を支配している。快不快や好き嫌いという感情は、この海馬の隣りにある扁桃体にかかわるのですが、やはりそれは海馬で記憶されていく。だから、年老いて、大脳皮質の記憶が失われていっても、古層に残る感情だけは消えない。怒りというのは、そのもっとも強い感情の泉で、頭の上で納得しても、あるいは怒りの原因すら忘れても、自分が否定されたという怒りの感情だけは最後まで残るのです」

山岸先生が、僧侶の話に出てくる「海馬」という言葉を口にしたとき、歌音は一瞬、ぎくりとした。だがその表情には気づかないまま、山岸先生は話を続けた。

「では、どうやって怒りをコントロールするのか。わたしはそのお坊さんに聞いたんです。答えは、怒りを否定するな。その向きを変えよ、というものでした」

あるとき観光客の団体が永平寺を参詣したことがあった。そのうち酒の入った一人の男が案内役の雲水をからかい、仲間のはやし声や冷やかしに悪乗りをして、雲水の剃髪《ていはつ》した頭をつるりと撫で回した。見ていたその僧侶は、屈強な雲水の頭上に白熱した瞋恚の焔《ほのお》が立ち上がるのを見た。雲水の藍染衣《あいぞめごろも》の肩は隆起した筋肉を伝えてぶるぶると震え、すぐにも爆発する気配が漲《みなぎ》っていた。

僧侶はすいと雲水に歩み寄り、軽く彼の両肩をつかむと、壁に向かって半回転をさせて「打て」と囁いた。雲水はいきなり右腕を鋭く突き出し、拳《こぶし》で羽目板をぶち抜いた。観光客は、その気迫に声を失い、興醒《きょうざ》めしたようにぶつぶつ言いながら立ち去ったという。

「これしかないんです。怒りはコントロールをしようと思ってもできない。ちょっと向きを変えて、エネルギーを解き放つしかない。しかし、コツさえ呑み込めば、さほど難しいことではありません。向きを変えるのは造作ないことです」

僧侶は、山岸先生にそう伝授したのだという。鋭利な刃物を持って立ち向かってくる者を、説得しようとしてはならない。「やれるものなら、やってみろ」と挑発してはならない。鋭い刃物はその人間の制御できない怒りの表象であり、説得は逆上を、挑発は自らへの侮《あなど》りによって怒りに油を注ぐものであるからだ。静かに相対し、じっと相手の目を見る。刃物を突き出す相手の腕の、目には見えない支えをひょいと軽く蹴飛《けと》ばし、意表を衝《つ》いて相手を面食らわせる。相手がバランスを崩してよろめく拍子に、手首をちょっと捻り、刃物を捨てさせる。そして何事もなかったかのように、静かに相手の目を見る。

「そんな達人みたいなこと、できるんでしょうか？」

山岸先生が尋ねると、僧侶は微笑んで言った。

「だれもが毎日していることです。あなただって、何度もやってきた。そうしないと、人は生きてはいられない」

半信半疑ではあったが、それ以来、山岸先生は娘を相手にするときも、子ども園で幼児に向き合うときも、その僧侶の言葉を思い起こし、ちょっとした気分転換でエネルギーを別の方向に変えるコツを身につけたという。山岸先生は歌音にこう続けた。

「蝶の幼虫は毛虫のときに、何本もの樹を丸裸にするくらい、たくさんの葉を食べ尽くしますよね。でも、蛹《さなぎ》になっていったん蝶に羽化したら、驚くほど少ない蜜しか吸わないそうなんです。しかも花粉を運んで交配させる。わたしも、ずいぶんつらい少女時代だったし、失敗もしてきました。でも、せめて蝶か蛾になったときに、あんまり多くを求めず、ひらひら舞って花粉を運びたい、って思うようになりました。ごめんなさいね。つまらない話を長々としてしまって」

山岸先生がそう言葉に区切りを入れたとき、歌音の携帯が振動した。

7

「あ、歌音、警察がいま突きとめたよ。達也は神田で降りたんだ。うん、時刻は午前十一時半近くだった。神田駅の西口だ。ぼくはここからタクシーですぐ西口に向かう。そこで会おう」

歌音が携帯に向かって「神田の西口？」と驚きの声をあげるのを聞いた山岸先生は、すぐに立ち上がり、先にレジで勘定《かんじょう》を済ませた。連れだって出口に向かう途中で歌音は拓郎に電話をかけ直した。

「私よ。警察には、これからも継続して追跡してもらうよう、頼んでくれた？　そう、よかった。私も山岸先生と、ＪＲで神田に向かうからね」

拓郎が携帯で手短に話したところによると、警察が鉄道会社に要請してデータを取り寄せた結果、歌音が記憶していた一週間のルートと時刻に一致する履歴は四通のＩＣカードに絞られた。うち子ども用は二通で、この日に新橋駅を通過したものが達也のものとわかった。鉄道各社のデータ集計の速度には時間差があり、作業量も膨大なＪＲのシステムは、制度導入が早かった代わりに処理に時間がかかり、先ほどようやく、神田駅での使用履歴がわかったのだという。

月島署では、生活安全課の牛腸忍《ごちょうしのぶ》係長が担当していたが、まだ達也は行方不明ではなく、迷い子の段階なので、広域捜査にするよりは、神田周辺に絞って捜索したほうがいいだろうと拓郎にアドバイスをしてくれた。牛腸係長は、神田署の生活安全課に連絡をとり、知り合いの係長に電話をして、管内の交番と交通課のパトカーに、達也らしき子どもを見かけたら保護するように依頼をした。

牛腸係長は、拓郎に頼んで持ち歩いている達也の写真を借りてキャプチャーで携帯端末に取り込み、神田署に送った。神田署では、それを署員が持ち歩く端末に一斉配信した。さらに神田署には、管内二千余りの監視カメラをリアルタイムでチェックする防犯センター室がある。そこにも達也の写真が自動配信された。目鼻など顔の複数点の距離を入力し、顔認証システムにかけて似た特徴の子どもがカメラの前を通過すれば、ただちに警報音が鳴って居場所を知らせてくれる仕組みだ。

神田駅の西口で拓郎がタクシーを降りると、すでに歌音と山岸先生は、改札口の近くで待ち受けているところだった。歌音は拓郎に、子ども園を出てからのいきさつを簡潔に伝えた。

「そうか、達ちゃんはきみが入院したと思って捜しているのか。じゃあ、片っ端から病院を当たってみてはどうだろう」

そうはいったものの、神田周辺にどれほどの病院があるのか、皆目《かいもく》、見当もつかない。

手分けしても、夕方までに全部回るのはとても無理だろう。

「拓郎、それよりさっきから私、なぜ神田なんだろうって、考えていたの。そちらから糸を手繰《たぐ》るほうが早いんじゃないかしら」

そうはいっても、達也と神田を結ぶ糸は途中で切れており、どちらから手繰っても、糸は一本には繋がらない。菓子屋の女将が帰ってくれれば、何らかのヒントは得られるかもしれないが、こうして夕方まで待っていることもできない。すでに二時近くになり、これから帰宅する人々が路上にあふれたら、達也を見つけるのは難しくなるだろう。三人は、焦りはじめていた。山岸先生は、三人が分かれてタクシーで捜すよう提案をしたが、達也の足で動き回れる範囲を隈無《くまな》く捜すのなら、むしろ徒歩のほうがいい、と拓郎がすぐに反論した。方針が定まらず、三人とも押し黙ったとき、頭に一瞬光が閃《ひらめ》いたように歌音が小さく叫んだ。

「そうだ、自転車にしよっ。私についてきて」

山岸先生と拓郎が同時に歌音の顔を見たが、どちらも、もの問いたげな表情だった。歌音はかまわず歩き出し、二人がその後を小走りでついていった。

歌音は神田署に着くと、受付で事情を話して生活安全課の部署を尋ね、すぐに二階にあがって係長に面会を申し込んだ。

月島署の牛腸係長から連絡を受けていた小太りの沢田《さわだ》伸吾《しんご》係長は、すでに達也のことは管内に手配済みだった。

「こちらにある自転車を三台、貸していただけますか」

所轄署《しょかつしょ》では、路上に違法駐輪してあった自転車をいったん署の裏にある倉庫にとどめ、一定の期間が過ぎると警視庁の保管センターに送る。北斗は以前、娘のカオルが自転車をなくしたときに行方を調べ、その仕組みを知っていた。だが自転車を借りて子どもを捜したいという歌音の申し出に、沢田係長は眉根を寄せた。

「しかしねえ、これは一時保管だから、勝手に使わせると法令違反になってしまう。まあ、ちょっと副署長に相談してみますが」

内線電話で相談した副署長も、法令遵守《じゅんしゅ》を盾《たて》に難色を示した。

「防犯センターでも二十四時間態勢で監視カメラをチェックしていますし、交番やパトカーにも連絡してあります。ここは気を落ち着けて、連絡を待っていたほうがいいんじゃありませんかね」

沢田係長はそう説得し、階下の待合室で待機することを勧めた。拓郎は三人の名前と携帯番号を書いて係長に渡し、立ったままの歌音の腕を軽く引っ張った。唇を噛みしめた歌音はいったん歩きかけたが、すぐに振り返って、今度は大部屋いっぱいに響く澄んだ声を張り上げた。

「警察のみなさん、ご苦労様です。私は氷坂歌音と申します。執務中のところお邪魔してすみません。今朝、私の息子が子ども園から姿を消し、ひとりでＪＲに乗って神田駅で降りました。そこで行方が途切れたままです。みなさんに捜索していただいているのは十分承知していますし、感謝しています。ただ、このままここでじっとしているのは辛いんです。もしあの子に何かあったら、人様の手を借りてただ待っていたというこの時間を、後でどんなにか呪い、後悔するかもしれません。何の役に立たなくっても、いま自分たちで必死に捜し回って、この逸《はや》る気持ちを鎮《しず》めたいんです」

さっきから耳をそばだてて沢田係長と歌音のやりとりを聞いていた署員たちは、いまもパソコンや携帯をチェックする振りをして、机から顔をあげなかった。

「違法駐輪の自転車は、規則で使えないと、いま、係長さんにうかがいました。それで、みなさんに、個人的にお願いします。自転車通勤をしていらっしゃるかた、お願いです。私たちに自転車を貸してくださいませんか。退庁時間まででいいんです。自転車通勤のかた、手をあげて」

署員は相変わらず、手元のパソコンをいじって聞こえない振りをしていた。歌音はうなだれて、歩きかけた。そのとき、背後で大声が響いた。

「さあ、みんな、お母さんの話は聞いたろ。自転車通勤者、手をあげなさい」

驚いて歌音が振り返ると、自分も右手をあげたままで職場を眺め渡す沢田係長が立っていた。

「驚いたな。あなたがあんなに物怖じしない人だなんて」

拓郎は沢田係長が貸してくれた六段変速ギアつきの自転車を押しながら、歌音の背中に向かっていった。

少し立ち止まって振り返った歌音は、「バカ」と言って拓郎を睨み、また自転車を押し続けた。その瞳が潤んでいたことに、拓郎はどぎまぎしたが、取りなす言葉は見つからなかった。歌音は、ひとり言のように前を向いたまま言葉を継いだ。

「もしあの子に何かあったら、私は一生自分を呪うわ。それまでの間、何をしても、何もしていなくても。でも、もう巻き戻すことのできないその時が近づいているのに、ただ過ぎていく時間をやり過ごすことなんてできない。あの子、いまごろ、おなかをすかせてるんだろうな」

三人は、駅まで戻ると、神田署からもらった地図のコピーに受け持ち範囲の印をつけた。変速ギアつきの自転車に乗る拓郎は一番広い範囲を請け負い、前にカゴがついた自転車を選んだ歌音と山岸先生が、残りの地域を二つに分けた。一時間ごとに集合することを約束して三人はそれぞれの方向を目指して散っていった。

いったい、自分は何をしているのだろう。パチンコ屋やディスカウントショップが立ち並ぶガード下を抜け、小路から小路へ、左右の店舗やビルの入り口に鋭い視線を走らせながら、北斗の意識は考えていた。あの子は歌音を、歌音はこうしてあの子を捜して、同じ街をさまよっている。お互いを目指して進んでいるはずなのに、その軌跡はどうしても交わらない。これではまるで、捜索ではなく、果てしない都会の遁走曲《とんそうきょく》のようなものではないか。

そのとき、北斗の脳裏に蘇ったのは、以前読んだサンテグジュペリの本で出会った文章の一節だった。サハラ砂漠に飛行機が不時着し、たったひとり、広大な砂原に取り残された彼は、救援を待つあいだ、外界から砂漠に向かう同僚ではなく彼のほうが、救援に向かうような気持ちに襲われたという。遭難者というのは、いつも、そうなのだ。ひょっとすると、達也が思っているように、捜そうとしているのは歌音ではなく達也であり、北斗のほうが逃げようとしているのではないか。逃げようとせず、本気になって達也と向き合う気持ちになれば、あの子はひょっこりと、あの道の曲がり角の向こうに姿を見せるのではないか。

だがもちろん、そんなことは起きなかった。時折、店番のいる煙草屋や、店先に呼び込みが立つ家電量販店を見つけては、自転車を降り、達也らしき男の子を見かけなかったかどうか尋ねたが、何の手がかりも得られなかった。

歌音は、今朝出発したときのまま、白のインナーとボトムに、旅行用の紺色のカットソージャケットを羽織った姿だったが、暑いので上着は前カゴに脱ぎ捨て、汗だくになってペダルを漕《こ》ぎ続けた。インナーには汗が滲み、短めのボトムも埃だらけになっている。たまらなく喉が渇き、目で自動販売機を追ったが、こんなときに限って見あたらない。いや、歩き続けている達也は、喉が渇いても、飲料水を買う小銭すら持っていない。だれか、同情した大人が水を飲ませてくれただろうか。いや、ほしくても口に出していえず、とぼとぼ歩き続けているのではないか。さまざまなイメージが引き波に寄せる押し波のように互いを打ち消し合っては、また浮かんできた。

　ふと気づくと、北斗はこの日、ほとんど歌音になって感じ、考え、振る舞っていた。以前と比べ、北斗の意識が前面に出ているときも、もう体にはそれほどの違和感を感じることもなく、普通の人と同じように体を動かしているのだった。違和感を覚えるゆとりもないほど、事態が差し迫り、歌音の体と北斗の意識が取りあえずの休戦協定を結んだのだろうか。

　そのとき携帯が振動し、歌音は自転車を停めて歩道に車体を引き上げた。

「氷坂さん？」

　聞き慣れない声は、昭和通りの菓子屋の女将だった。歌音は慌てて携帯に向かってお辞儀をし、礼を言って事情を話した。

「ごめんなさいね、遅くなって。まだお子さんは見つからない？　そう、あのとき、引き留めておくのだったわね。いえね、ひとり歩きしているから心配になって訳を聞いたら、お宅の息子さん、ママが入院したので、お見舞いに行くっていうのよね。パパと一緒に行ったらって、なだめたんだけど、ママが待っているからっていうのね。あんまり真剣だから、わたしもつい、ほだされて……」

「で、あの子、どこに行くって言ってました？」

「何度か聞いたら、神田だっていうのね。それでわたし、メモに漢字で地名を書いて、お子さんに持たせました。ついでにＪＲの乗り方も書いて、わからなくなったら、大人に見せて道順を聞きなさいって、いったんですよ」

「わたしたち、別の情報があって、いま、その神田にいるんです」

「そう、だったら神田までは行けたのね」

「でもその先がわからないんです。なぜ神田なんでしょう。神田のどこなんでしょう」

「あら、言わなかったかしら、神田の須田町《すだちょう》って」

女将のその言葉に、思わず舌打ちをした。見つからないはずだ。たしか須田町は神田署ではなく、万世橋署《まんせいばししょ》の管轄だ。神田署とばかり思って捜していたが、うっかりしていた。北斗は以前、若者のマーケティング調査をするため、秋葉原《あきはばら》から隣接地一帯に調査員を送って聴き取り調査をしたことがあり、一帯の地理には詳しかった。歌音は女将に何度もお礼を言って携帯を切り、はじめに拓郎、次に山岸先生を呼び出し、神田署に集まるよう伝えた。

歌音は真っ先に署に着くと、二階に駆け上がり、生活安全課に飛び込んだ。

「わかりました。あの子、須田町にいるんです」

沢田係長は、すぐ警察電話を取り、万世橋署に連絡をした。

「ああ、沢田だ。迷い子がそっちの管轄に入った。写真はすぐに転送する。もうだいぶ時間がたったから、監視カメラで顔認証にかけてみてくれ。そうだな、リアルタイムより、午後早くからの蓄積データを当たってくれないか。居場所を絞り込みたいんだ。何かにヒットしたら、これからいう携帯と、こちらに同報してくれないか。頼んだ」

駆けつけた拓郎、山岸先生と、借りた自転車の鍵を沢田係長に返し、歌音たちはタクシーを拾って須田町を目指した。

「わかった、津田町だ」

信号待ちで停車したタクシーの助手席で、拓郎が小さく叫んだ。振り返って歌音にいった。

「津田町だよ。さぬき市について説明したとき、きみ、津田町のことも話したよね。土地鑑がないから、うっかりそっちの地名を記憶してしまったんだ。きっとそうだ。俺はなんて間抜けなんだ」

そうか、津田町なら、東京に暮らす女将が神田須田町と聞き間違えても無理はない。須田町なら一丁目と二丁目しかない。三人で手分けすれば、シラミ潰しにしてでも捜し回れる範囲だ。

秋葉原に向かう車が靖国通り《やすくにどお》りに入ったときに、歌音の携帯が振動した。

「万世橋署防犯センターの片山《かたやま》といいます。神田署の沢田係長の依頼でお宅の息子さんを捜しています。さっき、一件の監視カメラがヒットしました。須田町交差点から中央通りに入って万世橋に向かうと、次の交差点の東角に城北信用金庫の支店があります。その監視カメラに午後二時過ぎ、息子さんが映っています。そのまま東方向に歩いていったようです」

歌音は声をあげて地名を繰り返し、タクシーの運転手に向かう方向を指示した。監視カメラが達也をとらえてから、もう二時間以上が経っている。背筋を冷や汗が一滴、伝い落ちていった。
片山にお礼をいって携帯を切ると、タクシーはもう、城北信用金庫に着いた。三人は
タクシーを放し、小走りになって小路をたどった。路地の一つひとつを確かめ、病院や
診療所を探したが、その地域は雑居ビルや飲食店があるばかりで、それらしき建物は見
あたらなかった。いくつかのビルで管理人に尋ねたが、心当たりはないという。
「ここを通ったのは間違いないけど、もう二時間経っているんだ。須田町の別の場所を
当たったほうがいいんじゃないか」
そういう拓郎の右腕を、歌音は取って、押し黙った。
「待って。わたしの頭のなかで、何か動いた。もうすぐよ、もうちょっとで、何かにた
どり着きそう」
歌音は両目をぎゅっと瞑り、考えを集中させた。
「わかった」
歌音はそう呟くと、拓郎と山岸先生を置いてそのまま駆け出し、数十メートル先の路
地を目指した。
「いや、ここじゃなかった。次の路地だわ」
そう言って、歌音はまた駆け出した。
次の角を曲がれば、そこにあったはずだ。期待と怖れが綯《な》い交《ま》ぜになり、腹の底に鈍

い重みになって沈み込んだ。喉が渇き、鼓動が高鳴った。

「やっぱり」

歌音は右側二軒目にあった飲食店に飛び込み、夕方からの営業再開の準備をしていた主人と店員を驚かせた。

「ここに、男の子、いません？」

右手に菜箸《さいばし》、左手にお玉をもったまま調理場から顔を出した主人は、ギプスをはめたようにその両手を宙に浮かしたまま、血相を変えて飛び込んできた女性の顔を不思議そうに眺めていた。なにもいわないまま、主人は右手の菜箸を動かし、その先端で、店の一番奥の席を指した。

歌音は静かに近寄り、並べた椅子の上で居眠りをする達也を抱きかかえた。眠りから覚めた達也が、わっと泣いて、歌音にしがみついた。

「ありがとう、達ちゃん。ずっと待ってた。あなた、ようやくママを見つけてくれたのね。ママ、もう、どこにも行かないよ」

両腕の中に、鳩のようにもがく達也の小さな体の感触があった。うっすらと歌音の頬に涙が伝った。

「いえね、午後二時半ころだったか、その子がここに入ってきて、この紙を見せるんです。いくらここは病院じゃないっていっても、きっとママが来るって。うどんを食べさせたら、疲れてたのか、すぐに寝ちゃったってわけです」

調理場近くにいた主人に、小声で事情を説明していた拓郎は、渡されたその紙を見つめ、ようやく事情を察した。

「神田須田町。讃岐《さぬき》うどん」

拓郎は笑いながら達也を抱く歌音に近づき、自分でも達也の背をさすりながら、片手でそのメモを歌音に見せた。

「菓子屋の女将も、とんだおせっかいをしてくれたなあ」

メモを見た歌音は、やっぱりそうだった、という表情でうなずいてみせた。達也を抱いたまま立ち上がって店主に黙礼し、拓郎に向かって囁いた。

「ううん、女将がそう書いてくれたから、やっとここまで来られたんだわ。あの人にお礼をいいにいかないと」

一日も経っていないのに、両腕の中の達也の体が、少しだけ重みを増したように、歌音には感じられた。

第5章　最後の勝負

1

勤務する保険会社で篠山保がその電話を受けたのは、もう帰り支度を始めようとしていたときだった。酒が好きで若いころは残業の後に、決まって同僚や部下を誘って飲みに出かけたが、定年が近づいて閑職に追われると同時に人波はさっと引き、廊下で擦れ違っても、わざとのようにそっぽを向く部下がいた。近頃では酒席に誘う仲間もいなくなり、定時に退社し、私鉄沿線の駅前の居酒屋でひとり一杯ひっかけてから帰宅することが多くなっていた。退社を遅らせる電話でなければよいのだが。不機嫌になりながら、篠山は電話をとった。

電話から流れてきたのは、聞き覚えのない、か細い女性の声だった。

「篠山保さん、でしょうか。私、氷坂歌音と申します」

篠山は、首をひねって相手の言葉を待った。名前も聞いたことがない。「カノン」という字はどう書くのか。最近流行りのカタカナ名だろうと考えていた。

「私、寒河江北斗さんの代理の者です。寒河江さんから、伝言をお伝えするよう頼まれて、電話してみました」

篠山は、「寒河江北斗」という名前に反応した。北斗の身に何かあったのだろうか。胸騒ぎを抑えて、思わず聞き返した。

「北斗に、何かあったのですか？」

「いえ、そうじゃないんです。これから、ちょっとお目にかかってお話ししたいのですが、いいでしょうか」

「いや、それはかまいませんが、先にご用件だけでも、うかがえませんか」

じれったくなり、篠山の声の語尾が、やや角だった。北斗の名前をあげ、代理を騙《かた》る新手の詐欺かもしれない。電話口で躊躇《ちゅうちょ》する気配があった。息を大きく吸ったあとで、女性がきっぱりと言った。

「私、あなたの友人の北斗なんです」

その言葉に、篠山は息を呑んで天井を見あげ、絶句した。まさか。すでに北斗が手術を受けたことは佐和子夫人から聞いていたが、ほんとうにその「女性」にすり替わったとは思えない。それに、妙に他人行儀で話す口調も、かつての北斗らしくないではないか。

「まさかあなたが、あの……あの北斗なんですか」

驚愕《きょうがく》の余韻《よいん》と、まだ立ち去らない不審が交錯し、篠山の語尾は弱々しく腰砕けになった。だが、もし北斗なら、会ってみなくてはならないだろう。神経が図太そうに見えて、北斗の心は意外に脆く、孤独に弱い。

「わかりました。じゃあ、カノンさん、私が北斗と最後に交わした会話を覚えていますか。天使って、どんな意味でしたか」

「そう、天使というより、堕天使。だれからも見えない存在になるってことを話しました。だれからも見えないって、思った以上に辛いことでした。だからこうして、あなたに電話したんです」

その言葉を聞いて、疑念は消え、確信が根を張った。

「わかりました。前によく飲んだ数寄屋橋《すきやばし》近くの居酒屋にしましょう。六時ではどうですか」


予定より二十分も早く店に着いた篠山は、開いたばかりの居酒屋の奥にある、壁際の席に座った。こうすれば、入ってくる客の顔を確かめられる。

生ビールを注文し、お手拭きで顔をごしごし擦って、早めに来たお通しの枝豆を指でつまんだ。最近は、ビールの前にお通しを持ってくる店員がいる。一緒に持ってくる心配りなぞ、マニュアルには書いてないんだろうな。それとも、堪え性《こらしょう》のない客が増え、一刻も早くテーブルに皿を持ってこなければ、苛立つことを恐れるほど、世知辛《せちがら》くなってしまったのか。店の入り口を盗み見しながら、篠山は口の中で、ぶつぶつこぼした。

「いらっしゃいませ」

入り口で、潮騒のような小さなざわめきが広がり、店内に十数人の客が入ってきた。年輩の男から若い女性まで、年齢もまちまちのグループで、一目で会社が引けた後の飲み会と察しがついた。

「おっ、空いてる、空いてる。相変わらず不景気なんだな。兄さん、今日はいっぱい連れてきたから、久しぶりの繁盛、繁盛」

座の引き立て役の若い男が店員に声をかけ、一行に座る席を振り当てた。篠山は一瞥《いちべつ》して、グループの序列を推測した。

真ん中に座ったあの白髪の男が、今日の主役のようだ。この時刻に退社し、この程度の店で宴会を開くのだから、大方は左前の会社だろう。あの男が部長なら小粒で、課長なら中規模、係長なら上場企業だ。しかし年齢構成からいって、若い社員は少ない。業績が傾き、新入社員を採れないのだろう。若手は肚《はら》の底で、早く年寄りに引退してほしいと、それればかり願って日々を耐えているのだろう。

幹事役の男は、素早く目を走らせて、白髪の男の前に若い女性を数人座らせ、次々に席順を決めていった。

ああいう輩《やから》が、近いうちにリストラの先鋒になり、年寄りに馘首《かくしゅ》を迫っていくに違いない。要領がいい奴は、きまって愛想がいい。無愛想で正直な男は、きまって要領が悪い。

そのうち、年輩の女性の三人連れが入ってきて、篠山の斜め前のテーブルに座った。年恰好《としかっこう》からいうと、篠山よりも数歳下だろう。子どものころは、この国が豊かなままで将来を過ごせると信じ、思春期以降は、下り坂一方の現実を生きてきた世代だ。篠山の世代は貧しさから豊かさへ、その極みからどん底に落ちていく起伏を知っているから、悲観も楽観もしない。この世代は、落ちていく経験しかしていないから、何につけても慎重で、後ろ向きになりがちだ。そうしてみると、生まれ落ちた時期が豊かなほうがいいのか悪いのか、一概には決めつけられない。

　篠山は二杯目の生ビールと、つまみを注文し、腕時計を見た。約束の六時を十分ほど過ぎていた。北斗は律儀な男だから、約束の時刻は必ず守った。これは、やはり、あの女性に一杯食わされたのかもしれない。わざと店の名を告げなかったことが功を奏したなと篠山は苦笑いした。

　そのとき、入り口から若い女性が入ってきて、店内を見渡した。篠山は、動悸が速まるのを感じた。明るい屋外からきて目が慣れないせいか、すらりとした体軀の女性は切れ長の眼を細めるようにして人を探している。

　まさか、彼女ではあるまいな。暗がりから篠山は、光沢のある淡いピンクのワンピースに同系色のハイヒールをはいた女性を見守った。女性は濃いピンクのベルトを締め、茶色の色味が混じったネックレスと、揃いのブレスレットをつけている。クリーミーに発色するピンクの口紅を差し、宴会グループの若い女性たちが目配せをし合って振り返るほど華やかだった。

「あっ」

　声には出さず、唇をその発音のかたちに小さく丸めて、女性が篠山に向かって笑みをこぼし、手を振った。生ビールを手にしていた篠山はむせ返り、ハンカチで口を拭った。年輩の女性客の一人が、入ってきた若い女性と篠山の顔を交互に見比べ、値踏みをするような目つきになった。

「ごめんなさい。予定より校閲《こうえつ》が長引いてしまって」

席につくと、女性は恥ずかしそうに微笑み、白いバッグを傍らの席に置いた。篠山は、口を開けたまま、唾を飲み込んだ。

「急にご連絡して、びっくりなさったでしょ。私、こういう者です」

女性はそういって、銀色のケースから名刺を取り出し、テーブルに差し出した。

「アイ・ピー・フォー

『歴史万華鏡』編集部

氷坂歌音」

篠山は食い入るように名刺を見つめたが、何のイメージも湧いてこなかった。カノンというのは、こういう字を書くのか。

「ご説明していいですか。アイ・ピー・フォーって、電子書籍の出版社なんです。「歴史万華鏡」というのは、その雑誌の一つ。ほんとうは彼女、「ファッション・ネクスト」っていう女性雑誌に在籍していたのですが、最近クビになって。それもそうですよね。私にそんな役が務まるはず、ないですもの」

篠山は、「彼女」という言葉を聞き逃さなかった。やはり、目の前の女性は、北斗なのか。

そのとき、絣《かすり》の着物のたもとを襷《たすき》でからげた若い店員がやってきて、注文をとった。

「生ビールください」

篠山は呆気にとられて歌音の顔をみた。

「おまえ、いや、きみ、酒を飲むんですか」

歌音は恥ずかしそうに微笑んだ。

「ええ、彼女、酒飲みなんです。それに、煙草だって吸います」

篠山は天井を仰ぎ、大きく溜息をついた。

「ちょっとわからなくなってきた。前の北斗は酒がダメで、手を出さなかったじゃないか。前のままなら、酒も敬遠するのが普通じゃないですか」

歌音は微笑み、運ばれてきた生ビールを嬉しそうに手にして、乾杯を促した。ごくん、と喉を鳴らして三分の一ほど飲み、グラスをテーブルに置いた。

「体が望むんです。初めは嫌々だったけど、最近は晩酌《ばんしゃく》が待ち遠しくって。やだ、恥ずかしいです」

篠山は眩暈《めまい》を覚え、自分の頬を軽く平手で打って気持ちを取り直した。

「わかりました。ちょっと順を追って話してくれませんか。きみにいったい、何が起きたのか。そうでないと、きみと彼女が交互に入れ替わって、眩暈がしてくる」

歌音は、手術以降に起きた出来事を、篠山に語り始めた。二杯目の生ビールが空になり、焼酎《しょうちゅう》の瓶とソーダをとって、歌音が二人分のグラスをつくった。

「初めは、彼女がもといたファッション雑誌に配属されたんです。でもトラブルばかりが続いて……。だって、彼女みたいな知識もセンスもないし、「戦う冬色がおしゃれを救う」なんてコピー、思い浮かぶはずないですもの。ファッション雑誌や本もたくさん読んだけれど、まさか、俺にそんなことできるはずない。あらやだ、ヘンですね、こんな言葉遣い」

ほんのり赤くなった頬を歌音が掌で包むのを見て、篠山は笑い出した。

「そうか、そいつは大変だったな。その齢になってファッション雑誌か。そいつは、一から外国語を学ぶより大変だろうな。で、いまの雑誌に移ったのは？」

「ファッション雑誌と同じフロアに、「歴史万華鏡」の編集部があるんです。そこに山崎編集長という人がいて、口頭試問を受けました。いくつかテストがあったけど、桶狭間《おけはざま》の戦いのイラストを描いたり、福島相馬藩《ふくしまそうまはん》の系譜を諳《そら》んじたりとか、私の得意分野ばかりで、すぐに気に入ってくれました。英語と中国語の文献も読めるから、きみは鬼に金棒だって」

歌音はぐいっとグラスを空け、細長いミントの煙草を出して火を点《つ》けた。篠山は目を細めて、紫煙の向こうの暗がりに霞む歌音の顔を眺めた。

「変われば変わるもんだ。こうやって、艶《なまめ》かしい妙齢の女性になったきみと再会するとはな。人生って、面白いもんだ」

「嫌です。そんないやらしい目で。口元が緩んでますよ」

二人は、思わず目を見合わせて笑った。

焼酎のグラスを一口飲んだあと、表情を引き締めて篠山がいった。

「ところでさ、おまえ、佐和子さんやカオルちゃんのこと、聞きたいだろ?」

歌音は一瞬うつむいた。

「ええ、佐和子のことは……カオルなら、この前、会ったんです」

「えっ」といって篠山は飲みかけたグラスを宙でとめた。

「先々週のことでした。私、どうしても一目会いたくなって……」

2

寒河江カオルがその女性に気づいたのは、八種類ある油圧式マシーンの半分を終え、チェストプレスに取り掛かろうとしたときだった。

日本橋のビル二階にある女性専用のフィットネス・クラブは、平日の夜は比較的すいている。カオルは一年前に会員になり、週に三度はクラブに通うようになっていた。セミロングの髪を後ろでまとめ、黒のタンクトップに光沢のある黒のスパッツをはき、鏡の前に立つだけで、気が引き締まる。

サーキット・トレーニングを二回こなすと、全身の皮膚に埋まっていた堅い細胞の芯露が次々に綻《ほころ》び、ぱっと花を開くように呼吸を始める。噴き出る汗がその体を濡らし、シャワーを浴びた早朝の花が陽に輝くように、全身が深いところで目覚める。シャワーを浴びたあと、ビルを出て路上に一歩踏み出し、雑踏に紛《まぎ》れるときに、いつも思う。あ、わたし、また日常に戻っていくんだ。そう感じながら、また日常に戻ることが苦役なのではない。そうやって日常の鮮度を取り戻し、再発見することが、クラブに通うようになった理由だった。

その若い女性に、見覚えはなかった。たぶん、クラブを見学しにきた初心者なのだろう。上はピンクのポロシャツ、下は黒のレギンス姿で、さっきからトレーナーについて、マシーンの説明を受けていた。切れ長の眼が機敏に動き、時折、うかがうようにカオルを盗み見る。視線が合うと、すぐにそらし、またグリップを握る手に視線を落とす。そのぎごちない視線の外し方が、気になっていた。

カオルはスクワットを終えると、大鏡の前のバーに掛けたタオルを摑み、髪をほどいて汗を拭った。鏡のなかの自分の眼を見つめ、思いを決めて、いまは一人でレッグプレスを踏むその若い女性に近寄った。

「今晩は。あなた、このクラブ、初めてなの？」

怪訝そうに、女性はカオルの顔を見上げた。目に不審の色はなく、気後れしたような表情に、人から内心を見抜かれたようなためらいが混じっていた。

「ええ……ちょっと通りがかったものですから、見に来たんです」

トレーニング・ウェアを持参しながら、「通りすがり」というのも、とってつけた言い訳のように聞こえた。カオルは女性から視線を外さず、こういった。

「そう。わたし、寒河江カオルっていいます。あなたは?」

女性は一瞬、怯《ひる》んだ表情を浮かべ、小さな声でいった。

「氷坂歌音っていいます。ヒサカは氷に坂、カノンは歌に音っていう字を書きます」

以前は物怖じする性格だったが、ブティックに勤めるようになってから、カオルは見知らぬ人に話しかけ、会話に引き込む術を身につけていた。

「このクラブ、いまは入会金がタダなのよ。わたしが入ったときは、三万円も取られちゃった。この場所にしては会費が安いし、割とすいてるから、お勧めよ」

「そうですか」といって、女性が黙々とレッグプレスを踏む様子に、カオルは何か、不自然なものを感じた。

「あのさ、時間があるなら、後でコーヒーでも飲まない?」

思い切って、カオルはそう声を掛けた。路上で、見ず知らずの女性から誘われたら、だれだって警戒する。だが、カオルがトレーニングをしていたクラブに入ってきたのは、女性のほうだ。さらに警戒心を解くため、カオルは急いで付け加えた。

「わたしね、ブティックに勤めてるんだけど、いまひとつお客のセンスをつかめなくて、困ってるの。同じ世代の女性の好みを聞いて、参考にしたいの。お願い」

歌音はしばらく考え、ようやく、小さくうなずいた。

カオルを一目見たいばかりにここまでやってきたが、北斗の意識はクラブを訪ねる前に、会話などいっさいの接触はするまい、と思っていた。ここで少しでも正体がわかれば、法律を犯すことになってしまう。そうすれば自分だけでなく、カオルまでを巻き込むことになりかねない。

いまの歌音に、父親の記憶が宿るだなどと、少しでも仄《ほの》めかす気振りを見せてはならなかった。もともとカオルは、北斗から何かを聞き出そうとするときは、ちょっとからかったり、おだてたり、言葉でくすぐったりして、北斗のほんの少しの気持ちの揺らぎから本音を読みとる直感が鋭い子だった。カオルの言葉に押し流されるまま、ここまでついてきてしまったが、実際わが娘を目の前にすると、動揺を押し隠そうとして、かえって緊張が強まってしまう。カオルの後を歩きながら、北斗は意識のうちにいくつかの質問を想定し、そのときにはこう反応して煙に巻こうなどと、あれこれ考えた。

「ね、あなたのこと、話してくれる？　わたし、ほんとはね、あなたが服を着替えてどんなファッションをしているのか、見たかったの。職業的な好奇心ってやつかな。モデルみたいにすらっとしてるし、きれいだし。でも、こうして見ると、やっぱり勘があったった。センスも素敵よ」

テーブルに着くと、カオルはそう言って、向き合って座る歌音の上半身を見回した。

今日の歌音は、アコーディオン・プリーツの入ったベージュのチュニックに、やや濃いめの同系色の細身のパンツ姿だった。銀のネックレスとブレスレットを身につけ、傍らの椅子に、深い青みのトートバッグを横たえている。

「そんな。私、女性からそんなふうにいわれたのは、はじめてです」

歌音は、カオルの視線から目をそらし、コーヒーカップの取っ手に触った。持ち上げようとして手が小刻みに震え、慌ててソーサーに戻した。

「そう、そんなこと言うの、男だけだもんね。女はオバちゃんになるまで、他人のこと素直に褒められないもの。で、あなた、結婚しているのね」

歌音が左手の薬指にはめた指輪を見ながら、カオルは尋ねた。歌音は、すぐにテーブルから両手を引っ込めた。

「ええ、子どももいます。達也っていう男の子です。あなたは?」

子どもがいると聞いて、カオルの心に「もしや」という気持ちが頭をもたげた。でも、まさか。父親の北斗が、こんな美しい女性になるはずはない。迷いを悟られないように、カオルは大きく右手を振った。

「だめ、だめ。わたしみたいなタイプ、結婚になんか向いてないもの。男と付き合ったのは学生時代が最後。いまはフィットネス・フリークよ。体鍛えて汗流して、一杯やって、すぐコロリ。あなた、お仕事はしている?」

やや迷ったあとで、歌音はうなずいた。

「私、電子出版の会社で、歴史雑誌の編集をしています」

「へえ、歴史かあ。わたしの父も歴史が好きだったわ」

その言葉を聞いて、北斗は心のなかで舌打ちをした。歴史なんか、持ち出すんじゃなかった。

カオルはしばらく歌音の眼の奥を覗き込んだが、心積もりをしていた歌音は動揺を見せず、聞き返すことで話題をそらした。

「お父様、どうかなさったのですか。好きだった、って過去形でおっしゃるから」

「うん、亡くなったわけじゃないけど、いまは意識が薄れて、余命幾ばくもないっていうところかな。でもね、いまの父は以前の父ではないの。別の人の意識になっているから、別の人ね。だからわたしも、最近は病院にもあまり見舞いに行かなくなった」

快活さが失せて急に沈み込むようになったカオルを見ながら、歌音は尋ねた。

「別の人の意識って？」

「うん、あなた脳間移植って言葉聞いたことがある？」

歌音は首を横に振った。これは心のなかで準備しておいた返答だ。

「脳をお互いに移植する手術なの。脳といっても、海馬の部分だけを移植する。カイバって、海に馬っていう字を書くのね。海馬は脳のなかで記憶を支配していて、それを移し替えると、意識はその人のものになってしまう。だから、父はもう、彼女になっている」

えっ、まさか、と歌音は口に手をあて、目を丸くしてみせた。

「彼女って？　お父様、女のかたと移植なさったのですか？」

若い女性の驚きの表情は、歌舞伎の演出見習いをしている北岡邦彦の熱心な指導のおかげで、もうすっかり板についている。

「そうなの。相手の女性は、あなたくらいの齢で、記憶が失われていく病気にかかっていた。いずれは記憶がなくなって、赤ちゃんみたいになる。父は末期のガンで、死を宣告されていた。その人は、自分の子どもに母親を残すため、父の記憶を受け入れることにした。二人がそれぞれ決断して、脳間移植に踏み切ったの」

「でも、それじゃ、お父様の意識は、いまは女性の体のなかに入っているのですか」

「そう、でも、どこにいるかわからない。お互いに身分は明かさないというのが、手術の条件なのね。父も、二度とわたしや母には近づかないっていう約束をさせられた。でも、なぜかわたしは、父がいつかわたしに会いにくるような気がして。こうして待っているのね」

そういってから、居ずまいを正して、カオルは歌音に向き合った。しばらく沈黙したあと、「ね、わたしを見て」と囁いた。

カオルは右手を上に伸ばし、大げさな仕草で前髪を払った。それからゆっくり右の人差し指を左の眉の上に滑らせ、真剣に歌音の眼を見つめた。それから、ゆっくりと右手で敬礼した。

歌音は、一瞬、驚いた表情で目をみはり、呆れた表情をつくった。

しばらくカオルは、歌音の眼の底を覗き込んでいた。突然、緊張した表情を崩し、「ごめん、ごめん」といいながら右手を振って笑った。笑ったせいか、うっすらと涙が滲んだ。

「冗談よ。わたしって、小さなころから時々、こんなふうにヘンな仕草をして人を驚かせちゃうのね。何でもないの」

しばらく間があって、歌音がしんみりした口調で沈黙を拓《ひら》いた。

「そうだったんですか。でも、お母様も寂しいでしょうね」

「うん、でも母は強い人だから、わたしみたいに弱音は吐かない。母は、意識は別人に変わっても、父は父だからといって、毎週病院にお見舞いに行くわ。おかしいよね。母にとって、父は意識じゃなく、肉体なんだわ。娘にとって、父は体じゃなくて、意識なのにね」

「お父様はいま、どんなご容態なんですか」

「そうね、すっかり衰弱して、声をかけても反応がないみたい。でも時々、あっ、て思うぐらい体を力ませて、何かを叫ぼうとするみたいなの。きっと、その人、子どものことが気になって、夢を見ているのね」

やはり、歌音の記憶は、病んだ老体に棲み着いたいまも、達也のことを考え続けているのだろう。

歌音は黙ったまま、コーヒーを飲み干した。思い出したように時計を見て、静かにカオルに言った。

「こんな時間なのね。私、もう帰らないと。今日は、誘ってくださってありがとう。あなたとお知り合いになれて、よかったわ。お母様を労《いたわ》ってあげてくださいね」

挨拶をかわした後で、カオルと歌音は、じっと目を見つめあった。

「わたしこそ、ありがとう。素敵な女性に生まれ変わったお父さんに会えたような気がして、なんだか、嬉しかった」

カオルはそういって、ペコリと歌音に頭を下げた。

3

「そうだったのか」

北斗の長い打ち明け話を黙って聞いていた篠山は、そういってグラスを飲み干した。

北斗が話しているあいだ、ずっと意識から遠ざかっていた居酒屋の喧噪《けんそう》が、再び静かなざわめきになって戻ってきた。中央に陣取って送別会をしている会社員の一行は、一人ずつ立って、定年で見送られる男に挨拶をしている最中だった。騒々しく笑い声をあげていた一行が、挨拶を聞こうと静まり返ったので、篠山は少し声を潜めて北斗に言った。

「俺もな、先週の日曜日に、佐和子さん、カオルちゃんと一緒に食事をしたよ。女房も一緒だった」

「佐和子、元気にしていた?」

「うん、週に一度は北斗を見舞いに行くそうだ。おまえやカオルちゃんの前では気丈《きじょう》にしていたけど、やっぱり、寂しいんだろうな。時々、涙をこらえているのがわかって、つらかった。でも、こうも言っていたな。手術をした後、少し気持ちが変わったって」

歌音は、黙って目で話の続きを促した。その目を見て、酔いかけた篠山は思わず目をこすり、グラスを手にした。

「手術の話を聞いたとき、佐和子さんは絶対に許せないって、思ったそうだ。死にそうな北斗が、自分だけが若くなって生き延びていく。やっぱり心底、身勝手な人だったって。最後はきちんと看取りたい、という思いを裏切られた気がしたそうだ。俺は友だちだからそうは思わなかったが、奥さんからしてみれば、当然だろうな」

その言葉を聞いて、歌音はうつむいた。

「一晩、カオルちゃんと話し合ってから、ようやく、手術を受け入れることに決めたそうだ。カオルちゃんが、どこかにお父さんの記憶が残っていれば、わたしを支えてくれる気がする、っていったからららしい。佐和子さんも、だれかがこういうような気がしたそうだ。「黙って、あの人を、そっと行かせておやり」って。どれほど言っても、好きなように生きてきた人だから、言うだけムダだもの。それが最後の希望なら、かなえてあげましょうって。佐和子さん、こうも言ったよ。「わたし、あの人が死ぬとき、泣くのはいやだったんです」。おまえにはきつく聞こえるかもしれないが、佐和子さんの気持ちはその言葉の裏側にあると思う。もし手術に反対して、おまえがそのまま死ねば、どんなに泣いても、悔いが残る。きっと、そう言いたかったんだ」

歌音はハンカチを取り出して目元にあてた。

「それでさ、不思議な話なんだが、手術後におまえを見舞いに行くと、佐和子さん、気持ちが変わってきたっていうんだ」

目元を拭っていた歌音は、「えっ？」と小声で尋ねた。

「うん、はじめは会話もできていたらしいが、目を覚ますと、いつも決まってだれかの名前を呼ぶそうだ。どうも残してきた息子のことらしい。タッちゃん、っていうんだそうだ。それで佐和子さん、「大丈夫、安心して。タッちゃん、元気にしてるよ」って言って、慰めるのに必死になった。「おかしいでしょ、こんな話。でも、わたし、目の前にいる人が北斗じゃなくて、男の子をもった自分の娘みたいに見えてきたんです」。佐和子さん、自分でも不思議そうに、そう言うんだ。最近では意識が薄らいで、ほとんど話もできなくなった。でも目を開くと、その息子を目で捜し回っているような気がして、佐和子さん、思わず手を握りしめるらしい」

意外な言葉を聞いて、歌音は黙り込み、その意味を考えようとした。挨拶が終わると、静かだった隣りの会社員のグループが再び退職者の名を呼んで乾杯を繰り返し、居酒屋に賑わいが戻ってきた。

「暮らしのほうは、何とかなるらしい。いまはまだ休職扱いで、かなり減ったがおまえの給料が出ているし、休職期間が過ぎて手続きをすれば、退職金が入る。それに、おまえには黙っていたけど、別に蓄えもしてあったそうだ。やっぱり女房っていうのは、強いよな。奥さんに先立たれてみろ。男なんて、すぐに参って寝込んじゃうからな」

その篠山の茶化した言葉を聞いて、ようやく歌音の目にも笑いが浮かんできた。

「佐和子さんは、親の介護や日本語教師、それにおまえの見舞いで、毎日てんてこ舞いだそうだ。カオルちゃんも、おまえが見てのとおり、元気いっぱいだ。二人とも冗談ばっかり言って、楽しそうだった。なんだ、おまえ、嬉しくないのか？」

ううん、と歌音はかぶりを振った。

「そうじゃないんです。いまの話を聞いていて、なんだか、自分だけが天上に来て、遠くにいる佐和子やカオルを見ているような、そんな気がしてきて、不思議な気分になった。そうよね、乾杯しましょうか」

歌音の声につられて、二人はグラスを合わせた。


トイレに立った篠山が席に戻ると、その間に何かを考えていた歌音が、居ずまいを正すような口調で言った。

「生老病死っていう言葉、ありますよね」

「ああ、仏教でいう四苦《しく》ってやつだろ」

「私、ずっと前から、四苦になぜ「生」があるのか、わからなかった。生まれ落ちることが苦しみなら、人生すべてが真っ暗じゃないですか。生まれて、青春があって、晩年には老いや病いもやってきて、最後には死を迎える。それならわかるんです」

篠山も、上着のポケットから煙草を取り出し、火を点けた。日々迫る老いを肌で感じ、身近で幾人もが病いに襲われ、冥界《めいかい》にさらわれていくのも見てきた。そうしてみると、死が近づくにつれ、生まれたことが喜びであるより、苦しみではないかと反問したくなることがある。篠山がそういうと、歌音は目を輝かせて言った。

「そう、私も前はそう考えていました。でも、こうなってから、少し考えが変わったんです。生老病死は、「生」と「死」がセットになった言葉です。その間に、「老」や「病」がある。生と死に比べれば、病や老なんか、何ほどのことでもない。この言葉は、そんなことを訴えてくるような気がするんです。だから、男が女になったり、老人が若者になったりしても、たいしたことじゃない。最近は、そう思えるんです」

篠山は、宙に視線を漂わせたまま、歌音の言葉を反芻した。

「そうか、そう思えるようになったのは、よかったじゃないか。北斗、おまえのことが、ちょっぴり、羨《うらや》ましい気がする」

歌音は新しいグラスをとって氷を入れ、多めに焼酎を注いだ。だいぶ酔いが回ってきたのか、つい注ぎすぎた焼酎が縁からこぼれた。

「だけど、ここまで来るのが大変だったんです。考えても見てください。口紅の塗り方や、お化粧の仕方も知らなかったし、女性用のトイレに入るのだって勇気が要《い》りました。ブラジャーのつけ方さえ知らなかったですし」

「外し方は知っていたのにな」

篠山がそういって笑うと、歌音は頬を赤らめ、たしなめる視線で睨んだ。

「そんな下品なこと、いわないでください。ほんとうに、ここまでが大変だった。自分の体が厄介に思えて、切り裂きたくなることもあった。台所に立つと、目のなかで包丁の刃だけが大きく輝いて、伸ばした右腕を左手で押さえ、その場にうずくまって泣いたこともある……」

しばらくうつむいていた歌音は、堪えきれなくなって、顔をあげた。

「そんな気持ち、おまえ、わかるか？」

込み上げるものを抑えようとして、歌音はまたハンカチを取り出して目元にあてた。

篠山はそのとき、斜め前で後ろ背を見せていた女性が二人を振り返り、声を潜めて友人に何かを囁くのに気づいた。篠山は小声になって、歌音に言った。

「おい北斗、まずいぜ。気づかれるじゃないか」

潤んだ目で見上げた歌音に、篠山は目配せをし、後ろでだれかが聞き耳を立てていることを報せた。歌音はすぐに気づき、目尻を拭うと、やや大きめの声で、「ごめんなさい、取り乱して」と言い、声を潜めて続けた。

「あなたが、羨ましいなんていうから。人って、自分にないものはすべて輝いていて、自分だけが光っていないように思える。それを失って、初めて輝きに気づくんです。北斗のときの自分と、歌音になった自分と、どちらが幸せなのか、私にはわからない。いまでも時々、あのまま逝ったほうが幸せだったんじゃないか、って思うことがある。考えても御覧なさい。いまから高校生に戻って、同じことを繰り返すとしたら、あなた、平気？」

篠山は北斗と一緒に、バスケットに汗を流した日々を思い起こした。振り返れば懐かしくもあるが、渦中にいるときは、悦びよりも苦しさや痛みが食い入って、生皮が剝《は》がれた肌にひりひりと塩を擦り込まれるような日々だった。

「それはそうだ。振り返れば滑稽で微笑ましいことも、そのときは死に物狂いで世界を背負って立つみたいな気でいたからな。安らぎなんか、どこにもなかった。振り返るのはいいが、いまからもう一度あんなことを繰り返すなんて、ごめんだな」

「そうでしょ、そうよ。一度登り終えた山を下りるのはいいけれど、平地に帰って疲れ果てたときに、もう一度、同じ山を登れ、といわれるようなものよ。若い体は登ろうと挑戦するけれど、心はもうぼろぼろに擦り切れて、休息を求めている。体と心のバランスをとろうとして、いつも気が張り詰めるのって、ほんとうに疲れるのよね」

しんみりと物思いに耽る表情になった歌音を励まそうと、篠山は話を切り替えた。

「高校っていえば、おまえ、あの川辺《かわべ》って体育の先生、覚えているか」

歌音がすぐに目を輝かせた。

「ああ、あのガンバっていう渾名《あだな》の先生だよな。授業中に腕を組んでいる生徒を見たら、真っ赤になって「おまえ、偉そうにすんな」って怒ったよな。そのガンバがどうした」

「いや、そのガンバとさ、この前、偶然に渋谷《しぶや》で出くわしたんだ。たまたま孫の顔を見に上京したっていうんだ。いやあ、驚いたねえ。先生って、子どもから見ればえらく年上で老けて見えるだろ。でも実際は、あまり離れていないんだ。ガンバがあんまり変わっていないんで、俺はびっくりした。ガンバの齢って、いくつか知っているか」

「うーん、いくつかな。十五歳くらい上か」

「それがさ、六歳違い」

「まさか。おまえ、また、からかっているんだろ。おまえの悪い癖だぜ」

「ほんとだって。そういえばさ、ガンバが修学旅行のことをまだ覚えていてさ、ホラ、夜中に部屋を抜け出て、おまえと一緒に、こっそり風呂に入ったろ」

篠山がいう前に、歌音はその場に闖入《ちんにゅう》してきたガンバの茹でダコのような表情を思い出し、大声で笑った。

「ひゃー、あのときのこと、あいつ、まだ覚えていたのか」

篠山は急に笑うのをやめ、歌音に目配せをした。その場が凍りつき、ほかのテーブルの客は、とうに雑談をやめていた。歌音がこわごわと肩越しに振り返ると、店中の視線が、歌音の背中に集まっていた。一瞬で酔いが冷め、振り返った歌音は「どうしよう」といった視線で篠山を見た。篠山は、泰然と笑って、大きな声で歌音にいった。

「いいってことよ。生老病死。生と死の間にあるのは、恥ずかしいことや、辛いことばっかりだ。だがな、そんなことはどうだっていい。こうしておまえと俺が生きていることが、すべてなんだ。生の前にも、死の後にも、何もない。それを知るための一生だ。さあ、乾杯しよう」

歌音は、少しも動じない篠山の顔を頼もしそうに見上げながら、グラスの縁を合わせた。一人でもいい。こうして過去の自分を知る人間がいる限り、なんとか生きていくことができる。

「ありがとう。やはりお会いしてよかった。ほんとうは、ここに来る前、ちょっと気がかりだったんです。篠山さんを驚かせるんじゃないか、って」

篠山は何もいわず、うなずき返した。

歌音は、バッグを手で取り寄せ、以前のように、割り勘のお金を出した。立ち上がりかけて、思い出したように言った。

「そういえば、寒河江さんからの伝言をお伝えするのを忘れるところでした」

篠山が、歌音の口元を見つめた。

「北斗は昔のままです。いつも、篠山さんと過ごしたあのころの思い出に支えられて生きているって」

満足そうにうなずいてみせた篠山を席に残し、歌音は振り返ると、床に高い靴音を残して、店外に姿を消した。

4

いつまでも続くように思えたその長い夏も、終わりが近づいてきた。歌音は職場に復帰して「歴史万華鏡」の職場にもなじんだ。拓郎も育児休暇を頻繁に取るようになり、三人の暮らしはなんとか落ち着きを見せようとしていた。

京極大生命倫理委員会で、コーディネーターの黒沢健吾がその経過を報告すると、脳神経外科の山野静二教授が満足そうにうなずき、一同を見渡して言った。

「どうやら、術後の山は越したようです。執刀なさった佐久間先生、佐野先生、これでご安心でしょう。いまの黒沢君の報告どおり、寒河江さんと歌音の「心」は歩み寄って、新しい生活になじんできたようだ。職場が変わるトラブルはあったようですが、歴史好きの寒河江さんにとっては、かえって良かったかもしれない。われわれの役目もこれで一段落つきそうだ。田所先生、やはり職場復帰をさせて正解でしたね」

一度は歌音の職場復帰に異を唱えた田所里香准教授も、山野教授の言葉に「そうですね」と相槌を打ち、素直にうなずいた。そこで持ち前の好奇心が頭をもたげたのか、すぐにこう続けた。

「で、黒沢さん、ひとつ質問があるんだけど、いいですか。わたしが教えている臨床心理学の立場から知りたいことがあるんです。あなたは前に、心は定義も操作もできないけれど、人が生きるうえでは大切なものだ、っておっしゃったでしょ。前は北斗の自意識が目覚めると、歌音の体を意識して葛藤が生まれた。最近はそれがおさまって、北斗の意識と歌音の心が対話を重ねている。その対話によって、あなたは新たな「心」が生まれると言ったんですよね」

黒沢は田所の言葉を何度か頭で反芻し、少し呼吸を整えてからこう答えた。

「そう、あまり学問的な言い方ではありませんが、私は「心」って、水のようなものだと思います」

「水？」

「そうです。花瓶や茶碗は、水を入れることができます。人間の器官は、ちょうどその器のようなものだと思います。医療の進歩で、器は取り替えることができるし、互いに移植もできるようになりました。でも、そこに水がなければ、器は器でしかない。北斗の海馬が歌音の体に移植され、しばらくは干渉状態が起きました。それは、器官同士が互いを異物と認識していたからです。でもその組み合わせがしっくりいくようになると、器官はひとつになって、そこに水を入れることができる。そうやって新しい「心」が生まれるのだと私は思います」

ふーんという表情で聞いていた田所は、すぐに質問を重ねた。

「じゃあ、それが彼女の新しいアイデンティティになるってことね」

黒沢は一瞬考え込んで、先日会った歌音の顔を頭に思い浮かべた。黒沢はおもむろに口を開いた。

「人が同一性を維持するには、記憶が欠かせません。でも外見が歌音である限り、北斗の記憶は絶えず掻き乱され、揺さぶられるでしょう。その動揺を静められるのは、自分ではなく、他人とのかかわり合いだけだと思います」

「でも、北斗は他人には自分で名乗りをあげられないし、他人から見たら、歌音は歌音にしか見えないでしょ」

「そう、だから本人は違和を覚える。でも、そんな違和感を抱える自分を受け入れてくれる人がいれば、きっとそれが、新しい歌音の同一性を支えてくれると思うんです」

　そこで田代ケイが口をはさんだ。

「つまり、アイデンティティって、他人とのかかわりのなかでしか成り立たない、っていうことね。そうね、こう考えたら、どうかな。医療の進歩で、人間は八十歳、九十歳まで生きられるようになった。齢をとるって、当たり前に考えたら高齢化するっていうことですね。でも現代では、肉体はアンチ・エイジングで自然に逆らって、脳だけが老化していく。いまは認知症がこれだけ増えてそれが普通になったけれど、以前は肉体が先に滅びたから、問題にならなかった。でも認知症の人って、他人が治すことはできないけれど、受け入れることはできる。人に受け入れられたら、その人は自分のことも受け入れられる。いまの歌音だって、同じかもしれない」

　その田代の言葉を聞いて、田所もようやく自分が聞きたかったことの在りかに気づいたようだった。

「そっか、そうすると、歌音の若い肉体に移植された北斗の海馬という組み合わせは、認知症に近い状態になっているのかな。でも、不思議ですよね、「心」って……」

田所がそう言って静かになったのを潮時に、山野教授がその言葉を引き取った。

「たしかに医療は進んだが、それがまた次の問題を引き起こす。逃げ水を追っているみたいですが、それでも前に進むしかない。医者としては、定義や操作ができない心は認めないことにしていますが、ひとりの個人として、黒沢君のいう「心」は認めたくなりました」

その言葉を合図に、生命倫理委員会は閉会になった。

5

拓郎は達也が五歳の誕生日を迎えたのを機に、近くのカンフー道場に通わせようと言い出した。

歌音はすぐに反対したが、拓郎は主張を引っ込めようとしなかった。移植手術前に歌音が、「五歳になったら、道場に通わせて」と頼んだからというのだ。

「そんな危ない技を身につけて、どうしようというの？　あの子が大きくなって、怪我をしたりさせたりしたら、どうするの？　逞しくなって、あなたのこと、蹴飛ばすかもしれないわ」

以前の拓郎は、年長の北斗の意識に敬意を払ってか、その判断に逆らうことはほとんどなかった。だがファッション雑誌でのトラブルの後、自分の得意分野である歴史雑誌の職場に歌音が落ち着き、子育ての波乱もようやくおさまってきたせいなのか、以前は遠慮して歌音を立てていた拓郎も、最近は本音で自分の意見をさらけ出すことが増えた。しかも、元の歌音の決定となると、拓郎も頑固だった。

「あなたは、歌音の育児方針を引き継ぐって、約束したじゃないですか。危ないからといって遠ざけるのは、達也を信頼していないからだ。あの子は、防御以外に、暴力を振るうような子じゃない。カンフーなら、ぼくだって習いたいくらいだ」

　根負けをした歌音は、今回ばかりは拓郎の言い分を認めることにした。

　道場は月島の外れで、勝鬨橋に近い運河沿いの木造住宅街の一角にあった。週末に歌音が達也の手を引いて出かけてみると、普通の木造平屋に建て増しをした広い板敷きの道場では、五歳から中学生の低学年まで、齢も男女もまちまちの十数人が、木でつくられた舞台の端に足を掛け、両手を伸ばして腿《もも》に腹を押し当てるストレッチをしていた。全員が、背に金糸の龍の文様が入った赤いTシャツと、滑《なめ》らかな布地の黒い功夫衣をまとっている。

「こんにちは。この子にカンフーを習わせたいので、見学させてもらって、いいでしょうか」

　小柄だが引き締まった体軀の老人にそういうと、黒の上下の功夫衣を着た男は、柔和な笑みを浮かべて達也を見た。

「ほう、まだ小さいが、骨がしっかりしている。ちょっと先生に見せてごらん」

そういって老人は、しゃがみ込んで、立ったままの達也の両肩と手首、肘から腿、足首の線を軽く指で触っていった。

「うん、大丈夫だ。この子はいままで運動が不足していたから、腿の筋肉が少々細い。しかし、体の基本ができているから、すぐに上達するでしょう」

田村玄信《たむらげんしん》と名乗る老人は、若いころから空手を学び、鍼灸師《しんきゅうし》の仕事をしながら、香港に出かけてはカンフーの初歩を習得した。鍼灸の仕事を長男に譲ったあとは、広東省《かんとんしょう》の仏山《ぶつざん》に三年間留学し、本格的に詠春拳《えいしゅんけん》を会得した。もっと若く見えるが、年齢は八十歳を超えているという。

「怪我をするようなことは、ありませんか?」

歌音は気になっていたことを尋ねた。玄信は朗らかに笑い、首を振った。

「今日ご覧になる初級コースでは、散打《さんだ》は教えません。散打というのは散歩の散に、打つ、と書く。組み手のことです。お母さんが心配なのは、その格闘ですよね。でも、これをやるのは、高校生以上の中級コースになってからです。まあ、太極拳《たいきょくけん》みたいなものですから、大丈夫です。一緒にご覧なさい」

玄信が枯れた声を張り上げると、道場の中央に生徒が並んだ。男の子は左手で右の拳を、女の子は右手で左の拳を包み、老師に向かって拱手《きょうしゅ》の挨拶をした。

その後、玄信の弟子で大学生くらいになる男女二人が、生徒を先導して準備運動を始めた。はじめは両手を大きく上に伸ばしながら歩き、今度は後ろ向きに歩く。その後もマットを敷いて逆立ちや側転などを繰り返し、小学校の体操の授業のようだ。

三十分ほど汗を流してから、ようやく生徒は二組に分かれ、本格的な練習を始めた。一組は男子の学生が前に立って、カンフーの「型」を組み合わせた演武の模範を示している。手足をゆっくりと動かして流麗な線を描き、膝を撓《たわ》めて捻りを利《き》かせると、さっと後ろを向いて拳を突き出す。かと思えば跳びあがって宙でキックし、不意に翻って床に舞い戻る。それにならって、子どもたちが一斉に動いた。まだ覚えられない達也ほどの齢の子もいて、まごつきながら、見よう見真似で動作が遅れてしまう姿が、可愛らしかった。

もう一組は、へなへな折り曲がる銀色の剣や扇子、竹棒を持ち出し、弟子の女子学生にならって、京劇で武人役の武生がするようなアクションを練習していた。こちらは跳びあがりざまに扇子をパッと開いて身を護《まも》ったり、床に立てた棒を軸に体を旋回させて宙を舞ったりする訓練だ。体が柔軟な幼い女の子が爪先ひとつで体重を支え、自在にさまざまなフォームを組み替えていくさまは、歌音の目に美しい残像を焼きつけた。

舞台の上から二組の生徒の動きを見守り、時折、駆け寄っては手をとって教え、要所を締めていた玄信が、歌音と達也に近づいてきた。

「あの演武ね、あれは闇雲に体を動かしているみたいだが、実は攻守の型が連続している。あなたが敵だとしますね。私に向かって拳を突き出してください」

歌音が右手を突き出すと、玄信はその手首を左手で軽くつまんで捻り、手元にグイと引き寄せた。体勢を崩した歌音がよろけると、今度はその反動を利用して後ろに回り、深く腰を落として軽く足をかける。倒れようとする歌音を、老人は両腕で受けとめた。

「あの演武の型を学べば、体は自然に、いまのような動きをするようになる。相手が攻撃してきたときに、とっさに体がそう動いてしまう。そうやって、組み手で実際に戦わなくとも、武術の身ごなしは学べます」

玄信によると、太極拳も手足の動きを緩《ゆる》やかにしただけで、型は活殺拳《かっさつけん》と変わりない。左右上下、どこから手足を繰り出すか相手にも予測がつかない変幻の動きは、筋肉だけでなく、呼吸器など臓器を強める健康法にもなる。

「どうですか。やってみますか」

歌音は、しゃがんで達也の眼を覗き込んだ。

「どう、達ちゃん、やってみる？　いま返事しなくても、いいのよ」

「ぼく、やってみる」

演武にすっかり興味をもったらしく、達也はすぐにそう答えた。

カンフー道場に通い始めた達也は、すっかり夢中になり、翌週の練習を待ち侘《わ》びるようになった。そのうち達也は、やはり同じころに道場に通い始めた同い年の印僑《いんきょう》の子どもと仲良くなり、しばしば家に連れてきて、一緒にカンフーの型を復習するようになった。達也にできた初めての友だちだった。

近くに住むというその男の子はダシェルという名で、母親は日本人の主婦、父親はIT企業に勤める若いインド人だった。ダシェルを迎えにくる縁で、母親のユイもたまに歌音とコーヒーを飲んだり、父親同士も交えてレストランで一緒に食事をしたりするようにもなった。

片言の日本語を話す父親のラジェーシュは歌音が見上げるほどの大男だったが、ダシェルは同年生まれの達也よりも小さく、しゃくれて細まった顎が、どこか小さなネズミの顔を思わせた。最近小太りになった達也がふざけ、体の重みをあつめてダシェルに寄りかかると、すぐにつぶされてしまいそうになるほど華奢《きゃしゃ》な体軀をしていた。

もともと英語が得意な拓郎はもちろん、外国で暮らした北斗の記憶が役立って、いまは歌音も英会話は流暢《りゅうちょう》だった。二組の両親とダシェルは英語で話し、達也だけがキョトンと会話の輪から外れることもあった。

そんなときは、爪弾きにされたような気持ちがしてか、達也は急に不機嫌になってダシェルに邪慳に振る舞ったり、逆に妙に閉じこもり、頑なに押し黙ってしまったりする。だが最近は歌音も、気分の変わりやすい達也の性格をわきまえて、叱ったり怒ったりはしない。その場の雰囲気をあたためた、結氷しかけた達也の気持ちが、ごく自然に溶けていくように仕向けながら、また表情が和《なご》むのを待つのだった。

ある週末の日、歌音の携帯が鳴った。その日は拓郎が日帰りの取材で出張し、歌音も翌日の締め切りに合わせて午後は臨時出勤しなくてはならなかった。歌音は達也をダシェルの母親のユイに預け、いまごろは二人がカンフー道場で練習をしているはずの時間だった。電話をしてきたユイの口調が、緊張で震えていた。

「あ、歌音？　いま、いい？　道場で事故があったの。ううん、そうじゃない。達也くんとダシェルは大丈夫。ただね、ある子が怪我をして、ダシェルと達也くんが二人で、その子を舞台から突き落としたって、いってるらしいの。うん、わたしはこれからすぐ行く。あなたも来てくれる？　そう、何かわかったら、すぐ電話する」

胸が高鳴って、歌音はすぐにバッグを摑み、同僚に校閲の仕事を任せてタクシーに飛び乗った。達也がだれかを舞台から突き落とした？　まさか、そんなことする子じゃない。何かの間違いよ。信号待ちをしている車内で、また携帯が鳴った。ユイからだ。

「歌音ね？　うん、だいたい様子がわかった。怪我をしたのはユウジくんという子。ダシェルたちと同じ五つの子よ。救急病院で手当てを受けたけど、右腕を三針縫う怪我だった。でも、レントゲンで調べたら、骨折もしていないし、ヒビも入っていない。うん、いまわたしは道場にいて、二人と一緒よ。あなた、来られそう？」

歌音が駆け込むと、道場の中央で、二人の学生の弟子を前に、端座《たんざ》している玄信の姿が目に入った。歌音は、「すみません、お騒がせして」と玄信に呼びかけ、すぐに目で達也を探し、駆け寄っていきなり抱きしめた。

「どこも、怪我して、ない？」

達也は泣きじゃくり、歌音の腕のなかで鞠《まり》のように弾力のある体を震わせている。すぐ近くに、脅えたような目で見守るダシェルがいて、歌音は小さく頭を下げ、傍らに立つユイに目礼をした。

ようやく達也がすすり泣きになったころ、歌音はその両肩を摑んだまま引き離し、目を覗き込んで、囁いた。

「さあ、達ちゃん、ママに話して。いったい、何があったの？」

6

すすり泣いていた達也は、しゃくりあげながら、歌音を見上げ、こういうのがやっとだった。

「ユウジが、お兄ちゃんと一緒になって、キックしたんだ」

そういったまま、わっと泣き出した。両目を開け、溢れる涙が両頰に伝うのもかまわず、吼《ほ》えるように背中を波打たせている。歌音はハンカチを取り出し、その涙を拭いながら言った。

「いいのよ、いいのよ。ママ、達ちゃんのこと嫌いになったりしない」

しばらくして達也の泣き声がおさまると、歌音は達也をユイに預け、まだ学生二人を前に座る玄信に近づいていった。歌音も床に正座し、両手を揃えて頭を下げた。

「このたびは、ご迷惑をおかけしてすみません」

玄信は軽く右手を振って、歌音に向き合った。

「いや、幸い、ユウジくんの傷は浅く、骨折もしていなかったし、ヒビもない。さっき、病院で腕を見てきましたが、腱にも神経にも影響はない。後遺症は残らんでしょう」

歌音はその言葉に安堵しながらも、おずおずとした口調で尋ねた。

「いったい、何が起きたのでしょうか」

「私のほうこそ申し訳なかったが、そのとき、家人に呼ばれて座を外しておりましてね。一瞬の間の出来事でした。きみたちも、見たことを説明してくれるか」

玄信は、二人の学生に向かってそういった。精悍《せいかん》な顔をした神野譲《じんのゆずる》という体育大二年生の青年は、歌音に拱手の挨拶をして、話し始めた。

「まだ練習の定刻前で、子どもたちが準備運動をしていたときのことです。私は別の子を指導していて、達也くんとダシェルくんが、ユウジくんと争うように揉み合う場面を見ただけでした。よろめいた弾みで、ユウジくんが舞台から落ち、右腕で受け身をして怪我をした。どうして争ったのか、その前段は見ていませんでした。注意が足りず、申し訳ありませんでした」

続いて、隣りにいた大学一年生の立松優佳《たてまつゆうか》が神妙に口を開いた。

「わたしも、声を張り上げたユウジくんが、落ちる場面しか見ていません。ただ、三人とも怖い顔をしていたので、遊びふざけた結果だとは思えません。わたしも目が行き届かず、すみませんでした」

玄信がその言葉を引き取った。

「いや、いずれにせよ、責任は私にある。落ちたのは、達也くんやダシェルくんだったかもしれない。怪我をさせた責任は私にあります」

そういって頭を下げようとする玄信を、歌音は言葉で押しとどめた。

「そんな、先生の責任じゃありません。いきさつはともかく、結果としてユウジくんを押して怪我をさせたのは、達也とダシェルくんです。母親として不行き届きで、申し訳ありません」


その場は収まったものの、歌音とユイの懸念《けねん》は拭えなかった。道場を出たあと、二人は歌音の家に行き、今後のことを話し合った。達也とダシェルは、散らばった玩具で遊び始め、いつしか歓声や笑い声も混じったが、二人ともいつもよりは覇気《はき》がなく、沈みがちだった。

「結果として怪我をさせたのは二人なんだから、まずはユウジくんに謝るほうがいいと思う。あなた、ユウジくんて知ってる？」

口火を切ったのはユイだった。歌音は「うん、名前だけは」と答えた。まず謝るというユイの提案に、「そうねえ」と半ば同意しながらも、「ユウジが、お兄ちゃんと一緒になって、キックした」という達也の言葉に引っかかっていた。

歌音は、ダシェルに英語で話しかけた。

「ねえダシェル、ちょっと聞いてもいいかな。この子は、先に喧嘩《けんか》をしかけたのは、ユウジくんとお兄ちゃんだっていうんだけど、ダシェルもそう思う？」

ダシェルは達也のほうを盗み見しながら、おずおずと英語で答えた。

「うん、そうともいえるし、そうじゃないかもしれない。ぼく、よく覚えてないんだ」

歌音とユイは目を見合わせ、溜息をついた。入塾のときに、子どもたちには保険を掛けることになっていたので、治療費はそこから出る。だとしても、このまま放っておくわけにはいかない。

そこへ、出張を終えた拓郎が帰ってきた。

「どうしました？　二人ともそんな浮かない顔をして」

二人が別の子に怪我をさせたと聞いて血相を変えた拓郎も、骨折やヒビには至らなかったことを知って、安堵の表情を浮かべ、椅子に腰掛け、大きな溜息をついた。

「まあ、たかが子どもの喧嘩だよ。大事にならなくてよかった。でも、その子の家には謝りにいかなくちゃな。どうです、これから行きましょうか」

そのとき、後ろを向いて玩具をいじっていた達也が、「ぼく、謝らない」と早口でいった。幼いながら、底固い決意を秘めた口調だった。拓郎は、立ち上がって達也の前に座り、両肩を摑んだ。

「なあ達ちゃん、喧嘩してどちらかが怪我したら、原因はともかく、怪我をさせたほうは謝らなきゃいけない。痛い思いをしたら、悲しいだろ？　さ、皆で謝りに行こうよ」

達也は、イヤイヤをして、拓郎の誘いを拒んだ。

「だったら、言ってごらんよ。先に手を出したのは、達ちゃんじゃなく、ユウジくんのほうだったのか」

達也は小さくうなずいたが、そのまま溢れる涙で言葉を呑み込んだ。

「弱ったなあ。じゃ、取りあえず親だけで謝りに行こうか。保険が下りるにしても、お見舞金は必要だろうな。ユイさん、幾らくらいがいいと思います？」

水を向けられたユイは、戸惑った表情で口ごもった。

「どうでしょう。こんなこと、経験したことがないから。五万円くらいかしら……」

拓郎も首を捻り、しばらく思案した。

「どうです。キリのいいところで十万円。五万円ずつ出すことにしませんか。こういうことは、後に曳かないようにしたほうがいい。歌音、現金はあるかい？　きみは二人を見ていて。ぼくとユイさんと、二人で謝りに行ってくるよ」

相談がまとまりそうな雲行きに、歌音は待ったをかけた。

「だめ。そんなことしたら、達ちゃんやダシェルくんの立場がないわ。行くのなら、子どもたちも一緒にして。でも、謝るんじゃない。まず向こうの子どもたちにも会って、話を聞いてみましょう」

拓郎は腕組みをして天井を仰いだ。達也も頑なになりがちだが、最近の歌音は、達也のことになると、梃子《てこ》でも動かない強情さをみせる。以前の歌音に似てきた。こうなれば匙《さじ》を投げるしかない。

「わかった。でも、達ちゃんはどうする？　行かない、っていってるんだぜ」

歌音は立ち上がり、座っていた達也の肩を優しく撫ぜ、耳元に囁いた。

「達ちゃん、ちょっと向こうに行こうか。ママと二人で話をしよう」

達也は大人しく立ち上がり、二人は寝室に姿を消した。

部屋に入ると歌音は達也を抱き上げ、頬ずりをした。力なく首にもたれかかる達也を何度も抱きしめながら、こういった。

「ねえ達ちゃん、ママは怒ってなんかいない。きみのこと、ほんとに好きだよ。きみを信じている。さっき、言ったよね。ユウジくんとお兄ちゃんがキックしたって。そのこと、もっと話して」

達也は、歌音にしがみつきながら呟いた。

「うん、この前、道場で練習をした後、みんなが見ていないところで、ユウジとお兄ちゃんが、ダシェルのことキックしたんだ。今日も、二人が蹴ろうとしたから、とめたんだ。そしたら、ね……」

歌音は強く抱きしめたあと、両腕を遠ざけ、正面から達也の眼を見つめて言った。

「わかった。ママね、達ちゃんのこと、信じる。あなたは、嘘をつく子じゃない。みんなが反対しても、ママは達ちゃんを守るよ。だから、一緒にユウジくんの家に行ってくれる？」

達也は濡れた目で、こくんとうなずいた。

二人で居間に戻ると、歌音は拓郎とユイに目で合図し、朗らかな声で言った。

「さあ、皆でユウジくんの家に行こう。でも行くのは、謝るためじゃない。ほんとのことを確かめるためよ。さ、支度して」

マンションを出てから、ユイは両手を達也とダシェルに握らせ、先に立って舗道を歩き始めた。ユウジというのは、春日《かすが》祐治《ゆうじ》といって、もんじゃ焼きの店が立ち並ぶ表通りの角を左に曲がって、すぐ近くの路地裏に家がある。玄信から住所を聞いておいたので、迷うことはなかった。

ユイから数メートル距離を置いて歩いていた拓郎が、歌音にいった。

「あのさ、経験豊かなきみにいうのも何だけど、こういうのは、丸く納めるのが一番だと思いますよ。たかが子どもの喧嘩じゃないですか。大人がカッカときて、どうするんですか」

歌音は厳しい表情を崩さず、前を向いたままで言った。

「だめ。あなたにとっては、子どもの喧嘩に見えても、達也にとっては正念場よ。私たちが守らないで、だれがあの子を守るの。怪我をさせたことについては、謝ってもいい。でも、先に手を出したことについては、向こうも謝るべきよ」

角を曲がって路地裏に入ると、細い道の両脇には、紅葉《もみじ》や万年青《おもと》、松の鉢物などが所狭しと並べられている。路地の奥まで陽は射しこまず、軒下は暗がりになって、静けさを醸していた。三人に追いついた拓郎が先に立ち、インターホンのボタンを押した。

7

アッパッパを着て玄関に応対に出た祐治の母親のアイは、二人の子どもを連れた大人三人に目をみはり、「お父さーん、お客さんだよ」と声を掛けた。

新聞紙が畳まれる気配がして、奥から顔を覗かせたのは、ステテコ姿の四十絡《がら》みの春日栄三《えいぞう》だった。日に焼けた額に、深い縦皺が二本走っている。茶色に染めた頭髪を刈り上げ、小柄な体軀に敏捷《びんしょう》な動きを宿している。狭い玄関に立っている五人を眺め、「ま、おあがんなさい」と無愛想にいって、姿を消した。

陽に焼けたように黄ばんだ畳の部屋には、座卓やテレビ以外に雑多な品々が積み重なり、別室で着替えてきた栄三と五人が座ると、足の踏み場もなかった。アイは無言で、お茶を淹れるために台所に立った。

「このたびは、息子さんに怪我をさせてしまい、ほんとうに、申し訳ございませんでした」

挨拶と自己紹介のあと、拓郎がそういって、髪が畳につくほど深々と頭を下げた。ユイと歌音も、倣って頭を下げた。

「いやね、祐治も三針縫う怪我をしたが、骨は無事だったしね。事を荒立てるつもりは、ありませんよ。なにせ、まだ五つだからね。ものの弾みってやつでしょ」

座卓に茶が行き渡ったところで、栄三が別室にいた祐治を大声で呼んだ。

襖《ふすま》を開けて現れたのは、右腕に包帯をした丸々と太った男の子だった。まだ幼いのに、どこか不敵なところがあり、物怖じせずに、達也とダシェルを眺めおろした。歌音が横にいる達也を見ると、達也も両腕に力を入れて、祐治を睨みつけている。

「まあ、お宅らのお子さんがこの子に謝ったら、握手でお開き、というところですかね。もっとも、ちょっとはお見舞いの気持ちを形で示してもらいたいもんだが」

栄三はそういって、窺《うかが》うように三人の親を眺め回し、言葉を継いだ。

「まあ、こんな狭苦しいところで長居も辛いでしょう。早いとこ、お子さんに謝らせちゃ、どうですかね」

そのとき、拓郎の後ろに控えていた歌音が突然、声をあげた。

「私は達也の母親です。祐治さんに怪我をさせてしまったことは、ほんとうに申し訳ございません。ただ原因について、一言申し上げたいことがあります。達也に聞いたところ、先週の練習で、お宅の祐治さんとお兄さんが、ダシェルくんを蹴ったといいます。今日も二人が蹴ろうとしたので、達也が間に入り、祐治さんを押し戻した。それで揉み合って祐治さんが舞台から落ち……」

歌音が言い終わらないうちに、栄三が声を荒らげ、さえぎった。

「なんだい、謝りにきたと思って殊勝にしていたら、おまえたち、因縁つけに来たのか。

この子に怪我をさせた上に、泥をなすりつける魂胆《こんたん》かよ。そっちがそうなら、俺にだって考えがあるぞ。おまえたちはな……」

今度は歌音が部屋いっぱいに通る鋭い声で、栄三の言葉をさえぎった。

「お待ちください。お言葉を返すようですが、私たち、ほんとうのことを知りたいんです。何が喧嘩の原因だったのか。お父さんは、息子さんたちの言い分を信じますよね。私も、私の息子の言葉を信じます。お怪我をさせたことは、ほんとうに申し訳ありません。でも謝罪を、本心から謝罪をさせるためには、原因をはっきりさせてからにしていただきたいんです」

振り返って顔を顰《しか》め、歌音をなだめようとした拓郎の手を、歌音は振り払った。

「ほう、いい根性してるね、奥さん。子どもの喧嘩を、親が買って出ようってわけだ。で、どうなんだい。もしお宅の息子が嘘をついているってわかったら、旦那さん、どうやって落とし前つけるんだ？」

後の言葉は拓郎に向けられた。拓郎はしばらく、ジーンズの膝を両方の手で摑み、必死で思いを廻らせているようだった。沈黙を破って拓郎が言い放った。

「いや、そのときは、ぼくが責任を取りましょう。ぼくも妻の意見に賛成です」

栄三は、しめた、という顔になって舌先で唇を舐《な》めた。

「そうかい。美しい夫婦愛じゃないですか。よし祐治、お前に聞こう。そこにいる子が、こういっている。お前と宏治《こうじ》が二人で、そこにいるインド人の子を蹴った。そして今日も、蹴ろうとして、その子と揉み合いになり、お前が舞台から落ちた。イエスかノーか、どっちだ。嘘をついたら、タダじゃおかないからな」

祐治は、しばらく皆を見回していたが、しっかりした口調で言った。

「嘘だ。ぼくも、お兄ちゃんも、そんなことするはずない」

栄三は深くうなずくと、大声を出して兄の宏治の名前を呼んだ。

宏治も小学六年生にしては大柄で、体格もがっしりしていた。襖越しに会話を聞いていたのだろう。のっそり入ってくると、立ったままでこう言った。

「祐治のいうとおりだよ。父さん、ぼくが、こんなガキを相手にするはず、ないじゃないか」

どうだ、と言わんばかりの表情で、栄三は、眩しげに目を細め、逞しく肢体に肉が張った宏治を見上げた。

「どうです。あとは、そこのインド人の子だけになった。何ていう名前だね、坊ちゃん。ダシェルくんか。日本語、わかるかね？　じゃあ、オジサンが聞くから、正直に答えてくれるかな。この子がいったように、うちの子二人が、先週の練習で、きみを蹴ったというのはほんとうかい？　今日も、やはり二人がきみを蹴ろうとした。それもほんとうかい？」

栄三にそう問い詰められたダシェルは、まごついて、すがるようにユイの顔を見上げた。

「ダシェル、正直におっしゃい」

ユイは栄三の言葉を英語で伝え、息子に向かってそういった。ダシェルは消え入りそうな表情で達也の顔を眺め、それから兄の宏治、弟の祐治を盗み見た。

「さあ、もう一度聞くね。首をタテかヨコのどちらかに振って、オジサンの質問に答えなさい。まず聞くよ。先週の練習日、うちの兄弟がきみを蹴った。イエスか、ノーか」

ダシェルはためらいがちに、首を横に振った。

「じゃあ次だ。今日の練習で、その二人がまたきみを蹴ろうとした。イエスか、ノーか、どっちだい？」

ダシェルは、栄三の言葉のリズムに釣られるかのように、また首を横に振った。栄三は平手を打って、「これで決まり」と小躍《こおど》りした。

「やあ、奥さん。いま見てのとおりの結果になった。これでも、あなた、自分の息子さんのことを信じるのかい。息子が嘘をついたって、認めないのかい」

歌音は唇を強く噛みしめた。もしかすると、達也は、怪我をさせたことが怖くなり、とっさの嘘をついたまま、引っ込みがつかなくなったのだろうか。いや、そうじゃない。あの子は、嘘をつくような眼をしていない。でも、もし嘘だったら？　怪我をさせたうえに、この兄弟に濡《ぬ》れ衣《ぎぬ》を着せることになってしまう。どうしよう。

「奥さん、黙ってないで、何か言ったら？　旦那さんも、さっき責任を取るっていったよね。どう責任を取るつもり？　男に二言はないっていうよね。落とし前はつけてくれるんだろうね」

執拗《しつよう》な栄三の追及に、歌音は頭がくらくらし、しばらく額に指をあてた。頭の内側が割れそうなくらい熱くなっている。

と、力が抜けたように、その指が下に滑り落ち、歌音はコクンとうなだれ、へなへなとその場に崩れた。そのまま、ぐったりと意識を失った様子を見て、栄三は慌てた。

「お、奥さん、大丈夫か。おーい、アイ、氷だ氷。タオルを持ってきてくれ。悪かった奥さん、俺が図に乗りすぎた。おーい、アイ、おまえ何してるんだ。旦那もさ、ぼけっとしてないで、ホラ、体を支えて。奥さんをさすってやりなよ」

拓郎はすぐに後ろに回って、畳にくずおれた歌音を抱え、揺さぶった。

すると、突然、ぐったりしていた歌音が首を起こし、畳に腕をついて上体を持ち上げた。ようやく正気に戻ったように眩しげに周囲を見回し、やがて畳に座り直した。正面を向き、次第に目の焦点があってくると、猛禽《もうきん》が遠い地上に標的を見つけるときのように、目に厳しさをあつめて栄三を見つめた。その場のだれもが、息を詰めて歌音を見た。

歌音は、ゆっくりと居ずまいを正し、やがて啖呵《たんか》を切るようにきっぱりとした口調で話し始めた。

「春日さん、わたし、やっぱり息子の言葉を信じます。ほんとうのことは、三対一の多数決では決まらない。だれかが嘘をついているのでしょうけど、わたしは達也が嘘をつかないことを知っています。人から真実を認められないことには耐えても、自分が嘘をつく苦しみには耐えられない子だからです。わたし、ここであなたに負ければ、この先ずっと、この子に負い目を持ち続けることになる。伸《の》るか反《そ》るか。これは最後の勝負です。わたし、必ずあなたに勝ってみせます」

そう言って栄三を睨みつけた歌音の顔が、ふわっと穏やかな表情になって目を瞑った。かと思うと、彼女はまたうなだれ、しどけなく上体を崩していった。事態の進展に追いつかず、栄三は口をぱくぱくさせて、失神した歌音を指差した。

歌音だ。歌音が、戻ってきたんだ。

拓郎は素早く背中に手を差し伸べ、気を失ってもたれかかる上体を支えたまま、振り返って栄三を睨みつけた。

栄三はすぐに眼をそらし、首を縮めた。そしてアイが持ってきた洗面器の氷水でタオルを濡らし、甲斐甲斐しく絞ると、拓郎に差し出した。アイはおろおろしながら二人の息子を別室に追いやり、歌音を横たえる空間をつくった。拓郎は、ひったくるようにタオルを奪い、歌音の額に押し当てた。

「もう、意識が戻らないかもしれない。このまま死んでしまうかもしれない」

拓郎は、わざと悲しげな声音をつくって、ひとり言を呟いた。達也が、「ママ、ママ」と呼んで駆け寄った。

慌てた栄三は腰を浮かし、「救急車を呼んだほうが、よかありませんかね」と、周りを右往左往した。事情を知らないユイが青ざめ、立ち上がって携帯電話から消防に連絡しようとするのを、拓郎は目配せで制止し、栄三から見えないように、親指を立てて大丈夫だと合図した。

栄三は、うろたえながら、心細い声をあげた。

「いや、旦那も人が悪いよ。奥さんがこんなに繊細なかただと知っていたら、俺は、あんなふうにはいわなかった。いや、このとおり、謝ります」

何度かタオルを取り替えて額に押し当てると、歌音は小さく、うわ言をいい、それから薄目を開け、屈みこむ拓郎の顔を眺めた。視線がぼんやりして、まだ夢想の波間を漂っているかにみえる。

拓郎は軽く二、三度、掌で歌音の頰を叩いた。見ていた栄三が声をあげた。

「そいつは乱暴だ。もっと優しく。優しくしてあげて」

歌音は、今度は眼をしばたたき、そのたびに長い睫《まつげ》が上下した。

「私、どうしたのかしら。何も覚えていない」

「大丈夫だ。きみが現れて、ぼくらを助けてくれたのさ。きみに感謝するよ」

拓郎は、昔の歌音に向かって囁いた。

「いやあ、よかった。奥さん、ほんとうにごめんなさい。いやあ、びっくりした」

栄三は広げた右手を団扇《うちわ》のように振って、火照った顔を冷やしながら、そう安堵の溜息を漏らした。

「それじゃ、彼女の容態が落ち着くように、ぼくらはここで失礼いたします。今回は、息子さんにお怪我をさせて、ほんとうに申し訳ありません」

拓郎は立ち上がって、また深く頭を下げた。栄三が、慌てて手を振った。

「滅相《めっそう》もない。私も大人げなくあんなきついことをいって、申し訳なかった。売り言葉に買い言葉で、つい引けなくなってしまった。奥さんに何事もなくて、助かりました」

拓郎は、よろける歌音の肩に腕を回し、達也の手をとって玄関を出た。歩きながら、達也は強く、拓郎の手を握りしめて放さなかった。

8

ユイが歌音のマンションを訪ねてきたのは、その夜も更けてのことだった。

ようやく達也を風呂に入れて寝かしつけ、これから拓郎と一杯やろうという時間になっていた。インターホンでユイと知り、歌音はパジャマの上に薄地のガウンを羽織って鍵を開け、驚きの眼で迎え入れた。

「どうしたの、ユイ。こんな遅くに。いいから、中に入って。こんなところじゃ、話もできない」

半ば強引にユイを招き入れた歌音は、やはりパジャマ姿の拓郎とともに、ユイの話に耳を傾けた。

夫のラジェーシュが関西への出張から帰宅したのは、ユイがダシェルを寝かしつけた後だった。はじめは鼻歌交じりでユイの話を聞いていたラジェーシュは、ダシェルと達也が子どもに怪我をさせたと聞いてさっと表情を変え、黒い大きな瞳を見開いてユイの話に聴き入った。

歌音が、謝る前に真相を明らかにすべきだと主張した経過を話すと、大きくうなずき、「それでこそ母親だ」と英語で呟いた。

ユイと拓郎がお見舞金の相談をしたときに、歌音がそれを拒み、別室に達也と二人になって説得したと知ったときも、大きなジェスチャーで賛同の気持ちを表した。

しかし、春日家に出かけ、拓郎夫婦と三人で話し合いをした段になると、ラジェーシュの顔が急に曇った。何か考えごとをするときの彼の癖で、口ひげをむずむずさせながら、右手の爪を噛んでいた。

栄三がダシェルに詰問し、イエスかノーかで答えるように迫った場面になると、ラジェーシュは何度も再現するよう求め、細部を確認した。それから、いきなりヒューと口笛を吹いて、無言で子ども部屋に近づいていった。

「ラジー、だめよ。ダシェルは一日神経を磨り減らして、すっかり疲れているの。明日にしてちょうだい」

そのユイの声には耳を貸さず、ラジェーシュは子ども部屋に入って電気をつけ、ダシェルを揺り起こした。

「だめよ、寝かせておいて」

追いかけたユイが鋭い声を発しても、ラジェーシュは聞かなかった。ベッドに横座りになり、小さな頭をもたげて瞼を擦《こす》り、眩しそうに灯りを見るダシェルに、静かに話しかけた。

「いいかダシェル、これは名誉にかかわる大切なことなんだ。もう一回、やってみてくれ。うん、そうやったんだね？　そうだったのか。よし、その意味は？」

ダシェルが小さな声で何かを話しているが、ユイには聴き取れなかった。

「うん、そうだろう。よくがんばったな。ダシェルは、お父さんより勇気があるよ。ごめんね。さあ、ゆっくりお休み」

ラジェーシュは、そういって電気を消すと、ユイに向かってシーッと唇に人差し指をあて、忍び足をするふうに子ども部屋から遠ざかった。

「それなら、最初から起こさなければいいでしょ」

ぶつぶつ文句をいうユイを椅子に座らせ、ラジェーシュは、さもおかしそうに笑った。

「なるほどな、こんなことって、あるんだ。やっぱり文化の違いはこわいよ」

「何よ、早く説明してよ」

ラジェーシュは、話すかわりにユイに向かって、何度か小首を傾げる仕草をしてみせた。

「きみは何度もインドに来て親戚に会ったから、このジェスチャーはわかるよね」

ユイはそのとき、はっと思い当たるものがあった。多くのインド人は、人から質問をされると、首を斜めに振って「イエス」の意味を示す。日本人とは違って、タテヨコでイエスかノーかを示すのではない。初めてインドを訪れたころのユイは、インド人のイエスの素振りを「ノー」だと勘違いして、何度か誤解したことがあった。

　春日家を訪れたとき、ユイはダシェルのすぐ傍らにいたから、彼のジェスチャーが栄三にどう見えたか、わからなかった。ユイの角度から見ると、ダシェルは首を横に振ったかのように見えた。栄三が確信をこめて断定したものだから、それを改めて疑うことをしなかったのだ。

「とすると、あの子、イエスって答えたってわけ？」

　ラジェーシュは朗らかに笑い、口ひげを大きく上下に動かした。これは機嫌のいいときの徴《しるし》だ。

「そう、もう一度やらせたら、だれが見たってイエスの答えだ。もっとも、日本人にはわからないだろうけれどね。念のために、ダシェルに、どう答えようとしたのか、聞いてみたよ。先週の練習の前、その家の二人の兄弟に蹴られたそうだ。たいした痛みはなかったが、大柄な兄貴が、ダシェルと達也に口止めを命じた。ダシェルは小さくて、ひょろひょろしているから、イジメの標的にされたんだろう。今日もダシェルを蹴ろうとしたので、達也くんが間に入って止めようとして、三人は揉みあった。その弾みで、その子が舞台から落ちて怪我をした。ダシェルは兄貴の仕返しがこわくて黙っていたが、歌音さんががんばっているのを見て、恥ずかしくなった。それで、思い切って告白したつもりだった。せっかく、男を上げる場面だったが、その兄弟の父親には通じなかったんだ」

ラジェーシュの謎解きを聞いて、ユイも思わず笑い出した。そうだったのか。そのうち、歌音の顔が脳裏に思い浮かび、一刻も早く伝えねばと思い立ち、ラジェーシュにも勧められて、夜道を訪ねてきたのだという。

「ごめんね、歌音。わたし、あなたみたいに強い母親になれなかった。もしや、と思ってダシェルや達也くんのこと、疑う気持ちを否定しきれなかった。あなたに謝らなきゃ」

あのまま謝っていれば、達也の気持ちは歌音から離れ、気持ちの溝は広がっていく一方だったろう。危ないところだった。そう思った歌音は、真相の濁った川の底から、ジエスチャーという小さなヒントの釣り針を使って、うやむやになりそうな真相を掬《すく》い上げたラジェーシュに感謝した。そして、「名誉にかかわる」という夫の言葉に背を押されて、こうして夜道を急いで伝えにきてくれたユイの気持ちもありがたかった。

「とんでもないわ。わたしこそ、感謝しないと。ラジェーシュさんが見破らなかったら、しこりが残ったかもしれない。これですっきり靄《もや》が晴れて、気分がいいわ。ありがとうね、ユイ。知らせにきてくれて」

二人からビールを勧められるのを断って、ユイは帰っていった。

扉が閉まったあと、拓郎は冷蔵庫から瓶を取り出して二つのグラスにビールを注ぎ、歌音の前に置いた。

「今日はありがとう。きみは最高の母親だ。乾杯」

一口でグラス半分のビールを飲み干した歌音は、口元の白い泡を拭って言った。

「でもねえ、私、自信がない。今日だって、あの場面で本物の歌音が現れなければ、私も妥協して、謝っていたかもしれない。あの人が、私たちを助けてくれたようなものよ。もし私たちが謝っていたら、達ちゃんはきっと、心を閉ざすようになっていったと思うの。やっぱり、歌音は、そのことを知っていたのよ」

歌音の言葉にうなずいた拓郎は、遠くをみる視線で相槌をうち、急に何かを思い出して、首を横に振った。

「でもなあ、ぼくもからきし、意気地がない。金で物事を丸く納めようとしたし、とにかく謝って、相手の気持ちをなだめようと考えていたからな。その点、きみは立派だったよ。最後まで達ちゃんのことを信じようとしたからね」

歌音は、その言葉をしばらく嚙みしめ、ううん、と頭を振った。

「私もね、春日さんに問い詰められたとき、迷いに迷った。一方ではね、こう叫びたかった。「いいんです。たとえ達也が嘘をついていても、私は信じる」。でもね、他方で、こういう気持ちもあった。もし嘘をついて、それが通るという体験をしたら、達也はこれからも嘘が通ると思い込むんじゃないかって。よくいるでしょ、そんな大人。周りからみれば、透明なガラスのように嘘が丸見えなのに、本人だけは騙しおおせたと思っている。皆に哀れみの目で見られているのに、気づかないのは本人だけよ。そんな人にはなってほしくない。だから、二つの思いに引き裂かれて、頭が壊れそうになった。そこに、本物の歌音が現れて、私たちを救ってくれた」

うなずきながら、拓郎は唇を持ち上げたグラスの縁にあて、そのまま考え込む表情になった。

「うん、でもきみがあのとき、「たとえ達ちゃんが嘘をついても、私は信じる」と思わなかったら、歌音は大勢の人前に現れていただろうか。彼女は、きみがこれまでの一線を越えて、ほんとうに達也に寄り添っていると知ったから、人前に現れる勇気を与えられたような気がする。っていうか、きみと力を合わせて、達也を守ろうと思ったんじゃないかな」

「うん、でもそれなら、あなただって同じよ。春日さんに詰問されて、あなたが妻を支持するっていわなければ、私もそれ以上はがんばれなかった。私ね、意識はまだ、男でしょ。子どものことで両親の男が二人、同じ立場をとれば、子どもの居場所はなくなってしまう。いつも、そう考えるの。だから、突っ張ってでも、母親の身になって達也を守ろうって考えるようになった。そうじゃないと、あの子の立つ瀬がなくなるから」

拓郎は、急にからかうような目になり、達也を思いやって放心したような歌音の顔を眺めた。

「そうか、きみもずいぶん、女らしくなってきたな」

その歌音の視線が、にわかに鋭く角《かど》だってきそうなのを感じて、拓郎は慌ててこう言い直した。

「いや、誤解しないで。そういう意味じゃなく、ずいぶん母親らしくなってきましたね、っていう意味ですよ。でもさ、ぼくはちょっと気になっていることがあるんだ」

拓郎が話の鉾先《ほこさき》を変えたことに不満そうだった歌音も、眉根を寄せた拓郎の表情に釣られ、思わず、「何なの、気になることって」と問いかけていた。

「本物の歌音が現れたとき、きみは意識を失っていて、歌音の言葉を聞かなかったんだよね。それって初めてのことじゃないか。彼女、こういって春日さんに啖呵を切った。『伸るか反るか。これは最後の勝負です。わたし、必ずあなたに勝ってみせます』ってね。気になっているのは、『最後の勝負』っていう言葉さ。あのさ、ちょっとベランダに出ないか」

拓郎の誘いに、歌音はすぐに、うなずいた。

9

ベランダに出て歌音が細身の煙草を吸うと、拓郎の鼻腔をミントの香りがくすぐり、また流れていった。

「ちょっと話がしたくってね。きみ、コーディネーターの黒沢さんから、『干渉現象』の話は聞いたよね？」

歌音がうなずくのを横目で確かめ、拓郎は続けた。

「海馬移植をすると、された側の人間に「干渉現象」が起きる。新しく移植された海馬と、残された肉体がなじむまで、いろんな葛藤が起きるっていう。つまり、脳と体の戦いだ。これまで何度か、きみの体で歌音が反逆を起こし、きみの意識に勝利した。でも、いずれ和解のときがくる。黒沢さんは、最後に体が脳に打ち勝つことはない、っていうんだ。歌音の体は、新しい意識のもとで平穏な和解の道を選び、もう二度と現れなくなる。ぼくはさ、今日、本物の歌音が「最後の勝負」と啖呵を切ったとき、これで二度と本物の歌音は表に出なくなるんだ、って感じた。ぼくとしては、何だかせつなくてね」

歌音はベランダにもたれかかりながら、黙って、左手を伸ばし、軽く何度か拓郎の背中を叩いた。

「わかるわ、その気持ち。私だって、ほんとうに追い詰められたとき、心のなかで歌音に向かって叫ぶから。「歌音、だめじゃない。絶体絶命のこんなとき、出てこなくちゃ。いまこそあなたの出番なのよ」って。それで何度も助けられ、ここまできたの。でも、彼女はいつだって「最後の勝負」をしてきたんだから、これで終わり、って考える必要はないと思う」

しばらく黙っていた拓郎は、歌音を振り返って、その目を見た。

「そうかもしれない。でも、ぼくがあなたに聞きたいのは、あなたがこのまま歌音になるのかって、ことなんです。歌音がいなくなったら、あなたもいなくなる。そんな気がしてしまうんです」

歌音は真剣な拓郎の表情から目をそらし、ベランダの向こうに瞬《また》く様々な原色のネオンサインや赤いテールライトが流れるのを眺めて、ふっと笑った。

「そうね、手術してからの私、昔の意識が歌音の体を馴《な》らしてきたっていうより、逆のような気がするわ。達也のために生きようとする彼女の力が、私よりも数倍強くって、本物の歌音にあわせて、わたしの意識が変わってきたような気がする。もちろんいまもしばしばこうして女ものを着て、女言葉を遣うことに、まだ違和感を感じることはある。でも女にはなれなくても、母親になることはできると思う。だから前を行く歌音の背中を見ながら、彼女からはぐれないようにしよう、見失わないようにしよう、って必死なんだ。だから、他人からどう見えようが、わたしには、もう関係ない。わたしは、わたし。そう思えるようになった。これって、歌音がわたしになったの？　それとも、わたしが歌音になったの？」

拓郎は、意外そうな目をして、歌音の横顔を見守った。

「ひとつの小さな命を育《はぐ》むには、それと命を引き換えにしてもいいような、全身のエネルギーを注ぐ大人が周りに必要なのね。そうでないと、小さな命は、たちまち萎れて、枯れてしまうか、歪《いびつ》なかたちで固まってしまう。わたしね、達ちゃんを見守る歌音の姿をみていて、そう教えられた。わたしが五十八歳の男か、三十二歳の女か、こだわっていたら、達ちゃんのことを守れない。わたしたちは、ただ命を擦り減らし、へとへとになって、その小さな命を育て、朽ちていく。そのために与えられた命なんじゃないかしら」

　その言葉を聞いて、拓郎は何度か大きくうなずいた。

「うん、いまの言葉を聞いて、何となくわかったような気がする。あなたは五十八歳の男のままかもしれない。でも、三十二歳の歌音も、あなたのなかで生きている。彼女が表に現れなくなっても、あなたのなかで生き続ける。男か女か、こだわることもない。達也を守るためには、そんな余裕なんかない。そうですよね？」

　歌音はもう一本の煙草に火をつけ、目に沁みる紫煙に目をしばたたかせながら、拓郎のほうを見た。

「でも、あなたはどうなの？　こんな不安定な生活に耐えられるの？　あなたって、ふだんは昔の歌音に接するように必死に振る舞っているけど、時々わたしのなかの五十八歳の男に気づいて、急に改まって敬語なんか使うじゃない。そんなの、いつまで続くかな」

　拓郎は顔を赤らめたが、歌音からは見えなかった。

「そんな。いや、もちろん、元のあなたに敬意を払っていますよ。あの夜みたいに、ヘンな気を起こすこともないし。でも最近、あなたがすっかり歌音になりきってしまうと、昔のあなたのことをすっかり忘れて、馴れ馴れしい口調になってしまうんです」

　歌音はそれを聞いて噴き出し、ベランダの手すりの上の左手を伸ばして、拓郎の右手に触れた。

「いいわ、こうしましょう。これからは、どんなときも、わたしに敬語を使うのはやめて、昔の歌音に接したときのように振る舞いなさい。わたしも、年下のあなたに腹を立てたりしないようにする。とりあえず、父親と母親の役割を演じていきましょう。約束できる？」

歌音がそう問うと、拓郎は、心を固めたように、深くうなずいた。

「そうね、男と女、だれだって、とりあえずの役割を演じているのかもしれない。父親や母親も同じ。ある日突然、お父さんが女性になっても、お母さんが男だってわかっても、それはそれでいいの。それぞれの役割を取り替えたり、補ったりして、大きな川の流れを泳ぐ小さな命の群れを、そこにいる人たちで守ってあげればいいのよ」

ひとり言のようにそう呟くと、歌音は、左手を離して、もう一度拓郎に向き合った。

「この前から考えていることがあるの。わたし、近いうちに札幌のお母さんに会いに行こうって思う。そのあいだ、達ちゃんのこと、面倒みてくれるかしら」

「えっ、和子さんに？」

拓郎は意外そうな表情を浮かべた。どうして、見ず知らずの「母親」に会おうという気になったのだろう。拓郎の表情に浮かんだその疑問を探知したかのように、歌音がいった。

「わたしね、わたしが歌音になるパズルの最後の一片は、お母さんに会うことのような気がする。だって、歌音が必死になって達也を見守っているように、歌音のことを育ててきた人なんだもの。彼女に会えば、何かがわかるような気がする。それと、手術を決意した歌音に、最初に同意したのは、あなたじゃなく、和子さんのほうだって、あなた言っていたわよね。わたし、お母さんに、新しくなった娘を見てもらいたい気がするの」

拓郎は、すぐに歌音の提案に同意した。

「いいよ。ぼくも、お母さんにきみの姿を見てほしい。じゃあ明日、お母さんのこれまでの経歴や性格、それに好みを紙にまとめておこう。初対面の二人がまごつかないようにね。さあ、もう遅くなったから、そろそろ休もう」

だが、歌音は動こうとしなかった。

「拓郎、いまのうちに、もう一つだけ、聞いておきたいことがある。いいえ、返事はいますぐでなくてもいい。でもあまり遅いと、間に合わなくなる」

謎をかけるような歌音の物言いに、拓郎は怪訝そうな表情を浮かべた。

「歌音の記憶が移植された男性のことなの。つまり、かつてのわたしが棲んでいた故郷。ある人に聞いたのだけど、その彼が衰弱して、意識がなくなりつつあるの。わたしたち、達ちゃんを連れて、その人に会いにいかない？」

拓郎は面食らって、言葉に詰まった。

「でも、法律で、以前の彼女に会いにいくのは禁じられている。ぼくはとうに諦めているし、達ちゃんだって、いまのきみを歌音と思っているんだ。いまさら、そんなことをいわれても」

「そうじゃない。歌音さんのためなの。あなたとわたしが達也を連れて歌音さんの前に姿を見せたら、きっと彼女は、自分の決断が正しかったって、思えるんじゃないかと思うの。いまのまま、だれからも見放されて死んでいくなんて、あんまりじゃない？」

「もちろん、ぼくだって、そう思っていた。どうにかして、彼女に会いたいって。でも、法律違反になったら、今度は、きみがぼくらから、引き離されてしまうんじゃないか」

すぐに歌音はその言葉を引き取った。

「うん、もちろんその病院の住所も、移植相手の男の人の名前も、わたしは知っている。プライバシーは隠されているから、だれにも、わたしたちが移植相手の一家だとはわからない。遠い親戚といってしまえば、それで通ると思う。ただ、事前に一人にだけは断っておきたい。もちろん、法律違反になるから、暗黙の同意でしかないけれど」

「黒沢さんだね」

言い当てられて、歌音は驚きの表情を浮かべ、拓郎を振り返った。

「以前ね、黒沢さんと話したことがある。もう昔の歌音に会うことができないって言った後で、彼はぼそって付け加えたんだ。ただし、周囲に知られないように会いにいっても、私には止められませんが、って。どうだろう。彼に許可を求めたら、彼の立場がなくなってしまう。遠まわしに仄めかして、それで彼の表情を見守るっていうのでは」

歌音は、拓郎の意見に賛成した。

「拓郎も成長したわねえ。じゃあ、そうする。黒沢さん次第ね。これで安心して寝られる。お休み、拓郎」

拓郎も声を弾ませて「お休み」と答え、二人はそれぞれの部屋に戻っていった。

終章　わたしは、カノン

1

歌音が札幌の実家を訪ねたのは、東京ではまだ暑さが残る季節だった。新千歳《しんちとせ》空港に降り立ち、札幌駅に向かう列車の沿線は、広くなだらかな丘陵に沿って白樺林《しらかばばやし》が広がり、冷涼な空気のなかで、すでに木々の葉末の紅葉が始まっていた。

北斗は以前、何度かこの町を訪ねたことがあったが、秋のこの季節ははじめてだ。前夜に歌音は、電話で母の和子に電話をして、季節の服装を尋ねておいた。

「そうね、あなたのワードローブにベージュのコンパクト・トレンチがあったはずよ。膝丈くらいで左右に大きなボタンが並んでいる。あ、それよ、きっと。それと、カーディガンも必携ね」

「まさか、まだ東京ではこんなに、うだるような暑さよ。大げさじゃない？」

東北の季節感を肌で感じて育った北斗の記憶に照らし合わせても、その服装は季節よりも早すぎるように思えた。だが、拓郎のいうように、娘には濃やかな気遣いをする母親だから、従っておいたほうがいいだろう。

札幌駅の南口を出ると、奥に寒気の棘《とげ》を感じさせる風が吹きつけて、思わず歌音はトレンチの襟を掻き合わせた。それでも隙間から吹き込む冷気は、中に着た白地のボーダーシャツやコクーンスカートから素肌に入り込み、思わず震え上がるほどだった。

駅前通りはスクランブル交差点が多いから、タクシーだと時間がかかる。北四条を真っ直ぐ西進し、そこから市電の西線に沿って南下しなさい。南十四条といえば、運転手はすぐにわかるわ。

その和子の指示どおりの道順を告げると、年輩の運転手は、バックミラー越しに歌音の顔を見て、「お嬢さん、よくわかるね。それが一番の近道だ。札幌の人？」と問いかけた。

「え、ここで生まれて育ったけれど、いまの住まいは東京です」

「そうか。いまごろまでは最高の町なんだけど、十一月から来年四月まで、また厳しい季節になっちまう。またあの冬がやってくるかと思うとねえ」

遠くのほうに、なだらかなカーブを描く稜線《りょうせん》が見えた。上のほうから燃え立つように木々が色づき、下に向かって緑に変わるその諧調《かいちょう》が、自然のパレットのように見える。

「きれいね、あの山。何ていうのかしら」

ひとり言のような呟きを耳に挟んで、運転手が噴き出した。

「やだね、お嬢さん。藻岩山《もいわやま》を忘れたのかい？　俺は小さなころから昆虫を採るのが趣味だったけど、藻岩山と円山《まるやま》と、二つの原生林が市街地にまで張り出す都市っていうのは、世界でも珍しいんだって。だから、昔はどこでも珍しい蝶やトンボが採れた。ファーブルが何人育っても、おかしくない場所なんだ」

実家に近づくころには、頂上付近から篝火《かがりび》をたいたように色づく藻岩山は、驚くほど間近に迫ってみえた。歌音は、毎日この景色を見ながら育ったのだろうか。

実家は表通りから小路をたどり、十メートルほど奥に建つ木造の平屋だった。玄関に行くまで、細道に沿って左手には、庭石を配した築山《つきやま》のような傾斜があり、燃えるようなサルビアや桔梗《ききよう》が咲いている。細くて白い花を密集するように立てた花が珍しく、歌音はしばらく見とれた。

「それね、サラシナショウマっていうのよ」

声に気づいてそちらを振り返ると、いつの間に出てきたのか、開けたままの蔀戸《しとみど》の前に、写真で見慣れた和子が立っていた。

「歌音、お帰り」

和子はそういって近づくと、黙ったままで歌音の両肩を抱いた。

「まさかね、こんなに早く、歌音の元気な姿を見られるとは思わなかった。さ、寒くなるから、早く家に入って」

外から蔀戸と見えた戸口の後ろには、二重になったサッシのドアがあり、その先に、よく磨き抜いた上《あ》がり框《かまち》があった。縁側に面した広い和室に入ると、そこにはビニールの敷物の上に、描きかけの油絵が幾枚も、イーゼルに立て掛けられていた。花の絵が多いが、歌音と達也を描いたとみられる母子像の習作もあった。

「へえ、すごいね、お母さん。いつの間に、こんなに絵を描くようになったの？」

お茶を淹れて戻ってきた和子に、歌音はそう声をかけた。

「そう、お父さんがガンで亡くなってからかな。ほら、わたし、以前はお茶を習っていたでしょ。この部屋は炉《ろ》を切っているから、あなたが高校生ころまで、ここで仲間とよくお茶を点《た》てていた。でも、やっぱりこの齢になると、ひとりでできる趣味のほうが、よくなるのね。お茶だと道具にお金もかかるし」

その後、夕方の六時ごろから居間のテーブルで和子の手料理に舌鼓を打っていると、窓の外はいつのまにか、深い青がひしめき合って押し重なるように、黒みが増していた。

「この季節、夜がずっと早く訪れるようになって、寂しくなるのね。これから雪が降るまでの季節が、一番こたえるわ」

歌音は、それまで和子が、一度も手術後のことを聞かないことに気づいた。

「お母さん、わたしのこと、少しも聞こうとしないのね」

思い切って、歌音が尋ねた。

「え？」

意外そうな表情をして、和子が言った。

「あなたが、もとは五十八歳の男性だったっていうこと？　それとも、あなたがまだ、母親のわたしのことを、少しも知らないっていう話？」

図星をさされて、歌音は怯《ひる》んだ。和子があまりに自然に歌音を受け入れるので、歌音は、和子の認知症が進み、娘が北斗と入れ替わったことを、すっかり忘れてしまったのではないか、と誤解したほどだった。

「わたしはね、あなたの母親でしょ。さっきあなたを一目見たときから、やっぱり、わたしの歌音が帰ってきた、って思った。ほんとはね、昨日まで、歌音でなくなっていたらどうしよう、って心配で、よく眠れなかったのよ。でも、やっぱりわたしが思ったとおりだった。そうやって驚いたときに、小鼻をふくらませたり、さっきみたいに心を言い当てられて伏し目になったり、ちっとも変わっていない。あ、やっぱり歌音だった。こんな表情をする子なんて、世界中を探したって他にどこにもいない。母親って、そんなものよ。それに比べたら、あなたの過去なんて、どうでもいいの」

そうすると、自分は母親の和子から見ても違和感がないほど、昔の歌音に近づこうとしているんだ。歌音は、手術の後のリハビリで、小鼻をふくらませる練習をさせられたことを思い出した。だが、伏し目にするという練習はあっただろうか。歌音は、いつの間にか、自分のなかの北斗の意識がまろやかになり、その輪郭が溶けだして、和子の体内にくるまれていくような気がした。

「明日はさ、歌音が通った幼稚園や学校をたどってみない？　歩きながら、いろんな思い出を話してあげる。あなたにとって、初めての場所ばかりなんだろうけれど、きっとあなたの記憶は、それを懐かしい、って感じるような気がする。母親の勘って、あたるのよ」

それは不思議な体験だった。翌日、和子に案内されて、歌音が昔住んだ南八条の家に行くと、近くのどの道角にも、遠い昔に何度も見た記憶が残っているような気がした。

ときには、その既視感のなかに、昨晩見せてもらった歌音のアルバムから少女が抜け出し、ひょっこりと顔を覗かせる気配を感じる。

　アルバムを見たせいで、そのイメージの残像を実際の風景に焼き重ね、三次元の空間に、遠い昔を夢見ているのだろうか。それとも、歌音の体のどこかに、体内で記憶した風景の粒子があって、珊瑚《さんご》が月夜に一斉に産卵するように、こうして思い出の地に立つとその粒子が立ち昇り、懐かしさが蘇るのだろうか。

「不思議だわ。一度も見たことがないのに、何だか懐かしくて胸が締めつけられる。あ、あのオンコの生垣。冬になると、あそこで赤い実を摘んで遊んだわ。あのリンゴの木、すごいわ、まだ生きていたのねえ」

　そうやって小走りになり、先に立っては思い出を発見する歌音を、和子は柔和な目で見守った。

　旧居からの帰途、ついさっきまで、はしゃいで高揚していた歌音が、寡黙になった。気づいた和子が、そっと声をかけた。

「歌音、どうしたの？　あまり懐かしくって、昔のこと思い出した？　それとも、満ち足りた昔に比べて、いまの生活がつらい？」

「ううん、そうじゃないの。さっきから、一度も見たことのない景色が、どうしてこんなに懐かしいか、考えていたの。既視感とか、錯覚とか、思い込みとか、いろいろ説明してみようとした。でも、うまくいかない。結局、思い当たることが一つだけあった」

「何かしら。歌音は昔から、突拍子もないこと思いつくからね」

「それは、お母さんのせいなの」

「え、わたしのせい？」

「そう、いまのわたしを包んでいるお母さんの空気が、きっと少女のころの歌音を包んでいたあたたかさと、少しも変わっていないんだろう、って思った。いま見た景色は、現実とはちょっと違っていて、お母さんと一緒のときにしか、見えない風景のような気がする。だから、いまのわたしは、昔の歌音になってあの光景を見ることができる。そう思い当たったのね」

「何だか、むずかしいことをいうねえ。わたしにとっては、幼いころの歌音とあの景色を眺めて、今日もこうして大きくなった歌音と同じ景色を見られて、それだけで幸せだわ」

そう、わたしも、それを言いたかった。わたしが、わたしでいられるのは、ふるさとがあるから。わたしが、わたしでいるのは、お母さんがいてくれるから。

でも、それを話しても、言葉ではうまく伝わらない。

歌音は和子と並んで、陽が藻岩山に落ちかかって急速に暗がりが立ち込めた道を歩いていった。

2

翌日二人は和子の提案で、札幌の奥座敷と呼ばれる定山渓《じょうざんけい》温泉に足を延ばした。石山通りの停留所からじょうてつバスに乗って四十分、建ち並ぶ大型の郊外店が途切れるあたりで、周囲には、赤黄で縫った刺繍をまとう初秋の山肌が迫ってくる。ススキの穂が白く豊かに出揃い、風になびいている。もう間もない命の刻限を悟ってか、澄明な陽の光に、キラキラッと透明な羽を震わせる無数の茜蜻蛉《あかねとんぼ》が、せわしなくバスの窓外を飛び交い、風に飛ばされていった。小さな交尾のハート形の輪をつくり、雌雄《しゆう》二匹が結ばれたまま飛んでいく。

「まあ、きれいね」

はじめて見る茜蜻蛉の群舞を眺めて、歌音が呟いた。

「そう、華やかね。でも、あれはトンボたちが、寒くなる前に、大急ぎで命を産み落とす準備をしているのね。間もなく、自分たちの終わりも近い。無意識のうちに、それを肌で悟っているから、必死になる。秋が華やぐのは、大勢の命が死を前に、次の命を生み出そうと燃え上がるからかもしれないわね」

その和子の言葉に、歌音は自分のことを重ね合わせ、じっと聴き入っていた。

目指す旅館は、バス停から歩いて五分ほどのこぢんまりとした宿だった。玄関を入るとフロントはなく、通されたソファで休む間に、和服姿の女性が宿帳をもってきて腰を屈めた。中国人の観光客で賑わう大きなホテルと違って、人目を欺《あざむ》く壮麗さには程遠いが、これはこれで、だれの目も気にせずに寛げる心地よさがあった。

「ここね、まだ、地元の人しか知らないのよ。小さな部屋しかないけど、大きな露天風呂から見下ろす峡谷《きょうこく》の眺めがとってもきれいなの。歌音も気に入るわ」

十畳ほどの和室に通され、椅子が向き合う板の間から外を見ると、窓の向こうには、まだ艶《つや》のある緑を湛えた木々を背にして、一本の大きな枝が、朱に染まった流れ落ちる滝の飛沫のように、空に鮮やかな紅を散り広げていた。

「ここね、札幌周辺では真っ先に紅葉するのよ。藻岩山の上のほうも紅葉しているけど、ここだとすぐ目の前に見える。この景色を歌音に見せたくってね。さ、まずはお湯を浴びようか」

その和子の声に、歌音は一瞬、ためらいの表情をみせた。しばらくして、和子がクククッと笑いを洩らした。

「ばか、なあに考えてんのよ。わたしたちは母娘で、わたしはもう、オッパイも垂れたお婆ちゃんだよ。昔のおまえなんか、服と一緒に脱ぎ捨てちゃいなさい」

浴衣《ゆかた》に着替え、二人は女性専用になった露天風呂に向かった。歌音が浴衣を脱ぎ、前をタオルで覆って湯気に煙るガラス戸を開け、内湯を通って外に出ると、目の前いっぱいに、赤や黄で彩られた深い峡谷が広がっていた。高台から外に張り出した湯殿は、まるで空中に浮かぶ物見船のように見えた。

まだ日暮れには時間があり、大きな露天風呂に人影は疎《まば》らだった。

「ほらさ、オッパイもこんなに萎れちゃって。お腹だけはポッコリしてるけど、そのせいでここんとこ、シワになってるでしょ」

和子はそういって、お湯を透かして見える、たるんだ横腹を視線で示して笑った。

「わたしも、以前は歌音みたいに張りのある体をしていた。オッパイも丸く盛り上がって、桜色の乳首がツンと澄ましたみたいに上を向いていた。だけどそれは、さっきのトンボみたいに、必死になって次の命を産み落とそうとするときに、端《はた》からきれいに見えるだけなんだねえ。自分では何も気づかず、ただただ、夢中だったわ」

和子の言葉に歌音はふと、あの夜居酒屋で、篠山と交わした会話を思い浮かべた。若い日々に、人は夢中で、がむしゃらになっていて、その若さには少しも気づかず時間を過ごしてしまう。振り返れば懐かしいが、もう二度とその日々を繰り返そうとは思わない。篠山はそういった。

たしかにそうだ。老いた北斗は、若い歌音の体を手にしたが、どこにも安らぎなどなかった。達也や拓郎と日々どう向き合うかに必死で、北斗の体験や知識をいかす機会など、どこにもなかった。そうしてみると自分は、篠山やかつての北斗のように、そのときは無我夢中で、あとになってしか甘美な記憶に熟さない、あの苦役の日々を繰り返そうとしているのだろうか。そう物思いに耽る歌音に、和子がいった。

「あのね、歌音。あなたに言っておきたいことがある」

歌音は、汗の粒が浮き出て、ほんのり赤くなった和子の顔を見た。

「歌音が手術のことを切り出したとき、わたしは初め、強く反対した。だって、瀕死の男性の体に閉じこめられるあの子のことを考えただけで、胸が締めつけられる気がしたもの。それに、あの子の体にあなたが乗り移って、元の歌音でなくなるかもしれない。そうすれば、だれもが不幸になるだけだもの」

歌音は黙って、和子の言葉に耳を澄ましていた。

「拓郎さんから呼ばれて上京して、はじめて歌音を見たとき、すぐに記憶が消えつつあることがわかった。食器棚のガラス戸いっぱいに付箋《ふせん》を貼りつけて、写真にも書き込みがしてある。数年前に、わたしも認知症と診断されて、同じようなことをしていたから。そんな歌音を見て、わたしもはじめは、パニックになった。どうしてわたしより早く、この子がそんな目に遭わなくちゃいけないのか、ってね。でも、歌音は言ったの。人はだれも、お終《しま》いに向かって進む針なんじゃないか、って」

「お終いに向かって進む針？」

「そう、歌音はそう言った。その一言がわたしの背中を押したの。時計の針って、終わりはない。電池がある限り、いつまでもグルグル回っているわよね。でも人はみんな、お終いに向かって進む針。遅かれ早かれ、そのお終いがやってくる。あなたの祖父母、つまりわたしのお父さんとお母さんは、段々に記憶を失って、お終いは赤ちゃんみたいになって亡くなった。赤ちゃんって、放っておけば、食事もとれず、ウンコやオシッコだらけになるわよね。そうならないように、だれかがお世話をして、ようやく人間らしく最期をまっとうできるのね」

歌音はその言葉の先を待った。

「どんな人も、長生きをすれば、そうなっていく。わたしはお父さんがガンで亡くなったとき、はじめは泣きじゃくった。でも、自分が認知症と診断されてから、意識がしっかりしたままで逝くのと、どちらが幸せなのかな、って思う。歌音、いまから考えておいて。三十二歳の女性に、五十八歳の男性の海馬が移植されるとするでしょ。するとその人の海馬は、見かけの若さよりずっと早く、針が進むこともあるんじゃないのかしら？」

歌音は、口元まで湯船に沈め、じっと前方を見つめた。見かけより、ずっと早くに針は進む？　そう、たしかに、器官としての北斗の海馬は、歌音の肉体よりも急速に老化し、衰えていくだろう。ひょっとすると、五十八歳の北斗の海馬は、あと十年もしないうちに、認知症になっているかもしれない。そうすると、この歌音は、四十そこそこで、同じように記憶を失っていく。

「あと、十年？」

お湯から口元を引き上げ、火照ったままの唇を開いて、歌音はそう聞いた。

「だれにもわからないわ、そんなこと。でも、あと十年だとして、それは、だれのための十年だと思う？　残された歌音の体のため？　それとも、死にいく男性の記憶を生き延びさせるため？」

「達也のために……引き延ばされた十年なのね？」

「そう、それで歌音は決めたの。あの子も、あなたも、遅かれ早かれ、お終いに向かって進む針。わたしだってそうなの。さ、湯あたりしちゃう。早く出ましょう」

和子はそういって立ち上がり、汗の雫《しずく》を痩せた全身に滴らせて湯船を出た。

座卓いっぱいに広げられた部屋食の鉢や皿を、すべて食べきれずに二人は夕食を終えた。

窓辺の椅子で向き合った二人は、満ち足りた表情で互いを見つめた。日暮れから急に冷え込み、二人は浴衣の上に茶色の丹前を羽織っていた。

「ね、お母さん、東京に出てきて、わたしたちと一緒に住まない？」

歌音が、いきなりそう切り出した。

「よく言うじゃない。齢をとってから住まいが変わるのは辛いって。いまのうちに東京の暮らしに慣れておけば、まだ間にあうわ。いまの家は狭いけれど、まだ達也が小さいから、四人なら一緒に住めるわ」

和子は笑いながら、軽く首を振った。

「やめとくわ。わたしの認知症が進んだら、困るのはあなたたちじゃない。わたしはもう、とっくに介護サービスつきの小さなマンションに移ることに決めたし、そこなら狭くても、まだ絵を描き続けることができる。あなたも、いまから十年後のことを考えておくのよ」

いったんは頬をふくらませて不満そうな表情をみせた歌音も、「十年後」という言葉を聞いて、ふと我に返った。

「でも、お母さん、歌音、約束するよ。お母さんの認知症が進んでも、できるだけ顔を見に帰ってくる。お母さんがわたしのこと、だれだかわからなくなっても、きっと帰ってくるよ。もしかすると、達也を連れて、札幌に帰るかもしれない。だって、わたしがやっている電子雑誌って、どこにいてもできる仕事だから」

和子は、その言葉を笑って受け流し、まだ黒々としている洗い髪をピンで留めながら、こういった。

「どんな獣も、死ぬ前には森の奥深くに分け入って、鳥たちや昆虫以外には、だれにも死《し》骸《がい》をみせない、って言うじゃない。耳元で家族がメソメソするのを聞きながら息を引き取るより、みんな元気にしてるだろうなって思いながら、ひっそり消えていくほうが、ずっと幸せなのよ。さあ、もう休みましょう」

和子と床を並べて布団に入ると、歌音はなおも、先刻の提案を蒸し返そうとした。もう和子が、すやすやと寝息を立てているのに気づき、外から聞こえる遠いせせらぎの音に耳を澄ませた。

ふと左に並べられた掛け布団から、和子の細い右腕がはみ出ているのを感じた。手を伸ばすと、カサコソと乾いた掌があった。指先で、その手を触った。

「お母さん、ありがとう」

暗闇にそう呟いて間もなく、歌音は眠りに落ちた。

3

翌朝早く札幌に戻った二人は、歌音の旅装が整うと、自宅で軽い昼食を済ませ、札幌市の中心部にある中島《なかじま》公園に向かった。歌音が帰京する夜の便まではまだ間がある。何よりも、離れがたい思いがあった。そんな歌音の気持ちを察して、和子が、手頃な散歩コースなら、あそこが一番いいわよと、勧めたのだった。

タクシーが公園入り口に着くと、和子が先に立ち、二人連れだって小道を歩き始めた。

中島公園は明治時代に造成された市民公園だ。「サッポロベツ」の異名のある豊平川《とよひらがわ》は、定山渓に湧き出る水源が藻岩山の麓《ふもと》を抜けて沿岸に広大な扇状地を押し広げ、それが現在の札幌の中心部を形造った。その支流のひとつ鴨鴨川《かもかもがわ》を水門で堰《せ》き止め、川の沿岸から伐り出した材木を集めたのが、いまでは菖蒲池と呼ばれる大きな貯木池である。公園はこのかつての貯木池を取り囲むように、自然の形状に沿って樹木や花々が植えられ、豊かな緑の起伏をなしている。薄野《すすきの》に向かう大きな通りの銀杏《いちょう》の並木はすでに黄色に色づいていたが、一斉に葉が舞い落ちて地面に絨毯《じゅうたん》を敷き詰めるには、まだしばしの間があった。

池の畔《ほとり》には、水面まで葉を伸ばした枝垂《しだ》れ柳《やなぎ》の下を、滑るように鴨が泳ぎ過ぎ、柔らかく水面に落ちた秋の黄金色の日差しを、小さな水脈で掻き乱していた。池の真ん中には小さな築地のような島があり、その中央に植えられた紅葉の梢の一叢《ひとむら》の葉だけが、空の青みを背景に、色鮮やかな朱に染まっていた。

「まあ、ロンドンの公園そっくり。きれいねえ」

歌音は、かつて北斗が出張で訪れたことのあるセント・ジェームズ・パークを思い出した。バッキンガム宮殿のあるグリーン・パークに隣接し、トラファルガー広場の近くまで延びるこぢんまりした公園だが、水鳥が浮かぶ池や、丹精こめて隅々まで手を入れた花壇の美しさが、この公園によく似ている。

「ここには、よく来るのよ。天然林を縫って遊歩道を歩く円山公園も、それはそれで、とてもきれいだけれど。今度来たときは、円山公園にも、一緒に行きましょうね」

和子は歌音を振り返ってそういうと、眩しそうに手を翳《かざ》して池の水面に反射する光をさえぎり、それを見て同じ仕草をする歌音を眺めて、おかしそうに微笑んだ。

「あれ、どうして笑うの、お母さん？」

「いえね、あなたって、小さなころのまま。いつだって、お母さんがするのと同じ仕草をするもんだから、お隣りに住むカコちゃんが、よくあなたの真似をしてからかったわ。いま、それを思い出していたの」

「あら、そんなこと、あったかしら？」

そういいながら、幼いころに背伸びをして母親の真似をする小さな少女の姿を思い起こし、歌音もいつの間にか口元に笑みを浮かべていた。

ベンチに並んで腰をおろし、池の畔にある店から、アベックの乗る手漕《てこ》ぎボートが一艘《いっそう》、池の中央に向かって静かに滑り出すのを見ながら、問わず語りに歌音は、つい先日あった達也の失踪騒動のことや、カンフー道場で起きた事故の顚末《てんまつ》について話し始めた。和子は途中何もいわず、身ぶりを交じえ、ときには立ち上がってその場を再現する歌音の長話に、じっと耳を傾けた。

「それでね、わたし、わたしが歌音として生きるためのパズルの最後の一片は、お母さんと会うことだ、って気がついたの。だって、わたしを一番よく知っているのは、お母さんなんだもの」

和子が黙ったまま静かに微笑んでいるのを見て、歌音は思い切って尋ねた。

「どうかしら。わたし、歌音として生きていっても、いい？」

その言葉を、和子はふわりと受けとめた。

「まあ、おかしな子ね。娘のころと、少しも変わらない。もちろん、あなたはもう、歌音なのよ。行方不明になった達ちゃんを見つけたのだって、カンフー道場のイジメを暴いたのだって、あなたが我を忘れて歌音になりきったから、できたんじゃない？」

「でも、わたし、なんだか後ろめたい気がして……。せっかくお母さんが産んで、大事に育てた歌音を、わたしが横取りしてしまうような気がしてた」

昨夜言えずにいた言葉を、ようやく歌音は口にした。

「でもあなた、もう引き返すつもり、ないでしょ？」

返す言葉に詰まり、歌音はじっと見守る和子の目から視線をそらした。この目だ。その目は、映像で見た達也を見守る歌音のまなざしそっくりだ。何もかもを見透かして、何もかも受け入れる母親の目だ。

「歌音のなかにいるあなた、五十八歳だったわよね？　そうか、彼と同じ歳か……ちょっと、また、歩こうか？」

先に立って歩き始めた和子の後を、歌音は追いかけ、二人はまた肩を並べて池の畔を歩き始めた。

「いまのあなただから話すけれど、お父さんと結婚する前、わたしには恋人がいたの。ちょうど五歳年下で、当時は新進気鋭の画学生だった。わたしが大学を出て勤めに出たころ、彼はまだ東京の美大に在学中だった。学んだのは日本画科だったんだけど、墨《すみ》と油彩を使った前衛的な作品で大きなコンクールに入選して、ずいぶんマスコミでも騒がれたのね。わたしが知り合ったのは、全国を巡回していた彼の個展が、彼の故郷の札幌の画廊で開かれたときだった。言ってみたら、凱旋《がいせん》公演みたいなものかな」

はじめて聞く話に、歌音はじっと耳を傾けていたが、他人に向かってする和子のうち明け話を盗み聞きするような気がして、なぜか動悸が高まっていくのを感じた。

「会場にいた彼とはじめて目が合ったとき、あっ、この人だって、思った。ずっと前に別れて、ずいぶん長い間捜し回っていた人のような気がした。後で彼に聞いたら、同じように感じたって、言っていたわ。一目惚れっていうんじゃない。どこか別の人生で愛し合っていた二人が、どこかで突然別れてしまって、でも気持ちは少しも変わらずに、ようやくこの世でまた巡り会った、っていう感じかな。初対面なのに、おかしいでしょ？」

速まる胸の動悸が抑えられなくなりそうで、歌音は少し歩調を落とした。歩みをとめた歌音を怪訝そうに振り返った和子に向かっておずおずと、囁くように尋ねた。

「もしかして、その人、わたしの父親？」

その言葉に、和子は思わず、ぷっと噴き出し、慌てて付け加えた。

「違うわよ、歌音、誤解しないで。あなたに恋人っていったけど、わたしたち、指一本触れたことなんてないもの。間違いなく、あなたはお父さんの子よ。そうか、恋人なんていったら、誤解を招いちゃうわよね」

ようやく胸の鼓動が収まって、歌音も微笑み返した。

「三年くらいかな、つきあったの。彼が帰郷するたびに、あの人のアトリエに行ったし、わたしも何度も上京して彼のアパートで一緒に夜を過ごした。でも、二人とも自意識が強烈で、自分を持てあましていたのね。お互いが、繊細な硝子細工《ガラスざいく》みたいに脆くて、指でちょっと触るだけで、すぐ粉々になるみたいな気がした。それが恐くて、二人とも一晩じゅうずっと黙っていて、そのひりひりする緊張で、胸が締め付けられるような気がした。まったく、何でしょうね。小学生の初恋じゃあるまいし」

「お母さん、その人のモデルになった？」

「ええ、何度も一糸《いっし》まとわぬ裸になって、その人に描いてもらった。そのほうが、ずっと楽なのよね、何もせずに一緒にいるより。でも裸になっても、二人には何も起きなかった。わたしが服を脱ぐと、あの人はすぐに、恋人から、画家になってしまうのね。だから、絵を描く以外に、服を脱ぐなんて、お互いに考えもしなかったの。あら、わたし、何てアケスケな物言いをしてるのかしら。でも、いいよね、あなたもいい歳なんだから」

歌音もその言葉に釣られて、思わず笑い出していた。

「でも、どうしてその人と別れたの？」

「ある日突然、彼の札幌の高校の先輩を通して、わたしに、これきりにしてほしい、って言ってきた。もちろんわたしは、もうそんな関係が続かないって、わかっていたの。彼の仕事の邪魔になるし、わたし自身もダメになりそうだった。でも、わたしは、彼に直接、そう言ってほしかった。互いに理由を確かめ合って、きれいさっぱりと別れたかった。そうじゃないと、わたしたち、また何の理由もなく引き裂かれて、いつまでも相手を捜し合う恋人になりかねない。わたしは、羽根をむしられたまま地面に放り出されて、もう飛べない鳥みたいな気持ちだった」

そうやって、過去を引きずってきた人なんだ。何か起きたことが痛手ではなく、何も起きなかった空白を、記憶のどこかに片づけることができないまま、痛みとして生きてきた人なんだ。歌音は心の中でそう思った。

「その人は、その後、作品を発表しなくなった。彼の先輩から、それまで描いたものは、みんな焼き捨てて旅に出た、って聞いたわ。世間からも忘れられて、彼の噂を聞くこともなくなった」

「きっと、辛かったんだね、お母さん。わたしだって、聞いてても、辛いもの」

「ううん、だれにだってあることよ。そんなつまらない話。でもね、まだ先があるの。彼の別れの気持ちを伝えてくれた先輩って、だれだと思う？」

「わたしの知っている人？……お父さん？」

和子は何もいわず、うなずいて歌音を眺めた。

4

「お父さん、ガンで亡くなる前にわたしを枕元に呼んで、こう言った。あの別れ話を彼に勧めたのは、お父さんだって。二人を見ているのがあんまり辛くなって、決断を迫ったっていうのよ。それを聞いて、ようやく気づいた。あなたを産んで育てているときだって、わたしはずいぶんあの人の思い出を引きずって、あなたや、お父さんに感情をぶつけたと思うの。それでも、こうやって、片づかない記憶を抱えるわたしを、ずっと見守ってきてくれたんだな、って。ありがたかったわ」

思わず感情がこみ上げたようで、和子は立ち止まり、目をしばたたかせた。歌音は右手をその手に当て、撫でさすった。和子はその手をとって握り返した。

「ううん、まだ話はあるの。お父さんが亡くなって、わたし、すっかり気落ちしたでしょ。上京してしばらくあなたの子育てを手伝ったけど、そのうち認知症が始まった。札幌に帰ってから、毎日することがなくなって、時間をもてあますのが恐くなった。ひとりでいると、自分の足元がどんどん崩れていくような気がしたから。それで、思い切ってある日、近くの公民館の趣味のサークルの募集を見に行った。よく考えもせず、ふらふらと油彩のコースを選んで、教室に行ってみたのね。そこに、彼がいたの」

えっ、と歌音は言葉を呑んだ。

「すっかりやつれて、別人かと思ったけれど、声を聞いてすぐにわかった。その数日後、彼に誘われて一緒に飲みに行ったわ。世界各地を放浪した後、札幌に帰って、自宅で小学生に絵を教える教室を開いたのね。結婚して子どももできたんだけれど、数年後に離婚してひとりになった、っていうの。時間が空いたので、頼まれるまま、公民館でも教えるようになったそうよ」

「じゃあ、互いにひとりになって、昔の恋人に再会したのね」

和子は恥ずかしそうに右手を顔の前で振って、微笑んでみせた。

「違うの、違うの。お互い、すっかり齢をとって、あのころの繊細さなんて、すっかり抜け落ちてしまったもの。彼って冗談ばかりいうし、わたしも全然、気取りもお愛想もなし。離婚したのはわたしのせい？　そうカマをかけたら、まさかそんなはず、ないだろ、なんていうのよ。でもその後で、きみの記憶じゃなく、きみの記憶の空白が苦しかった、って白状したけど。あのころの二人の気持ちの擦れ違いを、いまだったら何て純情！　ほんとにバカよねって、二人で笑い転げたわ。でも、笑い涙も涸れはてて、家に帰ってから、思ったわ。そんな日が来たことを、こんなふうに二人で、あのころのことを笑い飛ばして振り返っている。そんなことを、三十数年前のわたしに、伝えてあげたい、って。もちろん、あのころの自分になんか、帰りたくない。でも、あのころの打ちひしがれたわたしに、いまのわたしの姿を伝えられたら、どんなに喜ぶだろうかな、って。ふとそう思ったのね」

聞いていた北斗の意識は、その言葉が、いまの自分と、歌音の距離によく似ていると思った。いまの自分と歌音の関係は、二十六歳も歳の離れた異性ではなく、いまの自分と、かつての自分の関係によく似ている。多くの葛藤の末に、それほど、北斗と歌音は歩み寄って、近づいてきたような気がする。ふと気になって、歌音は母親に尋ねた。

「お母さん、その話、以前の歌音にしたことあった？」

ううん、とかぶりを振って和子は言った。

「わたしが拓郎さんから電話を受けてあなたの異変を知ったのは、それから間もないころだった。上京してあなたを見て、すぐにわたしが経験していた認知症とよく似た病気だってわかった。あの子は達也の将来のことで必死だったでしょ。わたしのつまんない話なんて、する暇なんか、なかったわ」

歌音はすぐに聞き返した。そこに、何か大切なものが隠されているような気がしたのだった。

「じゃ、なぜいまのわたしに、その話をしてくれたの？　わたしにはいまの話、理解できないかもしれないし、お母さんだって、話さなければ、だれにも知られない話で済んだのかもしれない。どうしてなの？」

和子は秘密めかして、こう答えた。

「いまのあなたに、知っておいてほしかった。これから、わたしはすべての記憶を失って、抜け殻みたいになっていく。だからその時のわたしもいまのわたしも、あなたの記憶のなかにしか、残らない」

歌音は、押し黙ったまま、その言葉の意味を考えていた。

「先月、画家だった彼が、一枚の絵の複製を見せてくれた。クレーっていう画家、あなた知っている？　生涯にたくさんの抽象画を描いたんだけど、晩年にスケッチのような天使のシリーズを残した。一筆書きみたいな素描で、まるで子どもが描いたみたいな絵ばっかり。そのなかに、「新しい天使」というのがあったわ。それを彼が見せてくれた。後ろ向きになって、未来に吹き飛ばされていく天使の絵なの。未来に向かうって、ふつう前向きよね。でもこの天使は、過去から逃れられず、後ろを向いたままで将来に運ばれていく。わたし、それを見て、思った。これが、お終いに向かっていく人の姿なんだ、って。人はいつも、過去にとらわれている。でも、刻々と未来に、終末に向かうんだ、って。でもそれは、辛いことばかりじゃないのよ。とっても大切なことは失われるけれど、どうにか忘れたいような、辛いことも、忘れさせてくれる。神様か仏様か、わからないけれど、それは罰と同時に、救いなのかもしれないってね」

その言葉の意味を測りかねて、歌音は、こう尋ねるのが、やっとだった。

「お母さん、少しだけ、わかったような気がする。わたしが病気になっても、なぜお母さんがそんなに平静だったのか、前は不思議だったけど、いまはわかるような気がするわ。それに、お母さんが、ここで暮らしたいのも、やっぱり、その人がいるからだって。でも、その人と、これからも、うまくやっていける？」

和子は最初の言葉にはうなずき、後の質問にはちょっと肩をすくめ、婉然《えんぜん》と笑った。

「さあ、どうかしら。いまの彼は恋人じゃないし、友だちっていうのとも違うかな。でも、彼がいると、こうして過去を忘れていっても、なんだか落ち着いていられる。人生の終わりに近づいてもう一度現れた彼は、わたしの失われた過去を埋めてくれたような気がする。だから、安心してられるのかな。彼と毎日バカ話をしていたら、死ぬことも、それほど不安じゃないような気がする。そうね、彼、同志に近いのかもしれない。お互い、何とか生きていこうよ、って支え合う同志ね。それって、いまのあなたと、五十八歳のかつての彼との関係と同じかもね。歌音、わたしのことは心配しないで。あなたは、いままでのあなたのままで生きていい。いまのわたしとあなたは、母と娘っていうより、同じ境遇の者同士。すっかり心を許しあって、何でもうち明けられる友だちなのよ。そうじゃなくって？」

その言葉を聞き終えないうちに、歌音は、黙って和子を抱きしめていた。

5

退院してから、週に一度、聴き取りとアドバイスをしてきたコーディネーターの黒沢健吾の訪問は、最近では月に一度のペースになっていた。

黒沢がその月に訪問したのは、歌音が札幌の実家から帰って一週間後のことだ。今日の黒沢は、薄い青地の麻のジャケットに、黒いジーンズ姿だった。ちょうど暑さがぶり返した日だった。黒沢は歌音に断ってからジャケットを脱ぎ、長袖の青いワイシャツ姿になった。脇の下が汗で黒くなっているのを見て、歌音は台所から冷たいお絞りを持ってきた。

「いかがでした、この一カ月は。何か変化はありませんでしたか」

歌音がお茶を淹れ、ひとしきり体調についての黒沢の質問が終わってから、歌音は、カンフー道場で起きた一件を一部始終話した。

栄三の前で再び、元の歌音が現れたことに触れると、黒沢は神経を集中させ、細部にわたって事実関係を確認した。

「そのとき、寒河江さんの意識は完全に失われていましたか？　それとも、どこか遠くで、何かが起きている、ということには気づいていましたか？　そうですか。まったく意識はなかった。それでいいですね？　それと、意識を失っていたのは何分くらいでしたか。ええ、大体の見当で結構ですから」

録音をしているため、歌音がただ、うなずいたり、小声で話したりするときは、黒沢が確認の声をあげ、同意を求めた。聴き取りが一段落したところで、歌音が尋ねた。

「で、どう思われますか？ 「最後の勝負」っていう意味。拓郎は、元の歌音が現れるのは、これが最後なんじゃないか、っていうんですけど。黒沢さんは、どうお考えになりますか」

黒沢はしばらく考え、おもむろに口を開いた。

「そうですね。寒河江さんの意識はもうずいぶん変わってきていて、元の歌音さんに近づいている。体の中に遍在する元の歌音さんは、もうその時がきた、と感じていてもおかしくないと思います。最後に、ありったけの力を振り絞って、寒河江さんを助けようとしたのかもしれません」

「でも、この先、歌音がまったく現れないとしたら、それはそれで、不安なんです。いざというとき、彼女が現れて窮地《きゆうち》を救ってくれることを、頼みの綱にしてきましたから」

歌音は、心細げにそういった。黒沢は、励ますように声を弾ませた。

「こう考えてはいかがでしょう。いまの寒河江さんは、もうすでに寒河江さんではない。元の歌音さんと入りまじって、見分けがつかないほど、渾然一体《こんぜんいったい》になってしまった。だから、ご自分の判断は、歌音さんの判断だと信じていい、と。歌音さんだって、悩みもすれば、後悔もしたでしょう。これからは、ご自分の行動や気持ちが、以前の寒河江さんでなく、新しい歌音さんなのだ、と思ってはどうでしょうか」

たしかに、最近の歌音は、まず自分が思ったことをいったん受けとめ、それを突き放して、第三者の眼でもう一度チェックするところがあった。その「第三者の眼」は、よくよく考えれば寒河江の視点ではなく、歌音の眼になっている。そうすると、すでに新しい自分には、北斗の感じ方と、元の歌音の受けとめ方が複合的に組み込まれ、新しい自我のようなものを、形作っているのだろうか。

「これまで、寒河江さんは、よくがんばってこられたと思います。手術のあと、知らない人の肉体に棲んで、生活を始めるときが、一番危険なんです。体も脳も、互いを異物扱いにして、敵視することがあるからです。寒河江さんの場合、達也くんがいたことと、ほんとうの危機にぶつかったときに、歌音さんが現れたことが、救いになったのではないでしょうか」

だが、その黒沢の言葉は、歌音には慰めにしか聞こえなかった。

「でも、それまでどんなに苦しかったか、黒沢さんには、わからないと思います。死のうと思い詰めたことも、一度や二度じゃなかった。今度、だれかが海馬の移植をする場合は、そんな苦しみがあるかもしれないって、予《あらかじ》め告知するべきではないでしょうか」

黒沢は、黙って歌音の言葉を聞いていた。

「それと、わたし、今度はじめて思い当たったんですが、北斗の五十八歳の海馬は、歌音の肉体よりもずっと早く老いて、認知症になるかもしれません。そうすると、この歌音がいまのままでいられるのは、せいぜい十年か二十年。歌音は、その十年二十年のために、北斗の体に入って死んでいくんです。わたし、そのことも、事前に知らせておいてもらいたかった」

歌音は、母親の和子に札幌で会ったことを黒沢に話した。もちろん、手術前に、和子も歌音も、その可能性に気づいていた。北斗がそれに思い至らなかったのは迂闊《うかつ》だったが、もし黒沢から事前にそう知らされていれば、違う決断を下していたかもしれない。

「別に、黒沢さんを咎《とが》めているわけじゃありません。そんな可能性にさえ思い至らなかったのは、わたしの落ち度です。ただ、たった十年二十年のために、歌音がそんな辛い決断をしたかと思うと、わたし、なんだか……」

語尾が震えて、歌音はうつむいた。しばらく鼻をぐずつかせたあと、歌音は潤んだ眼で黒沢を見つめた。

「黒沢さんに、お願いがあります。達也と拓郎を、一日、歌音に見せてあげることはできませんか。このままでは、あんまりです。いや、あの人が一番見たいのは、このわたしなのかもしれない。どうですか、もう二度と近寄りませんから」

黒沢は、すぐに答えた。

「いえ、それは法律で、できないことになっています。寒河江さんにも、承諾書をいただく前に、それは詳しくご説明したはずです。拓郎さんも、それを承知の上で、承諾書にサインなさいました。それを許してしまえば、脳間移植の前提そのものが、崩れてしまうんです」

思いがけないほど、強い語調だった。半ば予想はしていたが、もしや、という淡い期待を抱いていただけに、歌音の気持ちは急に萎れ、肩が弱々しく、すぼまった。

「たぶん、いまの歌音さんの意識も、それは望んでいらっしゃらない。もう二度と会うまいと心に決めた堤防が、ご家族を一目見た途端に、あふれる感情に押し流され、決壊するかもしれないんです。どちらがほんとうに、あの人のためになるのか、考えてみてください。それに、いまのあの人の意識は、もう幼児に近くなっている。だれも認知できないし、快不快の感情すら、表せなくなっています。ご臨終も、そう遠くないかもしれません」

歌音はうなだれて、黒沢の言葉を聞いていた。やはり、自分や拓郎が考えていたことは、自分本位の感傷だったのかもしれない。黒沢がいうように、精一杯に突っ張って、過去の記憶から遠ざかろうとする歌音を引き止めることは、彼女の記憶の最期を哀しみに染めるだけなのかもしれない。

「じゃあ、次回の日程を決めましょう。来月は十六日でいかがですか。そう、では翌日の十七日。十七日の午後一時にうかがいます。その間に異変があれば、いつでもご連絡ください」

黒沢はそういってICレコーダーのスイッチを切り、立ち上がりかけた。見送ろうと歌音も椅子から腰を浮かしたところで、黒沢はもう一度、腰を下ろした。

「そういえば、お渡しするものがありました」

黒沢は、バッグから、薄い白封筒を取り出し、テーブルの上を滑らせた。

「新しい氷坂歌音さま」

封書の宛名には、そう書かれていた。歌音が開こうとすると、黒沢が制した。

「読むのは、私がいなくなってからにしてください。これは、コーディネーターとしての仕事とは、かかわりないことですから」

黒沢は立ち上がって、椅子の背もたれに掛けたジャケットを着ようとした。途中で動きをとめ、歌音の顔を見ずにこういった。

「あの病院で、寒河江さんは、一般病棟の203号室に移りました。もう治療は必要ありませんから。以前のように警備は厳重ではなく、入り口でご親族といえば、午前十時から午後五時まで、だれでも面会できます。でも、以前あの病院に入院したことがある人は、念のために、眼鏡をかけるか、マスクをしたほうがいいでしょうね」

驚いた歌音は、思わず「なぜ?」と聞き返して黒沢の顔を見た。黒沢は、ワイシャツの左の袖をめくって、手首を見せた。動脈の付近に、鋭利な刃物で何度も切りつけた痕が、黒ずんだ肉になって盛り上がっていた。

「いまの歌音さんの気持ちも、寒河江さんの気持ちも、痛いほどよくわかります。私は、海馬移植手術の一例目でした。私も、一目あの人に、自分に会っておきたかった」

黒沢は袖を戻し、ジャケットを羽織ると、その場に呆然と立ちすくむ歌音に目礼し、季節はずれの暑い日盛りに向かって足を踏み出した。

残された歌音が、動揺で波打つ心を鎮め、その手紙を開いたのは、二時間後のことだった。

「新しい氷坂歌音さま」

「こうして、見ず知らずのあなたに、なれなれしく呼びかける失礼をお許しください。ただ、この手紙を開くとき、あなたはもう、新しい歌音になろうと覚悟していると思います。そう判断したときに、手紙を渡していただくよう、黒沢さんにお願いしました。

一度も会ったことがないわたしたちが、残りの人生を交換するって、どう考えても、不思議議ですね。会ったことのない人に人生を託すって、ちょっとスリリング。あなたもきっと、手術前には、そんな気持ちで、どきどきなさったでしょう。

でも、黒沢さんから、あなたが五十八歳の男性で、末期ガンを患っていらっしゃることを聞いて、偶然とは思えない符合を感じました。わたしの父も、同じ齢でガンになり、亡くなったからです。

父はわたしのことを可愛がってくれましたが、わたしは何もできなかった。ようやく間に合った病床では、父の手足がカサコソ枯れ木のように乾いて、紫斑《しはん》が顔や肩にまで広がっていました。もう目も虚ろでした。意識の底から大きな魚がゆっくり浮きあがって、尾を翻してはまた、水底に潜《もぐ》っていくみたいに、一瞬だけ意識が戻って、目が合いました。ニコッとしたように見えたし、いつものようにムスッとしているようにも見えました。そのとき、心の中で叫びました。

お父さん、いままで一度も、好きだって、いえなかったよ。でも歌音は、いつか必ず、お父さんがいる水底に飛び込んで、そのことを言いにいくからね。水の底で、居眠りなんかしちゃダメよ。だって歌音が行ったときに、お父さんが目を開けていてくれなくちゃ、歌音の気持ちが伝わらないじゃないか。せめて歌音が行ったときくらい、目を開けてね。ムスッとしたままでいいんだから。

今回の手術の相手があなたと知ったとき、わたしはそのときのことを思い出したんです。そうか、わたしはあのときの父の立場になるんだな、って。でもきっとあのとき、父は水面から遠ざかっていく娘の影に向かって、こう言ってくれたと思うんです。歌音、いつか、またおまえを見にいく。俺はいつも不機嫌で、おまえにやさしくしてやれなかったけど、おまえの気持ちは感じていた。残ったお母さんと元気にしているところを、きっと見にいくよ、って。

そう思ったとき、わたしには、あなたの体になって死んでいくことが、そう怖いことではなくなったのです。だって、あのときのお父さんの気持ちになればいいだけですもの。

　母と話をして、新しい歌音も、いずれ十年二十年もすれば、今度のわたしのようになる、と思いました。でも人は遅かれ早かれ、お終いに向かって進む針です。たとえ十年としても、達也とともに歩んでくださるだけで、わたしには十分なんです。もうわたしを真似る必要なんか、ありません。達也とぶつかり、時に反発しながら、あなたらしく生きていってください。もしかすると十数年後に、達也はまだ老いるには早い母親が、物忘れが多くなり、すぐ前の記憶もなくしていくことに、おろおろするかもしれない。彼はきっと泣くでしょう。でもそのときに泣けるのは、彼が愛情に包まれ、そのことに気づくことすらないまま、十数年を過ごした証《あか》しなのです。

　笑うこと、泣くこと。そんなことですら、どんなに周囲の愛情が注がれた結果なのかに、気づくだけでいいのです。

　わたしは、見ず知らずのあなたに、お願いしようとは思いません。だって、お願いをしても、あなたがそうしてくださらなかったら、この手紙すら届かないのですから。

　だからわたしは、あなたにお礼をいいたくて、この手紙を書いています。ありがとう。

　あなた、いまのまま、変わらずにいてください。そうすれば、いつか違う世であなたに巡り合ったとき、すぐにあなただって、わかるもの。わたしも、きっと変わりません。いつかどこかで、あなたがわたしをみたとき、すぐに歌音だって、わかるように。

　　　　　　　　　　　　　　　　　　　　　　　　　あなたの歌音」

6

「さあ今日は、これからお爺ちゃんのお見舞いにいくのよ。達ちゃんのホントのお爺ちゃんより、ずっと達ちゃんを可愛がってくれた人。ママも、とっても大切にしている人なの。だから、元気をなくして弱っていらっしゃるけど、お爺ちゃんに会ったら耳元で、「ありがとう。お元気で」っていってあげてね」

都心の京極大附属病院に向かう道すがら、歌音は何度もそう繰り返し、達也に練習をさせた。

「達ちゃんには無理だよ、そんな演技。ふつうにしていれば、いいのさ」

苦笑しながらそう声をかける拓郎も、歌音に会ったとき、どういえばよいのか考えあぐねていた。練習を終えて、達也の手を引いて追いついた歌音は、並んで歩きながら、拓郎に向かって口早に囁いた。

「いい、拓郎。この面会は、あなたや達ちゃんのためじゃなく、歌音のためなの。あなたがメソメソしたら、歌音はどう思う？　しゃんとしてなくちゃ、ダメ。いつもどおり、明るくしていて。そのほうが、歌音は喜ぶ。それと、その男の人、もうかなり衰弱して、骨と皮だけになっているだろうけど、驚いたり、同情したりしてもダメよ。いい、相手が歌音だっていうこと、忘れないで」

拓郎は、どう振る舞っていいのか、ますます混乱していた。ひとり達也だけは、水筒を入れたリュックサックを背負い、遠足用の丸い帽子をかぶって、ピクニック気分で浮かれていた。

　超高層の京極大附属病院の車寄せまで、舗道からは緩やかな坂が続いている。まだ日差しには、残暑の最後の矢が射残っていて、この日が峠とばかり、燦々《さんさん》と頭上に熱線が降り注いでいた。歌音は全身から汗が噴き出て、達也を引く手もぬるぬる汗ばんだ。歌音は、拓郎にその手を引き渡して手を拭き、準備していたマスクを口にかけた。

　受付では拓郎が面会を申し出た。

「203号室の寒河江北斗をお見舞いしたいのですが。ええ、寒河江さんは私の伯父です。こちらは妻、これは長男です。寒河江さんには、ずいぶんお世話になったものですから」

　受付の男の職員は、チラッとマスクをかけた歌音を見上げたが、歌音が咳き込んでみせると、すぐに警戒を解いて面会票を差し出した。

　病院内は空調がきいていて、肌を覆う汗が蒸発するように乾いていった。三人はエレベーターを探したが、あまりに建物が複雑に入り組んでいるため、非常用階段を見つけて上っていった。

　引き継ぎで看護師が立て込むナース・ステーションで教えられ、寒河江北斗がいる病室は、すぐにわかった。歌音はそのドアの前に立ってから、ようやくマスクを外し、深呼吸をして息を整えた。胸が弾んで、ドキドキしている。

ノックをして静かにドアを開けると、部屋は薄暗く、目が馴染むまでしばらく時間がかかった。ようやく部屋の壁際にベッドがあり、そこに人の形で盛り上がる布団が見えた。だが、そのかたちは想像していたよりもずっと細く、小さくなっていて、歌音は思わず息を吞んだ。

三人が近づくと、ベッドには、枕に後頭部を沈め、ほとんどマットレスと同じ高さになった小さな顔が見えた。

達也が、思わず後退りした。ほとんど頭髪が抜け、禿頭に幾筋かの白い毛を残した北斗の顔は、眼窩《がんか》と頰が落ち込み、薄く冷たい皮膚が黄色くなって顴骨《めやに》を浮き彫りにしていた。かすかに開いた目に表情はなく、睫の先端には、溜まった目脂が乾燥し、黄色い粒になってこびりついている。

歌音は、ハンカチを唾で濡らし、その目脂を拭った。病床の北斗の姿は、痛々しいほど変わり果て、自分でもその顔を直視するのが辛いほどだった。

布団の外に、積み木のように角が立って瘦せこけた腕が、寝巻きの袖からヌッとはみ出ている。長い間の点滴で腕はいたるところが紫色になり、もう肌に注射針も刺せなくなっていることを告げていた。ベッド脇の点滴のチューブをたどると、下肢から栄養を入れていることがわかった。

歌音は、枕の位置を直し、瘦せこけた北斗の体を少し持ち上げるようにして、呼吸が安らかになる体位を探した。

枕を戻そうとしたとき、歌音は、その下に金属の鎖が顔をのぞかせているのに気づいた。鎖を手繰り寄せると、深い青みに母子像が刻まれたカメオだった。端の留め金を外すと、カメオは両側に開いた。片方に歌音と拓郎、達也の写真があり、他方には、達也を抱いて微笑む和子の写真が嵌め込まれていた。しばらくその写真に目を注ぎ、歌音は黙ってまた枕の下に、そのカメオを戻した。

歌音は病室を横切って、ベッドとは反対側にある窓を少しだけ開け、カーテンを半分開いた。まだ苛烈さを残す陽が注ぎ込み、視界は明るくなった。

歌音は、達也と拓郎二人を枕元に並び立たせ、北斗の耳元で大きく叫んだ。

「今日はねえ、達ちゃんと、拓郎を連れてきたよう。二人とも、ちっとも変わってないよね。見える？　見えたら、まばたきして、合図して。まばたきしてえ」

天井を見上げたままの北斗の眼球が、かすかに動いたかのように見えた。だが、まばたきはせず、何度試しても無駄だった。

「さあ、ひとりずつ、挨拶するからねえ。よく見るんだよお」

歌音は一語一語大きな声で区切りながら片手を伸ばし、指で招き寄せるような身振りをして、まず達也を呼んだ。

「お爺ちゃん、達也は元気です。これまで、どうもありがとう」

覚えた文句をちゃんと言えたかどうか急に不安になり、達也は自分の左右の指を互いに組み合わせて、もじもじした。その両肩を叩き、今度は拓郎が顔を近づけた。

「ぼくだよ、わかるかい。あなたがいったように、達ちゃんは毎晩、自分で歯を磨いている。カンフーだって習い始めたよ」

そういったあと、言葉が続かず、両脇の拳を握りしめ、じっと堪えて上半身を震わせていた。掠《かす》れ声で、こういうのがやっとだった。

「これまでありがとう、きみがいてくれて。きっとぼくら、またどこかで会おう。ぼくは死んでも、きみのことを、いつまでだって、捜しつづける」

拓郎の目に込み上げるものを見てとって、歌音はすぐに空気を切り替えた。

「お爺ちゃん、見てたよねえ。わかったあ?」

北斗の眼は相変わらず天井を向き、まばたきもせず、凍りついたように動かなかった。遅かったのか。もう少し早くに来ていたら、間に合っただろうに。

歌音は、近くの椅子に座り込んだ。そのうち、達也がむずがって、「早く帰ろうよ」と拓郎の手を引っ張った。無理もない。幼い達也の眼に映るのは、はじめて会った死に行く男の姿でしかないのだから。

歌音は立ち上がって、拓郎に近づくと、その耳元に囁いた。

「あなた、達ちゃんを連れて、先に出てくれる? 一階の待合室に、自動販売機があったでしょ。あそこで飲み物を買って、待っていて。十分もかからないわ」

拓郎は、達也を連れて、もう一度枕元に立ち、屈みこんで、「元気で。きっと捜しにいくよ」と呼びかけた。達也もせかされて、覚えた言葉を繰り返した。

「お爺ちゃん、達也は元気です。これまで、どうもありがとう」

やはり、北斗は眼球を動かさず、まばたきもしなかった。二人が姿を消した後で、歌音は座っていた椅子をベッドに引き寄せ、北斗の顔の間近に顔を寄せた。

「歌音、聞こえる？　わたしよ。え、なんていえばいいの。そう、新しい歌音。ええっと、わたし、あなたからの手紙、読んだわ。あなたのお母さんにも会った。はじめは戸惑った。だってわたし、元は男で、あなたみたいに若くなかったでしょ。だから、そんなの無理って何度もあきらめかけた。でも、そんなときはいつも、あなたが出てきて、わたしを救ってくれたわ。あなたよね、あのとき、わたしを助けてくれたのは、あなただったのよね。あなたがいわなくたって、わたしにはわかった。だから、そんなあなたに負けて、そんなあなたに励まされて、いまに、あなたになろうって、思った。だから、あなた、あの手紙をわたしにくれたんだよね。あの手紙が届くように、必死になって、わたしを変えようとしてくれたんだよね」

歌音はもうひとり言になって、自分に向かって夢中で話し始めていた。

「わたし、わかったんだ。あなたが書いてくれたように、お母さんがいってたみたいに、人はだれでも、終末に向かう針なんだ、って。でも、あなたは、自分の命と引き換えに、その針の歩みを十年でも、遅らせようとしたんだよね。わたしがもらった十年は、わたしのものじゃない。あなただけのものよ。わたしは、あなたから預かった十年を、あなたになって使ってみせる。達也のために、母親になって。約束するよ、歌音。きっと、そうする。少し早く旅立っても、向こうでわたしを待っていてね。そしたら、向こうで一緒にお酒飲みながら、苦労話で盛り上がろうね。お願い、きっとだよ」

最後はベッドの上に顔を伏せ、言葉はもぐもぐと、柔らかな布団のなかに吸い込まれていった。どのくらいそうしていたのか。数秒だったのか、数分だったのか、歌音にもわからなかった。力を使い果たし、ようやく立ち上がると、バッグを手にして、もう一度ベッドのほうを振り返った。

男の顔に、うっすらと赤みがさし、薄くなった唇がひらいた。唇は微かに動き、何かをいおうとしている。歌音は駆け寄って、その唇に耳を押し当てた。ゼイゼイとした微かな息に、濁音《だくおん》が混じり、何かをいおうとしているのは、確かだ。

「なに、なんていっているの。がんばって歌音。もう一息だけ、がんばって。あなたの声を聞かせて」

それでも、言葉にはならなかった。ふと思いついて、歌音は身を引き離し、すぐ目の前で震える男の口元を見守った。

「あ・り・が・と・う。歌音、あなた、そういったのね。そういったのね」

歌音が必死で呼びかけると、開いた男の右眼から涙が一粒あふれ出て、頬を伝った。

7

「まったく、こんなになっちゃって。どう、これで少し、まともになったかな?」

コンパクトで目元を直していた歌音が、鏡から目を外して拓郎に目を見開いてみせた。

「いや、すぐに泣き腫らした後だってわかるな。たった十分間なのに、なんでそんな目になったんだ？　感傷的になるなっていったのは、きみのほうだったんだぜ」

「いろいろあるのよ、女には。人にはわからない複雑な気持ちっていうものが。さ、お待たせ。達ちゃん、帰りに後楽園行こうか。せっかくリュックサック背負ってきたし、今日はいい子だったしねえ」

「おいおい、勝手に決めんなよ。まず、ぼくに相談してからだ」

「えっ？　達ちゃん、いまの聞いた？　まずは、ぼくに相談してからだ、って。いつからパパ、そんなに偉くなったのかしら」

　三人でがやがや騒ぎながら、病院から駅に向かう坂を下り始めたときだ。歌音はふと立ち止まって、二人連れでこちらに向かう女性の姿に目を凝らした。一人は白い日傘をさして顔が見えないが、後ろを歩く若い女性の姿に、見覚えがあった。歌音は、しばらくじっと眺め、慌ててマスクを取り出して、口元を覆った。

「拓郎、悪いけど、達ちゃんと先に行っててくれる？　あの街路樹のあたりで待っていて。向こうから、知り合いがくるみたいなの」

　怪訝そうにマスクをかけた歌音を振り返った拓郎は、「今日のママはどうかしてる。さ、先に行こうか」といって首を振り、達也と坂をゆっくり下りていった。

　近づくと、それはやはり、妻の佐和子と、すぐ後ろを歩いて病院に向かうカオルだった。歌音は、歩調を緩めず、そのまま歩いていった。

擦れ違いざま、ふと、カオルと目があった。だが、マスクで覆っているから、だれかはわからなかったろう。そのまま振り返らずに歩き、どんどん二人との距離が遠ざかっていった。

どこかで見た目だ。

擦れ違いざまに見たのは一瞬のことだが、あの切れ長の目を、どこかで見た記憶がある。カオルはそう思いながら、すぐに記憶にたどり着かず、母親の足取りを見守りながら、坂を上っていく。

どうしても気になって、カオルは振り返った。もう小さくなった後ろ姿が、さらに遠のこうとしている。強い陽射しが路上に乱反射し、ゆらゆらと陽炎《かげろう》が立っている。カオルは両手を三角の目庇《まびさし》にして目を細め、女性のずっと先を視線で追った。向こうの街路樹の下に、父親と小さな男の子が、待ちくたびれた様子で座っている。あの母親を待っているんだろうな。

とそのとき、マスクの女性が立ち止まり、振り返った。ゆっくりとマスクを取り、こちらを眺めている。もう目鼻立ちはわからない。だが、カオルはそのときはじめて、気がついた。そうだ、あれは、フィットネス・クラブで出会ったあの女性だ。

二人はしばらく、向かい合っていた。

カオルが見ていると、女性は坂の下で、手旗信号をするみたいに、大きく右手を上に伸ばした。それから大げさに前髪をかきあげる仕草をすると、右手の指を一文字にして、左眉の上あたりを滑らせた。カオルの眉の傷痕をなぞってみせる、あの合図だ。

「お父さん……」

女性はそれから、「気をつけ」の姿勢をとり、カオルに向かって、右手で敬礼をした。

思わず駆け出しそうになって、カオルは踏みとどまった。なぜか、北斗がさよならをいうために、その仕草をしてくれたような気がした。

お父さんは、そうやって、カオルに合図を送ってくれた。それだけで、十分だよ。早く、あの子の元に行ってあげて。

カオルは、涙を拭き、笑い泣きをしながら、勢いよく右手を大きく振った。それが、やっとだった。


「いまのぼくたちって、いったい、何なんだろうね。夫婦でもないし、男女でもないし、まあ、達也の両親っていうことは間違いないんだろうけど」

その日の夕方、遊園地で遊び疲れた達也を背負った拓郎は、地下鉄からの帰り道、並んで歩く歌音に尋ねた。

「さあ、何かしらね。じゃあ聞くけど、いまのわたしは、あなたにとって何？　次の三つから選びなさい。①友だち、②別れた恋人に似た人、③同志。さあ、どれなの？　白状なさい」

笑いながら聞いていた拓郎は、しばらく考え、「やっぱり③。同志だろうなあ」と答えた。

達也が目を覚ましてひとしきりぐずったが、歌音がリュックから取り出した残りのキャンディを与えると、すぐに機嫌を直した。

「今日きみは、病室に残って、歌音と二人きりで時間を過ごしただろ。あの後、眼をすごく泣き腫らして待合室に来たよね。二人の間で何かあったの？」

「それは、ヒミツ。言葉がなくったって、通じるものは通じるのよ。説明したくても、いまは言葉にならないもの」

「そうか。それはそうだろう。でもいつか、言葉にできる日がきたら、ぼくに話してくれるかい。それが歌音からの最後のメッセージなのだろうから」

一瞬、しんみりとしたあとで、拓郎は表情に生気を取り戻し、からかう調子で、歌音にこう聞いた。

「さっき、きみは、三択でぼくに質問をしたね。じゃあ、同じ質問をするよ。いまのきみにとって、ぼくはどれだい」

「うん、やっぱり③の同志かな。あなたは達ちゃんの父親。わたしも達ちゃんの母親。でも夫婦ではないし、恋人でもない。でも、わたしは……」

いい終わらずに、いきなり歌音は駆け出した。全力で二十メートルほど走り続け、不意に止まった。あたりを満たす夕映えの光輪で、振り返ったその体は、黒い影の輪郭になっていた。両目だけが、きらきらと光っている。唖然《あぜん》として見つめる拓郎と達也に向かって、その影が大きく叫んだ。

「わたしーいっ……」

波打つ体は、しばらく言葉が途切れた。そして、もっと大きな声になって叫んだ。

「わたしは、カノン。氷坂カノンよ」

きょとんと見上げる達也と一瞬目を合わせると、拓郎はその小さな手をとって、待ち受ける歌音の影に向かって駆け出した。

解説　心の存在の秘義に迫った小説

佐藤　優

心があるかないか、が問題なのではない。心の定義ができない以上、それを問うことが学問的に何の益もないから、専門家はそれを問わず、答えもしないのだ。

（本書、179頁）

近代より前のキリスト教神学は、形而上学に支配されていた。具体的に言うと、神は上にいるということに誰も疑念を抱かなかった。しかし、ガリレオやコペルニクスによって、地球は球体で、太陽の周囲を公転していることが明らかになり、近代的宇宙像が成立した後、「上にいる神」という伝統的な概念を維持することは不可能になった。カトリック神学や正教神学は、コペルニクス革命を認めずに、旧来の形而上学を維持した。もっとも、このようなプレモダンな神理解は、近代的システムの限界が顕著になっている21世紀において積極的な意味を持つかもしれない。近代的思考の制約にとらわれないプレモダンな発想が、ポストモダンにつながる可能性があるからだ。

これに対して、プロテスタント神学は、近代を正面から受けとめた。すなわち、神は心の中にいると解釈することによって、神の位置を伝統的な形而上学から切り離すことに成功した。心は目に見えないが、確実に存在すると近代人は考えた。目に見えないけれども確実に存在する心の中に、神はいるのだ。

このような神理解に人間の心理作用と神を混同する危険があることを、カール・バルトは指摘した。そしてバルトは中世までの形而上学に一見回帰したような「上にいる神」という表現をあえて用いた。しかし、これは物理的な「上」に神がいるということではない。人間の心理作用に還元されてしまう危険がある心の中ではないところ、あえて言うならば、外側から人間の心に働きかける神という形で、神と人間の異質性を、われわれに理解可能な言語で表現したのである。常識的なレベルにおいて、プロテスタント教徒は、心の中で祈りを捧げ、イエス・キリストの御名を通して神と交流することができると考えている。裏返して言うならば、心の不在が証明されるならば、プロテスタント神学は根底から崩れ去ってしまうことになる。

脳科学の発達とともに、心が科学（体系知）の世界から追放されつつある。これは極めて危険な傾向だ。心が存在するか否かという根源的問題を掘り下げて小説『カノン』にまとめたのが中原清一郎氏である。これはペンネームで、本名は外岡秀俊氏だ。東京大学在学中の1976年に小説『北帰行』で文藝賞を受賞し、小説家として期待されたが、翌77年に朝日新聞社に入社し、社会部や国際部の記者として活躍した。私が心の底から尊敬するジャーナリストは数人しかいないが、外岡氏はその一人である。東京本社編集局長をつとめ、朝日新聞社の役員になることが確実視されていたが、2011年に同社を退職し、故郷の北海道に戻り、作家活動に入った。

ところで、人間は死から免れることはできない。いくら死にたくないという強い意志を持っても、死は必ず訪れる。その意味で、死は他律的な作用だ。『カノン』は、人間の記憶を司る海馬の移植が可能になった近未来を舞台にした小説だ。32歳の一児の母・氷坂歌音は、直近から過去に向かって記憶が失われ、やがて死に至るジンガメル症候群という不治の病にかかっている。そこで、末期癌の58歳の男性・寒河江北斗と相互に海馬移植を行った。北斗の海馬は、歌音の脳に接続される。海馬はデータを持っているが、外界の刺激を身体で感じとり、海馬に指示を出すのは脳である。脳が司令官ならば、海馬は参謀だ。

「でも、もし司令官と参謀の反《そ》りが合わず、喧嘩《けんか》を始めたら?」
「そのときは、部下たちが反乱を起こすかもしれません」
「部下というのは?」
「歌音さんの体です。全身が司令官や参謀に抗《あらが》って、一斉蜂起《いっせいほうき》する。クーデタです」

(同、135頁)

北斗の海馬は、歌音の身体と調和することができるか、手に汗を握る物語が展開される。そして、医学、生命科学では、その存在を証明することができない心が鍵を握る役割を果たしていることが示唆される。心のように、科学的には実証できないが確実に存在する「何か」が、人間が生きていくために不可欠なのである。移植手術のコーディネーターである黒沢の発言に対する医師たちの反応が興味深い。

「（前略）いまの時点で、北斗が無意識のときに、彼女は北斗として考え、行動します。しかし北斗の意識が目覚めると、歌音の肉体との間に齟齬が生まれ、ぎくしゃくしてしまう。そうすると、歌音の肉体と北斗の意識が分裂し、互いに抵抗しあうのです。みなさんは、心をどうお考えでしょう。それは脳ですか？　それとも、その一部としての記憶が心なのか？　あるいは、記憶を失ってもまだ以前と同じ活動を続ける彼女の肉体全体なのか？」

一同は押し黙ったままだった。もちろん、脳神経の専門家にとって、心などという定義不可能な文学的な修辞は幻想、あるいは少なくとも現象に過ぎない。あるいは外観から推定される内的機能の集合に過ぎない。それは、脳のはたらき全般を解明するために使われる定義可能、操作可能な科学的術語とは区別すべきものだ。心があるかないか、が問題なのではない。心の定義ができない以上、それを問うことが学問的に何の益もないから、専門家はそれを問わず、答えもしないのだ。

（同、179頁）

医学や生命科学で解明できない出来事であるからこそ、そのような問題にプロテスタント神学は取り組まなくてはならない。人間の脳や海馬、それ以外の身体に還元することはできないにもかかわらず、心は存在する。目には見えないが、確実に存在するものがある。この現実を伝えることができるのが、人間の言葉だ。小説という文学形態は、近代になって生まれたものだ。最近、小説が読まれなくなってきた。近代システムの限界が明らかになっているので、それを反映して、小説という文学形態が衰退しているのであろう。しかし、近代システムが限界に至っているとしても、それを超克する新しいシステムは未だ生まれていない。1980年代にポストモダンの流行が始まったが、あれは共産主義という大きな物語が終焉した後に現れる新自由主義的なアトム的世界観を先取りしていたに過ぎない。このようなアトム的世界観は、モダンそのものであった。

もう一度近代について、プロテスタント神学は真面目に考察する必要がある。そのための重要な手がかりとなるのは、脳科学において何故に心が不在になるのかという問題を解明することだと思う。脳科学を含む自然科学の方法論が、どこかで決定的に間違っているから、目に見えないが確実に存在する人間の心を捉え損ねているのだ。聖書の言葉に虚心坦懐に耳を傾けることが心を発見する正しい方法だと思う。『カノン』は、神について一言も言及せずに、人間の心を支配するのが神であることを伝える傑出した小説だと思う。

（「佐藤優のことばの履歴書――第9回　心の存在の秘義に迫った小説」
『福音と世界』２０１４年12月号　新教出版社　初出）

本書は二〇一四年三月、単行本として小社より刊行されました。
初出「カノン」……『文藝』二〇一四年春号

カノン

二〇一六年一二月一〇日　初版印刷
二〇一六年一二月二〇日　初版発行

著　者　中原清一郎《なかはらせいいちろう》
発行者　小野寺優
発行所　株式会社河出書房新社
〒一五一―〇〇五一
東京都渋谷区千駄ヶ谷二―三二―二
電話〇三―三四〇四―八六一一（編集）
〇三―三四〇四―一二〇一（営業）
http://www.kawade.co.jp/

ロゴ・表紙デザイン　粟津潔
本文フォーマット　佐々木暁
印刷・製本　中央精版印刷株式会社

Printed in Japan　ISBN978-4-309-41494-2

窓の灯

青山七恵　40866-8

喫茶店で働く私の日課は、向かいの部屋の窓の中を覗くこと。そんな私はやがて夜の街を徘徊するようになり……。『ひとり日和』で芥川賞を受賞した著者のデビュー作／第四十二回文藝賞受賞作。書き下ろし短篇収録！

肝心の子供／眼と太陽

磯﨑憲一郎　41066-1

人間ブッダから始まる三世代を描いた衝撃のデビュー作「肝心の子供」と、芥川賞候補作「眼と太陽」に加え、保坂和志氏との対談を収録。芥川賞作家・磯﨑憲一郎の誕生の瞬間がこの一冊に！

ドライブイン蒲生

伊藤たかみ　41067-8

客も来ないさびれたドライブインを経営する父。姉は父を嫌い、ヤンキーになる。だが父の死後、姉弟は自分たちの中にも蒲生家の血が流れていることに気づき……ハンパ者一家を描く、芥川賞作家の最高傑作！

冥土めぐり

鹿島田真希　41338-9

裕福だった過去に執着する傲慢な母と弟。彼らから逃れ結婚した奈津子だが、夫が不治の病になってしまう。だがそれは、奇跡のような幸運だった。車椅子の夫とたどる失われた過去への旅を描く芥川賞受賞作。

そこのみにて光輝く

佐藤泰志　41073-9

にがさと痛みの彼方に生の輝きをみつめつづけながら生き急いだ作家・佐藤泰志がのこした唯一の長篇小説にして代表作。青春の夢と残酷を結晶させた伝説的名作が二十年をへて甦る。

野ブタ。をプロデュース

白岩玄　40927-6

舞台は教室。プロデューサーは俺。イジメられっ子は、人気者になれるのか?!　テレビドラマでも話題になった、あの学校青春小説を文庫化。六十八万部の大ベストセラーの第四十一回文藝賞受賞作。

ダウンタウン

小路幸也　41134-7

大人になるってことを、僕はこの喫茶店で学んだんだ……七十年代後半、高校生の僕と年上の女性ばかりが集う小さな喫茶店「ぶろっく」で繰り広げられた、「未来」という言葉が素直に信じられた時代の物語。

笙野頼子三冠小説集

笙野頼子　40829-3

野間文芸新人賞受賞作「なにもしてない」、三島賞受賞作「二百回忌」、芥川賞受賞作「タイムスリップ・コンビナート」を収録。その「記録」を超え、限りなく変容する作家の「栄光」の軌跡。

「悪」と戦う

高橋源一郎　41224-5

少年は、旅立った。サヨウナラ、「世界」——「悪」の手先・ミアちゃんに連れ去られた弟のキイちゃんを救うため、ランちゃんの戦いが、いま、始まる！　単行本未収録小説「魔法学園のリリコ」併録。

枯木灘

中上健次　41339-6

熊野を舞台に繰り広げられる業深き血のサーガ…日本文学に新たな碑を打ち立てた著者初長編にして圧倒的代表作。後日談「覇王の七日」を新規収録。毎日出版文化賞他受賞。解説／柄谷行人・市川真人。

祝福

長嶋有　41269-6

女ごころを書いたら、女子以上！　ダメ男を書いたら、日本一!!　長嶋有が贈る、女主人公５人VS男主人公５人の夢の紅白短篇競演。あの代表作のスピンオフやあの名作短篇など、十篇を収録した充実の一冊。

少年アリス

長野まゆみ　40338-0

兄に借りた色鉛筆を教室に忘れてきた蜜蜂は、友人のアリスと共に、夜の学校に忍び込む。誰もいないはずの理科室で不思議な授業を覗き見た彼は教師に獲えられてしまう……。第二十五回文藝賞受賞のメルヘン。

リレキショ

中村航　40759-3

“姉さん”に拾われて“半沢良”になった僕。ある日届いた一通の招待状をきっかけに、いつもと少しだけ違う世界がひっそりと動き出す。第三十九回文藝賞受賞作。

掏摸《スリ》

中村文則　41210-8

天才スリ師に課せられた、あまりに不条理な仕事……失敗すれば、お前を殺す。逃げれば、お前が親しくしている女と子供を殺す。綾野剛氏絶賛！大江賞を受賞し各国で翻訳されたベストセラーが文庫化。

黒冷水

羽田圭介　40765-4

兄の部屋を偏執的にアサる弟と、執拗に監視・報復する兄。出口を失い暴走する憎悪の「黒冷水」。兄弟間の果てしない確執に終わりはあるのか？当時史上最年少十七歳・第四十回文藝賞受賞作！

短歌の友人

穂村弘　41065-4

現代短歌はどこから来てどこへ行くのか？　短歌の「面白さ」を通じて世界の「面白さ」に突き当たる、酸欠世界のオデッセイ。著者初の歌論集。第十九回伊藤整文学賞受賞作。

人のセックスを笑うな

山崎ナオコーラ　40814-9

十九歳のオレと三十九歳のユリ。恋とも愛ともつかぬいとしさが、オレを駆り立てた――「思わず嫉妬したくなる程の才能」と選考委員に絶賛された、せつなさ百パーセントの恋愛小説。第四十一回文藝賞受賞作。映画化。

蹴りたい背中

綿矢りさ　40841-5

ハツとにな川はクラスの余り者同士。ある日ハツは、オリチャンというモデルのファンである彼の部屋に招待されるが……文学史上の事件となった百二十七万部のベストセラー、史上最年少十九歳での芥川賞受賞作。